中國古典文學研究會主編

二十世紀中國文學

臺灣學生書局印行

本書承蒙
行政院文化建設委員會贊助出版
特此致謝

前言

走出更寬廣的道路

李瑞騰

一九七九年，由一羣中文學術界學者所發起的中國古典文學研究會成立，引起國內學術界和教育界的廣泛注意；同年並舉辦首屆中國古典文學會議，由於當年類似的學術活動尚不多見，所以各媒體有關的報導很多，普遍都持肯定的態度，頗多鼓勵與期待。

近十二年來，歷經六屆四任理事長（黃永武、王熙元、張夢機、龔鵬程），計舉行了十五次古典文學會議，其中包含一次大規模的國際會議，四次主題式的研討會：以文心雕龍爲中心的中國文學批評研討會、宋詩研討會、五四文學與文化變遷學術研討會、大陸地區古典文學的教育與研究研討會。除此之外，舉辦兩次研究生論文發表會，協助陳逢源文教基金會舉辦青年詩人聯吟大會、古典詩學研修會，並遠赴香港進行三次浸會文學講座。

由於所有的活動都與各大學的中文系合作，會議實況並有傳媒加以報導，同時大部分的論文也都結集出版，其所獲致的效用與影響，不言可喻。

大體來說，十幾年來的中國古典文學研究會，在研究及學術論辯風氣的提倡上有很好的成績；在古典文學研究的論題上，比較有計劃地去發現，並試圖解決有關的問題。除此之外，在新一代研究人力的開發與培養上，它做了很多的努力。從時代的意義上來看，一九七九年正好是大陸文革結束之後力圖開放改革的關鍵年代，面對中共過去無理性的毀滅傳統文化，中國古典文學研究會是以重建、振興中國文化爲其主要目標；而對臺灣來說，長期開發經濟的具體成效及各種負面的作用，都很清楚可以看出來，過去文化復興運動的保守性與封閉性使得傳統文化機能日愈萎縮，甚至於逐漸被現實社會所遺棄。在這樣的情況下，中國古典文學研究會以比較積極的作法，使古典文學不斷再生，結合現代社會與生活，致力於有關古典文學的出版與研究。

一九八九年，年輕的學術界新銳龔鵬程博士接長中國古典文學研究會，以更大的視野更彈性的方式面對傳統與現代、臺灣與大陸、中國與世界之間的各種文化性問題。現在，他因爲出任公職而無法全心推動會務，第七屆理事會改選本人爲理事長，新的秘書處也已組成，盼能求新求變而不忘本，在既有的基礎上，走出更寬廣的道路。

三地學者學術交流

從一九八八年以中國古典文學研究會副秘書長身份，首度赴港參加浸信文會講座以後，我每年都到香港，有時甚至一年數次，通常都會和當地學者、作家會面，交換一些訊息和心得，幾年來不少朋友已成至交，時相往來。

今年三月，我經香港到深圳參加一個會議，港大黎活仁先生來接機，並送我赴羅湖，談起日本中國文藝研究會諸君於八月間將有臺灣之行，他建議我設法安排一次座談活動，我當下卽允諾全力促成，並提出一些比較具體的做法。

從深圳回來，我在香港住了兩天，有比較多的時間可以深談有關學術交流的實務，中文大學中文系鄧仕樑主任在一次餐聚中表示願意和臺灣的中文學界有進一步的交流。

由於活仁兄的積極聯繫，從四月初開始，我們不斷用電話和傳眞溝通訊息，交換意見，我深感活仁兄的熱情，並體悟到這個活動的重要性，遂決定把原來構想中的座談發展成學術研討會，獲得理事長龔鵬程兄的贊同，其後龔理事長因公赴日，順道拜訪了中國文藝研究會諸君，比較深入了解他們對此次臺灣之行的想法，回臺以後指示秘書處加緊進行籌備，務必辦好這一次極具意義的活動。

活仁兄建議我們不妨邀請香港中文大學中文系教授羣參與此項研討會，我們的去函很快獲得鄧主任熱情的回應；因爲先前曾與師大國文系有合辦國際會議的構想，乃函請師大合辦此次活動，獲得邱燮友主任的同意，並表示願意支援有關總務事宜，至此而完成了會議的基本結構，三地學者決定在臺北進行一次學術交流活動。

巨視與微觀並重

因爲日本中國文藝研究會以研究中國的近代、現代文學爲主，香港中文大學中文系的教授也頗多研究晚清以降的中國文學，爲配合這樣的條件，乃決定以「二十世紀中國文學」爲主題，分別展開約稿工作。

拜電話及傳眞等科技之賜，整個的過程進展得頗爲順利，最終決定的論文是二十篇，從八月二十日起在師大教育學院大樓的國際會議廳進行三天。另外，爲了使港日學者能夠和臺灣文藝界會面，我們又特別安排一場文藝茶會。

綜觀這一次所發表的論文，由於只訂出斷代範疇，對於論述主題不加規劃，以致論題的分佈無法完全均衡。大體來說，龔鵬程〈「二十世紀中國文學」概念之解析〉可視爲導論，他針對中國近現代文學史的分期提出了若干反省，和提出「二十世紀中國文學」概念的大陸年輕一代學者做了一些尖銳的對話。其他的十九篇，在晚清部分，有三篇討論小說，一篇是理論（梁啓超）與作品（吳趼人《恨海》）並重，一篇是文學傳媒（《繡像小說》）編者（李伯元）的考證，一篇是臺灣地區的晚清小說研究的檢討；有兩篇不約而同討論王國維的文學理論：境界說與緣起說。除此之外，有一篇是清末民初有關舊體詩寫作方面的討論（胡漢民和陳寶琛模仿王安石詩之得失）。

民國部分，大陸、臺灣各七篇，前者有兩篇是有關抗爭文學的題目：〈淪陷期上海的文學──特別是關於陶晶孫〉、〈「戰國派」雷海宗和雜誌《當代評論》〉，有五篇是作家作品論，分別論述沈從文小說、錢鍾書〈上帝的夢〉、蕭紅《呼蘭河傳》、廢名的詩、曹禺的《雷雨》。後者有兩篇屬日據時期：〈日據時代臺灣新文學本土論的建構〉、〈日據時代的臺灣小說──關於皇民文學〉，一篇面對當前正在發展中的文學論述提出反省：〈臺灣新世代詩學批判〉，另外兩篇是研究成果的檢討：〈臺灣的散文研究〉、〈臺灣文學研究在日本〉。

有關「二十世紀中國文學」的研討，就時間來說，可上溯到甲午之戰（一八九四），以迄於今；就空間來說，中國大陸、臺灣和港澳等，皆不可偏廢；就文學本身來說，不分新舊體式，不分文類，都應納入，不只考慮文學與時代環境之互動，更應深入創作者個人心靈世界與文字書寫成品。我們提出這樣大的研究範疇，無意對它作太多的規範，只盼能秉持整體性與包容性的原則，做到巨視與微觀並重，內在分析與外緣研究統合的理想之境。

收在本書的各篇，全部都是此次會議所發表的論文，略作分輯以便更清楚呈顯整個論述系統；附錄三件，則可見此次活動之狀況。必須要說明的是，馬森先生論曹禺的文章，另有他用，不願意被收入，我們只好割愛。

感謝所有出席本次會議的師長和朋友；對於所有惠予贊助、支援的單位，我個人謹代表中國古典文學研究會敬致十二萬分的謝意。

二十世紀中國文學 目錄

輯二

輯三

附錄

「二十世紀中國文學」概念之解析

龔鵬程

一

研究中國文學，晚清以前都好辦，一頂「古典文學」或「傳統文學」的帽子，儘可以籠罩秦漢魏晉唐宋元明清。晚清以降，則似乎較費周章。五四文學運動興起後，有時借著傳統與現代的對比，稱白話文學爲「新文學」「新文藝」「現代文學」，都不免引生糾紛。蓋「新」「舊」卽含褒貶之意，可以爲革命時期之旗幟，卻不好做爲文學史的概念。「文學」與「文藝」的區分，似乎又極生硬勉強。況且運動以來，作家以十萬計，其作品與聲名令譽多是朝生夕死，未必卽能如李杜蘇韓之類「舊」文學家之萬古常新，故孰新孰舊，正自難言。而現代文學云者，用以專指因運動產生的新文學，似乎又與那「現代」兩字不符。因現代之文學，固不僅有白話詩文小說戲劇也❶。新文學獨霸了現代文學的名號，咱們講文學史的人，怎麼研究徐枕亞張恨水的章回體及駢儷小說？這種左支右絀的窘境，對晚清以降文學史實越熟悉者，感受就越強烈。到底這一段歷史該怎麼處理？

二

最單純的辦法，是放棄新與舊、傳統與現代的套式，老老實實用時間做區劃，如晚清文學、民初文學、五四文學、一九四九以後之文學……等。然如此劃分，貌似清純，實仍不免將文學緣附於政治。朝代轉移，文學竟亦隨之可以視爲另一時代，稽諸文學發展之自律性原則，殊覺悖逆。對於跨越兩個朝代的文學家與文學活動，並不能眞正予以處理。像蔣英豪，雖然認爲古典詩歌業已死亡，但仍正確地指出：研究這段垂死前的詩歌，不能運用「晚清」這個概念，因爲「如用『晚清』一詞，斷限便要到一九一一年而止。辛亥革命以後繼續湧現的大量詩歌便要割愛，古典詩歌的終結階段便顯得不完整」❷。詩歌如此，小說亦然。文學發展自有其連續性，很難在政局忽然改換之後，立刻改弦易轍或戛然終止。對於某些遺老型人物，我們或許可以仿元遺山只列入金朝敍述，不當成元朝文人那樣處理；整個文學寫作活動及文人生活方式，卻很難以政權代遷的概念去勉強區隔，削足適履。

目前一般認爲民初幾年文學的總體特徵，應與晚清相同，宜連在一塊觀察；五四以後則爲新變局的開始。這不管是否高估了五四運動的作用，它可能還存在著難以解說五四人物與晚清血緣關係親密的困難。所以斷然劃開五四和晚清，恐怕也不很妥當。

三

在上述諸分期法之外，運用得較普遍的，還有「古代—近代—現代—當代」的分法，將晚清以前稱爲古代文學，晚清至五四稱爲近代文學，五四以後名現代文學，一九四九以後喚做當代文學。這個處理方式，比前述各法問題更多。嚴家炎曾經批評道：

> 把鴉片戰爭以來的中國文學切成「近代」「現代」「當代」三段，這種史學格局顯然存在著根本性缺陷。一是分割過碎，造成視野窄小褊狹，限制了學科本身的發展。二是以政治事件為界碑，與文學本身的實際未必吻合。❸

其實這種做法，毛病尚不止於此。因爲所謂「近代」，至少有兩種分期概念，一是從基督教世界史編年法中衍生出來的，另一種則緣於馬克斯思想。

基於神意決定論而形成的基督教世界史編年法，依上帝旨意及教會文化之發展爲線索，將歷史分爲上古、中古、近世。此說曾遭史賓格勒嚴厲抨擊，認爲它只是一項構基於狹隘偏私概念之上的歷史觀，而且它在時間的暗示中，預含的一些假設，如二元對抗、一方必勝、救贖等等，只是基督教的意識型態，未必便能用來解釋各文明之歷史。至於馬克斯的歷史觀，卽衆所周知的：亞細亞生產方式時代、古代奴隸制社會、中世封建制社會、近世資產階級生產方式、社會主義生產方式等五階段說。依此可將歷史分成原始、古代、中世、近代、現代。

民國以來，有些人使用「近代」一詞，係採前一概念，意指如文藝復興以後歐洲歷史之進程的那一段歷史。如胡適《中國古代哲學史》，把老子到韓非一段稱爲古代，漢至北宋初年稱爲中世，宋元明淸儒家復興，則爲近世。馮友蘭《中國哲學史》說：「中國實只有上古與中古哲學，而尚無近代哲學也。……中國哲學史中，自董仲舒至康有爲皆爲中古哲學，而近古哲學則甫在萌芽也」，跟胡適的時間區劃不同，但同樣是用中古經院哲學來擬想中國哲學史，而把掙脫敎會經院體系的文藝復興時期，視爲近世之起點。正因爲他們都持這種歷史觀，所以「五四」新文學及文化運動，才會被他們比附爲文藝復興❹。

但隨後崛起且聲勢浩大的馬克斯主義史學觀並不採此看法。在他們的分期中，古代、近代、現代，是和封建社會、資本主義社會、社會主義社會直接關聯著的。如何把這套歷史觀扣合到中國歷史上，固然煞費苦心，從民國十九年社會史論戰起，一直吵到現在，但基本架構已經被勾勒出來了。就像嚴家炎所批評的，現在中共史家一般均將鴉片戰爭以前歸入古代封建時期（雖然可能已有「資本主義萌芽」）；鴉片戰爭到五四，稱爲近代，是資產階級改良派謀求救國及產生資產階級革命的時代；五四以後，共產主義興起，逐漸打倒了資本主義，建立社會主義政權，故名爲現代❺。不過，爲了凸出「建國」的意義，一九四九以後，又特稱爲「當代」。例如朱寨《中國當代文學思潮史》便說：「當代，這裏是一個特指的時間概念。從社會歷史來說，它是指一九四九年十月中華人民共和國的建立，到一九七八年十二月中國共產黨十一屆三中全會的召開這段時間。……具體到當代文學思潮的發展，則是從一九四九年七月召開的全國第一次文代會到一九七九年十月召開的全國第四次文代會這段時間」。一九七九以後，全面總結了三十年來的錯誤，確立改革開放的路線，所以文學也「進入了一個新時期的歷史轉折」，稱爲新時期文學。

這個「近代—現代—當代—新時期」的分期描述法，不僅帶有馬克斯主義特殊的歷史觀印記，而且文學史緊密地與革命史、中共政權發展史聯結爲一體。不但認爲「建國後文學思潮的流向、起伏，無不受政治形勢和政治運動的制約。不僅是在總的方向上完全一致，而且從組織領導和工作步調上也都完全結合起來」❻，連其「建國」前的文學史，也被迫納入這個脈絡中來。

四

運用馬克斯主義並參考歐洲史來討論中國歷史的，當然不只有中共的史家。例如日本京都學派自一九一〇年以後，內藤湖南即將唐宋之交視爲中國中世社會結束、轉入近世的關鍵期；東京學派或稱歷史研究會學派則主張宋以前是古代，宋以後是中世社會。這樣的差別，顯示了所謂「近代」云云，絕對不是個單純的自然時間概念；何者方爲近代，也是個難以認定的問題。如果我們不但擺脫不了這其中蘊涵的糾葛，還更進一步將它與政治統合爲一，勢必帶來更大的困難。因此，面對這個畸型的論述結構，重新反省我們的文學史觀，應該是當前文學研究的基本起點。

五

近年展開此等反省者，頗有其人，底下我準備介紹幾位大陸友人的成績和見解，並對他們的說法提出些再反省。例如陳思和在《中國新文學整體觀》臺灣版序中曾說：

> 新文學整體觀不單單是一種新的文學史批評視角，它標示出一種新的文學史觀念。在我看來，無論大陸還是臺灣，在一九八五年以前，學術界都是把二十世紀的中國文學切割成一個一個小塊。從時間上說，一九一九年是一個界限，一九四九年也是一個界限，大陸文學在一九七六年又是一個界限，把總共纔一百年不到的文學史切割成近代文學、現代文學、當代文學、新時期文學……。在空間上，海峽兩岸文學的分割固且不說，大陸的現代文學史既不包括三〇年代的偽滿文學，也不包括抗戰時期的淪陷區文學和五、六〇年代的香港地區文學。文學史的支零破碎狀況使許多研究者不能不把精力投注到局部文學現象的微觀研究上。由於缺乏對文學大背景的整體把握，文學的各種現象都成了孤立的碎片，局部現象的無限放大不但被人為地改變了面目，而且造成了整體研究的失調。文學史成了各種碎片的拼湊，看不出史的因果流變，歷史因素以及它的當代性意義，也看不出對作家作品的貼切評價和準確估定。

臺灣其實並沒有「現代文學」「當代文學」「新時期文學」的分法；就連使用「近代」「現

代」一詞，其含意也與大陸不同。陳思和顯然並未注意到這兩點，因此他的批評與反省，主要是針對大陸的文學研究傳統而說，並不切合臺灣的狀況。他不滿於支離破碎的切割微觀，可能也不滿意經由這種分割而建立起來的人事組織、敎硏體制（似乎應注意這一面，或許這些方面的問題才更直接引起他們的反省），故主張放棄這種區分，整體地把握「二十世紀的中國文學」。理由除了上文所述之外，他繼續說道：

一九八五年大陸學術界提出了「二十世紀文學」的概念，試圖打破文學史研究中的人為分隔，把文學視作一個整體來給予重新估定。我的這本小書的寫成，也正是基於如下的文學史觀念：二十世紀以來，中國文學在時間上空間上都構成了一個開放型的整體。唯其是一個有機整體，它所發展的各個時期的現象，都在前一階段的文學中存在著因，又為後一個階段的文學孕育了果，它在同現代中國社會政治、經濟、思潮、文化心理等外部因素不斷的交流中調節自身的規律，並以其自身規律的變化發展來適應這種交流，求得平衡的對應地位。又唯其是開放型的，這一整體將隨著現代社會諸種因素的變化而變，每時每刻都會有新的元素滲入到它的運轉軌道，並且任何一種新的元素一旦加入了這一整體，即被納入到整體的有機結構中去，就會導致這個整體內部的一系列元素的重新估價。譬如，這幾年大陸文化尋根熱的出現，直接喚起了學術界重新研究文學史上現代田園抒情小說的興趣。以同樣的理由也可以想見，一旦六、七〇年代的臺灣文學被整合進中國文學史的話，就可能會使以往文學史面貌完全改觀。因此，新文學的整體觀要求每一個文學史研究工作者必須面對現實，面對未來，必須關注生活中時時出現的新東西，以隨時調整、修正以至發展新文學史的既定結論。

他所說大陸學界提出「二十世紀文學」的事，是指一九八五年第五期《文學評論》刊載〈論二十世紀文學〉以後所引起的討論。該文後經《新華文摘》同年十二期、《評論選刊》次年第一期轉載。可見它頗受矚目。該文作者黃子平、陳平原、錢理羣等，後來又將他們在《讀書》上連載的對話錄及對「二十世紀文學」各種反響之意見，滙錄成《二十世紀中國文學三人談》。該書於一九八八年出版，其後此一論題似乎仍在繼續發展，北大於一九九〇年舉辦過一場「二十世紀中國文學研討會」，由嚴家炎主編的六卷本《二十世紀中國小說史》第一卷（一八九七—一九一六）於一九八九年十二月出版了。六卷本《二十世紀中國小說理論資料》第一卷也已出版。宣稱既要打破「近、現、當代」的格局，擴大研究範圍，又要注重方法的創新。

他們所謂的「二十世紀中國文學」，是指整個二十世紀中國文學應代表一個不可分割的有機整體，是古代中國文學走向現代文學，並滙入「世界文學」的歷程。亦卽在中西文化碰撞中，從文學方面形成現代民族意識的進程。故其整體走向，是「走向世界文學的中國文學」；其總體主題是「改造民族的靈魂」；其現代美感特徵，則以「悲涼」爲基本核心。提出此種說法，他們認爲：「在『二十世紀中國文學』這個概念中蘊含著的一個重要的方法論特徵，就是強列的整體意識，一個宏觀的時空尺度——世界歷史的尺度，把我們的研究對象置於兩個大背景之前」，一是與之斷裂的中國古典文學傳統；二是本世紀的世界文學總體格局，例如歐美文學對其自身傳統的反叛，日本、非洲、拉丁美洲文學亦皆由傳統文學典範開始向現代文學過渡。

六

不論是陳思和的「新文學整體觀」，還是黃子平等人的「二十世紀中國文學」概念，第一個特徵就是他們都積極在擺脫文學與政治勢力的關聯。此所謂「擺脫」，一是認爲文學發展的進程應當依照文學本身的標準來訂立，而不能依據政治狀況來分期，所以他們要「研究文體發展的歷史線索與軌迹，揭示文體本身諸種因素的內在矛盾及演變規律」或「就作家、作品與讀者三個方面進行綜合考察」，擺脫過去那種單純從屬於、依附於政治的附庸地位，確立文學自身的自主性。

其次，是擺脫政治氣候及政治判斷對文學研究的限制。過去，由於受到政治影響，許多作家不能研究，許多作品評價有問題。「改革開放」以後，政治氣氛鬆動，「蒙寃含辱的作家、作品重新受到肯定，被遺忘了的作家、作品重新成爲研究對象，過去不敢問津的作家、作品也得到了應有的評價」。整體觀或二十世紀中國文學的概念，即是從理論及研究方法上，自覺地把這種態勢固定下來，宣稱要「盡可能佔有第一手資料，塡補近、現、當代小說研究的若干空白」。而他們對「解放區文藝」價值之重估，正確判定它因政治壓倒了一切、掩蓋了一切、沖淡了一切，故價值不高，也引來堅持延安文藝傳統者之反唇相譏❼。

「二十世紀中國文學」之類概念的第二個特徵，在於他們提出了整體觀。亦卽視近百年中國文學之發展爲一具內在關係之有機的整體，且從方法上改變細碎、個別的研究路向，轉而「從整體上把握」。

所謂近百年中國文學是一有機的整體，依黃子平等人的解釋，是說近百年來中國一直在繼續著一種由傳統過渡到現代的進程。依陳思和說，是指這個時期中不同層次及階段的文學，互相繼承、補充、更新、發展、相成相依，構成一個整體；它與世界文學及本國傳統也不斷交流，形成「中國新文學」這個開放型的整體。

從整體上通貫全局地解釋文學發展之流變，顯然如陳思和所云，為一「史的方法」。但他們的理論第三個特徵，卻在於它不僅僅是種文學史之研究。他們說過：

在這一概念中蘊含的「整體意識」還意味著打破「文學理論、文學史、文學批評」三個部類的割裂。如前所述，文學史的新描述意味著文學理論的更新，也意味著新的評價標準。文學的有機整體性揭示出某種「共時性」結構，一件藝術既是「歷史的」，又是「永恆的」。在我們的概念中滲透了「歷史感」(深度)、「現實感」(介入)和「未來感」(預測)。既然我們的哲學不僅在於解釋世界而且在於改造世界，……文學史的研究者憑借這樣一種使命感加入到同時代人的文學發展中來，從而使文學史變為一門實踐性的學科。

史的研究卻含蘊著改造現在景況之企圖。

七

樊駿曾準確地指出：「看黃子平、陳平原、錢理羣論二十世紀中國文學的文章，看陳思和諸新文學研究的整體觀的文章，都使人感到他們的這些思考和結論，直接受到新時期文學思潮和流向的啓發與提動，甚至可以這樣推測：如果沒有新時期文學，他們不一定會有這樣的思考和結論」❽。

重新認識歷史，往往是基於眼前現實的需要，故存在處境與歷史認知通常是合而爲一的。由於大陸新時期文學的發展，一九七九年的人忽爲感到自己與一九一九年「五四運動」的人們站在相似的存在情境中。五四時期批判封建社會，要改造國民性，提倡民主與科學，高舉文學革命之大旗，要從語言形式及思維內容上啓廸民智，以免於亡國之危。新時期也處在同一危機意識中，生怕中國就要被「開除球籍」了，所以也批判封建積淀，努力推動中國的現代化。在這個「共時性」的結構中，大家發現七八十年來，中國似乎就在一個命運中彳亍打轉。這個命運，即是現代化。近百年的中國史，即是古老中國逐步現代化的歷程。其中有曲折，有頓挫，但只是一件事，一件至今仍未完成的工程。所以，近百年的歷史，只能看成是個整體的。提出「二十世紀中國文學」這個概念之所以具有實踐性，也正是因爲當前中國仍迫切需要現代化。這種整體，不是把「近代——現代——當代——新時期」連接起來的整體，而是與那種分期法有著全然不同的意識內容。後者是馬克斯主義，前者則是現代化理論❾。

嚴家炎於今年六月新加坡漢學研究之回顧與展望會議中發表的〈現代小說研究在中國〉便鮮明地顯示了這種以「現代化」來爲五四以降文學定性的企圖，他說：「二三〇年代小說的評論與研究，著眼點始終注意小說的現代性。一些流行的小說論中所說的『中國小說的世界化』，實際上指的就是中國小說的現代化。蕭乾稱五四小說爲『經西洋文學薰染而現代化了的初期中國小說』，張定璜評論魯迅〈狂人日記〉時說……我們由中世紀，跨入了現代」這樣的評述，即是把五四和八〇年代拉到同一個歷史位階，都看做中國跨出中世紀，走向世界、現代化的表現。

八

生活在臺灣，在大陸的社會與歷史觀之外生活的我們，存在之境遇感自然不同於黃子平陳思和等人。因此，在他們具有重大突破意義者，對我們來說，便覺得頗爲平常，甚或不關痛癢。因爲理論的評價與歷史情境的評價，往往是不盡脗合的。由歷史情境上看，我們能夠理解他們提出這個概念的用心、價值與理據；但若針對這些概念做一理論的批評，我們可能就仍需指出他們受限於存在處境所引生的理論困難。

什麼樣的困難呢？

「二十世紀中國文學」這個概念，係架構在「近百年來中國正處在現代化進程中」的歷史理解上。現代化，又被認爲是一種世界性的運動，一方面亞非拉丁美洲等地區皆因受西方勢力及文化之衝擊，而展開其現代化，顯現出脫離個別傳統文化、滙入世界的大趨勢；另一方面，歐美文化也在與亞非民族相遇之後，吸收了他們的文化，叛離自身之傳統。兩者遂共同組構成一個「世界文化」。從文學上說，即「世界文學」。中國現代文學，猶如中國這個國度，開始克服閉關自守，「出而參與世界的文藝之業」，走向世界文學。這種走向，也是對中國古老傳統的斷裂，及重新塑造民族文化之歷程，故「既是現代的，又是民族的」。

此一思路，實際上仍採用西力東漸、中國逐漸西化現代化世界化的歷史解釋模型。然而以現代化爲新指標，重新討論近百年之歷史，從社會意識上說，並沒有脫離政治的影響，因爲中共官方所謂改革開放，正是以「四個現代化」爲標幟的。而黃子平他們所說的「走向世界」或「走向世界文學」，也並不是從文學的歷史研究中形成之概念，而是把當前社會意識及願望反映到文學史的論述中。試看上海中西哲學與文化交流中心編的《中西文化沖撞》《中西文化交滙》一類討論，或一九八五年湖南人民出版社出版的《走向世界文學》、一九八四年岳麓出版社出版的《走向世界叢書》、一九八八年人民出版社的《面向現代化面向世界面向未來叢書》，便可了解他們會在一九八五年提出此等理論，殊非偶然。此即未脫中共史學界一貫地「古爲今用」之弊病。雖然從方法論上說，歷史詮釋者存在的感受必然與其歷史解釋混融爲一，但歷史研究畢竟與時論不同。我們固然可強調哲學不只是要解釋世界，更要改造世界；但努力想脫離政治羈絆的文學研究，爲何不能自我釐清文學史論和政論之間的分際呢？看來他們標舉「歷史感、現實感和未來感」，卻對歷史研究中這三者間複雜之關係，尚缺乏方法論的自覺與辨析哩[10]！

由於缺乏這個層次的自覺與辨析，故他們對於其所使用的「現代化」這個觀念也欠缺反省。例如他們把亞非各國「接受技術文明和世界文化」而展開的文學改良，和歐洲吸取亞非文化，放在一塊兒討論，卻未曾注意到：所謂「亞洲的醒覺」是指亞洲之現代化，而歐美的東方主義者（Western Orientophiles）卻是反現代化思潮的一種表現，兩者怎麼能拼成一個現代化的世界總體大趨勢呢？這裏涉及對現代化的了解。我們不能含糊籠統地說亞非地區向西方學習，西方向東方及非洲黑人學習，所以「東西文化交流撞擊」便成了世界文化。而且歐美的反現代化思潮、西方的東方主義者，固有汲取東方文化之現象，然而此種思潮並非由於吸收了東方文化而來。它生自上個世紀末及第一次世界大戰後對歐洲文明的總體反省，艾略特、葉慈、赫胥黎、喬埃斯的作品和史賓格勒的預言，都可顯示它們不是東西文化碰撞的結果，而是西方危機意識下的產物。在此危機意識之下，拯救沈淪或改善處境之道甚多，汲引亞非文化，但爲其中一端耳。何況即使是汲引亞非文化，亦不能理解爲西方人在「吸取東方之靈感以扭轉其自身之傳統」。因爲他們反省的對象根本不是傳統文化，而是現代化。再說，這種汲取，對亞洲反而提供了另一種示範作用，如衞西琴（Alfred Westharp）影響了梁漱溟、柏格森影響了張君勱和梁啓超之類，反倒是強化了亞洲民族保存其獨特精神文明的念頭，以反抗西方[11]。

這也就是說，他們並未從現代化即一世界化的神話迷思中走出來，故不免將近百年史簡單地解釋爲世界諸民族追求現代化之歷史，未考慮到「現代化」這個觀念及現代化史中的複雜性。所以他們只提日本明治維新的向西方學習，只談十九世紀八〇年代日本的文學改良，卻忘了明治維新最後的結果是極端的民族主義，形成了泛亞洲主義的「大東亞共榮圈」理論。其他如「黑色非洲文化價值的整體」及「伊斯蘭教振興運動」的出現，不也是非洲和中東地區現代化的結果之一嗎？他們對近代世界「民族的片面性和局限性日益成爲不可能」的描述，其實只是一種單一觀點下的幻象而已[12]。

毫無反省地援用現代化理論，當然也會無反省力地繼續現代化理論的歷史觀，強調傳統與現代的「斷裂」，把傳統社會貼上負面評價的標籤，諸如病態的社會、長期的封建統治造成的愚昧落後等等。主張文學應持續對之進行批判與否定，繼續「啓蒙」、繼續「改造國民性」。

但在一個現代化理論已經喪失其典範意義的社會裏，文學研究者恐怕就不會如此說了。五四的「斷裂」會被批判、被反省、被超越[13]；所謂的「斷裂」是否眞屬斷裂，會被重新檢討；東西文化衝撞，中國走向世界，會被視爲一古舊的歷史解釋模型，而從其他方向來設想解說中國近百年史之道[14]；所謂「感時憂國，涕淚交流」的現代文學，會被指出其中含有若干虛妄性，謔諧笑噱與通俗弔詭，未必便不是「新」文學的傳統……[15]。在一個已經不再需要或乞求「啓蒙」的社會，文學的啓蒙或啓蒙的文學皆不再爲人所追求，故亦不復以此推許五四文學運動。臺灣，就是這樣一個社會。因此，在陳平原他們仍在推崇五四文學運動於語言形式（文體）方面的革命功勛時，臺灣老早就要在文學上「降五四的半旗」。認爲「五四新文學，……淺顯的文義、對仗的句法、鬆懈的節奏、僵硬的主題、不假思索的形容詞、四平八穩的成語，表現的無非是一些酸文人的孤芳自賞、假名士的自命風流、或者小市民的什麼人生哲學、婆婆媽媽的什麼邏輯。這一切，距離現代人的氣質和生活，實在太遠太遠了」[16]。

這倒不是說臺灣就比大陸「先進」；也不意味著從臺灣這個「現代化過來人」的立場看，大陸文學研究同行們對五四以來文學性質與發展之認定，只是一聲尚未或正在現代化社會中的呼號罷了。而是藉著臺灣與大陸對近百年文學史的認知差距，來彰顯他們所提出的「二十世紀中國文學」之概念可能並非眞理或眞相。對於現代化的理解與態度、對於解釋近百年中國史的詮析模型、對於歷史與現實世界的關係，他們可能都得再花點氣力去思考。現在編寫的這幾大卷小說史、幾大卷資料集，費力甚勞，而其基礎卻不甚穩固，這是我們所擔憂的。爲使功不唐捐，自宜愼加思慮。本文篇首幾節所論，或許可做爲再反省的起點。

附注

❶ 最有趣的例子，是錢基博《現代中國文學史》。這本書所指的現代，純屬時間概念，與那種只把新體白話文學視爲現代文學的作風迥異。這本書，便暴露了「現代文學」一詞做爲文學史概念時的歧義性。

❷ 見蔣英豪〈中國近代詩研究的回顧與展望〉，民國八十年，中央研究院文哲所，文哲研究之回顧與展望研討會。

❸ 《二十世紀中國小說史》第一卷・序。一九八九，北京大學出版社。

❹ 另詳龔鵬程〈察於時變：中國文化史之分期〉，收入《思想與文化》，民國七四，業強。

❺ 樊駿〈既有理論價值又有實踐意義的探討——關於討論近一百年文學歷史分期的幾點理解〉也說：過去把鴉片戰爭以來的文學「分爲近代文學、現代文學、當代文學三大段，相當於舊民主主義革命時期、新民主主義革命時期、社會主義革命和建設時期。實際上是完全按照中國社會中國革命的歷史進程劃分的」。一九八六年十二期《文學研究參考》。

❻ 朱寨文，見上引書。

⑦ 見余飄〈周恩來同志與解放區文藝〉，延安文藝研究，一九八六年第四期。

⑧ 同⑤。另請參考王瑤、樊駿等編《中國現代文學研究：歷史與現況》（一九八九，中國社會科學出版社）中趙園對八五年文學研究的分析。

⑨ 錢理群說：「嚴家炎老師在一篇文章裏最早提出了中國文學的現代化是從魯迅手裏開始的。他用『現代化』這樣一個標準，打開了思路」，黃子平說：「『現代化』這個概念就包含了好幾層意思：由古代文學的『突變』，走向『世界文學』，或者用嚴老師的話來說，是『與世界文學取得共同語言』的文學等等」，錢氏又說：「還有民族文化的重新鑄造。這個命題就逐漸完善起來，提出『既是現代的、又是民族的』，這樣一個進程是從魯迅手裏開始的。當然我們把它向前追溯到戊戌，但是很清楚，我們的概念的形成是跟著這幾年現代文學研究的路子一起走過來的」。

⑩ 一九八八年第三期《文學遺產》即有胡平的〈古典文學研究的現實危機與暫行出路〉一文，嚴厲批評過去幾十年文學研究爲現實服務之弊，呼籲重視古典文學研究的歷史意識與客體性要求。

⑪ 另參艾愷《文化守成主義論——反現代化思潮的剖析》，民國七五年，時報出版公司。

⑫ 奈思比特夫婦合著之《二〇〇〇年大趨勢》，也談到本世紀末現存的世界文化貌似神異之現象。表面上全球生活型態日趨一致、英語幾將成爲世界語、所謂「地球村」似已成爲事實，然而文化民族主義卻在擴大發展。參見其書第四章、第九章。民國七九年，天下文化出版。

⑬ 例如「後五四人物」殷海光的弟子林毓生，對五四的反省與批評。例如傅大爲對殷海光等臺灣後五四人物與五四的關係，採「斷裂」的解釋等。

⑭ 例如龔鵬程對從晚清到五四之文化變遷，不採西力東漸、中國人向西方學習說，而另建一解析模式。見〈傳統與反傳統——以章太炎爲線索論晚清到五四的文化變遷〉，收入民國七九年古

典文學研究會編《五四文學與文化變遷學術研討會論文集》，學生書局。

⑮ 例如王德威對中國「現代寫實小說」的重新解釋，見其《從劉鶚到王禎和——中國現代寫實小說散論》，民國七五，時報文化。《衆聲喧嘩——三〇與八〇年代的中國小說》，民國七七，遠流出版公司。

⑯ 見余光中〈我們需要幾本書〉，收入《焚鶴人》，民國六一年，純文學出版社。

《繡像小說》編者討論

樽本照雄
(TARUMOTO Teruo)

一、《繡像小說》編者討論的情況

(一) 定論

小說專門雜誌《繡像小說》是光緒二十九年（一九〇三），由商務印書館在上海創刊的。大家都知道，第一個近代小說專門雜誌是梁啓超光緒二十八年（一九〇二）在日本橫濱創刊的《新小說》。《繡像小說》可以說是在中國大陸發行的第一個專門登載小說的期刊。《繡像小說》上發表的小說有李伯元的《文明小史》、《活地獄》，劉鐵雲的《老殘遊記》、吳趼人的《瞎騙奇聞》、歐陽鉅源的《負曝閒談》、連夢青的《鄰女語》、周桂笙的《世界進化史》等等。不用說這些都是晚清時期的有名的小說。

關於《繡像小說》有一個定論——半月刊，編者是李伯元，三年出版七十二期，光緒三十二年（一九〇六）李伯元去世的同時《繡像小說》也隨之停刊。

㈡ 討論的開端

一九八二年汪家熔寫過兩篇文章不同意《繡像小說》的定論（文獻三、四）。就是說《繡像小說》的編者並不是李伯元。這就是所謂《繡像小說》編者討論的開端。

要確定期刊的編者應該有以下這些史料。

1. 期刊的版權頁上寫明編者的名字。

2. 編者斷言自己是某期刊的編者。

3. 有朋友們的證言。

4. 有其他史料證明他是編者。

《繡像小說》的版權頁上只有「總發行所：上海棋盤街中市商務印書館」這幾個字，沒有編者的名字。李伯元寫明他自己是《繡像小說》的編者的文章一直到現在也沒發現。吳〇人、周桂笙等李伯元的好朋友都沒有說到編者問題。除了第四條的其他史料以外，幾乎完全沒有史料證明李伯元是《繡像小說》的編者。

汪家熔一九八二年那年在商務印書館工作。他可以看到商務印書館的內部史料。但他沒能找到史料證明《繡像小說》的編者是誰。他否定李伯元是編者的定論而提出編者是夏曾佑的新看法（文獻六）。但不得不說，他也只是根據情況判斷而已，並沒有可靠的史料。

㈢ 盜用問題

《老殘遊記》和《文明小史》都發表於《繡像小說》上。圍繞這兩篇小說發生過樁奇怪的事情。

劉鐵雲的《老殘遊記》發表到第十三回就中斷了。因爲《繡像小說》的編者不採用原稿第十一回，並把原稿第十回和第十二回的一部分刪改過。劉鐵雲不同意《繡像小說》編者的作法，就停止給該雜誌寫文章。更奇怪的是，以後李伯元從自己沒採用的劉鐵雲的原稿十一回裏剽竊漫罵北方義和團和南方革命黨的「北拳南革」部分而用於自己的《文明小史》第五十九回。這就是大家都知道的所謂「李伯元和劉鐵雲的一段文字案」（文獻一a—d、二）。我重視李伯元抄襲劉鐵雲的事實。我只能斷定能抄襲劉鐵雲的原稿的人並不是別人，就是《繡像小說》編者——李伯元吧（文獻九）。

關於盜用問題，汪家熔提出和我相反的看法。不是李伯元抄襲劉鐵雲，而是劉鐵雲抄襲李伯元。《老殘遊記》第十一回，根據劉鐵雲日記是十月寫畢的。但李伯元的《文明小史》第五十九回在光緒三十一年七月初發表。李伯元不能預見到劉鐵雲三個月後寫的文章（文獻十二）。

在劉鐵雲日記裏我們能看見的《老殘遊記》第十一回是劉鐵雲要恢復原狀而重寫的文章❶。原來的《老殘遊記》第十一回的原稿保留在《繡像小說》的編者手邊。汪家熔不但忽視這個事實而且不願意考慮有這樣的事實。

登載《文明小史》第五十九回的《繡像小說》第五十五期是光緒三十一年七月出版的，汪家熔只抓住這一點。

(四) 延遲出版日期問題

我和汪家熔正在討論的時候，張純發表《繡像小說》延期發行的新看法。他根據《繡像小說》所發表的作品裏表現的事情發現《繡像小說》第十二期之後曾經由於種種原因幾次中止，未能及時出版，《繡像小說》的終刊時間應當是光緒三十三年（文獻二一、三九）。我也調查了《東方雜誌》《大公報》等的廣告，得出一個結論——《繡像小說》的終刊時間是光緒三十二年年底（文獻三〇）。

汪家熔回答我的問題也贊成《繡像小說》延期發行的看法（文獻五一）。這應該說，汪家熔關於李伯元和劉鐵雲的一段文字案承認自己的看法錯誤。

(五) 其他史料

其他史料有陶報癖〈前清的小說雜誌〉（《揚子江小說報》創刊號，宣統元年（一九〇九））證明李伯元是《繡像小說》的編者（文獻二〇、二四）。還有方山在《光明日報》上發表他所發現的史料。這是光緒三十一年（一九〇五）上海郵政司的檔案材料，由此可以認定李伯元確曾編輯過《繡像小說》（文獻三二）。

(六) 討論才告結束

一九八七年，爲了紀念商務印書館創辦九十周年，出版了《商務印書館大事記》（文獻四九）。這本書的一九〇三年條目寫道：「創刊《繡像小說》半月刊，主編李伯元」。聽說一九四九年以前的部分是汪家熔寫的。我才知道汪家熔完全認爲了他自己的錯誤。

從一九八二年開始的討論經過五年才告結束。（一九九〇年汪家熔說起郵政司的檔案材料有可疑之處。他好像要再次提起編者問題，但他的文章沒有什麼值得研究。）

簡單地介紹五年的討論情況。要是有人想知道更詳細的情況的話，請看有關文章（文獻一六、一九、二八、二九、三三、三六、四四、五三）。

(七) 有幾個問題並存

這次討論錯綜複雜，有點難懂。爲什麼呢？因爲有幾個問題同時並存。

1. 誰是《繡像小說》的編者？——編者問題。
2. 李伯元和劉鐵雲誰抄襲誰？——盜用問題。
3. 《繡像小說》出版得晚得多——延遲出版日期問題。
4. 商務印書館不願意讓人知道它和金港堂合辦的事實——合辦問題。

以上四個問題還要加上這一個事實。

5. 光緒三十二年三月十四日李伯元去世。

編者問題和盜用問題關係甚大。延遲出版日期問題影響到盜用問題。李伯元的去世對延遲出版日期問題和盜用問題都有關係。據中村忠行的論文（文獻二九、四七）《繡像小說》是日本金港堂的原亮三郎創辦的。合辦問題給李伯元的朋友以很大的影響。

有很多問題難以解決。最大的原因是不能確定《繡像小說》第一三期以後的出版日期。誰也不能否定《繡像小說》延期發行的事實。根據這個事實，我們可以發現一個叫人意想不到的事。

二、誰是南亭亭長

(八)《繡像小說》關係年表

從《繡像小說》的創刊到第七二期的終刊之間發生過什麼事？《繡像小說》關係年表是把幾個關連事情一起加上而作的。

光緒二十九年五月初一日《繡像小說》第一期出版。有史料可以證明❷。《繡像小說》第一期起連載南亭亭長《文明小史》。從第九期起開始劉鐵雲的《老殘遊記》。

光緒二十九年十月初一日商務印書館和金港堂正式合辦改成有限公司。《繡像小說》第一三期以後沒有寫上出版的日期。我想這兩個事實之間一定有關係。

(九)商務印書館和金港堂的合辦

從光緒二十九到民國三年商務印書館是和日本金港堂的合辦公司。這十多年商務印書館卻不想宣傳這個合辦。老實說商務印書館和金港堂是合辦公司，但表面上商務印書館硬說自己是「日本東京金港堂代理店」。朱蔚伯說：「商務對這事情不宣揚，外面知道底細的也不多」❸。辛亥革命的時候陸費逵他們離開商務印書館而創設中華書局。中華書局暴露商務印書館裏有日本的資本而攻擊這個合辦。《繡像小說》是金港堂的原亮三郎創刊的雜誌。李伯元去世以後《繡像小說》還用「南亭亭長」的名字繼續登載《文明小史》、《活地獄》。知道內部情況的朋友對《繡像小說》和商務印書館的做法生氣，也是應該的。

李伯元去世七個月後吳趼人寫了一篇文章叫作〈李伯元小傳〉❹表示哀悼之意。在這篇文章中吳趼人說到《（世界）繁華報》；但是不提及《繡像小說》。他雖然舉出《文明小史》、《活地獄》等作品，可是又不提及《繡像小說》。他還說：「坊賈甚有以他人所撰之小說，假君名以出版者」。吳趼人知道李伯元去世以後《繡像小說》以南亭亭長的名字發表別人所寫的《文明小史》、《活地獄》。吳趼人寫的文章讓我們了解到他同商務印書館之間有個明確的矛盾。

㈩《老殘遊記》的原稿

《繡像小說》編者不登載《老殘遊記》第十一回的原稿。編者把存稿後面三回各移上一回。沒被採用的原稿保留在《繡像小說》的編者手邊。劉鐵雲不同意編者的刪改，停止爲該雜誌寫原稿。第二年（光緒三十一年），劉鐵雲的朋友《天津日日新聞》社的方藥雨勸劉鐵雲繼續寫《老殘遊記》，要再從頭登起。劉鐵雲得重寫《老殘遊記》第十一回，因爲第十一回沒被《繡像小說》編者採用。光緒三十一年十月初三日他根據草稿（這六張草稿現在南京博物院所藏）恢復現狀（文獻四五、四六）。這草稿當然不是劉鐵雲交給商務印書館的原稿，而是謄清以前的草稿而已。

《文明小史》第四十九回從《老殘遊記》第十二回竊用「恃強拒捕的肘子，臣心如水的湯」這句話（文獻二）。

㈩ 李伯元去世後

光緒三十二年三月十四日李伯元去世。但是《繡像小說》還繼續出版。我們應該注重這個事實。

李伯元去世後南亭亭長的《文明小史》、《活地獄》也都登載於《繡像小說》。爲什麼呢？應當說這是不可理解的事。死人寫原稿嗎？當然不會。

《繡像小說》出版到第五十五期登載《文明小史》第五十九回。這期《文明小史》盜用《老殘遊記》第十一回原稿之中《北拳南革》部分。保留《老殘遊記》的原稿的不是別人而是《繡像小說》的編者。這是李伯元去世後的事。盜用的人自稱「南亭亭長」，但明明確確不是李伯元。那是誰？據我的看法，這個「南亭亭長」應該是歐陽鉅源（文獻三〇、四〇、五三）。

包天笑這樣說：

> 後來鉅源告訴我，他（注：李伯元）的《游戲報》，完全交給了鉅源，自己完全不動筆，卽小說亦由鉅源代作。伯元一天到晚，就是應酬交際，作花界提調而已。（省略）後來商務印書館辦《繡像小說》，每月稿費，由他包辦。據歐陽鉅源說：伯元的許多小說，都由他代做，但用伯元的名。不過《官場現形記》是否也有他筆墨，却不曾問他。（我想伯元熟於官場事，必由他自寫。）若《文明小史》等，則我曾見過原稿，確有鉅源的筆在內咧。❺

注意「若《文明小史》等，則我曾見過原稿，確有鉅源的筆在內咧」包天笑的這些話。我們不能忽視他的證言。

(十一) 誰是南亭亭長

我探討研究上海繁華報館出版的增注本《官場現形記》得一個結論，《官場現形記》就是李伯元和歐陽鉅源的「共同作品」❻。

《官場現形記》上署「南亭」。李伯元去世後《繡像小說》上發表戴上南亭亭長這個筆名的作品《文明小史》、《活地獄》。這次我再要說一遍，南亭亭長是李伯元和歐陽鉅源的共同筆名。

過去把《官場現形記》、《文明小史》、《活地獄》作爲李伯元一個人的作品而討論的文章都不能成立。

將來要是不考慮南亭亭長是李伯元和歐陽鉅源的共同筆名而寫論文的話，不得不說這也是沒有根據的立論。

這是我的結論。

附註

❶ 樽本照雄，〈關於天津日日新聞版《老殘遊記》二集〉，《野草》第一八號，一九七六、四、三〇。樽本《清末小說閑談》（法律文化社，一九八三、九、二〇）所收。

❷ 樽本，〈《同文滬報》的《繡像小說》〉評，《清末小說研究會通信》第三〇號，一九八三、七、一。樽本《清末小說きまぐれ通信》（清末小說研究會，一九八六、八、一）所收。

❸ 朱蔚伯，〈商務印書館是怎樣創辦起來的〉，《文化史料（叢刊）》第二輯，一九八一、一一，頁一四六。樽本照雄，〈商務印書館不要別人提到的事〉，《中國文藝研究會會報》第一一三號，一九九一、三、三〇，頁一四—一九。

❹ 《月月小說》第一年第三號，光緒三十二年十一月望日。

❺ 包天笑，〈晚清四小說家〉，《小說月報》第一九期，一九四二、四、一，頁三四—三五。
魏紹昌編，《李伯元研究資料》，上海古籍出版社，一九八〇、一二，頁二八。

❻ 樽本，〈《官場現形記》の眞僞問題〉，《清末小說研究》第六號，一九八二、一二、一。前出《清末小說閑談》所收。謝碧霞譯，〈〔官場現形記〕的眞僞問題〉林明德編《晚清小說研究》，臺北・聯經出版事業公司，一九八八、三，頁一八五—二〇三。

《繡像小說》關係年表

表示的是農曆
☆：推斷年月

光緒二十九年五月初一日　《繡像小說》創刊　南亭亭長《文明小史》連載開始

（一九〇三）八月初一日　《繡像小說》第九期《老殘遊記》連載開始

九月十五日　《繡像小說》第一二期發行年明記／從第一三期起沒有出版日期

十月初一日　商務印書館同日本・金港堂合辦，改成有限公司

光緒三十年二月☆　《繡像小說》第一六期刪去《老殘遊記》一一回原稿

（一九〇四）　把原稿一二回改成第一一回

四月☆　《繡像小說》第一八期發表《老殘遊記》第一三回就中斷

把原稿一四回改成第一三回而發表

到年底☆　《繡像小說》出版完第一年的二十四冊

光緒三十一年正月十二日　劉鐵雲訪問李伯元

（一九〇五）十月初三日　劉鐵雲寫《老殘遊記》第一一、一五、一六回原稿

—初五日　重寫第一一回原稿，修改後加上七十八字

☆　《繡像小說》第四五期《文明小史》第四九回

—（剽竊《老殘遊記》的「恃強拒捕的肘子，臣心如水的湯」）

到年底☆	《繡像小說》出版完第二年的二五—四八期（有可能更晚一些）
光緒三十二年三月十四日	李伯元去世
（一九〇六）八月或九月☆	《繡像小說》第五五期　南亭亭長《文明小史》第五九回（從沒被採用的原稿竊窃日食月食、北拳南革部分）
八月或九月☆	《繡像小說》第五九期把惺菴（周桂笙）《世界進化史》第三回放在卷首
九月十五日	《月月小說》創刊
十一月十五日	《月月小說》第三號登載吳趼人〈李伯元小傳〉
年末☆	《繡像小說》第六九期登載南亭亭長《活地獄》第三九回
年末☆	《繡像小說》第七〇、七一期登載繭叟（吳趼人）《活地獄》第四〇—四二回
年末☆	《繡像小說》第七二期登載茂苑惜秋生（歐陽鉅源）《活地獄》第四三回
到年底☆	《繡像小說》出版完第三年的四九—七二期（有可能更晚一些）

《繡像小說》編者問題文獻目錄

1a. 李伯元與劉鐵雲的一段文字案　魏　紹昌　《光明日報》一九六一、三、五

1b. 李伯元與劉鐵雲的一段文字案　魏　紹昌　魏紹昌編《李伯元研究資料》上海古籍出版社，一九八〇、一二，頁一八〇—一八五

1c. 李伯元與劉鐵雲的一段文字案　魏　紹昌　《中國近代文學論文集》（一九四九—一九七九）小說卷　中國社會科學出版社，一九八三、四，頁三〇一—三〇二

1d. 李伯元與劉鐵雲的一段文字案　魏　紹昌　晚清小說大系《文明小史》，臺灣・廣雅出版有限公司，一九八四、三，頁四九一—四九五

2. 《文明小史》をめぐつて　太田辰夫　《神戶外大論叢》第一二卷第三號一九六一、八、三〇，頁一〇五—一〇七

3. 關於《繡像小說》（一九〇三—一九〇六）　汪　家熔　《商務印書館館史資料》之十七，商務印書館總編室印，一九八二、五、二〇，頁二—八

4. 商務印書館出版的半月刊——《繡像小說》　汪　家熔　《新聞研究資料》一二輯，一九八二、六，頁二三二—二三八

5. 《老殘遊記》と《文明小史》の盜用關係　樽本照雄　《清末小說研究會通信》二一號，一九八二、一〇、一

6. 《繡像小說》及其編輯人　汪　家熔　《出版史料》二輯，一九八三、一二，頁一〇八—

7. 《鄰女語》・《老殘遊記》・　一一二
《ガリヴァー旅行記》——　中村忠行　《野草》三三號，一九八四、二、一〇，頁一九―
《老殘遊記》の改竄問題を　三八
めぐって

8 a. 晚清雜誌《繡像小說》的編者　魏　紹昌　《文學報》，一九八四、八、二
問題

8 b. 晚清雜誌《繡像小說》的編者　魏　紹昌　《東方夜談》，福州・海峽文藝出版社，一九八
問題　七、二，頁七六―八〇

9. 誰是《繡像小說》的編輯人　樽本照雄　〈文學遺產〉六五三期，《光明日報》，一九八
四、九、四

10. 《繡像小說》主編爲李伯元　鄭　逸梅　〈文學遺產〉六五三期，《光明日報》，一九八
四、九、四

11. 《繡像小說》編者問題我見　魏　紹昌　〈文學遺產〉六五八期，《光明日報》，一九八
四、一〇、一三

12. 劉鶚和李伯元誰抄襲誰?　汪　家熔　《文學遺產》六六〇期《光明日報》一九八四、一
一、六

13. 李伯元と商務印書館——《繡　利波雄一　(早大)《中國文學研究》一〇期，一九八四、一二
像小說》をめぐって

14. 學術爭鳴和科學態度　木　訥　〈文學遺產〉六七一期，《光明日報》，一九八
五、一、二二

15. 李伯元編《繡像小說》的最早史料　許　國良　〈文學遺產〉六七一期，《光明日報》，一九八五、一、二二

16. 《繡像小說》の編者は誰か——論爭の情況——　樽本照雄　《中國文藝研究會會報》五〇號，一九八五、二、一五，頁二五—二七

17. 《繡像小說》の編者問題に關する若干の補充　魏　紹昌著　樽本照雄譯　《中國文藝研究會會報》五〇號，一九八五、二、一五，頁二七—二八

18. 論爭中斷　樽本照雄　《清末小說研究會通信》三四號，一九八五、三、一

19. 關於《繡像小說》編輯人問題的討論　孫　津　(江蘇省社會科學院)《社科信息》，一九八五、三、一五　未見

20. 《繡像小說》の編者をさがす　樽本照雄　《清末小說研究會通信》三五號，一九八五、四、一

21. 關於清末《繡像小說》半月刊的終刊時間　張　純　《晚清小說研究通信》一，一九八五、四、一七

22. 汪家熔の立論成立せず　樽本照雄　《清末小說研究會通信》三六號，一九八五、五、一

23. 中國の情報ミニコミ紙《晚清小說研究通信》　樽本照雄　《清末小說研究會通信》番外一，一九八五、五、一五

24. 《繡像小說》李伯元編者說の根　樽本照雄　《中國文藝研究會會報》五二號，一九八五、五、一五，頁七—一〇

25. 關於「李伯元與劉鐵雲的一段　樽本照雄　《大阪經大論集》一六五號，一九八五、五、一

文字案」 五，頁四九—五二

26. 〈李伯元と商務印書館〉補記　利波雄一　《中國文藝研究會會報》五三號，一九八五、六、三〇

27. 劉鐵雲が李伯元を盜用したのか——汪家熔說を批判する　樽本照雄　《大阪經大論集》一六六號，一九八五、七、一五，頁一二一—一二七

28. 關於《繡像小說》編輯人是否李伯元問題的討論　張　純　《晚清小說研究通信》二，一九八五、七、一七

29. 清末文學研究時評　中村忠行　《中國文藝研究會會報》五四號，一九八五、七、三〇，頁一—七

30. 《繡像小說》の刊行時期　樽本照雄　《中國文藝研究會會報》五五號，一九八五、九、三〇，頁五—一〇

31. 李伯元確曾編輯《繡像小說》　方　山　〈文學遺產〉六九二期，《光明日報》，一九八五、一〇、二二

32. ワクドキ清末小說　澤本香子　《清末小說》八號，一九八五、一二、一，頁一—八

33. 汪家熔氏からの手紙　樽本照雄　《清末小說研究會通信》四三號，一九八五、一二、一

34. 《老殘遊記》と《文明小史》の盜用關係を論じる　樽本照雄　《中國文藝研究會會報》五七號，一九八六、一、三〇，頁一—四

35. 李伯元と劉鐵雲はどちらがどちらを盜用したのか　汪　家熔　《中國文藝研究會會報》五七號，一九八六、一、三〇，頁五—九

表題は日本語だが，內容は中國語

36. 關於《繡像小說》終刊時間的討論　石　子　《明清小說研究通訊》一九八六年二期，一九八六、四、一五，頁五

37. 《外交報》と《繡像小說》の共通點　樽本照雄　《清末小說研究會通信》四八號，一九八六、五、一

38. 氣になる《繡像小說》の奥付　樽本照雄　《中國文藝研究會會報》五九號，一九八六、五、三一，頁一—三

39. 關於《繡像小說》半月刊的終刊時間　張　純　《徐州師範學院學報》一九八六年二期，一九八六、六、一五，頁一〇九—一一〇

40. 李伯元と劉鐵雲の盜用關係二　樽本照雄　《咿啞彙報》一一號，一九八六、六、二五，頁四—五

41. 張元濟、李伯元與《繡像小說》　〔新西蘭〕葉宋曼瑛　《出版史料》五輯，一九八六、六，頁一四三—一四七

42 a. 談談劉鶚與李伯元的一段文字案——兼與魏紹昌、汪家熔兩先生商榷　張　純　《出版史料》五輯，一九八六、六，頁一四八—一五〇

42 b. 談談劉鶚與李伯元的一段文字案——兼與魏紹昌、汪家熔兩先生商榷　張　純　《明清小說研究》四輯，一九八六、一二，頁四三三—四三九

43 a. 再談《繡像小說》的編者問題　魏　紹昌　《出版史料》五輯，一九八六、六，頁一五一—一五二

43b. 再談《繡像小說》的編者問題　魏　紹昌　《東方夜談》福州・海峽文藝出版社，一九八七、二，頁八一—八七

44. 關於《繡像小說》終刊時間的討論　石　子　（江蘇省社會科學院）《社科信息》六期，一九八六、七、二，頁三九—四一

45. 《老殘遊記》の下書き手稿について　樽本照雄　《清末小說》九號，一九八六、一二、一，頁七—一二

46. 資料：《老殘遊記》の下書き手稿　清末小說研究會編　《清末小說》九號，一九八六、一二、一，頁一三—二九

47. 《繡像小說》と金港堂主・原亮三郎　中村忠行　《神田喜一郎博士追悼中國學論集》，二玄社，一九八六、一二、一五，頁五三四—五五六

48. 劉鐵雲と李伯元をつなぐもの　樽本照雄　《大阪經濟大學教養部紀要》四號，一九八六、一二、三一，頁一一一—一二三

49. 《商務印書館大事紀》一九〇三年の項　（汪家熔）《商務印書館大事記》，北京・商務印書館，一九八七、一
無署名だが，該當項目は，汪家熔の執筆

50. 《繡像小說》發行遲延說をめぐつて　前言　樽本照雄　《清末小說から》五號，一九八七、四、一，頁一—二

51. 《繡像小說》的時間座標　汪　家熔　《清末小說から》五號，一九八七、四、一，頁二—四

52. 《繡像小說》終刊時間問題我見　時　萌　《清末小說から》五號，一九八七、四、一，頁四—五

53. 關於李伯元是否《繡像小說》編輯人問題的討論／關於李伯元與劉鶚的一段文字案　袁健、鄭榮編著　《晚清小說研究概說》，天津‧教育出版社，一九八九、七，頁一六四—一六七

54. 《繡像小說》編者等問題仍須探索　汪　家熔　《出版史料》一九九〇年四期，一九九〇、一二?，頁一一七—一二二

成也蕭何，敗也蕭何

——論吳趼人《恨海》與梁啓超的小說觀

蔣英豪

一、吳趼人與梁啓超

吳趼人（吳沃堯，我佛山人，一八六六—一九一〇）的小說《恨海》是在一九〇六年寫成並出版的❶。此書共有十回，約五萬字，標明是「寫情小說」。吳趼人自稱用了十天時間就寫成，也是他頗爲自負的作品❷。其在中國小說史上的重要性及受人注目的程度，也不亞於與《官場現形記》、《孽海花》、《老殘遊記》齊名的譴責小說《二十年目睹之怪現狀》。

在晚清幾位最著名的譴責小說作家中，吳趼人與維新派的關係最密切，他對梁啓超小說理論的回應也最直接而響亮。吳趼人一生最主要的事業，是在上海辦報刊，這一點跟李伯元（一八六七—一九〇六）很相似。他二十歲不到就到了上海❸，一八九七在《字林滬報》副刊《消閑報》任事，其後辦《采風報》、《奇新報》，一九〇一年又辦《寓言報》❹，這些都是消閑性質的小報。吳趼人與李伯元二人在十九世紀末二十世紀初幾年間辦報的經歷非常接近，不但報紙的性質完全相類，就是年份也恰好重疊❺。一九〇二年他應聘到《漢口日報》任事，在漢口停留一年多又回上海。吳氏正式開始創作小說，是在一九〇三年，第一部長篇小說是《二十年目睹之怪現狀》，與李伯元的《官場現形記》是同年動筆、連載的。此小說於梁啓超（一八七三——一九二九）在日本發行的《新小說》上連載，其後吳氏的《痛史》和《電術奇談》也都在這個維新派的小說雜誌上發表❻。

不單如此，《新小說》在一九〇五年十二月停刊後，一九〇六年，吳趼人卽任《月月小說》主編，其創刊號在九月出版。吳趼人爲《月月小說》寫的序，純從維新派小說理論出發，其文體和立論，與梁啓超「譯印政治小說序」、「小說與羣治之關係」等文章異常相似，而吳氏在文章中也處處應和梁啓超的看法❼。此文最值得注意的地方，是吳氏標出了「艷情小說」。梁啓超在「譯印政治小說序」中把仿效《紅樓夢》的「道男女」的小說視爲「誨淫」❽；而在「小說與羣治之關係」中更把社會風俗敗壞歸咎於這些道男女之情的小說：

> 今我國民輕薄無行，沉溺聲色，綣戀床第，纏綿歌泣於春花秋月，銷磨其少壯活潑之氣，青年子弟，自十五歲至三十歲，惟以多情多愛多愁多病為一大事業，兒女情多，風雲氣少，甚者為傷風敗俗之行，毒遍社會，曰惟小說之故。❾

吳趼人以編輯消閑小報爲生，他最了解讀者的好惡與需要。但另一方面他也是維新派的忠實信徒。爲了調和這個矛盾，他在「《月月小說》序」中作了這樣的安排：

即艷情小説一種，亦必軌於正道乃入選焉。庶幾借小説之趣味，之感情，為德育之一助云爾。⑩

與「《月月小說》序」寫作時間很接近的《恨海》，正是這種想法的具體表現。

二、《恨海》的情節結構與角色塑造

《恨海》是以庚子事變爲背景的愛情故事，作於庚子事變後五年。作者的處理手法很特別。在小說的第一回開頭，他就急於要說明對「情」的看法：他認爲光是男女之情叫做「痴」，而濫用其情的叫做「魔」；他心目中最崇高的「情」，是依違於道德，受其規範，顯其崇高的。值得注意的是，他把道德與舊禮教劃分得很清楚；他擁護道德，卻質疑過時的舊禮教（如「父母之命、媒妁之言」的婚姻制度）。他要寫的愛情故事，也就是「《月月小說》序」中所說的「軌於正道」、足以「爲德育之一助」的。這是他很婉轉的要糾正梁啓超「誨淫」的偏見，要賦與艷情小說較崇高地位的努力。

書中述及兩對青年男女在庚子事變中的遭遇。這兩對已訂婚的男女分別來自三個家庭，同住北京一個大合院。書中寫到人怎樣在社會動亂中不由自主走上歧途，以及人在災難面前的無奈無助。兩個男主角是兩兄弟，長的叫陳伯和，幼的叫陳仲藹，他們的父親陳戟臨是京官。陳伯和的未婚妻張棣華，父親是買賣人；陳仲藹的未婚妻王娟娟，父親也是京官，與陳家本是中表親戚。三伙人合住一個合院，關係和睦，遂結爲姻親。

從第一回末到第九回，主要是寫陳伯和在拳亂中從北京護送張棣華母女到上海找張先生，沿途走難的艱辛經歷。在第三回，伯和與棣華母女失散了；在其後的幾回裏，他們互相找尋對方，可惜總是陰差陽錯碰不上。伯和在途中驟得橫財，卻因此墮落了，嫖、賭、吹無所不爲。棣華母女幾經艱辛，終於輾轉抵達上海，與張先生重聚。他們不斷訪尋伯和下落，最後找到了，伯和已淪爲乞丐。伯和幾經努力嘗試，仍戒不斷毒癮；棣華蔽於舊禮教，堅持不肯銷毀婚約。但伯和自慚形穢，不想連累棣華和他的家人，從張家逃跑了，最後病死醫院。棣華經此打擊，灰心之餘，出家爲尼。至於另一對未婚夫妻仲藹和娟娟，小說只在第八回開頭和第十回結尾簡單提到他們。娟娟到了上海後淪爲娼妓，仲藹偶然在一個宴會上碰到她，她正在侍酒；仲藹萬分傷心失望，決定歸隱山林。

這部小說在情節安排和角色塑造兩方都很特別。此書有兩個情節，主情節環繞著伯和與棣華二人，次情節則以仲藹和娟娟爲中心。次情節很明顯是主情節的倒影⓫。在主情節裏，男角逐步走向墮落滅亡，女角則始終堅持對男角的忠貞。但在次情節裏，男角經歷了庚子事變這場動亂的考驗，仍能純潔如一，但女角卻爲生活所逼而淪落風塵。次情節的作用，是藉對比去加強主情節的悲劇與感傷效果。

《恨海》的角色塑造也很值得留意。傳統章回小說往往回目繁多，角色也不計其數。《恨海》只有十回，角色寥寥數人⓬，重點也只放在伯和與棣華二人身上。這兩個人物在小說中或在外形上，或在心理上都受外界環境影響而不斷轉變、發展，在故事的開頭和結尾成了截然不同的兩人⓭。

在小說的開頭，伯和是個「舉動活潑、讀書聰明」的人。他在與未婚妻失散前，處處表現得極爲周到，爲他人設想，也恪守禮教。他是一個沒半點毛病可以挑剔的好青年。他一生的轉捩點，就是在走難途中暴得橫財。此後他上了鴉片煙癮，沈迷賭博，流連妓院。在第九回，他已淪落爲「骨瘦如柴，面目黧黑」，遍體頑疾的乞丐。至於棣華，在小說開頭，她是個「呆笨，終日不言不笑」的人，是舊禮教的最虔誠遵行者。她與未婚夫婿在走難時同處一室，卽使有母親同在，還是深感不自在，因爲他們還未有正式名份。雖然困難因此接踵而至，她還是竭力遵行禮教。母親病重的時候，她竟然深信割肉療親可以孝感動天，依樣照做，可惜並不生效。這是她一生的轉捩點，使她開始對舊禮教質疑。到了小說快結束的時候，棣華完全改變了。在伯和死前，她不顧禮教上沒有名份的禁忌，在醫院守在伯和病榻前，親侍湯藥。

吳趼人處理這兩個人物用了兩套不同的手法。他寫伯和，著眼於外貌，從伯和外貌上自「舉動活潑」到「骨瘦如柴」的變化去展示其墮落過程⑭但他處理棣華卻完全從心理描寫著眼⑮。他從棣華的內心世界去透現這個人物。每次他寫到棣華這個人物，他都進入其內心探索其心理活動。這兩個主要角色的在小說中的變化，與主題的表達有關。伯和的變化，在於展示社會環境對人的重大影響，從而可見社會改良之重要。至於棣華的變化，則在於顯示作者對舊禮教的懷疑與挑戰，借揭露與刻劃而希望促進不良風俗之剷除。

三、《恨海》的譴責成份

《恨海》跟其他在庚子事變後出現而以庚子事變爲題材小說一樣，也帶有很強烈的譴責傾向。其他寫作年份較近庚子事變而以庚子事變爲題材的小說，如艮廬居士的《救刼傳》⑯憂患餘生（連夢青）的《鄰女語》⑰等，其譴責成份都表達得很直接，往往由作者直接闖入小說之中，現身說法，痛斥拳民，譴責肇禍大臣，追究動亂責任。《救刼傳》中的譴責成份是全書的骨幹，作者在每一段敍述之後，都必然開腔評論一番。例如在第三回結尾說到大沽炮臺失守，作者便用了比敍述還要多的文字加以評論：

……看官！你想這大沽口，是天生成的北洋門戶，何等險要，那知只有六點鐘時辰，已被洋兵奪去。何以洋兵如此之强，我國的兵如此不中用？原來我國太平日久，這些當兵的人，本來是無業游民，沒路了才去當兵，他心裏原沒有忠君愛國的一點熱心。到了臨陣，便想逃脫。內中雖有幾個忠心的，也是沒有真實本領，徒逞匹夫之勇，那比得各國的兵……我們將自己國內，竭力整頓，到得國富兵强，那時他們各國，也不敢看輕我們了。無奈甲午到今，過了幾個年頭，做官的仍舊這樣做官，辦事的仍舊這樣辦事，說起各國那樣認真，那樣著實，總不相信。還有那大話連天的，反說要驅逐洋人，不許在我國通商來往，你道有這種不明理，不量力的人麼？⑱

至於《鄰女語》，作者現身譴責的次數也極其頻密。如在第十一回敍完裕祿（一八四四—一九〇〇）自殺之後，作者開腔評論說：

可憐這位北洋大臣，平時只不過一個庸愚無識之人，今日國破家亡，妻子莫保，反做了枉死之鬼，論他境界，煞是可慘，論他罪惡，却有餘辜。做了一二品大員，只知依附權奸，不敢批鱗逆諫，弄到後來，求一善終而不可得，這是他自己罪有應得，死如其分，也不必說了。⑲

《恨海》作於事變後五年，吳趼人對拳亂的反應已不像艮廬居士和憂患餘生那麼激烈。另一方面，作爲一個專業小說家，他清楚知道怎樣表達意見會更有效、更配合小說的形式。他也表達對時局的看法，不過他是借書中人之口去說出來，他自己並不強出頭。這種譴責方式當然比《救刧傳》和《鄰女語》成熟得多。例如在第七回，他就借陳戟臨之口評論朝廷針對洋人的「上諭」：

又過了兩天，京報上載了一道上諭，足有六百多字，無非是痛罵洋人，獎勵義和團。戟臨嘆道：「照這上諭所說，欺凌我國家，侵罰我土地，洋人固然可恨，但何不商量一個對付之法，振刷起精神來，力圖自强，自立於不敗之地，然後再同他計較。徒然召些亂民，要與他徒手相搏，又有何益？」⑳

與《救刧傳》等小說比較，《恨海》的譴責方式無疑自然很多。

也由於吳趼人認同梁啓超的小說理論，《恨海》裏有很強烈的社會意識，作者有意識地提出舊禮教和「父母之命、媒妁之言」的婚姻這些社會問題，探討其在轉變中的社會，特別是在大動亂的局勢下所引起的問題，並提出改革的要求。這是二十世紀初年中國小說在時局刺激與改良派影響下所產生的一些共同特質㉑。吳趼人在《恨海》中透過張棣華之父的口質疑封建禮教下的不自主不自由的婚姻制度。在第一回，當陳氏夫婦請了兩個媒人到張家替只有十二三歲的兩個小男孩小女孩說合時，張棣華的父親說：

彼此向來不相識的，倒還罷了，此刻他們天天在一處的，倘使他們向來有點不睦，强他們做了夫妻，知道這一生一世怎樣呢？㉒

他後來還是答應了婚事，最後卻因此後悔不已，因爲未來東床終於淪爲鴉片煙鬼。在第十回，他告訴棣華：

論起來，這件事總是我誤了女兒。當日陳氏來求親時，你們只有十二三歲，不該應草草答應了他，以致今日之誤。㉓

其後他又想：

我這個賢惠女兒，可惜錯配了這個混帳東西。總是當日自己輕於然諾所致。看了這件事，這早訂婚姻，是幹不得的！㉔

書中幾個角色在庚子事變中的悲慘遭遇，正好支持了作者要求改革過時禮教的呼聲。

四、成敗蕭何

《恨海》是吳趼人深感自豪的作品。他在一九〇七年作「說小說」一文時說：

> 作小說令人喜易，令人悲難，令人笑易，令人哭難。吾前著《恨海》，僅十日而脫稿，未嘗自審一過，即持以付廣智書局。出版後偶取閱之，至悲慘處，輒自墮淚，亦不解當時何以下筆也。能為其難，竊用自喜。然其中之言論理想，大都皆陳腐常談，殊無新趣，良用自歉。所幸全書雖是寫情，猶未脫道德範圍，或不致為大雅君子所唾棄耳。[25]

這種自豪感的基礎也許就在於此書之廣受注視。作爲本世紀初較早出現的「言情」小說，此書對舊禮教及婚姻制度的質疑以及對張棣華心理活動的描寫，對後來的話劇和小說頗有影響[26]。阿英（錢德富，錢杏邨，一九〇〇—一九七七）《晚清小說史》提及從一九〇六年到一九一一年五年間，有許多小說是繼《恨海》而作的[27]。梁啓超對「才子佳人」一類的小說素無好感，他的小說理論發揮影響之後，以男女之情爲題材的小說曾一度衰落[28]。《恨海》出現，塡補了小說壇上「言情」小說缺乏的空隙，也引起了探討婚姻制度這個社會問題的熱潮，使傳統的愛情故事和「才子佳人」小說在探討婚姻制度的大旗下得以復甦。傳統「才子佳人」小說跟一九一〇年代愛情故事的最大分別，是後者的感傷成份加強了；晚清小說研究者一般認爲這一方面是來自《恨海》的影響，另一方面也有當時翻譯西方小說如林紓（一八五二—一九二四）譯《巴黎茶花女遺事》的影響在㉙。這類新的愛情故事約在一九〇八年左右出現，在一九一一年之後形成浪潮㉚。寫這類小說的作家，後來被歸類爲「鴛鴦蝴蝶派」。自《禮拜六》在一九一四年創刊，此派作家如周瘦鵑（周國賢，一八九四—一九六八），徐枕亞（徐覺，一八八九—一九三七），包天笑（包公毅，一八七六—一九七三）等人遂左右了當時的通俗文學雜誌㉛。

吳趼人是梁啓超小說理論的忠實執行者，他在維新派的啓發下開始小說創作，他爲數甚多的小說也具體實現了維新派的小說理想，使晚清小說出現了嶄新的局面。論功行賞，他確是「功高拜將成仙外」。諷刺的是，他由於對讀者的興趣與需求深有認識，而在「艷情小說」的問題上提出與梁啓超不同的看法，這點竟然結合了其他因素，促使晚清小說經歷另一次轉向，回歸梁啓超所深痛惡絕的那種局面，而且在梁啓超看來情況比以前更糟，因爲一九一〇年代小說的數量和影響力，都遠非十九世紀末時可比。從梁啓超的角度來看，吳趼人是維新派小說事業的功臣，也是維新派小說事業的罪人。梁啓超對吳趼人，大抵會有「成也蕭何（？—公元前一九三），敗也蕭何」之嘆了。

一九一五年，梁啓超發表「告小說家」，總結過去十年自《新小說》結束後小說界發展之情況，深表悲憤：

> 今日小說之勢力，視十年前增加倍蓰什百，此事實之無能為諱者也。然則今後社會之命脈，操於小說家之手者泰半，抑章章甚明也。而還觀今日之所謂小說文學者何如？

嗚呼！吾安忍言！吾安忍言！其什九則誨盜與誨淫而已……其柔靡者浸淫於目成魂與窬牆鑽穴，而自比於某種艷情小說之主人者，於是其思想習於汚賤齷齪，其行誼習於邪曲放蕩，其言論習於詭隨尖刻。近十年來，社會風習，一落千丈，何一非所謂新小說者階之厲？循此橫流，更閱數年，中國殆不陸沈焉不止也。㉜

梁氏作此文時，他的「信徒」與「叛徒」吳趼人已棄世五年。如果他像後世文學史家那樣能看到《恨海》一書在晚清小說發展上所起的作用，他也許更是感慨萬千了。

附　註

❶《恨海》主要有以下幾種版本：
上海廣智書局，一九〇六年九月。初版。
上海時還書局，一九二四。
上海世界書局，一九二六。
上海文化出版社，一九五六。
南昌豫昌書社，一九八一。
另收錄於阿英（錢德富，錢杏邨，一九〇〇—一九七七）《庚子事變文學集》中，北京：中華書局，一九五九；臺北：廣雅出版有限公司，一九八二。參魏紹昌（一九二二—）：《吳趼人研究資料》（上海：上海古籍出版社，一九八〇），頁一二七。此外中島利郎有「吳趼人『恨海』の版本」，載《文藝論叢》（大谷大學文藝研究會）第十四號。

❷ 吳趼人「說小說」，載《吳趼人研究資料》頁三三六。

❸ 魏紹昌「魯迅（周樟壽，一八八一—一九三六）之吳沃堯傳略箋注」據吳氏《趼廛筆記》及包天笑（包公毅，一八七六—一九七三）《釧影樓筆記》，推斷吳氏十七、八歲就到了上海。見《吳趼人研究資料》頁四。

❹ 「魯迅之吳沃堯傳略箋注」頁四。

❺ 李伯元在一八九六年（時三十歲）捨棄了科學制藝，跑到上海，在《指南報》工作了一年左右，見魏紹昌「魯迅之李寶嘉傳箋注」，載《李伯元研究資料》（上海：上海古籍出版社，一九八〇）頁五；翌年六月，即出來創辦《游戲報》。《游戲報》是一份典型的消閒小報，其內容「上自列邦政治，下逮風土人情，文則論辨、傳記、碑志、歌頌、詩賦、詞曲、演義、小唱之屬，以及楹對、詩鐘、燈虎、酒令之制」無所不包，實則以記「花界」消息爲主（見《游戲報》重印本「告白」，此轉引自阿英「《游戲報》」，載《李伯元研究資料》頁四五〇），宗旨則自言是「假游戲之說，以隱寓勸懲，亦覺世之一道」（見「論《游戲報》之本意」，載《李伯元研究資料》頁四五三）。三年後李伯元把《游戲報》出讓，自己在一九〇一年四月創辦《世界繁華報》。此報內容與形式都與《游戲報》相似，也以「記倡優起居」爲主。

❻ 《二十年目睹之怪現狀》的頭四十五回從一九〇三年八月到一九〇五年十二月在《新小說》連載（見《吳趼人研究資料》頁三八）；《痛史》的頭二十七回從一九〇三年八月到一九〇五年十二月在《新小說》連載（見《吳趼人研究資料》頁八二）；《電術奇談》二十四回從一九〇三年八月到一九〇五年五月在《新小說》連載（見《吳趼人研究資料》頁八九）。吳趼人的作品在《新小說》中往往佔了一半篇幅以上。

❼ 此文收錄於《吳趼人研究資料》頁三一九至三二三頁。

❽ 見《中國近代文論選》（北京：人民文學出版社，一九八一），頁一五五。

❾ 原載《新小說》第一號，此轉引自《中國近代文論選》頁一九一。梁啓超於一九零三年正月離開日本往北美游歷，同年十一月返日。在他離開的時候，《新小說》第七號（標光緒二十九年「一九零三」七月出版，實則五月出版）刋平等閣（狄葆賢，一八七三—一九四一）的《新聊齋·唐生》，標明是「寫情小說」；在第八號（標光緒二十九年八月出版，實則爲六月出版）起連載日本菊池幽芳原著、方慶周譯述、我佛山人（吳趼人）衍義、知新主人（周樹奎）評點的小說《電術奇談》，亦標明「寫情小說」。此小說刋至第十八號（光緒三十年「一九零四」四月出版）而止。除此之外，《新小說》上沒有其他標爲「寫情」的小說。

❿ 載《吳趼人研究資料》，頁三二一。

⓫ Michael Egan, "Characterization in *Sea of Woe*"(《恨海》中的角色塑造），載 *The Chinese Novel at the Turn of the Century*（二十世紀初年中國小說）（Toronto: University of Toronto Press, 1980），頁一七三。此文分析《恨海》之情節結構及角色塑造頗深入，很有參考價值。

⓬ 同上，頁一六五。

⓭ 同上，頁一六八。

⓮ 同上。

⓯ 同上，頁一六九。

⓰ 艮廬居士的《救刼傳》作於一九〇一年，原載《杭州白話報》，阿英《庚子事變文學集》亦有收錄，載頁二〇七—二五五。

⓱ 憂患餘生（連夢青）的《鄰女語》原載於一九〇三—一九〇四年《繡像小說》，阿英《庚子事變文學集》亦有收錄，載頁二五六—三三四。

⓲ 見《庚子事變文學集》頁二一九—二二〇。

⑲ 見《庚子事變文學集》頁三二二。

⑳ 見《庚子事變文學集》頁六四七—六四八。

㉑ 晚清小說的其中一個特徵，是小說中提出並討論社會問題的特多。舉例而言，討論官吏問題的有李伯元的《官場現形記》，討論婦女解放問題的有頤瑣的《黃繡球》，討論迷信問題的有壯者的《掃迷帚》。

㉒ 見《庚子事變文學集》頁六〇六。

㉓ 見《庚子事變文學集》頁六六一。

㉔ 見《庚子事變文學集》頁六六二。

㉕ 見《吳趼人研究資料》頁三二六—三二七。

㉖ 據歐陽予倩（一八八九—一九六二）《談文明戲》，一九一〇年代許多白話劇團都上演過《恨海》。見《中國話劇運動五十年史料集》（北京：中國戲劇出版社，一九七八）頁四八至一〇八。

又據《吳趼人研究資料》，由《恨海》改編成的劇本有以下兩種：

柯靈（高季林，一九〇九—）：《恨海》，上海：開明書店，一九四七。

李世悲：《恨海》（一名《情天恨》），載《傳統劇目滙編》通俗話劇第三集，上海文藝出版社，一九五九。見頁一三九。其他未印成單行或無劇本傳世的戲劇改編本，相信爲數不少。又上海明星影片公司一九三一年攝製電影《恨海》，黑白默片，鄭正秋編劇，譚志遠、高梨痕導演，鄭小秋、高清頻等主演。見《吳趼人研究資料》頁一三九。

㉗ 阿英《晚清小說史》說：「由吳趼人這一類寫情小說的產生，於是有天虛我生（陳栩，陳蝶僊，一八七九—一九四〇）《淚珠緣》（按：此書出版於一九〇〇年，早於《恨海》，阿英誤），李涵秋（一八七三—一九二三）《瑤瑟夫人》（按：此書與《恨海》同於一九〇六年出

版）、《雙花記》，小白《鴛鴦碑》，平垞《十年夢》，符霖《禽海石》（按：此書與《恨海》同於一九〇六年出版），非民《恨海花》（按：此書於一九〇五年出版，早於《恨海》，阿英誤），佚名《春夢留痕》，虛我生《可憐蟲》，息觀《鴛鴦劍》、《破鏡重圓》，佚名《女豪傑》、《銷金窟》，綺痕《愛苓小傳》一類的產品。繼續的發展下去，在幾年之後，就形成了『鴛鴦蝴蝶派』的狂飇。這後來一派小說的形成，固有政治與社會的原因，但確是承吳趼人這個體系而來，是毫無可疑的。」見頁一七六。陳平原在《二十世紀中國小說史·第一卷一八九七—一九一六》（北京：北京大學出版社，一九八九）中說：「《恨海》初版於一九〇六，說不上是晚清最早的寫情小說，在此之前有《淚珠緣》等；但《恨海》卻是晚清第一部理直氣壯地爲『寫情小說』正名的小說，對以後創作影響甚大。」見頁二〇九。

㉘ 阿英《晚清小說史》說：「兩性私生活描寫的小說，在此時期不爲社會所重，甚至出版商人，也不肯印行。雜誌《新小說》、《繡像小說》所刊載作品，幾無不與社會有關。」見頁五。

㉙ 復旦大學一九五六級中國近代文學史編寫小組：《中國近代文學史稿》（北京：中華書局，一九六〇），頁三八一。E. Perry Link（林培瑞，一九四四—）在 *Mandarin Ducks and Butterflies*（鴛鴦蝴蝶）(Berkeley: University of California Press, 1981) 中也說：「《恨海》是一九一〇年代愛情故事的樣板。」（頁三二。）又說：「晚清十年上海小說中浪漫情調的潮流，起於西方浪漫文學的大量翻譯，娼樓妓館故事的寫作，以及與此有密切關係的吳沃堯、張春帆（一八七二—一九三五）等人的『感傷小說』。」（頁五四。）陳平原在《二十世紀中國小說史·第一卷一八九七—一九一六》中說：「與政治小說的既『壯』且『悲』相呼應，言情小說則是既『艷』且『哀』。這一點，從一九〇六年吳趼人出版《恨海》和符霖出版《禽海石》時，就已經基本定下了調子。此後清末民初的衆多言情小說中，罕有一對青年男女的愛情婚姻是美滿的。」見頁二六四。

㉚ 北京大學中文系：《中國小說史》（北京：人民文學出版社，一九七八），頁三六七。

㉛ 寧遠（秦浩，一九〇八—）：「關於鴛鴦蝴蝶派」，載《鴛鴦蝴蝶派研究資料》（香港：三聯書店，一九八〇），頁一二四。

㉜ 載陳平原等編：《二十世紀中國小說理論資料・第一卷》（北京：北京大學出版社，一九八九），頁四八四。

叔本華美學對王國維「境界說」之影響

陳永明

什麼是境界？這大概是《人間詞話》裏面最基本的，也是最難解答的問題。王國維對他自己提出這個境界的概念頗爲自得，他說：

> 然滄浪所謂「興趣」，阮亭所謂「神韻」，猶不過道其面目，不若鄙人拈出「境界」二字為探其本也。

但對於這個探本的境界說，《人間詞話》裏面並沒有詳細的討論。全本《人間詞話》只有：

> 境非獨謂景物也。喜怒哀樂亦人心中之一境界。故能寫真景物，真感情者，謂之有境界，否則謂之無境界。

這一則詞話比較接近「境界」一詞的界說外，再沒有其他對「境界」一詞的直接解釋了。

對王國維「境界」一詞比較常見的解釋有以下兩種。

一、以「境界」爲「景物」或寫景❶，這個說法和王國維在《人間詞話》所說：「境非獨謂景物也」，直接衝突，在這裏就不多討論了。

二、以爲境界是指情景交融❷。如果境界指的是情景交融，那麼只是言情而沒有寫境的詩句、詞句，既然沒有景和它交融，便不可能有境界了。但王國維在《人間詞話》裏面清楚說到：

> 詞家多以景寓情，其專作情語而絕妙者，如牛嶠之「甘作一生拚，盡君今日歡。」顧敻之「換我心，為你心，始知相憶深。」歐陽修之「衣帶漸寬終不悔，為伊消得人憔悴。」美成之「許多煩惱，只為當時，一晌留情。」此等詞，求之古今詞人中，曾不多見。

這是王國維認爲的「絕妙好詞」，都是專作情語，沒有景和它交融的。因此，在他看來，有境界的詩、詞，不一定要情景交融。

「境界」這個概念，並不是情和景可以解釋得透徹的。「境界」這個觀念是得力於叔本華（Arthur Schopenhauer 1788-1860）的哲學。

一般而言，認識這個世界有兩條不同的途徑：一是直觀；一是運用理知。

從直觀所見到的，通常認爲只是存在於時空的個別事物，這些事物都是不斷地在蛻變，並非恒常不易，傳統西方哲學受了柏拉圖的影響，認爲事物的眞相，必須恒久不變，所以直觀所得，不可能是事物的眞相，存於時空中的個別事物也不能是眞理。

運用理知所得的知識並不只是有關存於時空中的個別事物，而是科學概念。比如幾何學便是運用理知而建立的學科，裏面研究的不是存於時空中的三角形、圓形、平行四邊形，而是三角形、圓形、四邊形的數學概念。

可是一個科學概念絕對不能包括有關的個別事物的全部性質，比如：三角形這個概念便不包括大小，人的科學概念便不包括髮色、高度、重量，我們到底憑什麼標準決定個別事物的那一些性質應該涵攝在科學概念之內，那些性質應該被排斥在外呢？根據叔本華，這些表面看來很客觀的科學概念，其實都是很主觀，決定於我們的興趣和對我們生活的利害關係，他說：

> 就知識的本質而言，知識本來就完全是生活之欲的僕役。……所有知識，或疏或緊，無不和這個生活之欲有關係。……為了服役這個生活之欲，一切知識都只是尋求事物在時空之內，和因果上的關係。因為只有透過這些關係，我們才對個別的事物發生興趣。換言之，只是透過這些關係，事物才和生活之欲連繫起來。科學，只是研究事物間的這些關係，那是不該隱藏的事實。……這些知識只是服役人的生活之欲，並不能增加我們對事物本身的了解。[3]

依叔本華的看法，從直觀看到的個別事物，和由運用理知所獲得的科學知識，都不是事物的眞相。除了一般人所知道上述的兩條途徑以外，叔本華認爲，認識這個世界，還有另一條途徑，那就是美學上的直觀。從這種直觀所見到的，不是存在於時間、空間的個別物體，而是柏拉圖所謂的 Idea，王國維譯爲實念。

實念和存於時空的個別物體相同之處是兩者都是從直觀而得，但不同之處卻是很大。實念是超時空而又有代表性的。譬如：桃花的實念就是不爲時空所囿，而又代表了囿於時空之內的各朵不同的桃花。

從代表性而言，實念和科學概念有點相似。但實念是活的，有提昇性，是它所代表的個別物體的典範。科學概念只是所涵蓋的個別物體的界定，是死的，只有限制性。舉一個例來說：接受了桃花的科學概念，那麼一切在這個概念以外的質性，就都要被排斥爲非桃花的，或者不重要的。對桃花有什麼新看法，也就很容易被看成爲錯誤或無關重要。所以科學概念沒有提昇性，只有限制性。實念就很不同了，作爲桃花典範的實念，從中我們可以看到未曾被注意過的新性質、新姿彩。這些新看法開展了我們的眼界，增添了我們對桃花的欣賞，把我們對桃花的了解，提昇到一個新領域。

科學概念和從美學直觀而得到的實念之間的分別，叔本華是這樣說的：

> 概念像個死板板的容器，放進去的，排列得整整齊齊，可是從中不能拿出新鮮的，沒有放過進去的東西來。實念卻不一樣……它像個有生之物，能夠自我生長，自我發展，甚至可以創出前所未有的新東西來❹。

實念並不是人人可以見到的，叔本華說：

> 只有天才，或者被天才的作品提升，在剎那之間，進入到與天才同一心境的人，才可以看得到。❺

這種由超乎利害關係之上，爲一切文學、藝術所要捕捉、了解、和表達的實念，就是王國維所謂的我這個看法是基於下面三個理由。

首先，王國維的境界和叔本華的實念同爲藝術之根本，美的源頭。本文開首已引述了《人間詞話》一則，清楚看到王國維以境界說爲探本之說。在另一則詞話，王國維說：

> 言氣質，言神韻，不如言境界。有境界，本也。氣質、神韻，末也。有境界而二者隨之矣。

而叔本華說：

> 藝術的素材，藝術家所要描述的，……藝術作品的源頭，只能是柏拉圖的實念，絕不能是別的東西。不能是我們日常所體驗到的個別事物，也不能是從理知所獲得的科學概念。❻

從上面引文看來，王國維的境界，叔本華的實念同是藝術作品的本源，這一點，兩者是完全一致的。

其次，上文已經屢屢提到，叔本華認爲實念，作爲美術的對象是超時空，又超然於一切事物關係之上的。王國維明白叔本華這個看法，而且認同，他說：

> 茲有一物焉，使吾人超然於利害之外，而忘物與我之關係，……非美術何足以當之乎[7]？

這就是把美術的對象看成超然於事物關係之上。這個看法寫在《人間詞話》裏面便更加直接了：

> 自然中之物互相關係，互相限制。然其寫之於文學及美術中也，必遺其關係限制之處。

王國維的《叔本華之哲學及其敎育學說》一文是他討論叔本華美學最詳細的地方，在那篇文章裏面，王國維這樣描述叔本華的美學：

> 美之對象非特別之物，而此物之種類之形式，又觀之之我非特別之我，而純粹無欲之我也。夫空間、時間既為吾人直觀之形式，物之現於空間皆並立，現於時間者皆相續，故現於空間、時間者皆特別之物也。既視為特別之物矣，則此物與我利害之關係，欲其不生於心不可得也。若不視此物為與我有利害之關係，而但觀其物，則此物已非特別之物，而代表其物之全種。叔氏謂之曰：實念。故美之知識，實念之知識也[8]。

把這段文字和上引《人間詞話》一比較，王國維的理論脫胎叔本華便明顯不過了：

第三、叔本華的實念是從直觀而得，他說：「這種〔對實念〕的知識，是把事物與各種關係割絕後，致意觀賞所獲得的。」❾王國維對叔本華美學裏面這一點非常明白，他指出：

> 叔氏之出發點在直觀，而不在概念❿。
>
> 而美術之知識全為直觀之知識而無概念雜乎其間。故叔氏之視美術也，尤重於科學。蓋科學……既成一科學以後，則必有整然之系統，必就天下之物，分其不相類者，而合其相類者，以排列之於一概念之下。而此概念復與相類之他概念排列於更廣之他概念之下。故科學上之所表者概念而已矣。美術上之所表者，則非概念，又非個象，而以個象代表其物之一種之全體，即上所謂實念者是也⓫。

王國維雖然沒有直接地表明他的境界說是建基在直觀上，可是他在《人間詞話》裏面，屢屢用「眼」字去評論詩詞。譬如：「納蘭容若以自然之眼觀物，故能眞切如此。」又如：「政治家之眼，域於一人一事。詩人之眼，則通古今而觀之。詞人觀物，須用詩人之眼，不可用政治家之眼。」再如：「其寫景物也，亦必以自己深邃之感情爲素地，而始得於特別之境遇中，用特別之眼觀之。」可見他是重視直觀的。用特別之眼，詩人之眼，從不同事物之中，看到一個可以作爲某種事物，某種感情的典範的實念，便是王國維所謂境界了。在他假樊志厚所寫的詞序裏面他說：「文學之所以有意境者，以其能觀也。」他注意直觀，也是很清楚的。

除此之外，王國維把理性看成作爲詩人的障碍，在他詞的自序中，他說：「要之，余之性質，欲爲哲學家則感情苦多，而知力苦寡；欲爲詩人，則又苦感情寡而理性多。」這種不信任理知爲詩人、藝術家之工具，又顯然和叔本華實念之說相謀合。

基於上述境界與實念的三點相類，王國維的境界說應該是源於叔本華的美學，而境界就是叔本華所謂的念。陳寅恪說：「取外來之觀念與固有之材料互相參證。凡屬於文藝批評，及小說戲曲之作，如《紅樓夢評論》，及《宋元戲曲考》等是也。」⑫《人間詞話》是文藝批評，當然也屬於「取外來觀念與固有材料互相參證」一類。過去對《人間詞話》的研究，都是偏重於「固有材料」。譬如「境界」的解釋還未跳出情、景、或情景交融這一些傳統觀念，因此都不免有點語焉不詳。可是一拿外來之觀念——在這裏是叔本華的美學——來參證，境界說的源頭和意義便淸淸楚楚了。把境界說溯源至叔本華並沒有低貶了王國維，用外來觀念，解釋、批評傳統文學，言之條理井然，卓然成理，就是對外國理論一無了解的讀者，讀來也津津有味，得益無窮，正是《人間詞話》最突出的成就。是今日從事比較文學的人所應該仰慕的目標。

附註

❶ 徐復觀的《王國維人間詞話境界說試評——中國詩詞中的寫景問題》（《明報月刊》，一四三期，頁二至七）可以作爲這種說法的代表。

❷ 葉鼎彝的《廣境界論》（何志韶：《人間詞話研究彙編》巨浪出版社，臺北，一九七五，頁四九—六八）。James Liu: *The Art of Chinese Poetry* (University of Chicago Press, Chicago 1970) 有關部份：Part II, Chapter 4 都是持的情景交融說。

❸ Arthur Schopenhauer; The World As Will and Representation (E.F.J. Payne Tr.) Dover, (New York, 1966) Vol.I頁一七六—一七七，文內所有中譯都是筆者自己的。

❹ Scbopenhauer, Vol. I. 頁一三五。

❺ 同上，頁一三四。

❻ 同上，頁一九五。

❼ 《紅樓夢評論》（《王靜安先生全集》臺北，文華出版公司，册四，一九六八。頁一六二八—一六七一）頁一六三三。

❽ 《叔本華之哲學及其教育學說》（《王靜安先生全集》册四，頁一五九七—一六二八）頁一六〇五—一六〇六。

❾ Schopenhauer，頁一七八七。

❿ 《叔本華之哲學》，頁一六一一。

⓫ 同上，頁一六二三—一六二四。

⓬ 《王靜安先生遺書序》全集，册一，頁三。

王國維詞論中的緣起說

黃耀堃

一、甚麼是「緣起說」?

「緣起說」是我杜撰的名稱❶，「緣起說」有別於「起源說」，「起源說」是專門研究某一個類別的文學作品或者文學體裁的起源；「緣起說」雖然也涉及起源的問題，但「緣起說」是把一個類別的文學作品或文學體裁推源至某一時代、某些作家或某一階層人士（如「王官」之類），或者推源於某一種文學體裁（甚至某一種「學科」，如「六經」之類），更因着與起源有關的時代、人物、體裁的特性來論定那一個類別的文學作品或文學體裁在文學創作的地位、藝術的得失，以至品評鑑賞的態度等等。「緣起說」和「起源說」雖然都是考究文學作品和體裁的起源，但「起源說」單單關心起源的問題，而「緣起說」在實質上並不是純粹討論文學作品源於甚麼，或者是從哪一個文學體裁發展而來，「緣起說」論者關心的是這一個類別的文學作品或文學體裁在文學上地位跟它們的源頭的關係。「緣起說」這種觀念在傳統的中國文學批評中佔有相當重要的地位，如班固（三二—九二）〈兩都賦序〉說：「賦者，古詩之流也」❷，而班固在《漢書・藝文志》評論屈原（約西元前三三九—約西元前二七八）的作品時說：「咸有惻隱古詩之義」，批評屈原以後的辭賦作家，則說：「競爲侈麗閎衍之詞，沒其風諭之義」❸，辭賦只是源於「古詩」，但班固都以「古詩」的特性作爲標準來批評辭賦；在其他古代著名的文學批評專著之中都不難看到「緣起說」的例子，如明代的吳訥（一三七一—一四五七）《文章辨體序說》，及徐師曾（生卒不詳）《文體明辨序說》就收集大量「緣起說」的資料，可以參考❹。

詞相對於其他文學作品來說，它的起源既缺乏明確的資料，古來詞的起源的異說很多❺，直到了今天仍有不少爭論❻。由於詞的起源難以確定，於是論定它的「緣起」的空間比較大，可以利用「緣起說」的辦法，隨心所欲地論定詞在文學上的地位，也由此「緣起說」爲詞論家所喜好，成爲詞論中重要的一環。

「緣起說」不單是傳統論詞家的觀點，在現代學者中仍有相當大的影響，如龍榆生（一九〇二—一九六六）〈談談詞的藝術特徵〉認爲詞的藝術特徵和曲調結構分不開❼，這個看法直到現代仍受到不少學者的贊同，其實在宋以後詞和音樂的關係已經極爲疏遠，一般文人填詞並不考究曲調結構，龍榆生強調詞和曲調結構的關係，只不過是以詞的音樂起源作爲評鑑詞的標準。因此現在討論「緣起說」，看來仍有意義。這裏選了王國維（一八七七—一九二七）這個從傳統過渡到現代的學者，當作一個探討的試點。

二、王國維和常州派詞論

在討論王國維詞論的「緣起說」之前，不妨回顧一下本世紀初詞論的「緣起說」（關於晚清詞論中「緣起說」的問題，將由另文討論），以及分析一下《人間詞話》對影響當時至深的常州派詞論的態度。

常州派詞論在清末有很大勢力，當時的詞家或多或少受着常州派的影響。常州派幾乎和「寄托說」不可分開，「寄托說」實質是甚麼這個問題暫不討論，先來看看和王國維同時代的張爾田（一八六二－一九四五，張采田）的〈彊村遺書序〉對常州派的評論。他談到清詞有四個興盛之處，即「守律、審音、尊體、校勘」[8]。這四個方面，眞正涉及詞這個文學體裁的藝術特質，以及作品的批評，只有「尊體」這一點，其餘守律、審音和校勘三方面，與其說是詞學的成就，不如說是清代樸學在詞學的反映[9]。「尊體」是指常州張惠言（一七六一－一八〇二）爲代表的常州派詞論。「尊體」是指推尊詞這種體裁的意思，張惠言〈詞選序〉說：

……無使風雅之士，懲於鄙俗之音，不敢與詩賦同類而諷誦之也。[10]

把詞的地位提高到與詩賦同等，叫文人不再認爲詞是鄙俗的作品，這就是「尊體」。而〈彊村遺書序〉卻稱張惠言的「尊體」是「原《詩》人忠愛悱惻，不淫不傷之旨」[11]。其實張惠言並沒有這樣的說法，根據張惠言〈詞選序〉來看，他沒有把詞的起源推到《詩經》，而把詞的起源定爲唐代詩人，不過，他用了一個相當傳統的文學批評方法，就是從語源方面對詞作出定義，所謂「《傳》曰：意內而言外謂之詞」⑫，從本義去推定作品的源頭，這裏所說的「《傳》」是指《易經》的「孟氏傳」⑬，張惠言不把詞推源於《詩經》之類，而更進一步，推源至「五經」之首的《易經》，這個「意內而言外」的說法，正是常州派詞論主張詞須寄托的根據。張惠言自己說這樣「導其淵源」，再加上「塞其下流」就可以達到「尊體」的目的⑭，從此得知張惠言的詞論也是一種「緣起說」，他推求「詞」的詞義本源，而用這個詞義本源去規限作品。

通過上面的分析，可以發現張爾田似乎有點誤解〈詞選序〉的原意。不過，從另一方面來說，張爾田是以自己的「緣起說」的觀點來理解張惠言，認爲張惠言是把詞推源於「《詩》人」，並以「《詩》人」之旨來要求詞作。因此可以清楚看到二十世紀初詞論家把常州派所謂「尊體」解釋爲另一種「緣起說」，也就是說當時詞論家的「尊體」可能只是一種「緣起說」。

比王國維稍後而師承晚清詞論的龍沐勛（龍榆生），在〈研究詞學之商榷〉一文中說「清代詞學大行，述作益富」⑮，龍沐勛把這些著述分爲「詞韻之學、詞史之學、校勘之學、圖譜之學」⑯，如果把張、龍二人的說法對比起來，似乎龍沐勛把張爾田的「尊體」換作「詞史之學」，但不是說龍沐勛這裏所說的「詞史之學」就是「尊體」，更不是「詞史之學」就是「緣起說」，〈研究詞學之商榷〉很清楚指出「詞史之學」是詞的史料的著作，大約龍沐勛這裏是論詞學，而不是詞作的問題，因此分得比較清楚。但有時論到其他問題時，龍沐勛又不是那麼清楚區分開來，如〈詞體之演進〉一文，卻又把「詞史」和「緣起說」拉上關係，他在文章一開始就指出是針對前人「對於詩詞界限，多作模糊影響之說」⑰，直接影響到詞的寫作，因此要討論「詞體」的歷史演進，因此從這裏看來，龍沐勛研究「詞體的演進」，並不是純粹研究詞的歷史淵源，他是爲了指導創作，其目的也是和「緣起說」有關，「詞史之學」又和「緣起說」有關。從上述二人的評論來看，二十世紀初有影響的詞論中，「緣起說」佔有重要的地位。

王國維對常州派詞論並不以爲然，在《人間詞話》之中就提出不少直接批評的說話。〈附表一〉把《人間詞話》談及常州派的代表詞論家詞論的地方做一個小小統計（爲節省篇幅，《人間詞話》各條均用代號，請自行參閱原書，不便之處，請讀者原諒⑱）。這個表雖然並不能清楚表明王國維的態度，但也反映了王國維的傾向。雖然王國維對周濟（一七八一—一八三九，周止庵）詞論的看法，雖然似乎贊同多於反對，但實際上王國維對周濟的評價甚低，b19說「止庵詞頗淺薄」。至於c28批評姜夔（一一五五—一二二一），d7批評張炎（一二四八—？），其實這兩個詞家在常州派那裏地位都不算高的，對他們的批評與常州派詞論關係不大。b18更力貶張惠言和周濟的詞。此外，特別值得注意的是d13，d13雖然申說金應珪（生卒不詳）〈詞選後序〉之說，但在原稿中立即刪掉，並在62之中指出金應珪所反對的「淫詞」和「鄙詞」並不討厭，金應珪的說法是常州派其中一個重要的理論⑲，張惠言所說「塞其下流」之中的「下流」就是包括了「淫詞」、「鄙詞」，王國維這個主張可算是明顯和常州派唱反調，下文會再談到這一點，王國維這個和常州派相反的論調是反映了他的「緣起說」的觀點，因此他反對金應珪的看法，是否說明他對以「寄托」、「尊體」爲標簽的常州派的「緣起說」抱有相異的態度。至於王國維同意金應珪反對「游詞」的主張，其實並非完全同意這個說法，而是由於王國維從「眞」的角度要求詞作，可以參考b44等條。

誠然王國維對譚獻（一八三〇—一九〇一）的作品頗有推許，如b22稱譚獻的詞「深婉」，b23評譚獻的〈蝶戀花〉「寄興深微」，可惜都是放在刪稿之中。

比較《人間詞話》的定稿和刪稿，可以發現王國維對常州派詞論的中心問題「寄托說」故意廻避。無論評論眞有寄托的作品，還是批評常州派附會的條目，都被刪落在定稿之外，如上面提到b23是推許譚獻的作品「寄興深微」；此外b24認爲王鵬運（一八四八—一九〇四）「和馮延巳〈鵲踏枝〉」十闋「鬱伊惝怳，令人不能爲懷」，而這十闋是明有寄托的作品[20]；又如b25是正面批張惠言的寄托說。上面提到常州派的「尊體」是一種「緣起說」，而「寄托說」和「尊體」兩者，無論在後人的評述，還是張惠言自己的詞論中，都是不可分割的。王國維偏偏廻避這個問題，是否反映了他對常州派的「尊體」並不贊同，是否反映了他不喜歡常州派那種「緣起說」的論點，雖然這些問題難以找出淸楚的答案，不過，從王國維把有關寄托的作品都放在刪稿來看，王國維對常州派的理論採取相異的態度是無可置疑的。

三、王國維論詞的起源

這裏先談談王國維對詞的起源的看法。「緣起說」是一種根據作品體裁的源頭來批評作品的文學觀，因此必須先了解王國維所論詞的起源，才能討論王國維怎樣按他所論定的起源批評詞作。

王國維論到詞的起源，在《人間詞話》的手稿本中只有一條（卽d12），所謂：「詞源於唐而成於北宋」，而與此相近的一條（卽b39），卻沒有了這樣一句話；此外還有54條，所謂「律絕敝而有詞」，這一條也算是比較清楚說明他對詞的起源的看法。至於王國維在〈戲曲考源〉之中有這樣一句說話：「詩餘之興，齊梁小樂府先之」㉑，明顯和《人間詞話》的說法有很大的不同。

〈戲曲考源〉是在一九〇九年寫成㉒，而《人間詞話》是在宣統庚戌九月脫稿㉓，即一九一〇年的秋天定稿，相去一年，看法這麼大的不同，推其原因，大約和《雲謠集雜曲子》有關，一九〇九年八月伯希和（Paul PELLIOT, 1878-1945）把《雲謠集雜曲子》寫本的照片寄給羅振玉（一八六六—一九四〇）㉔，王國維當從羅振玉那裏看到《雲謠集雜曲子》㉕。《雲謠集雜曲子》抄本的出現，當時是相當震動的，大約王國維看了《雲謠集雜曲子》寫本的照片之後，對詞的起源看法可能有了很大改變，從他在原稿那裏把與〈戲曲考源〉相近的兩條(卽d8和d9條)刪去，反映出王國維對詞的看法在寫定《人間詞話》時有很大的不同。所謂詞源於（小）樂府，只是王國維在一九〇九年以前的看法，不能以此作爲討論王國維「緣起說」的基礎。王國維也可能是看了《雲謠集雜曲子》之後，發現唐代的詞已是相當成熟，因而覺得「成於宋」一語有點問題，所以從原稿之中把d12刪去。至於王國維認爲「詞源於唐」的看法，一直沒有改變。從王國維給胡適（一八九一—一九六二）的信，可以清楚看到他仍然堅持這一個主張。王國維的兩封關於詞的起源的信見於胡適〈詞的起源〉一文，第一封信指出〈詞的起源〉只是朱熹（一一三〇—一二〇〇）的說法的一種注解，雖然王國維表示「甚爲贊同」，但接着說：

至謂長短句不起於盛唐，以詞人方面言之，弟無異議；若就樂工方面論，則教坊實早有此種曲調(〈菩薩蠻〉之屬),崔令欽《敎坊記》可證也。[26]

後來胡適考查了《敎坊記》之後,仍然堅持己說,而王國維第二封信也同樣堅持敎坊舊有之說[27]。根據胡適給王國維的信和〈詞的起源〉的寫作年分來看,〈詞的起源〉所引的王國維的兩封信大約是在一九二四年所寫的,可以說是王國維晚年的看法[28]。那兩封信裏,王國維強調詞出於敎坊。

既然「源於唐」的看法沒有改變,又爲甚麼要把d12從原稿中删去呢?其中一個原因可能是見到《雲謠集雜曲子》已是相當成熟的作品,所謂「深峭隱秀,堪與飛卿、端己抗行」(c18),因此把這一條删去。王國維删掉d12,並非表示他在當時曾一度放棄「源於唐」的說法,從b19贊同潘德輿(一七八五—一八三九)的「詞濫觴於唐」的說法這一點來看,王國維「詞源於唐」的看法是一貫的[29]。

四、王國維有沒有「緣起說」的觀點

王國維有沒有「緣起說」的觀點,這是個很重要的問題,如果沒有的話,本文也沒有討論的必要。不過,要注意的是文學批評家有沒有「緣起說」,和意識不意識自己有「緣起說」是兩回事。而從王國維對元曲的評論看來,他是意識到自己使用「緣起說」的。

王國維論到文學體裁,最爲突出的是文體興替的主張,如54條,所謂「一代有一代之文學」,這段說話亦見於《宋元戲曲考》的序。《宋元戲曲考》的序之中還多了兩句話,爲了清楚起見，詳引原文如下：

> 凡一代有一代之文學，楚之騷，漢之賦，六代之駢語，唐之詩，宋之詞，元之曲，皆所謂一代之文學，而後世莫能繼焉者也，獨元人之曲為時既近，託體稍卑……㉚

所謂「爲時既近，託體稍卑」這兩句頗値得注意，也就是說元曲是近世的作品，大家都知它是甚麼，難以爲它找出一個堂皇冠冕的起源，不像漢賦可以說它源於楚辭，或者像其他人那樣說詞是源於《詩經》，元曲既沒有堂皇冠冕的起源，也由此難以它的起源去評論鑑賞元曲，所以說它「託體稍卑」。於是王國維雖然認爲「眞正的戲劇起於宋代」㉛，但《宋元戲曲考》的第一章仍然詳「上古至五代之戲劇」㉜，把和宋元戲曲沒有直接關係的上古娛神、娛人的歌舞也大加討論一番，其實王國維也是在「託體」，大約王國維以爲這樣爲元曲找到一個上古的來源，就可以把元曲的文學地位提高一點。實際上這只是「緣起說」的心理作祟，和其他的傳統文學批評家把一切文學作品都說成是「詩騷」的末流，以「詩騷」來論定作品的地位的做法，相去並不遠。這雖然不能證明王國維有淸楚的「緣起說」的觀念，但他有意識地爲宋元戲劇這一個類別的文學作品推源上古歌舞，然後論定元曲的地位。這一點是無可置疑的。

五、王國維反「緣起說」的論點

王國維雖然爲元曲「託體」，但對詞卻有不同的處理方法。這就是王國維並不認爲詞是源於其他某一個類別的文學作品或文學體裁，54條裏強調文學流變的歷史，而非文體繼承的歷史，其中清楚指出詞和古詩、詩（律絕）的關係是「他體」，既然是「他體」，也就沒有源頭和承繼的關係。王國維這個主張其實是個反「緣起說」的論點，他認爲詞在文學上的地位，是「遁而作他體，以自解脫」的結果，並沒有繼承的關係。

現在再看看常州派詞論，張惠言詞出於唐之詩人㉝，周濟所謂「詞爲詩餘」㉞，極力把詞的源頭跟詩人掛上關係，通過這個方法把詞的地位提高。其實不單是常州派是這樣，明清以來認爲詞源於唐詩或源於樂府之說甚多，如果了解這一點，就會發覺王國維這個主張是卓爾不羣的。但王國維認爲詞和詩在文學上都有同等地位，並不在乎詩和詞有沒有承繼沿襲的關係，詩和詞的不同，只在於不同時代的作家用不同的體裁表達情感（參考53條）。

如果明白王國維主張詩和詞地位平等這一點，就不難理解爲甚麼《人間詞話》之中談詩的地方特多這個問題。王國維談詩不是爲了用詩來比附詞，而是要找出詩詞以及一般文學作品的共性，因而把詩和詞一起討論，如果仔細分析一下，《人間詞話》定稿編排習慣往往是先提出文學作品的特性，然後再在詞作找出例子。如9條以《滄浪詩話》的詩論來論詞，20條以馮延巳的詞與韋應物（七三七—七九二）和孟浩然（六八九—七四〇）的詩作比較，25條以陶潛（三六五—四二七）詩與馮延巳的詞作比較，51條以謝靈運（三八五—四三三）、謝脁（四六四—四九九）、杜甫（七一二—七七〇）、王維（?—七六一）的詩與納蘭性德（一六五五—一六八五）的詞作比較，60條論詩人詞人的宇宙觀而以周邦彥、姜夔（一一五五—一二二一）作爲例證等，都是明顯的例子。《人間詞話》之中，單說詩而不說詞的部分，也有不少，如41條說〈古詩十九首〉的寫情、陶潛的詩和斛律金（生卒不詳）〈敕勒歌〉的寫景爲「不隔」。《人間詞話》也提到其他文學作品，如17條提到《水滸傳》和《紅樓夢》，31條提到薛收（生卒不詳）的賦，63條論到馬致遠（約一二五〇—一三二一）的〈天淨沙〉，64條論到白樸（一二二六—？）的《秋夜梧桐雨》雜劇。《人間詞話》可以說是王國維另一篇文學批評論著〈文學小言〉的補充和發㉟展，正如夏承燾（一九〇〇—一九八六）〈詞論十評〉所說「（《人間詞話》）雖爲論詞而作，其實旁通衆藝，不限於詞」㊱。

王國維平等看待詩和詞的觀點正是站在「緣起說」的反面，因爲各個文學體裁互相平等，因此無須爲某一個類別的文學作品或文學體裁推源，而論定它的文學地位。王國維這個看法，在與「詩騷」作比較的時候，更爲突出。

不少詞論家一提到《詩經》、《楚辭》，就會說詞「緣起」「詩騷」，詞論中有所謂「濫觴於《詩三百》說」㊲，其中涉及「緣起」「詩騷」之說比眞正討論詞的起源還要多。《人間詞話》之中，雖然把詞和《詩經》、《楚辭》進行比較，但並不像那些詞論家主張「緣起」「詩騷」，王國維把詞和「詩騷」平等看待。如提到〈小雅・節南山〉(25)、〈鄭風・風雨〉(30)等，說到某某的詞與《詩經》〈秦風・蒹葭〉「意頗近之」之類(24)，甚至在創作形式上指詞和《詩經》有相同的地方(55)；也有提到楚辭的地方，如13提到「衆芳蕪穢，美人遲暮」和30提到〈涉江〉。傳統文學批評都把創作的源頭放在「詩騷」那裏，認爲愈得「詩騷」神緻的作品愈優秀，自覺和不自覺之間都以「詩騷」作爲後代文學的標準和規範。《人間詞話》提到「詩騷」，但王國維沒有把詞「緣起」「詩騷」，無疑是一種反傳統的文學批評，這可以說是一種站在「緣起」「詩騷」對立面的做法。

六、王國維的「緣起說」

上面提到王國維是意識到自己使用「緣起說」的方法（雖然不明顯），也有反「緣起說」的表現。現在要來看看他的「緣起說」。

上文曾提到王國維給胡適的兩封信是代表了王國維晚年對詞的起源的看法，其實王國維給胡適的信中，談及詞的起源的不只兩封，胡適在一九二四年十二月九日的信中說「知先生亦覺《教坊記》爲可疑，深喜鄙見得先生印可」，可證還有一封是贊同胡適對《教坊記》的看法的㊳。不過從胡適的覆信的文意推斷，王國維沒有改變前兩封信所持的觀點。如果王國維的觀點有了改變，胡適應當在〈詞的起源〉裏加以引用。更何況〈詞的起源〉寫成到發表經過兩年時間，胡適大可以補上第三封信。而胡適一九二六年十月九日寫信給王國維，請王國維對自己所寫的《詞選》序提意見，其中說：「千萬勿以其不知而作，遂不屑教誨之也」㊴，可證他們二人的觀點仍有分歧。〈詞的起源〉所引的王國維的觀點，並不是王國維晚年一時的看法，其實早在《人間詞話》之中，已有這樣的看法，如b41之中所謂「唐五代北宋之詞家，倡優也」，又如15說李煜「遂變伶工之詞而爲士大夫之詞」，很明顯王國維認爲五代以前的詞是伶工倡優的作品。

王國維跟胡適討論詞的起源，最初大約還是比較接近「起源說」的，但後來王國維傾向「緣起說」。最初胡適偏重於塡詞的起源（文人塡詞的起源），以爲王國維跟他討論的角度不同，認爲王國維強調的是詞調的起源。相反王國維對胡適的觀點並非不了解，因此王國維的信中說「以詞人方面言之，弟無異議」；後來王國維第二封與胡適討論詞的信中，指出「《雲謠集（雜曲子）》之八曲爲開元舊物」，胡適才明白王國維並不是單就曲調而言，於是胡適覆信強調兩點，一是先有曲調後有塡詞，二是《教坊記》所錄的曲目不可信㊵。後來王國維回信，大約只承認《教坊記》有可疑，但沒表示同意第一點，並要求胡適把《教坊記》「各調源流一一詳考，將來得一定論」㊶，可見王國維也並不完全同意第二點，不過，王國維這封信中，似乎沒有提出有力的證據反駁胡適的論點。既然不能反駁，理應接受胡適的論點，後王國維似乎沒有改變詞本爲教坊舊物的看法。這大約是王國維持守着一個信念，就是詞不起於文人，而起於伶工倡優，似乎這個信念才符合自己論詞的主張，因此可以說傾向於「緣起說」。

上面指出王國維這個觀念早在撰寫《人間詞話》時已經產生，雖然有關的條目並不是全部收在定稿之中，但這個信念似乎沒有搖動。王國維既然認爲詞起於伶工倡優，因此他認爲五代北宋大詞人仍有淫詞和鄙詞是在所難免，大詞人只是繼承了伶工倡優的傳統，而淫詞「親切動人」，鄙詞「精力彌滿」(62)。更認爲倡優的作品比起南宋以後的作品還好得多，認爲南宋後的詞家是「俗子」，所謂「寧失之倡優，不失之俗子」(b41)，王國維這個主張固然和別的文學觀念有關，但他是按照他自己所認定詞的起源去論定詞作的得失。王國維雖然找不出具體證據去反駁胡適的說法，但他仍然堅持源於教坊之說，認爲早期的作品（北宋五代）充滿伶工的特色，並以此品評論定唐宋的詞作，這是「緣起說」的做法。

七、小結

上面也許是把一個等同錙銖的小問題用放大的方法加以討論，而且敍述散漫，其中不少是臆測附會之說，無助於王國維的文藝理論的探討。不過，從「緣起說」的討論中，也可以窺見王國維雖然極力引進西方文學觀點，仍然沒法擺脫傳統研究方式，深層裏仍然是固有的方法論；也可以發現傳統學者對傳統文學批評方法，既抗拒又依附的矛盾特性。由於王國維的「緣起說」的觀點並不強烈，本文以王國維爲研究的試點，也許結果並不理想，不過，倒過來說，反顯得「緣起說」有進一步探討的餘地。

〈附表一〉

	同意	不同意
張惠言		11, b25, b45（包括董毅〈生卒不詳〉）
周濟	48, b19, c28, d7	15,49
譚獻		b18

附註

❶劉慶雲（一九三七—）《詞話十論》之中有〈緣起論〉（岳麓書社，一九九〇年一月，長沙。頁一。按：該書目錄誤植爲「緣起說」〔目錄頁一〕），在那裏是專門討論詞的起源問題，和本文所論略有出入。本文初稿草成之時，曾向幾位學者請教，都認爲「緣起說」這個名稱不好懂，容易和其他文學理論相混，如「原型派文學批評」之類，建議改用他名，如「緣源說」或「緣原說」之類。這裏仍然用「緣起說」固然出於本人的保守性格，此外「緣起」本身是一個詞，並不杜撰出來，在佛教術語之中，有「緣起觀」、「緣起體」、「緣起論」等等；其次，「緣起」的「起」是指著「起源」的意思，「緣起說」在論到起源時，和「起源說」最爲相近，而「緣起」和「起源」在音節上剛好相反，也方便區別這兩個名稱。

❷《文選》卷一（《四部叢刊》本。頁一b）。

❸《漢書藝文志注釋彙編》（中華書局，一九八三年六月，北京。頁一八三—一八四）。

❹人民文學出版社，一九六二年八月，北京。他如《文心雕龍》之中，自〈明詩〉以下，以至〈書記〉諸篇都有「緣起說」的論述，此外〈辨騷〉篇之中也有「緣起說」的觀點，如認爲《楚辭》「體憲於三代」，「雅頌之博徒」，因而要求後來的作家「憑軾以倚雅頌」（《文心雕龍校證》，上海古籍出版社，一九八〇年八月，上海。頁二八）。

❺參閱龔兆吉（一九二三—）《歷代詞論新編》的〈詞的起源〉（北京師範大學出版社，一九八四年十一月，北京。頁一—二九）及劉慶雲《詞話十論》的〈緣起論〉（同❶。頁一—二六）。

❻請參考章尚正〈詞的起源問題研究綜述〉（《文史知識》一九九一年第一期。頁一二三—一二七）。

⑦《詞學研究論文集》（上海古籍出版社，一九八二年三月，上海。頁二七）。

⑧《詞學季刊》創刊號。頁二〇〇—二〇一。

⑨特別是「校勘」這一點，最爲淸楚，張爾田也淸楚指出朱孝臧（一八五七—一九三一）的校勘詞籍，使「六義附庸，蔚爲大國，遂使聲律小道，高躋乎古著作之林，與三百年樸學大師，相揖讓乎尊俎之間」（同上。頁二〇一）。

⑩《茗柯詞選》。江西人民出版社，一九八四年七月，南昌。頁六。

⑪同⑧。頁二〇一。〈彊村遺書序〉的原文「《詩》人」是作「詩人」，這裏按上下文推斷而加上書名號，以示區別，所謂「《詩》人」是指《詩經》的作者。

⑫同⑩。頁五。

⑬此據張德瀛（生卒不詳）的《詞徵》之說（《詞話叢編》本。廣文書局，一九六七年五月，臺北。卷一頁一a），張惠言在〈詞選序〉之中，不但引了「孟氏傳」，更用了一句《易經》的用語，所謂「因係其詞」一語，此語見〈繫辭〉的孔穎達（五七四—六四八）疏：「（繫辭）又音爲係者，取剛（綱）係之義，卦之與爻各有其辭，以釋其義，則卦之與爻各有剛係，所以音謂之係也」（《周易正義》，嘉慶二十年〔一八一五〕江西南昌府學開雕本。卷七頁一a）。

⑭同⑩。

⑮《詞學季刊》第一卷第四號。頁二。

⑯同上。頁二—三。

⑰同⑧。頁一。

⑱文中各條用阿拉伯數字表示，阿拉伯數字是根據《人間詞論及評論滙編》之中著錄的編號（書目文獻出版社，一九八三年十二月，北京）；凡沒有拉丁字母的是指該書「本編」；前注有拉丁字母b的是指「删稿」；前注有拉丁字母c的是指「附錄」；前注有拉丁字母d的是指

「拾遺」。

⑲ 見〈詞選後序〉(同⑩。頁七—八)。

⑳ 據《鶩翁集》本，小序有「就均成詞，無關寄托」(轉引自《王鵬運詞選注》(廣西民族出版社，一九八四年八月，廣西。頁九五」)，故意說反話，表明有所寄托。按：小序還稱馮延巳(九〇三—九六〇)的〈鵲蹋(踏)枝〉「鬱伊惝怳，義兼比興」(《王鵬運詞選注》，其實也暗指自己的作品有特別含意。

㉑《王國維遺書》本，上海古籍出版社，一九八三年九月，上海。頁一a。

㉒ 參閱王德毅《王國維年譜》(中國學術著作獎助委員會，一九六八年六月，臺北。頁五五)，該譜將〈戲曲考源〉一項繫於一九〇九年七月八日(陽曆八月二十三日)之前。

㉓ 王國維在定稿之末注：「宣統庚戌九月脫稿於京師定武城南寓廬」(同⑱。頁二六)。

㉔ 參閱〈敦煌歌辭研究年表〉(《敦煌歌辭總編》，上海古籍出版社，一九八七年十二月，上海。頁二)。

㉕《王國維年譜》認為伯希和寄的是古寫本，由王國維協助校理(同㉒。頁五六—五七)。

㉖《胡適文存》第三集卷七(遠東圖書公司，一九五三年十二月，臺北。頁六四八)。

㉗ 同上。頁六四九。

㉘ 參閱〈胡適致王國維書信十三封〉(《文獻》第一五輯，一九八三年三月。頁五—一〇)。按：從胡適信的內容推斷，〈詞的起源〉所引的王國維第一封信，可能在一九二四年十月十日之前，第二封信的發信日期當為同年十月十三日。

㉙ 王國維把d12刪去，可能和「緣起說」有關。根據《人間詞話》的d12條前後原來的次序是：b40、b41、45、46、b42、b43、b44、14、15、16、17、18、d12、30、b39。上面的次序是根據《王國維文學美學論著集》(北岳文藝出版社，一九八七年四月，太原。頁三九九—

四〇一）。原稿b40之前是b38，應與b40沒有直接關係，b40和b41是比較唐五代北宋、南宋詞家的不同；45、46則以蘇軾（一〇三七—一一〇一）、辛棄疾比較南宋詞人；接著是b42、b43、b44三條是批評輕薄和游詞；接著四條是說李煜（九三七—九七八），好像和上面沒有很大關係，但仔細分析一下就不難發現王國維的思路，15條說李煜「變伶工之詞而爲士大夫之詞」，正是上應b41「唐五代北宋之詞家，倡優也」之語，而16、17說李煜的「眞」，上應b44所謂「詞人之忠實」；由於說到李煜眼界始大(15)，因此到了d12就說詞的起源，接著30條說不同時代的文學作品有共同的氣象，王國維選了《詩經》、《楚辭》、王績（五八五—六四四）的詩和秦觀（一〇四九—一一〇〇）的詞作爲代表，可以說是「一代有一代之文學」的另一種說法，而b39可以說這個系列的總結，王國維指出一種文體的最早的作品並不是「最工」，而李煜等人就勝過前人。從整個思路來看，d12和b39不但有重複，而且有矛盾的地方，d12說「故最工之文學，非徒善創，亦且善因」，換句話來說「善因」可以成功，後來的作品一樣媲美前人，但b39指出後來的作者也不如最工者，因此有點不吻合，可能是爲了這個原因，首先把d12在原稿中刪去。至於爲甚麼王國維自己不發表b39，這一點也可以很容易理解，因爲王國維強調「一代有一代之文學」，重視文學的表現，而不重視文學體裁的承襲，《人間詞話》的原稿是把第54條列作最後一條，可以視作總結，其中說「文體通行既久，染指遂多，自成習套。豪傑之士，亦難於其中自出新意」，如果以詞爲分析對象的話，南宋諸家固然是「通行既久」，對於李煜、馮延巳（九〇三—九六〇）之流，詞也不是通行不久新興起的東西，因爲54和b39有點矛盾的地方，如果要維持一代有一代之文學的說法，王國維似乎不得不把b39刪掉。再加上對李煜、馮延巳、歐陽修（一〇〇七—一〇七二）、秦觀和周邦彥（一〇五六—一一二一）談了很多，因此不必再談這個問題。把b39和d12刪去，是反映了王國維寫《人間詞話》的並不過分重視「緣起」，可以說一種反「緣起說」的態度。

㉚ 同㉑。頁一a。
㉛ 同上。頁四九a。其實在《宋元戲曲考》的序之中也說：「輒思究其淵源，明變化之跡，以為非求諸唐宋遼金之文學，弗能得也」（頁一a），可見王國維也認為溯源尋祖也只須推至唐代，並不需追求到上古。
㉜ 同上。頁一a—一一a。
㉝ 同⑩。頁五。
㉞ 《介存齋論詞雜著・復堂詞話・蒿庵論詞》本，人民文學出版社，一九八四年五月，北京。頁一九。
㉟ 〈文學小言〉收於《靜庵文集續編》（《王國維遺書》本，同㉑。頁二七a—三一b）。
㊱ 《詞學研究論文集》，上海古籍出版社，一九八二年三月，上海。頁七九。
㊲ 同⑤。
㊳ 同㉘。頁七。
㊴ 同上。頁一〇。
㊵ 同㉘。頁六—七。
㊶ 同㉘。頁九—一〇。

胡漢民和陳寶琛模仿王安石詩之得失

王晉光

一、胡漢民模仿王安石詩

胡漢民（一八七九—一九三六）名衍鴻，字展堂，別號不匱室主，以漢民爲筆名，祖籍江西廬陵，生於廣東番禺。早年留學日本，參加同盟會，從事革命運動。畢業於東京法政大學。辛亥革命後，歷任廣東都督、南京臨時大總統府秘書長、廣東省長、大元帥府總參議、國民黨中央政治會議主席、國民政府外交部長、立法院長等職。著有《不匱室詩鈔》八卷❶。

胡漢民與王安石（一〇二一—一〇八六）相去八百多年，時代雖異，而生平事蹟卻有相似之處。安石十九歲喪父，早年生活困苦，上有二兄，下有弟妹七人，頗能互相扶持而友于情深，因天資聰穎及勤奮讀書，不斷努力，終於位極人臣，政治事業並未成功卻在時不我與之際退出政壇。胡漢民十三歲喪父，在兄弟姐妹七人中排行第四，由於貧病交迫，一兄兩弟一姐在父亡後不久卽相繼去世，餘下諸人遂相依爲命，感情深厚；漢民聰明而苦讀，曾經中舉，卻選擇獻身革命，結果位比卿相，最後在強鄰壓境而軍閥割據之形勢下去國以至離開人世。可能因人生經歷有相似之處，兩人性格也略爲相同，例如生性耿介，不易與人通融，一不順心便想退隱等❷。可能胡漢民也察覺自己跟王安石有些類似，加上清末民初許多詩人仍繼承同光詩風，頗尊崇宋詩，遂使他著意模仿安石。

其實胡漢民寫詩不僅模仿王安石，也曾規模王逢原、陸游等人的作品。而受王安石詩影響之跡則特別明顯。

把《不匱室詩鈔》考察一下，我們會發現胡漢民是從下列幾個方面進行模仿安石：1.套用安石詩句、2.集安石詩句爲詩、3.論安石時仿其詩語及手法、4.規模安石詩意而仿作、5.利用步安石韻及讀安石集後作以模仿安石。

1. 套用安石詩句

從《不匱室詩鈔》所見，胡漢民在套用安石詩句時往往加上自注〈括號內所引安石詩大部分均胡氏自注語〉，唯恐讀者不知，這是他的特色。除了集句詩外，胡漢民一字不易直接套用安石詩句的地方並不多，這種辦法漢民稱之爲「借用」，例如：

百憂三十餘年事〈借用荆公〈書靜照禪師塔〉句〉

——〈勤勤續假意欲不來集曹全碑字寄之並簡協之二首〉(三／六)

相思中夜起悲歌〈荆文〈寄王深甫〉句〉

——〈萬里三疊歌韻〉（五／二七）

這種套用前人詩句的方法安石是常用的。胡漢民的做法其實就是模仿安石。較常見的情況是在引用時改換安石句中幾個字，例如：

相看又過白鷄年〔安石〈次韻許覺之奉使東川〉：相看且度白鷄年，李二六／六四九〕❸

——〈疊玄字韻再得一首〉（七／一）

文章何事數悲哀〔荊文句：「文章尤忌數悲哀」〕

——〈八次來韻答榆生杜韻見酬〉（七／二四）

隨緣且可道贏棋〔荊文〈詠棋〉：且可隨緣道我贏〕

——〈從仙根得大詩簡四十八疊枝韻寄答〉（四／一二）

高論莫嗟知者少〔荊文〈酬王太祝〉：高論莫嗟能聽少〕

——〈愿公令叔獻南先生見和師期韻簡答〉（七／一三）

以上各例，皆漢民直取安石句為己句之例。雖然，其中有些句子或因押韻、或因照顧平仄而需略為改動詞序或替換一二字，但觀其本意是欲直接套用安石詩句。

2. 集安石詩句為詩

安石擅長集句詩，人所共知。而胡漢民在安石詩中進行集句，這有兩層意義：第一、模仿安石寫集句之行動；第二、充分掌握安石詩歌的內容和語言。

胡漢民集安石詩句如《不匱室詩鈔》卷五之〈八月七日集王荊文句二首〉、〈又集荊文句二首〉、〈十二月二十日閱報集荊文句一首寄滬上諸子〉及卷六之〈客述寧滬近聞集荊文句紀之二首〉，皆能貼切自然。茲舉一首以見其一端：

臺殿荒墟辱井湮，（〈次韻微之登高齋有感〉）
漫知新歲未逢春。（〈尹村道中〉）
文章直使看無類，（〈詳定試卷〉）
棒喝如今總不親。（〈答張奉議〉）
握手百憂空往事，（〈送彥珍〉）
可憐無補費精神。（〈韓子〉）
行藏似欲追時節，（〈燕〉）
尚托聲名動世人。（〈相州古瓦硯〉）

——〈客述寧滬近聞集荊文句紀之〉（六／二）

這首詩就氣勢的連貫及詩意的表現來看，效果實在不錯。而胡漢民這種做法，最是直接師法安石。

3. 論安石時仿其詩語及手法

胡漢民在詩中有時語及安石，則喜歡採用安石詩中語入詩，例如：

半山亦有懷鄉語，新火關心問幾年。

——〈清明十疊玄韻〉（七／四）

下句用安石〈清明輦下懷金陵〉：「故園回首三千里，新火傷心六七年」（李三七／九〇八）句。

擊壤元豐本素期（注：荆公〈元豐行〉：擊壤至老歌元豐）

——〈連誦董卿惠詩十五疊枝韻和之〉（四／三）

當時養兎蟾，荆文太仁惻（注：荆文〈詠月〉云：此時何妨有兎蟾；又云：君看出沒非無意，豈為辛勤養玉蟾）

——〈和大厂中秋感賦十用惻韻〉（四／二八）

秋今在眼江舲動，昔日荆文正賦槐（注：荆文〈與平甫賦槐〉：秋子今在眼，何時動江舲）

——〈榆生詩來云夜夢渡海相尋爲風濤所阻次韻二首〉其一（七／七）

安石喜歡使用翻案法作詩，胡漢民甚至使用翻案法來評論其人其詩：

荆文言若反，得意可胡越〔注：荆文〈明妃曲〉：人生失意無南北〕——〈次和鶴亭補作山谷生日詩韻〉（七／一〇）

感懷身世念前人，末俗紛紛妒道真。剩有文章見行事，敢云無益費精神。〔注：介甫〈韓子〉詩：「力去陳言誇末俗，可憐無補費精神」正言若反，傾倒之至。而注家輒以為譏韓。若此類者可慨也。〕——〈讀韓二十首〉（其十九（三／一〇）

此上各例，皆以安石詩、事作爲其詩之語典或題材。最後二例且用了翻案法，志在掃清前人對安石〈明妃曲〉之誤解及翻轉安石批評韓愈之語，所謂「正言若反」，此說雖用心良苦，然未必恰當。不過其刻意維護及仿效安石，則不能諱言。

4. 規模安石詩意而寫作

「奪胎」、「換骨」就理論上說可以清楚界定：「不易其意而造其語謂之換骨法；規模〔窺入〕其意而形容之謂之奪胎法。」❹但在實際上因語言及語意兩方面互相關聯，有時候很難截然分得清楚。現在且以「保留舊意」及「舊意翻新」來說明，而總其類爲「規模安石詩意而寫作」。

甲、保留舊意

胡漢民喜歡在安石詩中予取予攜，其轉換詞句而仍其舊意之例如：

但喜一官遷，誰羞三戰北〔荆文詩：三戰北不羞，一官遷輒喜〕

——〈寄思敎人鶴五倒用惻韻〉（五／一）

豈無積毀堪銷骨〔荆公〈贈友〉：平生積慘應銷骨〕

——〈得譽虎兩和二十四疊枝韻再寄〉（四／四）

新篇尤喜得先知〔荆文〈公闢枉道見過獲聞新詩〉：新篇楚老得先知〕

——〈潔廬連日有疊韻見贈四十九疊枝韻爲答〉（四／一二）

常如越鳥在南枝〔荆文句：飄若越鳥北，心常在南枝〕

——〈五十疊枝韻寄大厂問疾〉（四／二〇）

故知腸胃繞鍾山〔安石：歸腸一夜繞鍾山〕

——〈黃右昌出示謁中山陵近作並贈其大父《雪竹樓詩稿》即題其後〉（三／一一）

我病臥海濱，亦厭世語迫〔荆文〈示元度〉：老來厭世語，深臥塞門竇〕

——〈送漢崙往廬山三十七倒用惻韻〉（五／一三）

燕書猶滯舊巢邊〔荆文〈歸燕〉：貪尋舊巢去，不帶錦書還〕

——同上

區區吾屬欲爭天〔王荆文〈讀後漢書〉：欲與天爭漢鼎歸〕

——〈勷勤先生逝世二周年三用榆生感懷川字韻〉（六／一八）

百憂往事空回首〔荆文〈送彥珍〉：握手百憂空往事〕

——〈奉和協之謁勷勤先生墓感賦〉（六／一九）

風塵悠悠自勞苦，更欲寄語聞香爐〔荆文〈送李屯田守桂陽〉：爲我謝香爐，風塵每相憶〕

——〈疊杜韻再和〉（七／一六）

以上各例，或縮略安石詩語，或將安石詩一句鋪排爲二句，或直取其意易以他語，大致上可以歸納爲以新詞複述安石詩中舊意。

乙、舊意翻新

胡漢民別有一部分詩，係因安石詩意而引伸發揮之，或反其意而言之。如：

便欲山林同委質，東風無語又遲留〔安石〈招呂望之〉：委質山林同委國〕

——〈得大厂疊鶴亭韻贈詩卽答分疊兩君韻〉（三／二〇）

幕府當時最少年〔安石：幕府少年今白頭〕

——〈讀王廣陵集三十首〉其九（六／八）

不將腸胃繞吴門〔安石：歸腸一夜繞鍾山〕

——〈錫疇出示近作輒題其後〉（七／三）

欲語林塘重回首〔荊公〈寄友人〉：欲語林塘迷舊徑〕

——〈董卿三疊刪韻見和卽簡奉酬三首〉其二（五／五）

唱酬我憶陪諸彥，文采猶窺豹一斑〔荊公句：却慚久此陪諸彥，文彩初無豹一斑〕

——同上、其三

强顏不欲因人語〔荊文〈寓言〉一：高語不敢出，鄙詞强顏酬〕

——〈大厂別後數有詩見和四十二疊枝韻寄答〉（四／九）

以下三例顯然係模仿安石「反其意」之法：

甘陵寇在宜懷慽（荆公〈輓賈魏公〉：出甲甘陵叛黨消）

——〈輓澤如先生〉（七／一九）

亦有冶城三畝地，寄聲仍未定歸期（荆文〈汜水寄和甫〉：已卜冶城三畝地，寄聲知我有歸期）

——〈先題疊枝韻二首〉其一（四／二）

說將方州幸不慚（荆公〈送韓持國從富并州辟〉：他年佐方州，說將尚不納）

——〈送思毅人鶴北行〉（六／七）

安石云叛黨消，漢民則云寇在；安石云有歸期，卻謂未定歸期；「不納」則反其意為「不慚」，實即能納。

以上各例，細心揣摩胡詩之意，皆根據安石詩意引伸，頗有舊意轉新之趣。

5. 用安石韻及讀安石集後作

《不匱室詩鈔》卷四有不少題為用安石韻而作的詩，例如〈雨止適得董卿和詩三用荆文《久雨》韻〉、〈六用荆文《試進士》簡翼如默君〉等。又同書卷四有〈讀王荆文集六十首〉、〈讀王荆文集補作十首〉，皆詠安石詩、文及其生平事跡。

此類作品達八十多首，幾佔全部作品十分之一，可以窺見作者受安石詩感染之深，而其詩語亦多借自安石。如：

旁圍靡靡山無力，遠出泠泠水有心；

〔安石〈題舒州山谷寺石牛洞泉穴〉云：水泠泠而北出，山靡靡以旁圍〕

稱意人間寧易得，委身天地始從今。

〔安石〈過劉貢父〉云：稱意人間寧易得；又〈示平甫弟〉云：付與天地從今始〕

——〈讀王荊文集六十首〉其三十五（四／一六）

自有耰鋤自力操，幾時園地長蓬蒿。

〔安石〈獨臥〉：誰有耰鋤不自操，可憐園地滿蓬蒿〕

可因歛退傷前猛，始道求田問舍高。

〔安石〈讀蜀志〉：無人語與劉玄德，問舍求田意最高〕

——〈讀《王荊文集》補作〉其十（四／一三）

以這兩首詩爲例，我們可以看到胡漢民詠安石事亦多同時用安石詩語。亦步亦趨，其模仿之跡是很明顯的。

胡漢民作爲一個黨國元老，自有他的功績，但他的詩深受安石影響，尤喜仿效安石剽竊前人佳句佳構的做法，因而模仿之跡顯而不能卓然自成一家。其模仿他人之手法，實即安石所慣用而遺之江西派者也。故胡漢民可謂近代學江西詩者之殿軍。陳衍〈不匱室詩鈔敍〉云：

〔胡漢民〕初喜蘇、陸，近則沈酣於昌黎、荊公，其讀韓、讀王諸作，散原至推挹❺。

陳三立《不匱室詩鈔題辭》云：

讀韓詩、王詩各數十首，大抵就依故實而抒胸臆寓識解蘊藉俶儻，別闢一境。於讀王詩尤多索隱表微之論，其得力於二家至深，故五七言古皆近退之，七言絕皆肖介甫，可謂佼佼拔俗者矣❻。

冒廣生《不匱室詩鈔敍》亦云：

至其病中讀昌黎、讀臨川諸絕句及和昌黎、臨川、廣陵諸五七言古，政使海內作者歛手咋舌，不必藉其平日事功以傳，且卽有旋乾轉坤之事功而不能掩其詩之光芒於萬一。假令昌黎、臨川、廣陵復起，吾知其必引為畏友無疑也❼。

此三人者，近代著名之詩人，異口同聲謂漢民學昌黎、法安石而有成，現以所引例證核驗之，亦非全屬溢美之辭。然而諸大家不忍指出者，實卽胡漢民之缺點：其詩模仿之形跡太彰明，含蘊不足，而顯露有餘。

二、陳寶琛模仿王安石詩

陳寶琛（一八四八——一九三五），字伯潛，號弢菴、橘隱，晚號鐵石老人。福建閩縣

〔今閩侯縣〕人。同治七年（一八六八）進士。光緒元年（一八七五）侍講，累遷至內閣學士。光緒十年，法國出兵自越南犯邊，詔移陳寶琛由江西學政會辦南洋防務；坐微罪被譴廢居鄉里二十餘年。宣統登位（一九〇八）後，再至京師，任禮樂館總纂大臣、資政院碩學通儒議員。辛亥革命（一九一一）後，出任溥儀漢文教師，以遺老自居。著有《滄趣樓詩集》十卷。❽

十九世紀末至二十世紀初（一八九〇—一九一〇）的二十年間，陳寶琛長期隱居鄉里，感時傷世，所作詩較多似安石，此後每多哀傷清末殘局，與安石風格相去漸遠。

陳寶琛學安石詩，在當時來說，是公認的事實。陳衍《石遺室詩話》卷五謂寶琛私淑安石者也，多清雋之句。《近代詩鈔》卷八則謂弢菴年未四十丁內艱，在外二十餘年，撫時感事，一概託之於詩；盡去少作，肆力於昌黎、荆公，出入於眉山、雙井。陳寶琛〈謝琴南寄文為壽〉云：「……身名於我曾何與，心跡微君孰與傳。獨愧老來詩不進，嗜痂猶說近臨川。」❾詩裏說林紓指出他的詩近安石，是直認不諱。又〈陳君石遺七十壽序〉云：「予初學詩於鄭仲濂丈，謝丈枚如導之學高、岑，吳丈圭庵引之學杜，而君兄弟稱其類荆公，木庵且欲進之以山谷。」❿按陳書（一八三八—一九〇五）字伯初，號木庵，陳衍之兄。陳寶琛謂陳衍兄弟稱其詩似荆公，當此之時，恐亦沾沾自喜也。汪辟疆《近代詩人述評》云：

> 弢庵師傅行輩為最尊，詩名亦最著。光緒初元與張之洞、佩綸、寶廷、黃體芳諸人，以文章氣誼相推重，守正不阿，風節獨著。及受譴家居，築滄趣樓、聽水二齋，與陳書酬倡往來，無間晨夕，而詩日益工。體雖出於臨川，實則兼有杜、韓、蘇、黃之

勝，平生所作，思深味永，心平氣和，令人讀之，如飲醇醴。蓋修養之功既深，魘心之語斯赴，宗風大啓，重若斗山，非無故矣。詩篇甚富，其經散原、節原點定者，趙世駿請以精楷書之以行世，弢庵謙退不允。又云：「詩必經數改，始可定稿。」宜其精思健筆，避易千人矣⑪。

汪辟疆這段話比較忠實地說出了陳寶琛詩的特點。陳寶琛詩雖出於安石，而不止於安石，故其詩雖有仿效安石之跡，然似安石者亦不多。此處所謂「修養之功深」、「詩必經數改」，亦皆類安石。

茲舉數例，以說明陳寶琛受安石影響之情形：

1. 用安石語

陳寶琛與胡漢民一樣，在模仿安石詩時也曾借用安石詩中詞語和句子，例如：《聽水齋雜憶》其十三云：「千里來看洞口雲」，(二／十六)仿效安石〈送項判官〉：「千里來非白壁招」句。〈幼點新歸七月十五夜復同泛月分賦〉「江舟猶刻去年痕」(二／一六)仿安石〈江寧夾口三首〉其二云：「繫舟猶有去年痕」句，雖然句式基本相同，但「刻」似不及「繫」自然。又《滄趣樓雜詩》其六云：「一鳥不鳴蟬亦歇」，(三／四)此分明規模安石「一鳥不鳴山更幽」之句；此分說之句，較安石強調之句略有異趣，模仿而不蹈襲，甚妙。又〈希村穎生同泛西溪憩交庵謁樊榭祠〉云：「西溪窈以曲，萬綠中一庵」，(三／二)此與〈次韻答幼點因懷愛蒼〉：「萬綠叢中占一坪」(五／三句相同，其意皆欲模仿安石「濃綠萬枝紅一點」⑫之語，頗能突出主題，前句媲美安石，後句意趣則不及安石佳妙。

2. 用其語兼仿其意

〈海天閣成屬有北行留別山中諸子〉云：「屏居越兩紀，一壑廿長終。誰知無心雲，去住隨天風。」（六／一）此取安石《卽事二首》其二：「雲從無心來，還向無心去」，《晨風望南山》：「天風一吹拂，的皪成璵璠」，〈偶書〉：「我亦暮年專一壑，每逢車馬便驚猜」等詩語而成，且亦融合諸詩之意。其仿安石〈偶書〉尤明顯者，如〈八月十二夜同幼點宿聽水齋〉其三云：「石罅泉聲細欲沈，佛前鐙亦斷雷音。老專一壑關何事，不雨區區也動心。」（三／一七）〈次韻答賓甫見贈卽送備兵欽廉〉：「還君使節蠻夷長，老我生涯木雁間；擅壑專邱猶未饜，可堪塵土涴衰顏。」（六／二）皆模仿安石「專一壑」之意。而「老我」詞序倒裝法，則係仿安石〈夜夢與和甫別如赴北京時和甫作詩覺而有作因寄純甫〉詩「老我孤主恩」之句。其變化安石詩而較安石詩靈活，眞能模仿者也。

3. 規模其意而模仿

〈文文山師畫山水小帆同年屬題〉云：「白頭弟子披遺墨，相對蒼茫淚似潮。」（六／九）此規模安石〈韓忠獻挽詞〉其二：「幕府少年今白髮，傷心無路送靈輀」之語而下筆。〈送仲勉之官雲南〉其三云：「繦褓爲兄弟，廿載相扶將；自爲仕宦驅，及各天一方。吾歸汝卻出，歡短悲日長；無由奉車杖，梨棗況母傍。六人近存半，叔兮鬢亦霜，暫同鏡中影，斷雁猶行行。期汝以五年，聽泉還對床；吾衰總汝待，毋倚身健強。」（五／八）此綜合安石〈寄蔡氏女子二首〉「感時物兮念汝遲，汝歸兮携幼」，〈夜夢與和甫別如赴北京時和甫作詩覺而有作因寄純甫〉：「叔兮今安否？季也來何遲！中夜遂不眠，展轉涕流離。」〈送陶氏婦兼寄純甫〉「雲結川原暗，風連草木萎；遙瞻季行役，正對女傷悲；夢事終千變，生涯老百罹；更慚無道力，臨路涕交頤。」等詩之意而成。

《滄趣樓雜詩》其一云：「平生好樓居，亦愛數竿竹；收身及未老，隨分得小築。東牖延夏涼，南榮納多燠，有池亦有樹，蓊然翳衆綠。奉親是吾事，幸不藉微祿。十年欠美睡，一簟斯已足。醒來聞叩門，鄰家荔新熟。」（一／六）「隨分」、「美睡」、「一簟」等語頗類似安石詩中常用語：如安石詩〈園蔬〉：「枕簟不移隨處有，飽餐甘寢更無求」，〈午睡〉：「翛然殘午夢，何許一黃鸝」，〈臺上示吳愿〉：「細書妨老讀，長簟愜昏眠」，〈示元度〉：「今年鍾山南，隨分作園囿」，等等。寶琛此詩頗有安石鍾山詩之風緻。又〈顧鶴逸畫山水卷子爲曹君直舍人題〉（六／九）云：

臥游長在水雲間，流水無聲雲亦閒。
自是軟紅緣未盡，南中隨地有溪山。

頗似安石〈定林所居〉（李四四／一〇九〇）詩：

屋繞灣溪竹遶山，溪山却在白雲間。

臨溪放杖依山坐，溪鳥山花共我閒。

皆描摹山水而有優悠自得之風。〈聽水第二齋落成幼點嘿園同賦〉（五／三）云：「無意溪行討得源，廿年如夢漫留痕。平生事事蹉跎過，猶及衰殘築此墩。」此詩云築墩實則暗附安石暮年據謝公墩之舉，而用語如「漫」、「留痕」、「平生」、「蹉跎」、「衰殘」，雖非安石專用語，卻是安石慣用語，故風格亦近安石。

安石故鄉臨川有烏石崗，思念故鄉則云「解鞍烏石崗邊路」⑬，陳寶琛詩中也每言「烏石」，如〈瀨蘭年丈來主閩試喜晤感賦〉（一／三）云：「別夢江南逐去潮，卻從烏石話金焦。」〈俶玉以索荔莆田詩徵和摘山寺新熟百顆以餉並致鼓山泉一器卽次其韻〉云：「烏石巖存天所赦，頳珠滿摘佛之遺。」（三／七）皆以烏石代表故鄉特徵，這種情形，除了巧合因素以外，難道絲毫沒有模仿的意圖嗎？

安石喜改詩，而陳寶琛也極喜改詩。《石遺室詩話》卷一云：

> 陳弢菴則必改詩而後成。過後遂不能改謂結構心思已打斷矣。罷官鄉居，有作必就商於先伯兄木菴先生書。……伯兄旣逝，弢菴亦復出山，在都數年，有作則必商定於余。今年六月，復以全稿屬去取⑭。

安石詩自改定，而陳詩託他人改定，此因安石自信心強，且學養深博，陳稍有不及，故寧託友人詩家代爲改定。然改詩千遍以求工，其用意則一。故疑陳寶琛這種作風亦受安石影響。

從以上的蛛絲馬跡看，陳寶琛有兩個方面受了安石影響。一、陳寶琛廢居鄉里二十年，當時曾竭力把自己比附安石罷相隱居鍾山之情形；二、從詩的用語以至寫景營意，陳寶琛都曾經下過功夫模仿安石。不過，話得說回來，陳寶琛並非一直模仿安石，他大部分的詩也並不酷似安石。陳衍〈知稼軒詩敍〉云：「弢庵意在學韓，實似荊公。於韓專學清雋一路。」[15]所謂學韓而似安石，恐非單純學韓——雖然安石也曾學韓，正是由於陳寶琛並非專學韓，因而能夠學韓而似安石。

三、結　語

從胡漢民和陳寶琛模仿安石詩之情形看，胡漢民較爲主動熱切，模仿之功較勤，仿作數量較多而昭著，陳寶琛之模仿較爲隱晦，於平淡之處作不經意之拈取；從另一個角度看，胡漢民較爲傾向個別模仿，卽模仿一句一聯之意，而陳寶琛較爲傾向綜合模仿，卽略加融滙貫通；個別模仿導致詞句彰顯，而綜合模仿則個別部件雖不顯著但具有神似之作用。故整體而論，胡漢民模仿安石詩之數量較陳寶琛爲多，因而著跡，然從結果來看，陳寶琛之模仿安石詩似優於胡漢民之所爲。

胡漢民早年忙於國事，無暇寫詩，故作品不多，也不以仿效安石爲務。晚歲政途起伏，遂以安石自比，由是熱衷創作，除卷首四篇外，八百餘首詩全爲民元以後二十餘年間作品，可以馳想其詩思迅速如泉奔湧，但於模仿一節恐亦未能細細咀嚼消化，是以形跡俱在。反觀陳寶琛，二十歲中進士，此後遊宦以至廢居逾四十年，皆在優悠中渡過，誠如先前所引陳石遺所言，「撫時感事，一概託之於詩」，自能細心琢磨，以達渾和。

附註

❶ 胡氏之生平事蹟主要參考倉田貞美《中國近代詩之研究》〔東京：大修館，一九六九〕及周聿峨、陳紅民《胡漢民評傳》〔廣州：廣東人民出版社，一九八九〕之引述。《不匱室詩鈔》由民國二十五年國葬典禮委員會編印，華岡出版部〔陽明山，一九七五〕影印。本文所引胡漢民詩均出自該書，詩題後附列之阿拉伯數字表示該書之卷數／頁碼。

❷ 《胡漢民評傳》稱胡漢民情緒容易波動；一不順心便想退隱。頁一四六。

❸ 本文所引安石詩自除特別註明外均錄自李壁《王荆文公詩註》，而頁碼則據臺北廣文書局影印本〔影印本改稱《箋註王荆文公詩》，一九七一〕，簡稱「李」，緊跟之阿拉伯數字代表卷數／頁碼。

❹ 《冷齋夜話》卷一，殷禮在斯堂叢書本，頁四。

❺❻❼ 《不匱室詩鈔》附。

❽ 戊寅（一九三六）年刋本，《聽水齋詞集》附後，共四册。本文所引陳寶琛詩皆錄自《滄趣樓詩集》，詩題後附列之阿拉伯數字表示該書之卷數／頁碼。又本文有關陳寶琛之生平事蹟，主要參考倉田貞美《中國近代詩之研究》一書之記載。

❾ 《滄趣樓詩集》卷五，頁二。

❿ 《滄趣樓文存》卷上。

⓫ 見《中國近代文學論文集・詩文卷》，北京：中國社會科學出版社，一九八四，頁一三。

⓬ 方勺《泊宅編》卷一〔北京：中華，一九八三，頁五〕云：

> 王直方云：『王介甫在翰苑，見榴花止開一朵，有「濃綠萬枝紅一點，動人春色不須多」之句。陳正敏謂此為唐人詩，介甫嘗題扇上，非其所作。』

但何文煥《歷代詩話考索》〔歷代詩話，北京：中華，一九八一，頁八一五〕云：

> 竹坡謂「荊公詩如『濃綠萬枝紅一點，動人春色不須多』，『春色惱人眠不得，月移花影上欄干』等篇，皆平甫作，非荊公詩也。」以其太艷耳。〈關雎〉思窈窕之淑女，〈東山〉詠其新之孔嘉，文王、周公不害為聖人。惟學究腐儒，屏絕綺語。一或有之，必為之辯，深可厭也。

即使此兩句非安石所作，而為唐人詩或安國詩，前人既都誤作安石詩，則陳寶琛當時亦視作仿安石詩而已。

⓭〈寄吉甫〉，《王荊文公詩註》卷三十，頁七三六。

⓮頁六—七。

⓯《石遺室文集》卷九，頁二八。

淪陷期上海的文學

——特別是關於陶晶孫

太田進
(OTA Susumu)

一、我的中國體驗

首先，我想談談我個人的經驗。

我的幼少年期是在上海渡過的，具體而言，是從二歲到十六歲。換言之，卽是在我一九三〇年出生後的隔年——一九三一年到一九四六年。

總之，我在上海的時期，日本已正式向中國開始進行軍事的侵略——從「九·一八事變」經「一·二八事變」再到「七七事變」，所謂的「抗日戰爭」時期。

我於日本戰敗後的隔年，從上海回到日本。以後，我反省我自己到底是活在怎樣的時代，歷史覆轍絕對不能再重蹈，爲此，該怎樣思考？該怎樣活下去？就一直環繞在我的腦海裏。

在這個反省之中，牽涉到一位中國人的體驗。

我那個世代，在中學三年結束之前——從一九四五年一月開始，必須「勤勞動員」，在工廠裏勞動。

我們中學生是在上海的「江南造船所」勞動。當時，這個工廠已被日本海軍佔領。在那裏，我是當車床工。因爲是造船所，當然是造船，此外，還造機關槍、迫擊砲、水雷筒等武器。我在車床製造的，主要是以武器爲主。

當時，在我後面的車床，有一位中國人勞動者。年已過二十，名叫「阿六」。我與阿六成爲好友，休息時，經常聊天。

不久，一九四五年八月十五日——日本戰敗日的前幾天，工廠外，蹦蹦的爆竹聲響個不停，到底是怎麼一回事呢？工廠內的中國人勞動者之間立卽傳開。他們也跟著騷動起來了。我問阿六到底發生什麼事了。阿六說：「日本戰敗了」。「日本戰敗了，很高興吧！」我問。我在心裏想阿六大概會回答「活該！」可是，阿六一瞬間所想的是「戰爭結束了，眞高興」，他這樣的回答我。

之後，又說了些什麼話，我記憶中是一片空白。當時，我也沒有認眞去思考阿六回答的「戰爭結束了，眞高興」所包含的意思。

爾後，我成爲戰敗國的國民，在上海又渡過了九個月，才回到日本。我還在工廠勞動時，我已預感到日本在這場戰爭中會失敗吧！只是戰敗來得太唐突，給我很大的衝擊，讓我心中沒有餘力再去思考自己的體驗所包含的意思。

我回到日本之後，進入大學，開始研究中國文學，特別是中國現代文學。在研究生活的過程中，日本戰敗時，阿六回答我的話，又再度浮現於我的心中。

在上海時，我無法思考阿六爲了生活，不得不在日本佔領下的工廠工作的苦惱，自己所造的武器是用來對付自己的同胞。但是，誰也不能說阿六因爲連小學教育都沒有接受，所以他沒有苦惱。

日本帝國主義侵略中國時，日本人在中國擺很大的架子，幹了數不盡的殘虐行爲。即使是阿六，對於這種日本人，一定抱有反感與憎惡之心吧！

可是，在確定日本已經戰敗那天，阿六卻對十五歲的日本人的我說：「戰爭結束了，眞高興。」當我在戰敗後的艱苦生活中，思考今後該怎樣活下去的時候，當時，浮現在我心中的，正是阿六和他的話。

當勝者與敗者的立場逆轉時，阿六沒有說「活該！」反而說：「戰爭結束了，眞高興！」阿六優雅、偉大的心胸，我受了很大的感染。

雖然接受教育，然而卻沒有教養，此種人多得是。我認爲像阿六這種人，才是眞正有教養的人。我的中國研究與中國文學研究的出發點是在阿六的身上，因爲他也可以說是我的中國體驗的原點。

以下的報告就是根據我上述的體驗所作的報告，請各位批評指教。

二、淪陷期上海的文學——特別是關於陶晶孫

劉心皇先生曾著有《抗戰時期淪陷區文學史》一書。列爲中國現代文學研究叢書的一册。一九八〇年五月由臺灣成文出版社出版。

此書的第一卷〈南方僞組織的文學〉，其中〈南方僞組織的文藝作家〉，一共列舉了七十七名作家。更淸楚而言，這些全都是「漢奸」。每次，當我使用「漢奸」這個字彙時，我都感到極爲心痛。所謂「漢奸」卽是指所有的對日協助者。對此，日本人也應該要負起很大責任。

可是，劉心皇先生所列舉的作家中，像柯靈（一九〇九—）那樣，不是「漢奸」的人也有。司馬長風先生在《中國新文學史》（下卷，香港昭明出版社，一九七八年十二月）一書中，也曾指出穆時英並不是「漢奸」。劉心皇先生的著書是於一九八〇年出版，在這之後，其它一些作家皆已經在中國大陸獲得平反（一九八二年三月），像關露（一九〇八—一九八二）那樣的作家也包括在裏頭。爾後，臺灣、大陸皆出版了受到再評價的一些作品，其中包括有張愛玲（一九二一—）、蘇青（一九一七—一九八二）。

關於陶晶孫（一八九七—一九五二），到目前爲止，有關他的敍述，有很多都是錯誤的。在這裏，我報告我有關他的調查。

陶晶孫，出身江蘇省無錫，據說是陶淵明的後裔。本名陶熾，除了晶孫的筆名外，還有晶明館主、陶熾孫、陶藏、烹齋、烹等筆名。本身同時是作家、醫師、公共衞生學者和醫學博士，對於音樂、繪畫也超乎一般外行人的愛好。

十歲時，隨父來日，經東京的小學、中學、第一高等學校，一九一九年，入學九州帝國大學醫學部。與同樣在九州帝大在學中的郭沫若等人，創辦同仁雜誌《Green》，並在第二號發表連郭沫若都極爲贊嘆的處女作〈木犀〉（日文作品）。那個雜誌，今天已無法看到了。一九二三年，九州帝大畢業後，同時入學東北帝國大學理學部物理學教室（專攻音響生理學)。翌年，在仙台和日本女性佐藤操結婚。並在大學參與組織交響樂團，聽說還拿過指揮棒哩！

陶晶孫還參加了一九二一年七月在東京結成的創造社，東北帝大在學中，卽在《創造季刊》、《洪水》等雜誌，發表短篇小說。他一方面從事文學活動，一方面每月也必上東京一次，爲成爲醫師而努力。一九二六年九月，他成爲和泉橋慈善病院（現三井紀念病院）的醫師，並兼任東京帝國大學醫學部附屬病院的副手，爲此，他移住東京。

以後，到回國爲止的兩年半間，他努力從事醫師的修行。一九二七年十月，他出版了短篇小說集《音樂會小曲》（上海創造社出版部、創造社叢書第十六種）。

一九二九年三月，陶晶孫受聘爲上海東南醫學院教授，結束了二十二年的日本生活，歸國。關於他的歸國時期，自陶晶孫的友人拓植秀臣在〈年譜〉上，記載爲「五月」以來，大部份的資料都因襲著這個錯誤。《魯迅日記》的一九二九年四月一日項，記載著郁達夫偕同陶晶孫來訪。在這之前，他如果沒有回國的話，那就奇怪了。

因爲我曾在《野草》第廿八號（一九八一年九月）寫有〈歸國後的陶晶孫〉一文，在這裏，我只極簡單介紹他的工作。

陶晶孫繼郁達夫之後，負責《大衆文藝》第二卷，六期份（一九二九、一一－一九三〇、六）的編輯。同一時期，他還參加組織藝術劇社，舉行兩回公演，負責音樂效果和劇本。此外，他還是中國現代木人戲的創始者。一九三〇年三月，並參加了左聯的成立大會，四月、八月先後出版了翻譯小說集《盲目兄弟的愛》（上海世界文藝社）、《木人戲 傻子的治療》（上海現代書局），十月，出版了辛克來的小說《密探》（世界新興文藝叢書之一，上海北新書局）。

大約是在一九三〇年的後半年，陶晶孫聽從父親的要求，返回鄉里無錫開業，並從事衞生模範區的工作。這個醫師兼公共衞生學者的工作，約維持一年卽結束，一九三一年九月，他再度返回上海，並且成爲上海自然科學研究所的所員。以後，卽使在中日全面戰爭期間，他還一直滯留上海。

在淪陷期的上海，陶晶孫出版了散文集《牛骨集》（太平書局，一九四四年五月）、《陶晶孫日本文集》（華中鐵道江南叢書⑵，一九四四年五月）。一九四四年十一月，且出席了在南京召開的第三回大東亞文學者大會。

日本戰敗後，國民政府軍隊進入上海之後，陶晶孫負責接收南京陸軍病院。聽說他還被國民政府任命爲陸軍軍醫上校，而且還在南京穿過軍服。爾後，翌年的一九四六年四月，陶晶孫和妻子偕往臺灣，這也是爲了臺北帝國大學的接收工作。接收工作完畢後，他成爲臺灣大學醫學院的教授，並且兼任熱帶醫學研究所的所長。

日本戰敗當時，有一段時間，陶晶孫曾被指爲「漢奸」。不知何故，竟又被國民政府正式委任南京陸軍病院與臺北帝國大學的接收工作。若有知道原委者，我願意很誠懇的向他請敎。

其後，一九五〇年六月，陶晶孫又偕同妻子從臺灣前往日本。一九五一年四月，成爲東京大學文學部的講師，講授中國文學，翌年二月，因癌症以五十五歲之齡去世。死後不久，其遺族及友人整理其遺稿，出版《日本への遺書（給日本的遺書）》（日文，創元社版，一九五二年十月。普通社版，一九六三年五月）。

今天，我在這裏報告淪陷期上海的文學，我之所以特別舉出陶晶孫來，除了因爲他與臺灣有關係外，我最關心的還是陶晶孫的「漢奸」問題。

陶晶孫的夫人，剛才我已提過，是位日本人。其姊卽是郭沫若的日本人太太（安娜）。抗戰初期，在中國，日本人太太被排斥，且被獎勵和日本人太太離婚。郭沫若拋棄了日本人太太，陶晶孫沒有。爲此，一方成爲愛國者，另一方則被指爲「漢奸」。

無論是那一方都是悲劇，這個悲劇的原因是因爲日本侵略了中國。當時，我時值少年且又是日本人，我實在無法指責任何一方。陶晶孫有三個孩子，三男和我是中學的同級生。因此，我從來沒有隱諱我同情陶晶孫。陶晶孫夾在對妻子的愛與對祖國的愛之矛盾中苦惱，而停留在淪陷期的上海。

陶晶孫夫人在《給日本的遺書》的〈後記〉中，曾指出「晶孫非常喜歡日本，對於那些喜好和平的日本人，更懷無限的愛」。一九四〇年夏，陶晶孫曾在無錫的病床上，邊讀書邊流淚。他讀的是《海涅詩集》，書上寫著「妻子、小孩變成怎樣都沒關係！他們餓的話，就讓他們去乞食也沒關係！我們的祖國已經被侵佔了啊！」這是他三男十歲時的經驗，在父親死後才首度談起。此外，當東南醫學院雖然從上海移轉到重慶，爲了聯絡，經常有教授、學生出現在上海，聽說陶晶孫知道其危險，就讓他們住在他的家裏。

卽使讀了《牛骨集》、《日本文集》，也找不出他有絲毫主張「興亞文學」、「和平文學」的意思。

陶晶孫確實參加了大東亞文學者大會。在後來成爲作家的武田泰淳（一九一二—一九七六），也參加了南京的大東亞文學者大會。武田泰淳在上海時，曾聽到陶晶孫這麼說過，

「日本不施只奪，施的也只是日本精神。英美人則是施與受」（《上海の螢（上海的螢火蟲）》，中央公論社，一九七六年十二月）。他並沒有盲目的考慮要實現日本的意圖，因而協助日本。他對他所熟知的日本，作了覺悟性的批判。

勞動者阿六，爲了生活，不得不在日本海軍佔領下的工廠工作。這是任何人都無法加以指責的。如果是知識份子，被迫在二者擇一時，也時常是有法斷乎選擇一方的嗎？我不能指責陶晶孫。指責人之前，實事求是是先決條件。然後，人經常被認爲是胆小鬼，寬以待人和嚴以待己，兩者都應當追求。文學不也是這樣嗎？

「戰國派」雷海宗和雜誌《當代評論》

阪口直樹
(SAKAGUGHI Naoki)

一、中國現代文學史上的抗戰時期文學

中國抗戰時期文學，分作「淪陷區」（日本統治區）、「解放區」（共產黨統治區）、「國統區」（國民黨統治區）三個部分，在中國的文學研究，也由於政治上的理由，「解放區」的文學經驗一直被過高地評價。

「國統區」文學，正如武漢「中華全國文藝界抗敵協會」（略稱「文協」，一九三八年三月）的成立所顯示的那樣，既定了國共文藝潮流的聯合的性格，但是中國至今對於包含這一時期在內的國民黨關係的文學者一直給以極低的評價，這是應該歷史性的重新給以再評價的。我從這個觀點出發，着手研究抗戰時期有關國民黨系統作家的再評價，也已發表過文章。其中心課題是對三十年代初期的「民族主義文學」論爭的再評價，重視「民族主義文學」中占主導地位的王平陵，重新估計抗戰時期張道藩的作用。

在抗戰時期的文學形勢下，張道藩發揮的作用極其重大。他在一九四二年發表了《我們

所需要的文藝政策》(《文化先鋒》創刊號，一九四二)，實質上也可以說是國民黨的文化綱領，剛好和在延安發表的毛澤東的「文藝講話」(一九四二、五)相互呼應。

在張道藩的這篇文章裏，以「六不政策」和「五要政策」爲核心加以展開。

以上系根據三民主義的四種主要意識而批判現代文藝的歧途，歸納為「六不政策」卽：㈠不專寫社會黑暗，㈡不挑撥階級的仇恨，㈢不帶悲觀的色彩，㈣不表現浪漫的情調，㈤不寫無意義的作品，㈥不表現不正確的意識。今再論「五要政策」以確定我們文藝的方針。所謂五要卽：㈠要創造我們的民族文藝，㈡要為最苦痛的平民而寫作，㈢要以民族的立場而寫作，㈣要從理知產作品，㈤要用現實的形式。

(蘇光文編《文學理論史料選》，四川敎育出版社，一九八八・五，頁三八七)

第一，……所以我們意識是極端現實的，我們認清了目標，一點也不幻想，一點也不熱狂，脚踏實地，由知而行，如遇障碍，再由知而行，絕不傷感，也不悲觀。因之浪漫主義的形式不宜於我們的新文藝。

第二，我們創造文藝的目的，在輔佐革命，完成社會的建設……

第三，我們相信歷史不會再演，社會不會復活，……

我們要建立現實的、通俗的、富理想的、有生命力的形式。我們當以莎士比亞、狄更斯、巴爾扎克、托爾斯泰、羅貫中、曹雪芹為師，從他們的學習而創造新文學的形式，但不要忘記他們的弱點。(同上書頁三九八)

貫穿全文的文學思潮是強烈的現實主義傾向。這是重慶地區（也包括左翼系統）作家的共同的文學觀。不僅如此，而且這一文學觀，到底又和毛澤東的「文藝講話」的文學觀有多大不同？

「六不」政策之中，除「㈠不挑撥階級的仇恨」一項外，看不出與左翼文學理論有多大的不同。「㈠不專寫社會黑暗」這一主張，雖然和當時的左翼文學者之間形成了很大的矛盾，但是果眞能說是文學觀上的對立嗎？不過是站在統治立場上的人總是不喜歡暴露矛盾罷了。例如，即使在延安地區，只要看看主張描寫社會黑暗面王實味、丁玲、蕭軍、羅鋒等人的被批判，就會明白。

總之，可以得出如下結論，即國統區的抗戰時期文學的主流「文學觀」是強烈的「現實主義傾向」。

二、國統區文學的「戰國派」的意義

抗戰時期，出現並活躍着與「國統區」的主流文學觀相當對立的流派。即以昆明爲中心展開活動的「戰國派」文學，我想有必要從其他角度對其進行評價。

所謂「戰國派」文學潮流，是由陳銓、林同濟、雷海宗等昆明西南聯合大學的學者們爲中心結成，以《戰國策》（一九四〇年四月一日——一九四一年一月？）《大公報》副刊《戰國》（一九四一年十二月三日——一九四二年七月十九日）爲陣地展開活動的集團。不過，這一派作爲與國民黨關係密切的文學集團，而被給予了極其否定性的對待。

例如，在《中國現代文學史》(唐弢、嚴家炎編，人民文學出版社，一九八〇年十二月)有以下評價：

一九四〇年前後，在蔣介石政府加緊推行法西斯統治的背景下，國統區出現了一個頌揚國民黨特務政治，宣傳法西斯思想的文學派別，即由陳銓，林同濟等人組成的「戰國策」派。他們先後在昆明和上海出版《戰國策》雜誌，在重慶《大公報》開闢《戰國》副刊，提倡歷史重演説，把時代説成是「爭於力」的「戰國時代的重複」，宣揚强權統治和「超人哲學」，散布中國必亡的失敗主義思想，為國民黨特務政治製造理論根據。(三卷，頁一二)

這裏被指責的兩點，即散布法西斯主義、必亡論和宣揚國民黨特務政治，不知有沒有正當的論據。陳銓的戲劇《野玫瑰》，獲得全國學術審議會文學類第三等獎，被當局積極地搬上舞臺確是事實，但是我看，這件事並不意味着作爲文學集團的「戰國派」等同於國民黨。「戰國派」的本質實際上表現在更多、更複雜的方面。

例如，獨及(林同濟)的《寄語中國藝術人——恐怖・狂歡・虔恪》一文，從迄今爲止的固定的觀點來看，是很難加以評價的。

史！這個字是一個如何可歌可泣的東西！一切史都硬要擺脱時空，但沒有一個史擺脱得了。一切史——真正的史——都是狂歡，都是恐怖。我不是說狂歡必由恐怖脫來嗎？記着呵，狂歡終也必歸恐怖去！（蘇光文編《文學理論史料選》，四川教育出版社，一九八八・五，頁三二五）

在這裏所表現出來的不是理性，是對趨向「感情」的極限的強調。不是「集團」，是「個人」的極端的膨脹。這裏內含的文學觀不是「現實主義」，不難看出其強烈的「浪漫主義」的色彩。由此可見，「戰國派」是遠離「國統區」的正統文學觀「現實主義」的異端的流派。

那麼，「戰國派」的實質，究竟可不可以說是法西斯主義的呢？爲了判斷這一點，有必要看看「戰國派」的實際上的理論家雷海宗的主張。

雷海宗在芝加哥大學留學後取得博士稱號，抗日戰爭時期擔任西南聯合大學的歷史系主任、教授。像一般清華大學出身的人那樣，他對海外的事情十分熟悉。

他提倡引進外國的先進理論和方法，研究本國的歷史和文化。他本來的歷史觀是，歷史學的「過去」是相對性的，爲了現在的意義，應該創造「過去」。他原來和政治毫不相干，抗日戰爭的爆發，激發了他的愛國熱忱，將研究和政治結合，把曾經提出過的「歷史循環論」發展爲「文化形態史觀」，提出了有關中國將來的設想。

雷海宗在「戰國派」的文學活動中，執筆不輟，寫出了《歷史的形態——文化歷程的討論》（《大公報》副刊《戰國》十期，一九四二、二、一四）、《三個文化大系的形態》（同十三期，一九四二、二、二五）、《獨具二周的中國文化——形態史學的看法》（同十四期，一九四二、三、四）等重要文獻。在中國將他的活動作了如下的歸納和總結。

這一時期，雷海宗作為「戰國派」的主將之一，他把他在戰前就已提出的「歷史循環論」，進一步演化為所謂「文化形態史觀」，與戰國策派的主將林同濟合著《文化形態史觀》一書。他公開主張「創造過去」，認為「對於過去」只能就他對於現在的看法與對於未來的希望而給他一個主觀的意義，他把他在戰前「創造」的中國文化周期五階段歷史循環論，進而推及於世界歷史，並規定了各階段的年限（如說帝國主義時代前後的二五〇年），宣傳「今日歐米是重演商鞅變法以下的戰國歷史」，「最後的歸宿也必為一個大一統的帝國」。他還宣稱「戰國」以後「政治必然是專制獨裁的」，為法西斯獨裁製造理論根據。（《清華大學校史稿》，中華書局，一九八一・二，頁三三三）

也就是說，西歐文化發展到帝國主義時代，可以說相當於中國的戰國中期，其時代特徵是大規模的戰爭和強權政治，以及漸趨大一統帝國的建設。而中國的文化則有可能發展到超過西歐的更高階段，卽從第二周期末期發展到第三周期。這是在全人類歷史上空前絕後的事業。

雷海宗的「史觀」，顯然不是馬克思主義的「發展史觀」。如果置換爲文學觀，我看，無非是被「反現實主義」所支持，可以說是從獨自的觀點出發對抗戰前途加以展望。

這樣看來，大概隱約可知「戰國派」在當時，到底主張了什麼，其文學特徵又是什麼了吧。

(1)「戰國派」的文學觀是由強烈的「反現實主義」所支持的，在這個意義上與國民黨主流的「現實主義觀」處在完全不同的相位。

⑵他們依靠的力量，不是大衆集團，而是超人的「個人」和「英雄」。

⑶他們不是反對抗戰，而是積極地主張抗戰。不是主張中國的滅亡，而是以獨自的邏輯展望中國的新生和發展。

⑷他們的理論是在西南聯合大學的那種學院式的學風中醞釀成熟的，如果因此簡單武斷地看待他們與國民黨的關係，勢必誤解問題的本質。

三、雷海宗和雜誌《當代評論》

「戰國派」在抗戰時期的中國，形成了極其特異的文學集團。那是與昆明・西南聯合大學的自由的、洋溢着自由主義氣氛的環境有很大的關係的。因爲強烈的個性和自由主義的思想，在一九四九年中華人民共和國成立後被迫進行尖銳的自我批判的沈從文、朱光潛、費孝通、馮友蘭等著名學者，也都與昆明・西南聯合大學有過密切的關係，這決不能說是偶然的。

昆明・西南聯合大學的教員們編轟出版的雜誌有三種。它們是指成爲「戰國派」的最初陣地的「戰國策」，此外還有《今日評論》（昆明今日評論社，一—五：一四，一九三九、一—一九四一、四）和《當代評論》（當代評論社發行，昆明西南聯大收發室，青年書店印行，一—四：一〇，一九四一、七—一九四四、三）。

其中，有必要注意的是，《當代評論》是雷海宗在參與「戰國派」的活動的同一時期同時執筆的。

關於這些雜誌，在中國也一直是從與國民黨直接聯系的角度出發及予嚴厲評價的。

> 教授中另一些人則積極接受蔣介石，朱家驊等人的津貼，創辦《今日評論》（一九三九年——一九四二年三月）和《當代評論》（一九四一年七月七日——一九四二年）等刊物。他們繼承戰前「現代評論派」的衣鉢，配合國民黨頑固派的投降，分裂活動，進行反共反人民的宣傳。……一九四一年底太平洋戰爭爆發後，……在《當代評論》上舉辦《世界戰局的總檢討》的座談。在蔣介石發表《中國之命運》後，《當代評論》又組織「建國座談會」，討論戰後「建國綱領」「戰後經濟問題」，為國民黨獻策。
>
> （上揭《清華大學校史稿》，頁三九五）

當時，昆明也處在國民黨統治之下，所以從廣義上，可以想像《當代評論》也是處在其影響之下的。不過，所謂「配合國民黨頑固派的投降、分裂活動，進行反共反人民的宣傳」，這標說是否有問題呢？從這篇文章也可看出，尚未從那種因自由主義的、自由的主張與共產黨的主張異趣為由，而將其全部與國民黨聯系到一起的惡劣的政治主義之下解放出來。看這個雜誌的目錄，完全可以理解他們是從全世界的角度來展望抗戰的。這一展望卽便論述到了擁有「國統區」的政權，或者保有全國範圍的政治影響力的國民黨的作用，它也完全是別一層次的，應另當別論的。

還有，與「戰國派」保持一定距離，但在《戰國策》上踴躍執筆的沈從文，將其轉變風格的作品《綠黑灰》發表在《當代評論》（四卷三·四·五期）上，可以說也表現了這份雜誌的自由的、自由主義的性格。

有一種說法，認爲《當代評論》的主辦是錢端昇（戴世光《懷念抗戰中的西南聯大》、《茄吹弦誦情彌切》，中國文史出版社一九八八・一〇，頁二五）。不過，雷海宗在《當代評論》發揮的作用，難道不也很大嗎？

也就是說，從這些文章的大部分被放在卷首作爲壓軸文章，以及其執筆的次數，都不難見出雷海宗在《當代評論》是發揮了極其重要的作用的（注）。

署名（宗）是否雷海宗，尚無定論，但從執筆人員的名單來判斷，其可能性是很大的。

從這些文章的標題令人所思所感的是，雷海宗對於抗戰前途的極其強烈的關心，還在沒結束戰爭的時期，他就面向抗戰勝利，預測和展望戰後的中國，並且，他的關心不是局限在日中關係上，而是世界性的。論述的對象一直伸展到「突尼斯」、「歐洲各國」、「蘇聯」、「法國」、「法蘭西」、「波蘭」、「阿根廷」等衆多地區，就是證明。

「戰國派」雖然以「散布中國必然滅亡這樣的失敗主義思想，爲國民黨特務政治製造理論根據」而受到批判，但雷海宗以後的實踐，正如在《當代評論》所看到的那樣，一邊運用他的廣泛的學識和獨到的見解，一邊繼續從事抗戰活動。

附註

（《當代評論》雷海宗執筆目次：不全）

★署名爲雷海宗的文章

①《抗戰四周年》(一—一 一九四一、七、七)
②《海軍與海權》(一—九 一九四一、九、一)
③《論歐洲各國請英美善意保護》(一—一八 一九四一、一一、三)
④《海戰常識與太平洋大戰》(一—二五 一九四一、一二、二九)
⑤《戰後經濟座談會》(三—一五、一六 一九五四三、三、二八)
⑥《全球戰爭二周年》(四—一 一九四三、一二、一)
⑦《戰後的蘇連》(四—八 一九四四、二、一一)

★署名(宗)的文章

⑧《突尼西連盟軍大捷》(宗)(三—一九 一九四三、五、二三)
⑨《四強宣言的歷史背景》(宗)(四—一 一九四三、一二、一)
⑩《法國解放委員會與法蘭西前途》(宗)(四—三 一九四三、一二、二一)
⑪《蘇捷協定與波蘭前途》(宗)(四—五 一九四四、一、一一)
⑫《德艦沙恩瓘特號的沉沒》(宗)(四—七 一九四四、二、一一)
⑬《蘇連採用新國家》(宗)(四—八 一九四四、二、一一)
⑭《阿根廷與軸心絕交》(宗)(四—一〇 一九四四、三、一)

沈從文小說中的黑暗面

張素貞

沈從文（一九〇二年十二月二十八日至一九八八年五月十日）曾經是諾貝爾文學獎呼聲甚高的中國作家，小說成集的有四十部，據夏志清先生研究，沈從文的文學豐收時間是一九二五年到一九四七年，目前收集到他那段時間所寫的小說共有八大卷，每卷四百頁，一共是三千二百頁❶。一般簡約的理解，沈從文「以描寫湘西鄉土愛情小說馳名」❷，「沈從文的創作帶著鮮明的浪漫主義色彩」❸。他自己說過要藉《邊城》表現：「一種優美、健康、自然，而又不悖乎人性的人生形式」❹。劉西渭稱揚沈從文的小說，「不忍心分析，因爲他怕揭露人性的醜惡」❺。於是讀者相信沈從文「寫出了中國人溫柔敦厚的至情」，陷入浮面的、單一性的理解，不能兼顧沈從文「對人生幽黯的感喟」❻，也就疏忽了沈從文小說繁複的意涵。事實上，沈從文一再說明，他寫的包含了各種人物的「愛憎哀樂」❼，過於單純浪漫的閱讀，並非作者所樂見的，他說過：

作品能夠在市場上流行，實際上近於買櫝還珠。你們能欣賞我故事的清新，照例那作品背後蘊藏的熱情却忽略了；你們能欣賞我文字的樸實，照例那作品背後隱伏的悲痛也忽略了。[8]

熱情和悲痛都掩蓋在他疏淡的文筆之下，同樣都是他表達的重點。因此，我們不僅要了解他「燃燒的感情，對於人類智慧與美麗永遠的傾心，康健誠實的贊頌」，也必須了解他「對於愚蠢自私極端憎惡的感情。」[9]

基於一般人對沈從文小說偏重唯美的禮讚，筆者試圖探索沈從文小說的黑暗面，藉以了解作者的「感時憂國精神」[10]。沈從文只想摹寫人生，只想刻畫人性，他既不是民族文學的尊奉者，也不肯照農民文學的模式去寫作[11]。他以湘西特殊歷史背景，地理環境，以他的故事透露對政治局勢的隱憂，百姓承受長期戰亂引致的種種壓力，他一貫地用恬淡深斂的文筆輕輕烘襯出這些黑暗面，卻是兼具浪漫主義與現實主義的全世界公認的中國新文學家[12]。

一、掠　奪

一個婦人正趕鴨子下街，一個穿灰軍裝的副爺大踏步走去追趕那鴨子，婦人說：「副爺，你搶我鴨子！不成，這是我的。……這是我親手養大的。」中華民國南北各省，有上百萬「副爺」這種人物，在〈失業〉中這兵士明明搶奪人家的鴨子，卻裝做是婦人偷他的，甚至還口出穢言，誣賴別人，煞有介事要一起去十殿閻王的衙門理論。婦人知道軍隊駐紮在那裏，只能幽幽的哭。熟人安慰她：「鴨子又不會說話，到衙門找包公也不濟事！戲臺上包公可管不著我們城裏的事情！」婦人放棄了，理由是：「我去，他們會打我踢我，我怕他們打我，算了，青天白日見鬼。」歸咎於霉運還不夠，她必得詈罵才得消解內心的憤恨：「糧子上人全是搶匪、強盜，挨刀砍的槍打的。」爲了反襯這種掠奪行徑之出乎常理之外，沈從文故意藉純眞的電話局管理員之口，做了似是而非的結論：

> 回到電話機旁時，他心裏想：「這女子一定是個土娼，夜裏兵士抱了鴨子來睡覺，佔了便宜，大白天又把鴨子捉回去，不然豈有大白天搶鴨子的道理。」

殊不知，作者所要揭露的，正是這種「豈有此理」的冤屈，無從投訴，無從辯解，無從討回公道，無從維護個人權益的委屈。

沈從文在《邊城》題記，劈頭就說：「對於農人與兵士，懷了不可言說的溫愛。」兵士是作者熟習的親近的一些人，在鎭筸這樣與兵士淵源深厚的地方，兵士既多，也是沈從文熟稔的人物。《邊城》中的楊馬兵，內斂厚重，有情有義；順順由軍人轉業做船總，排難解紛，疏財仗義。卽令其他篇目的粗魯傖俗，沈從文仍寫出兵士可愛的合乎人性的特質。但像〈失業〉中類似的掠奪，揭露軍中某些黑暗面，足見沈從文並非一味粉飾，而具有深度的社會關懷。

〈鄉城〉這個短篇，主題也是「掠奪」，建設局長爲了招待下鄉演文明戲的學生，強「買」了鄉下王老太太的兩隻鷄。王老太太有她的悲苦，鷄是她的命根子，沈從文也檢討土財主家的大婦被冷落，被「虐待」的問題。「老太太家當雖有三十萬，但一屋子屯的煤油，三個倉房屯的青鹽，幾箱子田地和房屋紙契，對於她都不大相干。」在她來說：「一切權利都是抽象的，只有義務具體。」她忙著餵養三隻碩大肥美的雞。她的雞正生蛋，她要讓牠孵小雞，她不想殺牠。這幾隻雞是她生活的重心，生活的希望。丈夫儘管有錢，卻帶了姨太太住在另一所大房子。建設局長還算有良心，只取走兩隻雞，擱下八塊錢，把那隻毛色頂好看的筍殼色母雞留下陪老太太。無奈老財主轉來家裏，把八塊錢也帶走了。吃家裏穀子長大，賣雞的錢不能算私房錢。這樣的「掠奪」，有理爭論不過，老太太嘔氣沒吃飯，媳婦們和小孫子也沒人留意，大家只顧進城看熱鬧去。如此孤單的財主老婆，既沒有妻子的地位，也沒有婆婆奶奶的地位，失雞事小，在她可眞是再大不過的了。沈從文費盡文墨，當然有相當深刻的感喟。

談到物我渾融，待動物一如人類，最明顯的是〈牛〉中的牛伯之於牛。他待牛彷彿兒子，雖罵，仍有愛撫，彼此相依爲命。有一天爲一點小事生氣，他竟用木榔槌打了那耕牛後腳，第二天發覺情況不對，他溫和的檢視牛腳，牛眼中凝了一泡淚，牛伯懷疑牛「撒嬌偸懶」，他教訓牛，要聽管教。他後悔自己任性，牛的不尋常的喘氣，讓他理解到暴力的嚴重性了，他釋下牛軛，對牛說：「我這人眞是老胡塗了，人老了就要做蠢事。」這算是中國式的道歉吧？拖了兩天，牛伯看出「伙計」實在不能工作，迢迢十里去請牛醫看病，花了大錢，看別人翻過的田，心中懊惱，只得請幫工，用人力拖犁。牛伯告訴牛：「下田還是我們兩個做配手好。」四天以後，他們合作用力耕田了，一天耕的地比工人兩倍還多。回到家中，他們都做了快樂幸福的夢，牛伯考慮到了十二月，就爲牛找個伴。結果，「到了十二月，蕩裏所有的牛全被衙門徵發到一個不可知的地方去了。」牛伯奔走探訊，毫無線索，末了他看到木榔槌，「就後悔爲什麼不重重的一下把那畜生的腳打斷。」這句結筆，輕描淡寫，卻是筆力千鈞，牛伯爲一榔槌，曾付出多少金錢與悛悔，如今恨不得乾脆打斷牛腿，爲的是那樣或者可以免去徵調，牛即使殘廢，多少也還有用途，至少能留在自已身邊。這種筆調，蘊含對無端徵收百姓牲口的抗議，完全不爲百姓生計著想，即使美其名是爲公家，本質上仍是暴力。前頭人牛之情描摹得越深厚，夢想編織得越美麗，掠奪的暴力產生的破壞性越顯得嚴重。

在一九四五年重校的《長河》中篇小說〈秋〉一節裏，兩個鄉下男子聊起太平溪王四癩子的故事，白手起家的土財主，川軍過境時，被勒索兩萬塊錢，地方作保，才放了出來，中央軍來了，仍捐出兩萬塊，取保交釋。等隊伍人馬完全過境，他的積蓄已耗光，油坊毀了，兩隻船被封去弄沈，王四癩子氣死了。靈前三個冒出來的孝子惹出羣架，知縣帶了保安隊仵作人等一大羣，下鄉驗屍，「把村子裏母鷄吃個乾淨後」，推托「清官難斷家務事」，一干人馬又回縣裏去了。一拖三年，還未結案，王四癩子棺木也不能入土。看來亂世之中，財產毫無保障，儘管白手起家，免不了財散人死，還不得安寧。小說家疏淡之筆，揭露的黑暗面，令人不忍細想。

二、苛擾

《長河》裏的老水手滿滿說過：「凡事總有理字，三頭六臂的人也得講個道理。」無奈，百姓「活到不講理的世界」。「新生活」運動推展，目的在於「嚴肅整齊，將來好齊心打鬼子。」但執行的青年學生追究划船的走路不講規矩，罰立正，鄉下人進城非得左邊走不可，不受拘束慣了的水手們那知道這麼麻煩？常德街上不扣衣扣也得挨一二下，但出城到河邊，依吊腳樓撒尿，也沒人管了。這樣只注重枝節，只注意形式，而不是由教育根本理解與實踐著手。新生活推行，宣傳不夠，鄉間百姓只知道「新生活」之名，根本不知道是人是物，人們隨意猜測、杜撰、渲染，「不明白『新生活』是什麼樣子，會不會拉人殺人。」明明莫名其妙，男人也會編排：「『新生活』下船，人馬可眞多！機關槍、機關炮、六子連、七子針、十三太保，什麼都有。」聽得婦人異常不安。從這些敍述，讓人了解在廣大的鄉間，政策的落實原來如此困難，良法美意由於執行偏差，徒然成了擾民的行徑。

沈從文的小說，也毫不客氣地指出了都市人自我膨脹的優越感，不能理解鄉下人別有淳樸的另一套美好風俗，硬要自以爲是，自作聰明，往往誤解、動氣，甚至兩邊傷了感情。橘子園老板滕長順要送兩筐橘子給稅局中人，這人堅持給一塊錢，長順說：「橘子結在樹上，正是要人吃的！……這東西越吃越發。」爭持到後來，老水手打圓場，錢收了，又額外加了五十個頂大的橘子。大抵主客盡歡，情義俱在。另一場鄉下人和跑遠路的差人之間，就起了誤會，鄉下人意思是橘子便宜，隨意要多少，就拿多少去，看他們不過挑了二十個，就想讓他們白吃，不必破費，所以不收兩毛錢的票子。誰知道有個老軍務，自認爲懂得鄉下人，脫口罵人：「把了你錢還嫌少？……你們這裏人刁狡，我什麼不明白！」這樣一來，鄉下人就委屈，有牢騷了！「錢從那裏來？羊毛出在羊身上，還不是湘西人大家有分，你凡事明白，明白你個鷄公！」別人勸解，他的氣更大，「你是委員長的乾兒子，小舅子，到這裏來也得講道理！」所謂理直氣壯，憨厚的鄉下人發狠生氣就天不怕地不怕了。

《長河》藉長順和滿滿的對話，討論了官與民爭利的問題。若是設置機器油坊，有大本錢，又有勢，有跑路的狗，辦起來，怕有二、三十處民營的油坊都得關門大吉。問題爭辯不在於機器與人工效率的差別，而在於民間對官員不信任，「上上下下只想撈油水」，品質一定差，但就怕他們手段厲害，「還可用官價來收買別家的油，貼個牌號充數。」官既要面子，也要一點錢，百姓委屈，有所控訴，往往是官官相護。不過長順對國家還是有信仰和愛，「他有種單純而誠實的信念，相信國家不打仗，能統一，究竟好多了。國運和家運一樣，一切得慢慢來，慢慢的會好轉的。」一九五八年反右運動之後，有人訪問沈從文先生，他態度審愼，說：「國家有這麼大，有飯吃就是件大事了。」⑬說話的語調出自廣大的寬容，這樣的寬容和《長河》中的長順一樣，出自對國家的信仰和愛，或者說出自他「天生的保守性和對舊中國不移的信心。」⑭

雖然《申報》早有上面的命令，「不許借此爲名，苛索民間」，但是鑑於前例，長順對可能有的苛索仍是害怕。人家祝賀他橘子收成好，他則感慨萬千，說「還有人不要那一片土，也能長金子的。」派捐一派就是四十、五十塊錢，半年二三十回，「巴掌大一片土地，刮去又刮來，有多少可刮的油水？」商會會長才剛剛繳了槍款，沒有收據，想當然是隊長私人的需索。一個押船伙計正好被水警訛詐了一筆錢，還受了氣，水警要錢的招數很多，錢也胡亂花掉，往往用到婊子身上；諷刺的是，家裏的女人自由，有時還讓他做了烏龜。湘西人笑他們，認爲是一報還一報。

一個做長工的，對於省裏來的委員印象不大好，認爲委員的話信不得。曾經辯說洋人吃三斤半的雞沒道理，鄉下十八斤重的閹雞仍是好吃，結果委員捉了他家一隻十五斤重的大閹雞研究去了。爛泥地方一個農人送一個三十二斤重的蘿蔔大王到縣城裏去報功請賞，縣裏人說公文報上去會有金字牌，後來沒得賞，反被訛詐了四塊錢去；委員下鄉，陪委員吃酒的要出分子，委員臨走，帶了菜種，捉了七、八隻筍殼色肥母鷄，預備帶回去研究。當然蘿蔔、母鷄大約還是進了縣裏人的五臟廟了的。

俗話說：「貨到地頭死」，產地橘子價賤，下游地區卻是高價，長順算過，到上海有三百二十道稅關，沿途稽查伸手要錢，自己運送，實在夠蠢。保安隊長和師爺倒打好如意算盤，想讓長順送一船橘子，自己做無本生意。無奈場面上的話說是買些送禮，長順一逕以爲送幾挑也儘夠了。隊長和師爺溝通不了，就威嚇，長順不免怨恨：「保安隊原來就是砍人家橘子樹的。」商會會長打圓場，隊長只好見風轉舵，讓長順送十擔橘子了事。反正長順已慣於用「氣運」來抵抗無可奈何的不公平待遇，這樣的結果對他來說，已經是很不錯的了。

晚清官場的陋習，在民國的湘西似乎也還見到十之七八。《雪晴》中的〈傳奇不奇〉一段，描寫剿匪，縣長自利自私，只想藉下鄉吃喝，讓各鄉各保籌筆清鄉費，「臘肉香腸斂個一兩擔，肥母鷄大閹鷄捉個三五十隻」，另外取一些治病的藥材等，隨意找個倒霉鄉下人斬首示衆，「吹著勝軍號，排隊打道回衙。」這種心態，儼然是《官場現形記》胡統領的翻版[15]。幸虧大隊長是本地精英，眞正是在辦事，才完滿解決了問題。湘西的水手聊天胡蓋，若做了大隊長，「不許倚勢壓人，欺老百姓。」長順的么女兒，愛嬌純眞，派定老水手做官，「天下歸你管，一定公平得多。」哥哥三黑子說：「我當了省主席，一定要槍斃好多好多人，做官的不好，也要槍斃。」沈從文讓這些純良美善的人物道出了理想的政治狀況。

三、橫　暴

《長河》首章〈人與地〉中，曾談論到湘西陋習，有女子未婚懷孕，或寡婦另外有了男人，做出「本地人當話柄的事」，往往產後喝生水，自求解脫，如《邊城》中翠翠的母親便是；也有被沈潭或遠嫁的，基本上是一種社會壓力之下的橫暴行爲，卻在湘西被看做理所當然的事。

天底下有這樣的怪事，天經地義的一對夫婦被好管閒事的鄉下人當成奸夫淫婦一般對待。原因是有人在山坳裏大草叢發現了這對年輕男女「不避人大白天做著使誰看來也生氣的事情」，就聚集了附近的漢子們把人捉來。人羣中有醉漢主張把男女剝光衣服鞭打之後，送鄉長那裏去；又有人說找磨石來，預備沈潭。一個行伍中人被找來審訊，他覺得「這是應當供衆人用石頭打死的事了。」但看女的鞋子綉得有雙鳳，是鄉間富有人家才穿得有的好鞋，想到或者罰錢，或者牽一隻牛的方式，自己可以叨點光。問過財產、地位、家中人，末了才知道兩人原來是親夫婦，新婚不久，正要返岳家。這簡直天大笑話，既是眞夫婦，就不算犯了大罪。但鄉下人覺得被他們欺騙了，換現代語言，說妨害風化。幸好有個由城裏下鄉的人——璜，他挺身爲他們解圍，親自去見團總，送年輕夫婦出鄉上山。當然，這全虧他有一個「黨部特別證」。這篇小說牽扯到鄉下人的愚昧與橫暴，最可怕的是，衆人還把這種蠻橫的暴虐看做理所當然。

〈夫婦〉所說的只是一個有驚無險的故事，《雪晴》中的〈巧秀與冬生〉，提及巧秀的寡母和一個打虎匠相好。因爲貪圖巧秀爹留下的七畝山田，族裏人捉奸綁到祠堂公開審判。本來照本地規矩，可以責打一頓，把婦人遠嫁，但族長妒恨巧秀娘，就格外狠心，當著小寡婦的面鎚斷打虎匠的雙腿，又說違背倫理道德，全族顏面攸關，提議把「不知羞恥的賤婦照規矩沈潭」。他讓衆人畫押，簽了公稟給縣裏，把責任推到羣衆方面去，其實地方陋習，輕重拿捏都在族長一人，而私刑造成死傷，遠超過「通奸」的罪罰，本質上是横暴！

《長河·人與地》中說：「鄉村無呼奴使婢習慣，家中要個幫手時，家長即爲未成年的兒子討童養媳。」短篇〈蕭蕭〉的主角就是童養媳，十二歲進門，每天陪著不到三歲的小丈夫「弟弟」，後來被一個長工糊裏糊塗誘姦成孕。她吃香灰，喝冷水，都沒能如願死去，她預備逃走，被發覺了。於是祖父約了蕭蕭的伯父，照規矩看是沈潭還是發賣？伯父不忍心讓蕭蕭沈潭，就等機會把她嫁到遠處去，索一筆錢，做爲賠償。其實小丈夫不願意讓蕭蕭遠嫁，蕭蕭自己也不願意。拖到蕭蕭生了個兒子，團頭大眼，聲音洪壯，大家把母子照顧得好好的。蕭蕭既生的是兒子，就不嫁別處了。蕭蕭同丈夫圓房時，兒子牛兒已十歲，叫小丈夫大叔。牛兒十二歲也接了親，蕭蕭生了小毛毛才三個月，蕭蕭抱了小毛毛看熱鬧，就同十年前抱丈夫一個樣子。沈從文的小說向來是輕淡含蓄，餘味無窮的。他說過：「你們只知道我文章的優美與清淡，不知道我平淡後面掩藏的強烈和深沈。你們只知道我的抒情，不知道抒情後面的痛苦有多深。」⑯表面看來，他寫的不過是蕭蕭這個女人平凡的小故事，但是關涉到童養媳的習俗，關係到沈潭、遠嫁的横暴行爲，令人震撼。蕭蕭運氣好，沒有受子曰詩云道德觀薰陶的長輩，因而免去沈潭的悲劇；又幸好沒有對象可以發賣，幸好她生的是個可愛的兒子，於是不幸的陰影被和悅的寬容消釋了。沈從文寫出蠻横陋習也可以在健忘的人羣中淡化，但是，究竟有多少蕭蕭，能有蕭蕭這樣的好運？沈從文想必仍是搖頭否定的。

時局不靖，軍隊騷擾民宅，老百姓寃屈無從傾訴。在〈上城裏來的人〉中，以一個農婦的敍述口吻，沈從文道盡人間各種苦楚。那是非常客觀冷靜的素樸白描。「他們不用什麼名義就動手。」所謂動手，是牛、羊、財物的掠奪，然後輪到婦女，「婦人是有『用處』的。」沈從文藉農婦的平淡口述，穿插大表妹子的恐懼，以及婦人的勸慰：大表嫂，嬸嬸也在這裏，不要怕，「讓他吃，讓他用，衙門做官的旣不負責，廟裏菩薩又不保佑，聽他們去，不過一頓飯久就完事。」他們不是土匪，不會帶走婦人，這可以放心。作者沒有道破，讀者也了解到是怎麼樣的一種災難降臨到村婦身上，包括黃花大閨女、老年婦女，無一倖免，血淚閃爍在文辭之外，作者的悲憫盡在不言中。

軍隊走了，牛、羊、家產都沒有了，這還不夠嚴重，災難來了，婦女們被傳染了性病。她的男人沒法生活，當兵去了，他臨走告訴她：「將來總會作他們做過的事。」沈痛莫過於受害者將以同樣的手法害人，人性泯滅，天良喪盡！婦人要他留意，若有病牛，可要爲別人留下不要拉走。她相信那好男人有機會必照她的話做。她到城裏來，爲的是鄉下再也過不下去了。城裏人談婦女解放，她的問題是：「我不知道使我們村子裏婦人所害的病，有法子在解放以後就不害它了嗎？」再好的未來，也彌補不了過去所受的創傷。前後五年了，她相信若再遇到那隻腳病的黑牛，那牛必定認得她；然而她恐怕不認得自已的男人了。多悲哀的體認，畜牲耐苦，與人的情義堅定，這是沈從文小說的主題之一；而人的變化，受時局影響，可能超過意想，婦人受姦汚之後，便失去了丈夫了。這寃屈無從告訴，「他們是這樣多，衣服一色，上城來告狀又不是辦法，我們告誰？」這的確是神明不管，政府不管，這樣深沈的痛苦，經由疏淡的筆墨滲透出來，越品味越深刻。

四、死亡

辛亥革命那年，沈從文不過虛歲十歲，跟著爸爸去看一大堆骯髒血污的人頭，成串的人耳朶，不明白爲什麼這些人被砍殺，「這愚蠢殘酷的殺戮繼續了約一個月，方漸漸減少下來。」[17]有了這樣的經歷，後來寫小說時，談到死亡，似乎都不是什麼嚇人的了不起事件了。「放蠱」「落洞」[18]是苗疆特殊的風俗；湘西甚至有女子成婚之前必須破身，以處女之身付與所愛之人必不祥的迷信陋習，爲此熱戀中的男女選擇了死亡[19]。〈生存〉中的準藝術家在艱苦的生存條件下爲理想而奮鬥，他的癆病妻子省下不足額的醫療費用滙寄給他，坦然迎向死亡。〈腐爛〉描寫上海一隅髒亂成爲大都會的恥辱，浪童卑劣，警員苛刻。巡警有時執行任務，就得留意「看看是不是有誰從家中拋出一個死去的孩子」。貧窮引發的社會問題之外，軍隊「剿匪」一殺就幾百人，洗村常是鷄犬不留[20]；在作者奇異經驗中，不乏剖腹取心，看火伕把心肝下鍋炒吃的「野蠻荒唐」故事[21]。在〈節日〉中，描摹監獄中管獄的「閻王」如何變態虐待囚犯，「支取多年以前痛苦的子息」，彌補自己曾經爲囚被苛虐的痛苦。文末有冷冽的結語：「×城是多狼的，因爲小孩子的大量死亡，衙門中每天殺人，狼的食料就從不如窮人的食料那麼貧乏難得。」民生與獄政顯然都出了大問題。

然而以上種種似乎基於某一種尊重習俗以及認可成規的觀念，死亡有些無可奈何，好像也只有嗟嘆了事。但是沈從文對於現代政治的懷疑與不信任[22]，使他對早期共產黨徒於活動期間，被逮捕處決，寄予濃烈的同情。他在不少小說中以美好形象來烘襯這些烈士死亡如何令人痛惜。他筆下的突然遭槍決的共產黨徒，大都是有理想的、傑出的、勇敢的。〈三個女性〉中黑鳳收到電報，知道××已死，她的想法是：「勇敢的同有用的好人，照例就是這樣結局，於是剩下些庸鄙怕事、醉生夢死一大羣……。」〈大小阮〉中的小阮，熱中改革，追求自由解放，逃過淸黨「人血攪成的政治漩渦」，參加武昌大暴動、廣州大暴動、唐山大罷工，最後在天津監獄絕食抗議而死。沈從文結筆是：「這古怪時代，許多人爲多數人找尋幸福，都在沈默裏倒下，完事了。」在〈菜園〉短篇中的玉家少主人和少奶奶，是一對完美的璧人，卻被縣裏「請」去，不再回來。女主人三年後也自願隨兒媳而去。她的高雅與慈愛，烘襯出這種災難的深沈創痛。在〈新與舊〉中，劊子手奉命砍殺的，是與學生彼此「很歡喜」的兩個小學教員。爲此劊子手愧疚而死。

五、濫殺

沈從文在〈新與舊〉中，描繪了一個精通武藝的劊子手。一般凶殘可怕，滿臉橫肉的劊子手形象，全不適用於沈從文的小說。在光緒十幾年的時期，楊金標這個馬上平地有好本領的戰士，「身穿雙盤雲靑號掛，包一塊縐絲帕頭」，衙門有事傳喚，他便帶了那「尺來長的鬼頭刀」去西門外等候差事。他必先向監斬官行禮請示旨意，「得到許可，走進罪犯身後，稍稍估量，手拐子向犯人頸窩一擦，發出個木然的鈍聲，那漢子頭便落地了。」因爲他分寸拿捏得恰到好處，犯人並不痛苦，所以他是最好的劊子手。

奇特的是，在衆人喝采之際，他卻「不顧一切，低下頭直向城隍廟跑去。」原來湘西的邊陲地區留傳有爲劊子手殺人的禳災儀式。他向菩薩磕過響頭，躲藏在香案下，等候縣官到來。有探子報稱「平民」被殺，「凶手」去向不明，縣官照例追究，排好公案，在神前審訊。楊金標出來「自首」，呈上血刀作證，挨四十大棍，等責打完後，縣官攢下一個小包封，算是劊子手的酬勞。

由人神共治的背景演變出來的這種儀式，顯現了人命的尊貴。在神面前，即使是個死囚，仍然是平等衆生中的一介平民；即使是奉諭執刑的劊子手，人間的法可以寬容他，在神面前，仍然是剝奪另外一個尊貴生命的凶手。是何等清明的思慮，何等寬廣的視點，才能有這樣的觀照。然而劊子手既基於公務需要而殺人，總得爲他在神前取得寬宥，四十殺威紅棍便具有象徵意味，藉此禳除了他殺人的罪過。這樣的意蘊，簡直超越了所有宗教的包容程度。

民國以後，楊金標成爲守城門的老兵，劊子手變成歷史性的角色：

時代一變化，「朝廷」改稱「政府」，當地統治人民方式更加殘酷，這個小地方斃人時常是十個八個。因此一來，任你怎麼英雄好漢，切胡瓜也沒那麼好本領幹得下。被排的全用槍斃代替斬首，於是楊金標變成了一個把守北門城上閂下鎖的老士兵。

敍述中含藏極強烈的諷刺。不指出時代因素，而強調政治殘酷，藉此強化了死刑浮濫，寃殺過多，作者對於生命的尊重之情非常濃烈。

民國的楊金標過著完全不同的日子，他釣魚、喝酒，偶而採藥，坐在城頭那尊廢炮上看人來人往，看一個小學校的師生活動。他保留了全套舊式武器，包括那寶刀，如今一拉出鞘，「還寒光逼人，好像尚不甘自棄的樣子。」他最高興的，大約是小學校的師生上城頭來玩耍了。女老師請他舞盾給小學生看，一些活潑的學生還會在此後上下學時跑到老兵家裏看盾牌。他常在城上看學生踢球，爲輪方大聲吶喊「打氣」。他看出老師和學生彼此都歡喜對方。

沒想到霜降前的一天上午，守城排長傳令要他拿了寶刀去辦事。沒有人知道就要殺人，他懷疑自己在做夢。隊伍來到以後，果然有兩個被綑綁了跪着的男女，他瞥一眼，覺得面善。在催促聲中，手起刀落，砍落兩顆頭顱。一種慣性動作，他拔腳跑向城隍廟，手持血淋淋的大刀，嚇壞廟祝和上香的婦女。他趕來完成前清時代劊子手的禳災儀式，但沒有人記得這種莊嚴的儀式了。他被當做瘋子繳了械，差點被亂槍打死。後來他知道刀砍的正是那所小學校的老師，他熟習的好人。由於殺了好人，又沒在神前受到寬宥，這最後一個劊子手不久就死了。

沈從文在〈新與舊〉這個短篇裏，不僅突顯了人命尊貴的高遠視點，對湘西吏治也充滿不平和諷刺。和三〇年代許多作家一樣，他對共產黨員也加以美化，讀他的小說，共產黨員的橫死，令人悲惘痛惜。

六、毀　滅

在〈七個野人與最後一個迎春節〉這個短篇裏，沈從文嚴肅地檢討苗人統治的問題。在沒有設官以前，北溪有些傳統風俗習慣，老年人盡責任處事公正。一旦地方「進步」，他們仍是耕田、砍柴、栽菜，卻得納捐，得遵守「一切極瑣碎極難記憶的規則」，他們懷疑「政府能使他們生活得更安穩一點沒有？」有一個獵人帶六個徒弟，討論到即將面臨設官的命運，相信好風俗將被大都會文明侵入而毀滅，官沒有用處，官不可靠，官不如神明公正；而法律麻煩，為逃避法律人人學會欺詐。他們不要官來管理，但是他們設法阻擾無效，也沒法趕走那些官，末了只好退到山洞中去住，王法照例不及山洞，他們當了野人，他們不納糧稅，不派公款，不被地保管轄。

這些野人，勤快而自由地過日子，一些想要野味的人，拿了油塩布匹衣服烟草到山洞來和他們交換獵物，他們很公道的交易，以自釀的燒酒款待客人。他們歡迎青年男女到山洞留宿，不單有乾淨的稻草與皮褥，還有新鮮涼水與玫瑰花香的煨芋。迎春節原是北溪人喝酒歡慶的節日，但政府已經不許舉行「荒唐的沈湎野宴」了，不服從法令的會有嚴厲的處罰。那些懷念舊俗，忍不住想喝酒荒唐一下的人們，想到山洞是好去處，總共有兩百人聚集到山洞來，七個野人把獵物薰燒燉炒做了六大盆佳餚，從地窖抬出四五缸陳燒酒，大夥歡樂暢飲，忘形笑鬧。

事情過後第三天，政府派了七十個持槍帶刀的軍人，圍攻七個野人，把七具屍身留在洞中，七顆頭顱帶回北溪，掛在稅關門前大樹上，他們的罪名是：「圖謀傾覆政府，有造反心」。去吃酒的人，自首的酌量罰款，不早自首被察出的，抄家，本人充軍，子女發賣做奴隸。這事很快就被忘了，沈從文說，因為地方進步了。

美國憲法的起草人傑佛遜說過：「管理最少的政府是最好的政府。」這些話和中國道家的無爲而治都適合說明沈從文對湘西吏治的意見。他在散文集《湘西》最末一節〈苗民問題〉中，曾表示政治策略有偏差，對湘西缺少認識，主張作當前社會各方面的調查，作歷史上民族性的分析，「當權者稍有知識和良心」，不「過分勒索苛刻」。〈七個野人與最後一個迎春節〉檢討雍正時期「改土歸流」以後的缺失，民族風俗習性的差異確實不能忽視。政府的作用只是苛擾，人民連做野人的權利也沒有，以「進步」的武器毀滅少數民族的精英，冠上莫須有的罪名，常是文明人常做的野蠻行爲。證之於美國人剿滅印第安部落，白種人在非洲販賣黑奴，種族歧視常常蔽障了人類的慈悲，沈從文的野人故事，幾乎是政治寓言，値得深思。

七、結　論

一九四九年中共政權控制大陸之後，沈從文曾數度企圖自殺[23]，後來他平靜下來，想清楚再也不能寫小說了。他的藝術觀沒有改變，他不肯屈從工農兵文學的模式，然而他的熱情未減，只好把心力投注於古代文物的研究。在大陸文壇，直到八〇年代，沈從文是被遺忘了，不僅得不到讚譽，還被指斥爲「桃紅」的「色情文學家」，是故作「清流」的「反動派」[24]，也有人罵他是「法西斯主義的幫兇」[25]。似乎在共產政權下，他十足是個問題人物，其實他自有個人獨立的思考，並無黨派的成見。他和古華對話，比較兩人小說的風格，說過：「你對政治很尖刻，我只重風俗民情。」[26]這樣的比對只可說是概約性的，因爲沈從文在政治問題上，雖不如古華「尖刻」，他除了「風俗民情」，仍有所關涉。上文引述的小說包含自一九二九以後的作品，三〇年代以後湘西的混亂日趨嚴重，所以四〇年代的《長河》，基本故事的架構可能和《邊城》相近，但作者的用心大不相同，「《邊城》出入桃花源畔，成就暫時的神話想像，《長河》溶滙雜沓的人世糾葛，直逼擾攘的歷史夢魘。」[27]由於顧及現實層面的諷喻，《長河》頗多抗議政府苛擾的情節，舉例中還有所謂「共產黨前年過路，不放火燒房子，也虧得風水好。」言外之意，若非風水好，共產黨可能燒房子，這裏不燒，其他地方是燒的。證之於歷史，共產黨部隊所經，並非秋毫無犯，沈從文有藝術家忠誠的銳筆，不肯卑躬屈奉，被斥爲「反共老手」[28]是批鬪中逃難的噩運。若是檢視他一些同情共產黨黨徒爲高遠理想奉獻生命的小說，我們不能不說，他是有個人寬廣獨特的權衡尺度的。

沈從文反對暴力，他質問：「歷史上一切民族的進步，皆得取大流血方式排演嗎？……人類光明不是從理性更容易得到嗎？」[29]因爲非理性，所以他痛惜被「沈潭」的女子，對拉夫、徵調牲口、姦淫、濫殺都有沈痛的描繪。由於身具部分苗人的血統，他關懷苗族的遭遇，〈七個野人和最後一個迎春節〉，乍看是敍說前清的故事，實際上是藉此痛責漢人、滿人在湘西對苗人的酷虐屠殺。文末有關漢人販賣苗人子女的問題，在早一年撰寫〈阿麗思中國遊記〉時業已提及[30]，足見沈從文多麼重視它，他小說內斂的深刻隱憂，只要稍加探觸，不免悲愴之感。

話雖如此，沈從文對暴力的界定，實亦有其個人特殊的詮釋。一旦有眞情融入其中，世俗的暴力，在他有可能作寬容的認可或廣度的了解。〈在別一個國度裏〉，八蠻山落草的山大王強娶宋家姑娘，情眞意切，新娘最後充滿愛悅幸福感，用來形容大王的是「年青、彪壯、有錢、聰明、溫柔、體貼」，難怪村人妒嫉了。《從文自傳》中的〈一個大王〉原是種田良民，被當做土匪槍決過，後來眞做了土匪，無惡不作，但他的爽直、堅實、強悍，又讓少年的沈從文「了解那些行爲背後所隱伏的生命意識」[31]。由此可知，沈從文反對的暴力，是自私而害人，外來的傷害殘虐。他感慨「現代文化便培養了許多蝗蟲。……貪得而自私，有個華美外表，比蝗蟲更多一種自足的高貴。」[32]像這樣的高級「蝗蟲」，正是暴力的來源之一，其他如外來軍隊的凌壓，在〈上城裏來的人〉及《長河》都有跡可尋。

魯迅在《吶喊》序中，曾說明寫小說，暴露社會的黑暗面，是爲了「揭出病苦，以引起療救的注意。」沈從文小說中的黑暗面，成色並不濃厚，陰影所在，是作者關懷「愛憎哀樂」自然的雕塑，他的希望，則是藉此重新改造人與人的關係。沈從文小說中，《長河》的現實性最強，他要「給外來者一種比較近實的印象」，寫的是「一些平凡人物生活上的常與變，以及兩相乘除中所有的哀樂」，爲了沖淡「痛苦印象」，「特意加上一點牧歌的諧趣」，所以，讀者一方面感受到黑暗面的陰影，一方面和《邊城》人物一樣的正直熱情，也仍然會保留在「年青人的血裏夢裏」，可以重建「自尊心和自信心」[33]。古華說過：「在極左政治對我張牙舞爪，百般凌辱的歲月裏，正是他的這些描繪湘西迷人風習的鄉土小說，給了我飢渴絕望的心靈以人性美的滋潤。」[34]沈從文作品的黑暗面，有如西方素描的明暗光影，使小說更具眞實性，非但無損於小說藝術的完美，反而更加強了小說動人的魅力。

附註

❶ 見李勇〈夏志清與金介甫談沈從文〉，臺北，《聯合文學》四十五期，頁六七。一九八八年七月。

❷ 同❶。

❸ 見淩宇〈從苗漢文化和中西文化的撞擊看沈從文〉，臺北，《聯合文學》二十七期，頁一三七。一九八七年一月。

❹ 見《習作選集》代序。《沈從文選集》第五卷，頁二三二。四川人民出版社，一九八三年六月第一版。

❺ 見司馬長風《中國新文學史》中卷，頁七三。臺北，古楓出版社，一九七六年三月。

❻ 參閱王德威《眾聲喧嘩》，頁一一一，〈初論沈從文——《邊城》的愛情傳奇與敘事特徵〉。臺北，遠流出版公司，一九八八年九月。

❼ 〈邊城題記〉：「民族眞正的愛憎與哀樂」，《習作選集》代序：「鄉下人……愛憎和哀樂自有它獨特的式樣」，〈長河題記〉：「寫寫這個地方一些平凡人物生活上的常與變，以及兩相乘除中所有的哀樂。」《廢郵存底》中〈給某作家〉：「把哀樂愛憎看得淸楚一些。」見《沈從文選集》卷五，頁二二五、二二九、二三九、四五。

❽ 見《習作選集》代序，《沈從文選集》卷五，頁二三〇。

❾ 同❽，頁二三三。

❿ 夏志清有〈現代中國文學感時憂國的精神〉，收入《愛情、社會、小說》。臺北，純文學出版社，一九七〇年九月。附錄於《中國現代小說史》。臺北，傳記文學社，一九七九年九月。金

介甫〈沈從文與中國現代文學的地域色彩〉談及沈氏這種獨特表現方式，見《聯合文學》二十七期，頁一二六。

⑪ 參《習作選集》代序，《沈從文選集》卷五，頁二三一、二三二。

⑫ 參朱光潛〈歷史將會重新評價〉，《聯合文學》二十七期，頁一四九。

⑬ 見陳平芝專訪王預〈瘠地上的大樹〉，《聯合文學》四十五期，頁九五。

⑭ 見夏志清《中國現代小說史》。臺北，傳記文學社，一九七九年九月。

⑮ 見《官場現形記》第十四回「剿土匪魚龍曼衍，開保案雞犬飛昇」。

⑯ 見非秋〈沈從文與湘女蕭蕭〉，《聯合文學》二十七期，頁一八三。

⑰ 見《沈從文自傳》。

⑱ 見《湘西》〈鳳凰〉一節，《沈從文選集》卷一，頁三一六。

⑲ 見〈月下小景〉，《沈從文選集》卷三，頁一四六。

⑳ 見〈山道中〉，《沈從文選集》卷二，頁三八三。

㉑ 見〈夜〉，《沈從文選集》卷二，頁三九二、三九三。

㉒ 同③，頁一三七。

㉓ 見馬逢華〈懷念沈從文教授〉，一九五七年作，刊《傳記文學》第二卷第一期。

㉔ 見林淑意譯金介甫〈一九四九後的沈從文〉，《聯合文學》二十七期，頁三。

㉕ 同①。

㉖ 見古華〈隕落的巨星——我認識的沈從文先生〉，《聯合文學》四十五期，頁七九。

㉗ 見王德威〈原鄉神話的追逐者〉，收入陳炳良編《中國現代文學新貌》，頁七。臺北，學生書局，一九九〇年十月。

㉘ 見高華〈我所認識的沈從文先生〉，《聯合文學》二十七期，頁一七四。

㉙ 見《廢郵存底》中〈給某作家〉，《沈從文選集》卷五，頁四六、四七。

㉚ 〈阿〉文刊於《新月月刊》第一卷一至五期，一九二八年七月刊完，〈七〉篇刊於《紅黑》第五期，作於一九二九年三月一日。

㉛ 見《沈從文選集》卷一，頁一一一。

㉜ 見〈黑魘〉，《沈從文選集》卷一，頁四三〇。

㉝ 見〈長河題記〉，《沈從文選集》卷一，頁二三七——二三九。

㉞ 同㉖，頁七一。

錢鍾書的文體與巧喻

——以〈上帝的夢〉作一分析

黎活仁

一、引言

〈上帝的夢〉是收在《人·獸·鬼》(一九四六)的一個短篇,這個短篇是以語言技巧取勝的。目前研究錢鍾書的論著已經不少,但有系統地討論技巧的並不多。❶拙文打算從模擬仿諷(burlesque)和巧喻(conceit)的角度作一分析。

二、模擬仿諷

〈上帝的夢〉是以《聖經》創世紀的故事爲題材,運用滑稽、諷刺兼而有之的筆法寫成的,這種文體,西洋叫做模擬嘲諷(Burlesque)。據占普(John D. Jump, 1913-)《模擬嘲諷》(《Burlesque》,1972)一書的介紹,模擬嘲諷是憑藉刻意模仿某些事情或文體,令內容和形式不調和而產生滑稽的效果。模擬嘲諷可分兩大類：1.是昇格仿諷（high burlesque），這一類的特徵是用崇高宏偉的文體敘述微不足道的事；2.是降格仿諷（low burlesque），即以降格的文體表達嚴肅的題材。〈上帝的夢〉是屬於降格仿諷一類[2]。

三、印度的宇宙論與基督教創世紀神話的結合

(一)永遠回歸的神話

從創世神話的原型（archetype）來分析，作者以降格仿諷重寫創世奇蹟之時，是用印度的宇宙論改寫《聖經》的創世故事，從而形成不協調的諷刺效果。時間觀基本上可分直線型和循環型兩類。在基督教的直線型的時間觀出現之前，希臘人的時間觀是永遠回歸的，是好像一個圓環一樣周而復始，循環不息的。這種時間意識的發展，在印度和中國也差不多一樣。

A、永遠回歸的時間觀

古希臘畢達戈拉斯（Pythagoras，約五八〇—五〇〇西元前）有「大世界年」的觀念，認為如同每一年的季節循環回歸一樣，一個「大世界年」結束之後，各種星宿就會回到原來的位置，所有的物體、人類、事件等等，都會隨着回歸重現。稍後，斯多葛派（Stoa，公元前三世紀）的克里西波斯（Chrysippus，約二八〇—二〇六西元前）也強調這種回歸不是僅只

是一次，而是反復地重現。古希臘本來就有靈魂可以輪迴轉生的思想，畢達戈拉斯派似乎是這種思想的發揚者。古印度的宇宙觀也認爲宇宙的創造和破壞，是周期性地重現的。這種周期的最小單位是「大時」（yuga），每個大時前後又有黎明和黃昏，大時和大時之間是連接在一起的。一個完整的周期由四個大時構成，叫做「大大時」（Mahayuga），大時的周期並不均等，在四個大時之中，開始的一個最長，最後的一個最短。最初的一個大時叫做「黃金時代」（Krta Yuga），長四千年，它的黎明和黃昏各有四百年。跟着的是「白銀、子夜時代」（Treta Yuga），長三千年；「微暗時代」（Dvapara Yuga），長二千年時代，「黑暗時代」(Kaliyuga) 長一千年；當然這些大時的前後都有黎明和黃昏。一個「大大時」的壽命是一萬二千年。大時的周期漸次接近結束階段，就影響到人類的生活，人類的倫理也隨之廢馳，知性隨着下降，壽命也因此縮短。此外，一切都持續地衰敗下去。由一個大時到一個大時的結束，大時次第地減弱。各個大時都是在露出黑暗的樣相時候就結束。人類現在是生活在「黑暗時代」。全部的周期是以「消滅」（Pralaya）告終。這一消滅到了第一千個周期形成「大消滅」（Mahapralaya），宇宙就是這樣的周而復始地誕生和死亡。據原始敎義，一個大時相當於一個宇宙的周期，「大大時」有一萬二千年，叫做「神的年」；於是宇宙的一個周期就是四三二萬年（一萬二千×三六〇）。「大大時」持續出現一千次，就形成一刧（Kalpa），十四刧形成一個 Mavantāra (Mavan 世紀)。一刧是相當梵天（Brahna）一日的壽命，下一刧相當一夜。梵天的壽命是一百歲。雖然如此，時間的壽命仍不會因爲梵天的壽命而耗盡，諸神也不是永遠不滅的，這是因爲印度人認爲宇宙是不斷的誕生和破壞的，不斷的誕生和破壞才是永恆的規律。以上可參埃利亞代（Mircea Eliade,

1907-86）的《永遠回歸的神話》（《The Myth of the Eternal Return》❸。

B、時間的遲速

聖（the scared）與俗（the profane）的時間分別往往是在速度，在神聖的空間（譬如樂園、天堂），時間的速度是極其緩慢的，中國的神話有天上一日等於凡間數十以至千年的說法，錢鍾書於宇宙的滅亡和再生的描寫，基本上是合乎永遠回歸的時間原型的寫法。印度人相信人類目前是生活在世界末日階段，世界末日前的特點是時間的運行迅速，道德淪亡，〈上帝的夢〉說青年男女結婚不說雙宿而說雙飛，保持五分鐘熱度就等於百年偕老，在時間意識與道德淪亡方面，都與印度宇宙論暗合。錢鍾書設計的上帝是個懷胎十月的「老子」，也是合乎時間原型的原理。在精神分析學，母體相當於一個樂園，弗洛依德（Sigmund Freud, 1856-1939）的弟子蘭卡（Otto Rank, 1884-1939）首倡「出生受傷」之說，認爲母體在無意識是一個樂園，人類誕生是一種所謂出生受傷，人類的無意識的願望是要回歸那種降生前的混沌狀態❹。

C、達爾文的進化論

達爾文（Charles Darwin, 1890-82）的進化論在〈上帝的夢〉是用以接駁永遠回歸的宇宙論，宇宙的毀滅、再生和上帝的誕生，被描寫成是一個進化的過程。上帝降上前的宇宙，也因爲時間的以加速度流逝而導至進化過程加劇——「今天淘汰了昨天的生活方式，下午增高了上午的文化程度。變化多得歷史不勝載，快到預言不及說」❺，在包括時間運行加劇等因素之下，宇宙終於毀滅，但進化論仍然起着作用：「上帝被天演的力量從虛無裏直推出來，進了時空間」[6]。錢鍾書研究家胡志德（Theodore Huters, 1946-）認爲這兒的寫法，是嘲笑濫用進化論的世俗解釋，用以諷刺物競天擇的理論[7]。我認爲在這兒，錢鍾書是結合幾種莊嚴或神聖的宗教或科學思想，來造成不協調的效果。中國現代思想家深受達爾文進化論的影響，並據此而形成自己的文學理論，胡適（胡洪騂，一八九一—一九六二）、魯迅（周樟壽，一八八一—一九三六）、錢玄同（錢復，一八八七—一九三九）、劉半農（劉壽彭，一八九一—一九三四）等莫不如此[8]。如弗魯特（Lilian R. Furst）和斯克林（Peter N. Skrine）所撰《自然主義》（《Naturalism》，一九七一）於進化論的評價那樣：進化論所代表的科學主義，影響廣及於文學，一八五九年發表的《物種源始》（《The Origin of Species by Means of Natural Selection》）一書，強調人類不是由上帝創造，而是由低等生物進化而來；至於達爾文的另一著作《人類的祖先》（《The Descent of Man》，一八七一），則認定人類與猿猴有密切的關係，並倡言「物競天擇，適者生存」，這就與西方宗教聖典所述背道而馳，結果引起軒然大波[9]。諷刺的其中之一的主題，就是針對文人的行爲而發，《人獸鬼》中的〈靈感〉一篇，就是以這一題材寫成的傑作。錢鍾書本來是唸西洋文學的，所以他的作品特別多這種文字遊戲，除了拿進化論來開玩笑之外，在寫到上帝造人之時，又隨手把五四以來流行的西洋文藝思潮拿來開玩笑：

> 據他（上帝）將爛泥捏人一點看來，上帝無疑地有自然主義的寫實作風，因為他把人性看得這樣卑污，向下層覓取材料。他（上帝）當時充得古典派作家，因為聽說「一

切創造基於模倣」，試看萬能的他，也免不了模倣着水裏的印象才能創造第一個人⑩。

如所周知，茅盾(沈德鴻，一八九六—一九八一)是以提倡自然主義知名的，至於古典主義，則似乎可以梁實秋（梁治華，一九〇三—八七）爲代表，梁實秋崇拜白璧德（Irving Babbitt，一八六五—一九三三）以上茅、梁兩人在二十年代的文藝論爭之中，都佔一席位置。

D、小 結

印度永遠回歸的宇宙論與《聖經》的創世紀故事的結合，是集體無意識作用，至於加插達爾文的進化論，則是作者有意識地造成的諷刺效果。從精神分析而言。這三者的結合，基本上不出印度創世神話原型。中國文化之中，本來就不乏永遠回歸的思想，所以讓起來也會覺得似曾相識⑪。

(二) 對女性與性的諷刺

有關諷刺的入門書之中，尤其是西洋文學對女性揶揄的傳統，大抵以雷傑（Matthew Hodgart, 1916-）《諷刺》（《Satire》，一九六九）一書的介紹最有參考價值。如雷傑的指陳那樣：過往的文學作品，大多成於男性作者之手，對女性的描寫也深懷敵意⑫，在基督教流行之後，夏娃與處女聖母瑪利亞成爲兩個對立的命題，形成男性對女性的兩種不同的感情：人類一方面因女性而獲罪，另一方又因爲神的母親而得以救贖⑬。

A、巧喻、聖母瑪利亞情結與上帝造女人的過程

錢鍾書在以降格仿諷重寫創世紀故事，如前所述，是加插了不少引人發笑的場面，這些場面的處理，都可反映出典型的男性的女性觀。基督教是一個男性的宗教，如巴歇拉爾(Gaston Bachelard, 1882-1964) 所說，揑粉的動作深入物質的內部，所以在精神分析而言，是帶有某種男性的歡樂[14]，錢鍾書寫上帝造女人之時，特別強調的是那些手指，夏娃的胴體是經上帝亂摸之下造出來的：

> 於是他（上帝）選取最細軟的泥——恰是無數年前林黛玉葬花的土壤，仔細揀去沙礫，和上在山谷陰未乾的朝露，對著先造的人型，精心觀察他的長處短處，然後用自己有經驗的手指，揑塑新調的泥，減削去肢體上的盈餘，來彌補美觀上的缺陷。他從流水的波紋裏，採取了曲線來做這新模型的體態，從朝露嫩光裏，挑選出綺紅來做它的臉色，向晴空裏提煉了蔚藍，縮入它的眼睛，最後，他收住一陣輕飄浮蕩的風，灌注進這個泥型，代替自己吹氣，風的性子是膨脹而流動的，所以這模型活起來，第一樁事就是伸個軟軟的懶腰，打個長長的呵欠，為天下傷春的少女定下了榜樣[16]。

這段引文，是錢鍾書比較費力營造的巧喻（conceit）之一。本來夏娃未被誘惑之時，還是純潔無知的，不過這兒卻她打扮成「吉士誘之」的懷春少女[15]，而且寫法有點像魯思文(K. K. Ruthven) 於《巧喻》（《The Conceit》，一九六九）所說的那樣「把習慣用

的巧喻在女人的臉上亂排一通」的降格模擬打油體，以下是魯思文所舉英國詩人西德尼（Sir Philip Sidney, 1554-86）打油體的例子：

她的額像紅風信子石，面頰乃是貓眼石
閃耀的眼睛懸著珍珠，嘴唇則藍如藍寶石⑰。

比起西德尼的例子，可知錢鍾書似乎也費了點心思，他沒有如上述的例子那樣把比喻直接地排列，但是把浮誇的文字刪除之後，就可以發現他運用的比喻，也不怎樣奇特，簡作綜合不過是說；夏娃的曲線如流水，有着朝霞似的臉色，裝得蔚藍的眸子。這裏的特點還在於打油。上半截寫上帝選取泥土，營造體態、眸子、臉色，都裝得非常嚴肅，可是寫到使用浮蕩的風製造夏娃的性格，伸懶腰、打呵欠等等，就與前面的嚴肅態度不調協。巧喻本較多是用於詩歌，這樣大量地運用於散文或小說，是錢鍾書的特色。在小說或散文中突然出現一堆密集意象的巧喻，往往與使用巧喻以外部分的文字不十分相稱，因而形成諷刺的效果。

B、女性與性的諷刺

其他加鹽加醋的地方，還有是寫夏娃的向上帝要求新的玩偶，對性慾要求尤過於阿當，這種寫法可以說是發展了西洋文學的諷刺傳統。依前述雷傑《諷刺》一書所述，創世紀神話在《舊約聖經》和《福音書》並不十分重要，但在保羅書就顯得非常重要，那是因為保羅把基督強調為第二個阿當。作為人類的雙親，夏娃比阿當罪孽尤其深重，她對肉慾的要求結果令人類喪失樂園。在一、二世紀開始，夏娃成爲道德家攻擊的對象，到十二世紀而達到高峰，對聖母崇拜增加之後，夏娃就成爲各種罪惡的象徵，夏娃的重大過錯在於她說服丈夫吃了支配命運的果實，這樣的話題常見於中世紀的戲劇，到了宗教改革之後，這一傳統一直保存下來，對英國最長篇的敘事詩也有影響。彌爾頓（John Milton, 1608-74）的《失樂園》（《The Paradise Lost》，一六六七）不時諷刺夏娃，把她比作爲希臘神話中的潘朵拉（Pandora），潘朵拉是那個把箱子打開，讓罪惡散佈人間的女人，在蘋果事件之後，場面一變而爲喜劇，阿當吃禁果是因爲對女人過份的信用，敘事詩因此發展而爲對一般女性的攻擊[18]：

> 過分相信女人的價值，讓她的
> 意志來主治的，都要落到這結局。
> 她不能忍受限制；如任她自由，
> 從而發生災禍時，她便首先
> 譴責他的心軟而放任。（《失樂園》第九篇一一八二行[19]）

在錢鍾書筆下，夏娃被形容是一個類似潘金蓮的女人，如王溢嘉（一九五〇— ）的分析，潘金蓮是淫婦的原型[20]，〈上帝的夢〉之中沒有蘋果故事，但加插了夏娃背著阿當向上帝要求另外給她造個俊男的情節。

C、小結

巧喻往往是把戀人當作女神來歌頌，男性的目的，是希望佔有這個女神，情形一如對聖母的崇拜。基督教徒對聖母的崇拜，是把聖母當作自己的母親一樣崇拜的，但根據俄狄浦斯情結（Oedipus complex）的原理，男性是把母親當作情慾對象的。爲了減低因爲巧喻而形成的女性中心傾向，錢鍾書就把巧喻寫成打油體，〈貓〉是最爲典型的作品。錢鍾書筆下的女性，如〈貓〉的李太太和〈紀念〉的曼倩，都是紅杏出牆的，《圍城》中已訂了婚的鮑小姐也是這一類。寫紅杏出牆是爲了突出情慾，以達到諷刺的效果。

㈢神、魔鬼、暴君

鮑特金（Maud Bodkin, 1875-1967）在她的研究詩學的原型（anchetype）經典作中把惡魔（devil）、英雄（hero）和神（god）放在同一章討論。鮑特金的結論是這三者的形象沒有多大分別，常常可以互相轉化。普羅米修斯與撒旦同宗，在彌爾頓的《失樂園》，撒但以惡魔形象出現，並受譴責，可是在雪萊（Percy B. Shelley, 1792-1822）的詩劇《解放了的普羅米修斯》（《Prometheus Unbound》一八一九）裏面卻又變成神，相對於新的價值觀而言，像暴君一樣的神反顯得像魔鬼[21]。

A、上帝的暴行

在〈上帝的夢〉，上帝爲了懲罰阿當夏娃，於是發明猛獸，以吃掉牛羊，好讓人類再哀求他，可是未能如願，於是又製造毒蚊和害蟲，終於令人類再度滅絕。「上帝只是發善心時的魔鬼」㉒。上帝造人緣於自戀（narcissism），他是看到自己在水中的倒影，孤芳自賞而想到製造男人的，人類對他的崇拜成就了他的虛榮和驕傲，終於做出類似暴君的行爲。

B、上帝與性

錢鍾書還在創世紀故事，跟上帝開了有關性的玩意，說上帝因爲是進化出來的，所以正像優生學配合出來的騾一樣不傳種，無需配偶㉓。由於有著「天演的缺陷」（同上），所以「不屑親管被窩裏的事，門背後的話」㉔。據弗洛依德的定義，這種笑話叫做「猥褻機智」，「被攻擊者被迫想像出笑話所談到的那部分肉體或那種性行爲」，而其「原始動機是看見所顯示出來的性欲而產生的那種樂趣」㉕。

四、結論

錢鍾書的文體，決定於他於大量巧喻的運用，由於歌頌窈窕淑女的巧喻往往是建立於對女性的膜拜，於是小說中的男性人物註定屈居從屬的地位，而且很多不是正面人物，又爲了平衡作者的男性意識，巧喻大多是以打油的方式寫成的，這樣也就平衡了性別歧視，男女性讀者於是各取所需，享受作者的機智，得到閱讀的樂趣。

附註

❶ 參西山子輯〈錢鍾書研究資料目錄〉,《錢鍾書研究》一輯,一九八九年十一月,頁三三七—三五一。

❷ 胡聲朴譯,收入《西洋文學術語叢刋》(《The Critical Idiom》),顏元叔(一九三三—)主編,臺灣:黎明文化事業公司,一九七八年再版),下册,頁五二五—五二七。

❸ 《永遠回歸的神話》(《The Myth of the Eternal Return》, Trans. Willard R. Trask, Princeton, New Jersey: Princeton UP, 1971)第三章,〈不幸的歷史〉中〈宇宙周期的歷史〉一節,頁一一五—一一六。

❹ 回歸母體的理論參巴赫金(Mikhail M. Bakhtin, 1895-1975)《弗洛依德主義述評》(《Freudism》,汪浩譯,沈陽:遼寧人民出版社,一九八七),頁九二—九六。

❺❻ 《人獸鬼》(香港:建文書局,一九五九),頁一、二。

❼ 《錢鍾書》(張辰等譯,北京:中國廣播電視出版社,一九九〇),第五章,頁一五三。

❽ 參李何林(李竹年,一九〇四—八八):《近二十年中國文藝思潮論》(上海:生活書店,一九三九),第一編,第二章,頁二七—三〇。

❾ 李永平譯,收入《西洋文學術語叢刋》(《The Critical Idiom》),參❷,下册,第二章,第二節,頁一六三—一六四。

❿ 參❺,頁七—八。

⓫ 應用埃利亞代永遠回歸時間觀以分析中國古典文學的論文可參:a. 橫山宏(YOKOYAMA Hiroshi, 1938-):〈「楚辭」における時間の相貌〉(〈「楚辭」的時間觀〉),《入矢教

授小川教授退休紀念中國文學語學論集》（京都大學文學部中國語學中國文學研究室編，京都：京都大學文學部中國語學中國文學研究室印行，一九七四），頁一五九—一七五；b.王孝廉（一九四二—）：〈死與再生——原型回歸的神話主題與古代時間信仰〉，〈神話與小說〉（臺北：時報文化出版企業有限公司，一九八六），頁九一—一二五；c.小南一郎（KOMINAMI Ichirō, 1942-）：〈楚辭の時間意識——九歌から離騷へ〉（〈楚辭的時間意識——從九歌到離騷〉），《東方學報》（京部）冊五八，一九八六年三月，頁一二一—二〇〇。a.論文集中討論《楚辭》，b.論文討論到中國古代一些神話傳說，以至《說岳全傳》、《紅樓夢》、《水滸傳》等小說的結構，c.論文則兼及於《荀子》、《太平經》以至「冬」、「終」、「終古」等語義的考訂，其中以c.論文貢獻最大。

⑫⑬ 《Satire》(London: Weidenfld and Nicolson, 1969)，第三章，七九—八〇，八七。

⑭ 《Water and Dreams: An Essay on the Imagination of Master》(Trans. Edith R. Farrell, Dallas: The Dallas Institute of Humanities and Culture, 1983)，第四章，第五節，頁一〇七。

⑮ 參❺，頁七—八。

⑯ 傷春之情，最早見於《詩經》：「春之遲遲……女心傷悲」（〈豳風・七月〉），「有女懷春，吉士誘之。」（〈召南・野有死麕〉，（參金啓華〔一九一八—〕《詩經全譯》〔江蘇：江蘇古籍出版社，一九八四〕頁三三七，四八）。

⑰ 張寶源譯，收入《西洋文學術語叢刊》（《The Critical Idiom》，參❷，上冊，第三章，「窈窕淑女」一節，頁八七八—八七九。

⑱ 參⑫，頁九〇。

⑲ 朱維之（朱維志，一九〇五—）譯：《失樂園》（上海：上海譯文出版社，一九八四），頁三

五九。

⑳ 〈從精神分析觀點——看潘金蓮的性問題〉，《古典今看——從孔明到潘金蓮》（臺北：野鵝出版社，四版，一九九一），頁一八七。

㉑ 鮑特金：《Archetypal Patterns in Poetry: Psychoiogical Studies of Imagination》（《詩歌中的原型模式：想像的心理學研究》，London, New York aud Toronto: Oxford UP, 1948），頁二六九。

㉒、㉔參❺，頁一七，四，一八。

㉓ 西格蒙特·佛洛依德：《機智及其無意識的關係》（《Wit and Its Relation to the Unconscious》，張增武、閻廣林譯，上海：上海社會科學院出版社，一九八九），頁八三及八〇—八一。

蕭紅《呼蘭河傳》的另一種讀法

盧瑋鑾

一

難怪中國當代年輕一代的文學批評家認爲：「一個認眞的文學批評家大概是免不了要苦惱的。」[1]因爲長年累月，大陸的文學批評家往往習慣了拿一把特定的尺，去選取作品「及格」的部分，然後把它嵌進容許的藝術觀點裏。萬一遇上「不及格」部分，如果不是要乘勢鞭撻作者一番的話，就只好視而不見，或者避重就輕，或者兜個大圈，勉強爲作者開脫。讀茅盾（一八九六—一九八一）在一九六四年爲蕭紅（一九一一—一九四二）《呼蘭河傳》寫的序[2]，早就充分證實了這種苦惱。

茅盾寫這篇序言，可以說很不符合四十年代文學批評的格式，因爲他把自己某些個人心緒感情投射在作品中，直接影響了他的尺度。當時他正被「寂寞」與「感傷」情緒籠罩[3]，加上對蕭紅坎坷遭遇的理解與關懷，令他筆下多了幾分同情，或甚至可以說「偏袒」。在序言中，他強調了蕭紅作品呈現的「寂寞」情調，但同時他不能漠視全書分量佔比重最多的小村風土畫，和蕭紅所寫的一羣屈服於傳統的人物。這些人物，正如有些批評家說，不夠積極，全是「甘願做傳統思想的奴隸而又自怨自艾的可憐蟲」❹，這些畫面一點也不如一般人說的美麗。就當年的文藝作品品評標準來說，這樣的人物、社會描繪，一定稱不上健康寫實，只會反映了作者的思想弱點。茅盾理解蕭紅，要保護她就必須爲她開脫，於是作了下面的解釋：

> 也許你要說《呼蘭河傳》沒有一個人物是積極性的。都是些甘願做傳統思想的奴隸而又自怨自艾的可憐蟲，而作者對於他們的態度也不是單純的。她不留情地鞭笞他們，可是她又同情他們：她給我們看，這些屈服於傳統的人多麼愚蠢而頑固——有的甚至於殘忍，然而他們的本質是良善的，他們不欺詐，不虛僞，他們也不好吃懶做，他們極容易滿足。❺

這樣說還怕不夠力，更須橫加一筆，以策「安全」。

> 在這裏，我們看不見封建的剝削和壓迫，也看不見日本帝國主義那種血腥的侵略。而這兩重的鐵枷，在呼蘭河人民生活的比重上，該也不會輕於他們自身的愚昧保守罷？❻

面對有些論者批評蕭紅「完全將她自己關在自己的小圈子裏」，「已經無力和現實搏鬪，她屈服了。」❼茅盾也無奈地再爲她開脫：

> 她的一位女友曾經分析她的「消極」和苦悶的根由，以為「感情」上的一再受傷，使得這位感情富於理智的女詩人，被自己的狹小的私生活的圈子所束縛（而這圈子儘管是她咒詛的，却又拘於惰性，不能毅然決然自拔），和廣闊的進行者生死搏鬪的大天地完全隔絕了，這結果是，一方面陳義太高，不滿於她這階層的知識分子們的各種活動，覺得那全是扯淡，是無聊，另一方面却又不能投身到農工勞苦大衆的羣中，把生活徹底改變一下。這又如何能不感到苦悶而寂寞？而這一心情投射在《呼蘭河傳》上的暗影不但見之於全書的情調，也見之於思想部分，這是可以惋惜的，正像我們對於蕭紅的早死深致其惋惜一樣。❽

我費了一番筆墨引用茅盾的序言，首先想證實在四十年代寫文評的人的某些程式，左兜右轉，最終都必須回到當時文評的大潮中去。但最重要想說的是：幾十年來，評論蕭紅《呼蘭河傳》的人，竟然也無法擺脫這種程式。

開放十年以來，文藝批評尺度稍稍寬鬆了，最初依然有人放心不下，除了緊隨茅盾的解析之外，還要強暴地爲蕭紅加上一項安全帽，說從《呼蘭河傳》中可以見到：

> 蕭紅雖出生在一個地主家庭，但她對勞動人民却是非常同情和熱愛的。……童年生

活，對她後來認識封建地主階級的本質，產生憎恨封建統治階級的思想，最終背叛自己的階級走上革命道路，有很大的啓示和影響。……終於成為一位反帝反封建的勇士，自覺自願地置身於民族解放鬪爭的漩渦之中。❾

不久有人嘗試從另一研究角度出發，從茅盾序言中拈出「寂寞」這一點，加以擴展❿，也有人從文字結構及敍述方式等方向去挖深⓫，使文評研究漸漸有了新的格局。可見要打破舊有的批評模式，要衝開思維程式的禁錮，眞是一條艱難而漫長的道路。

二

說「寂寞」，說「生與死」⓬，都能把《呼蘭河傳》的主題點出來。但細細閱讀這作品，我們往往可從蕭紅平淡眞切的文筆中，觸及一種極濃郁的悲哀，那不是來自「寂寞」的悲切，又不是來自「生與死」的慨歎，而是對一種已入沈痾的病態，殘忍剖析後的無奈。石懷池說，在這作品中，「生活的眞實似乎已降到次要的地位」⓭，那眞是睜著眼睛說瞎話。就算茅盾眞的想爲蕭紅開脫，但他說《呼蘭河傳》中的人物「不欺詐不虛僞」⓮，同樣不免過於牽強，或者他可能有隱衷，不能甚至不敢接觸蕭紅作品的核心。

除了「寂寞」、「生與死」外，農民生活和農民性格的描繪，也是《呼蘭河傳》重要的主題。蕭紅洞察生活於貧困小城的農民性格，她更明白這些性格，其實是中國民族性的重要部分，爲了不忍中國民族的沈淪不拔，她用相當懇切的感情，卻用不留餘地的態度，把這種沈潛入骨的病根挖出來。中國民族的靈魂能否因此而獲得改善，她預計不到，但在困惑與無奈中，她仍有點盼望。

要讀到《呼蘭河傳》的核心去，我相信魯迅（一八八一—一九三六）給了我們很大的啓發。魯迅曾說過中國文人對於人生，向來沒有正視的勇氣，只採取了一種特殊方法，就是：

> 萬事閉眼睛，聊以自欺，而且欺人，那方法是瞞和騙。⑮

但他針對的其實不單是文人，因爲文人的這種性格，不過是民族性的一個抽樣罷了。因此，他繼續要說出來的是：

> 中國人的不敢正視各方面，用瞞和騙，造出奇妙的逃路來，而自以為正路。在這路上，就證明著國民性的怯弱、懶惰，而又巧滑。一天一天的滿足著，卽一天一天的墮落著，但卻又覺得日見其光榮。⑯

「瞞和騙」，不敢正視各方面，也就是「自欺欺人」，中國民族靈魂裏就有這些糟粕，掌握魯迅這些話，就可從《呼蘭河傳》中，找尋蕭紅如何或濃或淡，或深或淺地挖出這些糟粕來。

「自欺欺人」成了一條或隱或現的線索，貫串著整個作品。小城內外的人，大多都患有「自欺欺人」的病，如果說這就是「屈服於傳統的人多麼愚蠢而頑固」，未嘗不可，他們正如茅盾所說「本質是良善」的，但他們無知而頑固，愚蠢而欺詐，自以爲「良善」，所作的一切都爲了別人好。他們自足於一個自己建構的「自欺」圈套裏，或者應該說是顯現著民族性格的糟粕。瞞與騙的手段層出不窮，可是問題沒有解決，他們依舊痛苦不堪，又令他人痛苦不堪，最後只好犧牲一些比較善良的人。

「遙遠的呼蘭城，並沒發生甚麼幽美的故事，在天眞的小孩子心目中，充滿荒凉寂寞。日出日落，人們平平淡淡過年過月，出生死去。蕭紅從小城的大大小小生活動態中，看出了陣陣的悲凉。

三

在第一章出現的「瘟豬肉」，是一個很好的象徵。貧窮的小城人知道吃「豬肉」有益，也是很有體面的事情。同時又知道「瘟豬肉」吃了可能會生病，可是總有人冒險吃了。吃了生不生病還不打緊，因爲只有自己知道，但千萬別讓人家知道。這樣自足於「吃了豬肉」這回事，由於吃的是「瘟豬肉」，也得瞞著別人。可惜，偏偏還有入世未深的小孩子「不知時務」，在大人面前「很固執」，仍是說：「是瘟豬肉嗎！是瘟豬肉嗎！」⑰，到頭來只惹來母親一頓打，外祖母本想安慰一番，只因抬頭看見鄰里站在門口往裏看，也只好朝孩子屁股上啪啪地打起來，還說著「誰讓你這麼一點你就胡說八道！」孩子心眼清明，只因說了實話，衝擊了大人「自欺欺人」的特性，就只好被打，「哭得也說不清了」。

還有那些買賣麻花的雙方，蕭紅用不厭其詳的筆墨去描繪賣麻花的人怎樣挨家逐戶去招徠，每戶人家怎樣用髒手在筐子裏挑了又摸。旁觀的讀者早如作者一樣，淸楚知道麻花髒的程度，只是買得麻花的老太太卻「一邊走一邊說：『這麻花眞乾淨，油亮亮的。』」而賣麻花的人也說：「是剛出鍋的，還熱忽著哩！」⑱作者寫到這裏，就兀然停住了。讀者作者心裏有數，只是我們都不像不知時務的小孩子，也就是不會把實情說穿了。

四

許多零零碎碎的民生瑣事，在此不再一一列舉了。而在第二章裏，蕭紅描繪了呼蘭城五個「盛舉」：跳大神、唱秧歌、放河燈、野臺子戲、娘娘廟大會。正如蕭紅說：

> 這些盛舉，都是為鬼而做的，並非為人而做的。至於人去看戲、逛廟，也不過是揩油借光的意思。……只有跳秧歌，是為活人而不是為鬼預備的。……趁著新年而化起裝來，男人裝女人，裝得滑稽可笑。⑲

這些都是裝神弄鬼而人趁機「揩油借光」的事。

「跳大神」說是神降人身，爲人治病。大神二神都是「人」，請神的人只能相信這些「人」是「神」，得殺雞供酒供紅布來孝敬「神」。

> 這雞這布，一律歸大神所有，跳過了神之後，她把雞拿回家去自己煮上吃了，把紅布用藍靛染了之後，做起褲子穿了。

說穿了也只不過是瞞和騙那麼一回事。求神的是自欺，裝神的是欺人，治病好不好，那與看熱鬧的無關。

放河燈這種風俗，爲了讓每一個鬼托一個河燈去脫生，可是鬼果然得了燈嗎？河燈是這樣歸宿的：

> 河燈從幾里路長的上流，流了很久很久才流過來了。再流了很久很久才流過去了。在這過程中，有的流到半路就滅了。有的被沖到了岸邊，在岸邊生了野草的地方就被掛住了。還有每當河燈一流到了下流，就有些孩子拿著竿子去抓它，有些漁船也順手取了一兩只。到後來河燈越來越稀疏了。

至於野臺子戲，分明是「戲」。人們爲了感謝天地一年來的照顧而設，可是臺下還有一家家「活戲」，蕭紅借機探究了人間的恩怨。唱戲的人怕遠處的人聽不見。拚命在喊，「喊破了喉嚨也壓不住臺」，只因人們關心的不是天地之神有沒有來享領。在鑼鼓喧天中，他們心安理得，自以爲已經完成祭神心願。

提到娘娘廟會，蕭紅就說起廟中的老爺、娘娘塑泥像來，葛浩文（Goldblatte Howard）認爲那是蕭紅的「女權主義」的表現[20]，從另一個角度看，那又何嘗不是「自欺欺人」

民族特性的顯現？且看她如何說：

> 塑泥像的是男人，他把女人塑得很溫順，似乎對女人很尊敬。他把男人塑得很兇猛，似乎男性很不好。其實不對的。……那麼塑像的人為甚麼把他塑成那個樣子呢？那就是讓你一見生畏，不但磕頭，而且要心服。……至於塑像的人塑起女子來為甚麼要那麼溫順？那就告訴人，溫順的就是老實的，老實就是好欺侮的。

塑像的存在就是一個欺人的東西，塑像的人再擺弄一下，就成了雙重的欺人了。去逛廟的女人，爲的是去討子討孫。她們從子孫娘娘旁邊，偷抱走一個泥娃娃，據說來年就會生兒子。明明去向神討子孫，偏偏要「偷」，偷的卻是泥娃娃，眞是欺神欺人，至於來年能不能添出個子孫來，也沒有人會追問。

跳秧歌是爲活人而預備的，蕭紅寫得最少。那輕輕一筆帶過的「化起裝來」，「男人裝女人」，也正把複雜的「欺人」程式，簡化地呈現出來。

五

無知、愚昧、頑固的人，由於自欺欺人的特性造成的悲劇，無過於第五章裏團圓媳婦的遭遇了[21]。這章佔全書的分量很多，內容也夠令人驚心動魄。出場的人物，一個個自以爲善良，爲他人著想，結果一步一步把無辜的團圓媳婦推向死地。

這個可憐的老胡家團圓媳婦，一開始就被安排在「瞞和騙」的處境中。她十二歲，可是爲了「長得高，說十二歲怕人家笑話」，就被家人說成是十四歲。至於好端端一個小姑娘，怎樣由笑呵呵，變成天天哭半夜哭，到要跳大神驅病，終於弄得被人在衆目睽睽下用熱水澆死。其中過程，從小事到大事，由當事人到旁觀者，都充滿「自欺欺人」的特性。

團圓媳婦的病是那自以爲善良的婆婆打出來的。出主意的人眞熱心，有的主張到紮彩店去紮個紙人當「替身」，有的主張給她畫上花臉，讓大神看了嫌她太醜，也許就不捉她去當弟子了。這說明人最初想用「欺」神（人）的手法來挽救她的生命。往後來了一個開偏方的人，胡亂開了方子，騙了老胡一家。最巧妙的一筆：原來這個欺人的人，早在三年前，被一個婦人騙了半生積下來的錢財，變成半瘋，這件事就只有老胡一家不知道。這裏顯現出一個荒謬的循環：老胡家騙人，又被開偏方的半瘋子騙了，而半瘋子又是個被人騙了的人。

在整個悲劇裏，婆婆正是個「自欺欺人」的典型人物，她自以爲對團圓媳婦好心一片，不計錢財想盡辦法「挽救」這條買來的生命。強調「沒有給她受氣」，可是「只打了她一個多月」，「吊在大樑上……用皮鞭抽……打昏過去」。「用燒紅過的烙鐵烙過她的腳心」。最後當衆撕掉她的衣裳，讓她赤裸裸在大缸裏用燙水洗了三次澡。就在種種折磨下，小姑娘連大辮子都掉下來了，人們還硬說她是妖怪。很肯定，婆婆沒心要弄死小媳婦，她自信「一生沒有做過惡事，面軟心慈，凡事都是自己吃虧，讓著別人。」何況爲了小團圓媳婦，她也花了不少吊錢，但到底還是悲劇收場。至於抽帖兒的雲遊眞人，更花巧層出，次序不亂地欺騙婆婆。最後他竟然扮起專好打不平的好漢來，好像要爲團圓媳婦主持正義，到頭來也不過爲了多賺幾十吊錢。

可憐的小媳婦終於死去，據說靈魂變了一隻大白兎，常到東大橋下來哭，有人問她哭甚麼，她就說要回家，那人若說：「明天我就送你回去……，」白兎子擦擦眼淚，就不見了。最令人歔欷的是團圓小媳婦一直處在「騙」的現實生活中，沒想到，至死不休，人們連寃魂也騙了。可見這畢竟是一種延綿不斷的病根。

六

書中的有二伯，是個落寞又性情古怪的寄生者[22]。一個活著卻與一切人不相干的人。他最忌別人叫他的乳名：「有二子，大有子」，那是自卑的來源。頑皮小孩若作弄他，假意尊稱他「有二爺」，他就「立刻笑逐顏開」。他的快樂來自「自欺」。他耍猴不像耍猴，討飯不像討飯，也偷過東西，可是他走起路來，「好像位大將軍似的」。他永遠內荏外強，多少帶了阿Q的身影，那也正是魯迅要著意挖出的民族性格糟粕。

給茅盾稱爲全書「生命力最強的一個」的磨官馮歪嘴子，是蕭紅筆下最實實在在生活過來的人。但仍只是迷迷糊糊的「堅強」，他在這世界上，他不知道人們用絕望的眼光來看他，「他不知道他已經處在了怎樣的一種艱難的境地。他不知道他自己已經完了。他沒想過。」[23]雖然蕭紅還在他身上抹上一絲對未來的盼望——他的孩子一天比一天大了，但讀到第七章結尾時，讀者不禁想，那個由他辛苦養大成人的兒子，在呼蘭城裏，頂多也不過像他自己一生那樣子，繼續處於一種艱難境地。蕭紅已經極形像地爲這小孩子預卜了以後的命運，她這樣寫小孩子的表情：

那孩子剛一咧嘴笑，那笑得才難看呢，因為又像笑，又像哭。其實又不像笑，又不像哭，而是介乎兩者之間的那麼一咧嘴。㉔

一個可憐的生命，一種尷尬的處境，完全刻劃了呼蘭城人的命運。

最後，本文不得不說說向我們展示呼蘭河面貌的「我」了。我們都相信這作品正是蕭紅童年印象的重組，在她記憶中忘不了，難以忘卻的。蕭紅生長在小城裏，悲哀的是她自己也無法擺脫自欺欺人的氛圍。天真的小孩，自然免不了被欺騙。她就像其他呼蘭河小孩一樣，喜歡吃過晚飯就去看火燒雲。這段描寫很有象徵意味，孩子沈醉的火燒雲幻化成一匹馬、一條狗、大獅子等等，「其實是甚麼也不像，甚麼也沒有」㉕，可是小孩子就滿心歡喜看足一個黃昏。「火燒雲」說明了一件事，他們從小到大，看到的所謂美麗東西，都並不眞實存在。蕭紅一生最信賴的祖父所許下的諾言，也不眞實。祖父也曾許諾「你不離家的，你那裏能夠離家」㉖，可是，到頭來許諾落空了，小主人也得逃荒去了，直到寫成這書的時候，她流落在一個南方海島上，懷戀著火燒雲，一切都是虛幻，生命被自欺欺人的特性折磨著，最後變成一個不安的靈魂，也眞的歸不了家。

七

「自欺欺人」既是中華民族性格中的糟粕，要改造民族，必須先把糟粕挖出來，魯迅說：

大概，人必須從此有記性，觀四向而聽八方，將先前一切自欺欺人的希望之談全都掃除，將無論是誰的自欺欺人的手段全都排斥……這才可望有新的希望的萌芽。㉗

魯迅寫了阿Q，蕭紅寫了荒涼小城裏那羣毫不積極的人，相信也有跡追魯迅的意圖。至於這良好的意願，結果如何，我不由得不想起書中開首不久所描繪的那個大泥坑。凡讀過《呼蘭河傳》的人，都很難忘記那個大泥坑。呼蘭城裏的人，給大泥坑弄得人仰馬翻，無論晴天雨天，都有痲煩，嚴重的鬧出人命來，可說受盡折磨。面對這個呼蘭河的糟粕，他們也不是沒想過改善辦法，只可惜：

說拆牆的有，說種樹的有，若說用土把泥坑來填平的，一個人也沒有。㉘

拆牆、種樹來對抗大泥坑，畢竟是無知愚昧的想法。幾十年來，總該有人想出「填平它」這辦法來罷？可是事隔幾十年，散文家姜德明在一九八一年到了呼蘭河，赫然還看到那大泥坑，難怪他感到意外，同時也有點驚愕。他說：

我的心還是不能平靜。蕭紅怎麼會想到，她所感慨的那個大泥坑，多少年來仍然沒有人去把它填平呢！㉙

「大泥坑」在作品中很有象徵意義，而八十年代它還未填平，也就具有更深一層象徵了。

一九九一年七月七日完稿

附註

❶王曉明，《批評家的苦惱》，見《所羅門的瓶子》，浙江文藝出版社，一九八九年五月，頁二五九－二六二。

❷蕭紅，《呼蘭河傳》，黑龍江人民出版社，一九七九年十二月，本文所用引文均據此版本。

❸茅盾一九四六年四月十三日第三次到香港，在政治紛亂中躲逃。他重臨香江，心情矛盾與抑悒，因正值愛女沈霞逝世不久，觸景傷情，想起女兒小時候在香港的情況，就連繫到蕭紅早逝這悲劇上去，故序言第一節是看得出他正沉浸於「憤怒也不是，悲痛也不是……願意忘卻，但又不忍輕易忘卻」的痛苦中。故這序言內涵對生與死、寂寞等題材特別敏感。

❹茅盾，《呼蘭河傳・序》，見《呼蘭河傳》，黑龍江人民出版社，一九七九年十二月，頁一－一〇。

❺同❹。

❻同❹。

❼石懷池，《論蕭紅》，見《石懷池文學論文集》，耕耘出版社，一九四五年，頁九二－一〇五。

❽同❹。

❾彭珊萍，《略論〈呼蘭河傳〉的藝術結構》，見《蕭紅研究》，北方論叢編輯部，一九八三年，頁一六六－一七三。

❿例如：陳樂山，《「寂寞」——蕭紅散文的基調》，見《惠陽師專學報・社科版》，一九八六

年一月，頁三九—四三。

⑪ 趙園，《論蕭紅小說兼及中國現代小說的散文特徵》，見《論小說十家》，浙江文藝出版社，一九八七年五月，頁二一三—二五二。

⑫ 同⑪。

⑬ 同⑦。

⑭ 同④。

⑮ 《論睜了眼看》，見《語絲》三十八期，一九二五年八月三日，後收入《墳》，見《魯迅全集》第一冊，人民文學出版社，一九八一年，頁二三七—二四二。

⑯ 同⑮。

⑰ 同②，頁一四。

⑱ 同②，頁二八。

⑲ 同②，第二章引文各見頁三七—六三。

⑳ 葛浩文，《蕭紅新傳》，三聯書店（香港）有限公司，一九八九年九月，頁一五九—一六〇。

㉑ 同②，以下各引文見頁一一三—一五九。

㉒ 同②，以下各引文見頁一六〇—一八五。

㉓ 同②，頁二一四。

㉔ 同②，頁二一四。

㉕ 同②，頁三三。

㉖ 同②，頁九〇。

㉗ 《忽然想到》，收入《華蓋集》，見《魯迅全集》第三冊，人民文學出版社，一九八一年，頁八八—九六。

㉘ 同❷，頁一二。

㉙ 姜德明，《初見呼蘭河》，見《相思一片》，北京人民出版社，一九八七年五月，頁二〇九。

關於廢名的詩

松浦恒雄
(MATSURA Tsuneo)

一

廢名（一九〇一—一九六七）在新文學中是以艱澀的文體出名的小說家、散文家。生前出版了包括選集在內的六本小說集，其散文曾得到了周作人的極高的評價❶。然而，本文不記及廢名的小說、散文，而以他的詩爲對象是有其理由的。這不僅是因爲在他的詩歌研究方面無所進展，實際上，要主要的是想以此來闡明廢名小說和散文文體的核心。在考慮廢名的小說和散文文體時，爲什麼有必要提出他的詩來呢？我想首先對此予以說明。

在談到廢名的文體時，經常被引用的，是周作人的《〈棗〉和〈橋〉的序》。

> 廢名君的文章近一二年來很被人稱為晦澀。據友人在河北某女校詢問學生的結果，廢名君的文章是第一名的難懂，而第二名乃是平伯。本來晦澀的原因普通有兩種，卽是

思想之深奥或混亂，但也可以由於文體之簡潔或奇僻生辣，我想現今所說的便是屬於這一方面❷。

周作人是以「簡潔」和「奇僻生辣」來把握廢名的文體的。「簡潔」是周作人列舉的美文條件之一。表示廢名獨特文體的是「奇僻生辣」吧。這個詞雖然不易講清楚，大概是指文體極有刺激性吧。但是，廢名本人是怎樣看待自己的文體的呢？請看他在一九五七年出版的《廢名小說選》的自序。

就表現的手法說，我分明地受了中國詩詞的影響，我寫小說同唐人寫絕句一樣，絕句二十個字，或二十八個字，成功一首詩，我的一篇小說，篇幅當然長得多，實是用寫絕句的方法寫的，不肯浪費語言。這有沒有可取的地方呢？我認為有❸。

在引文的前面，廢名對自己的早期小說講了相當多的自我批判的話。但是盡管如此，一想到有這個發言，便可窺視到廢名對自己的文體有着怎樣程度的自信。

那麼，廢名說的用「寫絕句的方法」來做小說是什麼意思呢？可以說，這是一個和廢名文體的核心有着密切相關的問題吧。

首先，我要引用一下一個在同時代讀過廢名小說的人物的證言。現代派的代表詩人之一卞之琳說道：

我主要是從他的小說裏得到讀詩的藝術享受，而不是從他的散文化的分行新詩。他的前期短篇小說和《橋》的一些篇章，其像他自己所說，學唐人寫絕句。隨便舉例說，他在《桃園》這個短篇小說裏有一句「王老大一門閂把月光都閂出去了」。這就像受過中國古典詩影響的西方現代詩的一行，廢名却從未置理人家那一套，純粹繼承中國傳統詩的筆法❹。

這裏還要引用一下卞之琳將廢名的小說當作詩來讀的例文。

> 王老大一門閂把月光都閂出去了。

在廢名的作品中找到類似的文章並不那麼困難。

> 琴子的辮子是一個秘密之林，牽起他一切，而他又管不住這一切❺。

這些引文的共同點在於，不使用「像……一樣」的句子來說明性地補捉現象，而是省略一切說明，只是靠詞與詞的直接結合來製造隱喻。如此非散文化的緊張感，字裏行間都蘊生着周作人所謂的「奇僻生辣」。

廢名作文體家的評價及其歷史定位，尙不充分卻已在進行當中。目前，關於廢名小說的最詳細的解說和評價，以管見所限，似爲楊義的《中國現代小說史》第一卷。下面將引用該書關於廢名文體特徵的結論部分。

由於追求行文的省淨，廢名有時在語句中省去一些介詞、連詞、代詞，在小說中出現了某些類似於古詩詞中「鷄聲茅店月，人迹板橋霜」的意象疊加的語言現象，使語氣顯示出一種跳躍感❻。

楊義認爲，廢名文體的跳躍感，是由省略介詞、連詞、代詞而產生的。這是一個令人碍難遵從的結論。例如，請看上面引用的「王老大……」和以下引用的一段：

這個鳥兒真是飛來説綠的，坡上的天斜到地上的麥，壟麥青青，兩雙眼睛管住它的剪子筆逕斜❼。

正像這裏所闡明的那樣，跳躍感的文體，並不是單由詞語的省略產生的。在構思文章時，不採用散文的思路，卽使用包含着隱喩的詩的構思方法。這才是廢名文體的獨特之所在。廢名將此表述爲「寫絕句的方法」。

如果是這樣，那麼儻無視對廢名留下的爲數不多，而在質上卻不遜於其他詩人的詩作的分析，結果將難以明確找到其文體特徵。至少，對他的詩的構思方法的把握，將大大地有助於對他的文體的理解。

如上所述，本文作爲探明廢名獨特文體的一個重要手段，將對其詩歌予以讀解。

二

廢名出版了一部根據在北京大學講授新詩的講義整理成的《談新詩》[8]。本書總括了廢名關於新詩和舊詩如何區別的見解，也是一本以此見解來追踪新詩流程的極爲獨特的詩論。下面，就依據《談新詩》來看一下廢名的新詩觀。

首先，廢名介紹了白話自由詩最早的作者——胡適的詩。

蝴蝶

兩個黃蝴蝶，雙雙飛上天。
不知為什麼，一個忽飛還。
剩下那一個，孤單怪可憐；
也無心上天，天上太孤單。

（五年八月二十三日）

將其詩列於卷首的《嘗試集》（增訂第四版），是值得紀念的最早的新詩集。但就評價上來說，歷來都像草川未雨的『中國新詩壇的昨日今日明日』[9]那樣，被貶得很低，僅僅承認其提倡新詩的意義。

然而，惟獨廢名不同。廢名讀胡適的《逼上梁山》後，深切地了解到《蝴蝶》這首詩才是眞正的新詩。胡適在寫《蝴蝶》的時候，正在美國的哥倫比亞大學留學，他在和友人的通信中，不時地思索着文學革命的方案。有一天進午餐時，他看見兩只蝴蝶從窗邊飛上天空，不一會兒，一只落了下來，另一只也跟着落了下來。此時，他忽然感到了一種難耐的寂寞，遂做《蝴蝶》一詩。廢名接着這段說明寫道：

這一段紀事，我覺得可以幫助我說明什麼樣才是新詩。我嘗想，舊詩的內容是散文的，其詩的價值正因為它是散文的。新詩的內容則要是詩的，若同舊詩一樣是散文的內容，徒徒用白話來寫，名之曰新詩，反不成其為詩。（中略）現在就《蝴蝶》這一首新詩來做例證，這詩裏所含的情感，便不是舊詩裏頭所有的，作者因了蝴蝶飛，把他的詩的情緒觸動起來了，在這一刻以前，他是沒有料到他要寫這一首詩的，等到他覺得他有一首詩要寫，這首詩便不寫亦已成功了，因為這個詩的情緒已自己完成，這樣便是我所謂詩的內容，新詩所裝得下的正是這個內容。

引文稍許嫌長。不過，這不論在廢名對新詩的獨到見解，還是在說明他自己的作詩態度上，都是極其重要的。

換言之，新詩是基於當時卽興式的激盪的情感，而舊詩則來自既成詩句的印象。我以爲廢名並不想把卽興性手法從舊詩中排除，其目的是要把新舊詩加以對照，使新詩的內容更鮮明而已。事實上，他對富於卽興性的李商隱和溫庭筠的詩予以很高的評價，甚至說新詩應走溫、李之道。

其次，廢名又進而強調了詩體解放的重要性，得出了新詩是不受任何束縛的自由詩的結論。

廢名從這種新詩觀出發，對口語格律詩不能不抱有相當大的冷淡。在《談新詩》中，不僅不提徐志摩、聞一多，而且還對把十四行詩移植到中國的馮至的《十四行集》做了相當尖刻的評語。

但是，廢名對新詩的自由性強調得有些過分，反倒使自己的詩作缺乏高度的韻律感。讓我們把廢名叫絕的卞之琳的詩，和他自認爲自己出色的詩作對照起來看一下。

a　卞之琳

車站

抽出來，抽出來，從我的夢深處
又一列夜行車。這是現實。
古人在江邊嘆潮來潮去，
我却像廣告紙貼在車站傍。
孩子，聽蜜蜂在窗內着急，
活生生釘一只蝴蝶在墻上
裝點，裝點我這裏的現實。
曾經彈響過脆弱的鋼絲床，

曾經叫我夢到過小地震，
我這串心跳，我這串心跳，
如今莫非是火車的怔忡？
我何嘗願意做夢的車站！

b 廢名

宇宙的衣裳

燈光裏我看見宇宙的衣裳，
於是我離開一幅面目不去認識它，
我認得是人類的寂寞，
猶之乎慈母手中綫
遊子身上衣——
宇宙的衣裳，
你就做一盞燈罷，
做誕生的玩具送給一個小孩子，
且莫說這許多影子。

（一九三七年四月一日）

卞之琳的《車站》，重複着類似的語句和相同的語句，此外，全行都是四拍節（或頓或音尺），韻律十分和諧。在二字或三字構成一個拍節的主體中，串換着一字或四字一個拍節的成分，非常利落。而廢名的《宇宙的衣裳》，在韻律感方面則無任何着意之處可言。

廢名對作爲新詩條件的散文化語言和詩的內容的看法，我們已經談過了。這裏還要再附加一個「改行」的概念。廢名對「改行」沒作過特別的解釋，但可以從他評卞之琳的《寂寞》一詩中抽取出他對「改行」的見解。他在談到《寂寞》詩句的新鮮、有力、自然之後，抓住開篇的一句「鄉下小孩子怕寂寞」評道：

> 然而像起頭「鄉下小孩子怕寂寞」一句便差好些，彷彿同一般作文章起頭時許多意思無從下筆，於是勉强來一句破題，新詩可不能這樣。一首新詩要同一個新皮球一樣，要處處離球心是半徑，處處都可以碰得起來。句句要同你很生，因為來自你的意外；句句要同你很熟，本來在你的意中了。

廢名用一個比喻來進行巧妙的說明。球面上的任何一點距中心的距離相等，這些點的集合，不單是一個平面，而且構成着一個立體。詩的每一行都有其獨立的價值，而且有着比詩的整體要素集合更高的效果。在這一點上，詩的每一行都是不可缺少的。近似於這種想法的，有俄國形式主義者（formalist，例如，特尼揚諾夫『詩歌語言問題』一九二四等）。這是一個極其有趣的事實。

然而這樣，廢名所看待的新詩，便可歸結爲，重視自由展開感興的運筆，追求由獨立的詩行之間所產生的召喚力，尊崇追求這種召喚力的豐富性的方法。因此，在廢名的詩中，即沒有斷句方法，也沒有因押韻或字數限制顯得不自然的詩句。然而，其代價是韻律感的喪失和沈重詩句的產生。廢名的詩之所以篇篇難解，其原因之一就在於此吧。

三

本節將在上面論述過的廢名的新詩觀的基礎上，對他的幾首新詩試加以解釋⑩。要參照的文獻有以下兩篇。

㈠廢名《〈粧臺〉及其他》（收入《談新詩》）

㈡蔣成瑀《廢名詩歌解讀》（《中國現代文學研究叢刊》一九八九年四期）

請先看這一首詩：

街頭

行到街頭乃有汽車馳過，
乃有郵筒寂寞。
郵筒PO
乃記不起汽車的號碼X，
乃有阿拉伯數字寂寞，
汽車寂寞，

大街寂寞，
人類寂寞。

剛才，有一輛汽車發出巨大的聲響駛過大街。我「啊」地吃了一驚，呆躇在那裏。猛地收回神來，郵筒孤零零地無神地站立在我的眼前。連汽車從自己的身邊飛速駛過也不知道，只是在世界上孤絕地站着，靜悄悄的。我感到了這種存在的寂寞。如今，汽車的噪音，把我拋在街頭，那呆躇的感覺和郵筒是相通的。如此想來，便把郵筒比做人算了。POST的「P」和「O」看作眼睛，還果眞是張糊塗的臉。那麼，這回再去想一下剛才駛過的汽車吧。只是眼前的事，可竟連汽車的牌號也記不起來了。就說那車牌的數字吧，它已被我和郵筒忘卻，就像被遺棄似的。車牌有車牌的孤單，汽車亦有汽車的寂寞。這樣想去，眼前的大街，也是被駛去的汽車遺棄了，不久又被走路的我遺棄了。再想下去，人類的存在，也像剛才的汽車把我拋棄一樣，不斷地被時間拋棄。這裏就又有了大街的寂寞、人類的寂寞。

我以爲，廢名此詩感興的核心，在於被某種東西拋棄時所產生的感覺和寂寞。他不斷地調動被遺棄感的同型性（analogy），使之擴展成詩的世界。廢名的記載是此詩作於護國寺街，想必是他站在護國寺街，呆望着飛速駛去的汽車之後而得此詩的。

蔣成瑀是怎樣解釋這首詩的呢？

車來人往，摩肩接踵的街頭，在作者眼裏是寂寞的。（中略）寂寞蔓延，連同汽車、大街乃至整個人類也變得寂寞。（中略）廢名的寂寞反映了他的社會責任感。但是寂寞的產生又是他脫離社會時代的結果。

如上所述，從廢名的新詩觀來看，支撐這首詩的是汽車通過時的瞬間感覺。當然，他吐露的不是廢名腦海中已有的在大街喧嘩中感覺到的寂寞感。更何況把這種寂寞消解於社會背景的解釋，恰好否定了此詩誕生的根本原因。再試解釋另一首詩。

理髮店

理髮店的胰子沫
同宇宙不相干，
又好似魚相忘於江湖。
匠人手下的剃刀
想起人類的理解，
畫得許多痕迹。
墻上下等的無綫電開了，
是靈魂之吐沫。　（一九三五年）

這首詩的成因，在於從理髮店的鏡子裏發現了自己的埋在泡沫裏的臉，同時，又從那樣子想起了《莊子》「大宗師」的「相濡以沫」來。

理髮師給我刮臉，在我的臉上塗滿了香皂。乍一看，理髮師和我正處在相濡以沫的狀態，而且，爲此我的樣子被弄得很慘。這時我想：「理髮師呀，你爲什麽給我塗上泡沫，把我弄得這麼狼狽！我這個人代表着眞理，你知道嗎？」（廢名《〈粧臺〉及其他》）但不用去想，香皂沫和宇宙的眞理不存在任何關係，理髮師和我本來也沒有那種「相濡以沫」的緣分。相反，我意識到，我們沒有必要「相濡以沫」，兩個人處在於「相忘於江湖」。我們不用互相意識，只是自由地活着。理髮師用剃刀爲我修臉，上面的皂沫也逐漸消失，近於「相忘於江湖」之狀態。突然，收音機響起了低俗的音樂，理髮師露出歡喜的神情。我的龐大的空想破碎了。我發現，理髮師和收音機裏的音樂，才是處在「相濡以沫」的狀態。

我以爲用剃刀把塗在臉上的皂沫割除掉的過程卽是從「相濡以沫」的狀態變化到「相忘於江湖」的過程。換言之，在剃鬍鬚的全過程中發現嶄新的思維的喜悅才是這首詩的支柱。

這裏，讓我們看一下蔣成瑀的解釋：

> 理髮匠與「我」，或胰子沫與宇宙，似同消失於江河之魚，互不相干：孤獨。下等的音樂，如拯救涸魚之沫（見《莊子、外物》），斗升之水，難以消解孤獨。這首詩表達了作者尋求理解，希望溝通人際隔閡的願望，又因無法溝通而深感失望。

這種解釋認爲，作者是借助理髮師和我的關係，表現了人與人之間難以理解的這樣一個普遍的主題。但怎麼看也和廢名的作詩方法不相匹配，而且詩也以此變得索然無味。

作爲廢名詩歌的專論，蔣成瑀的論文大概是唯一的一篇了。然而，大致卻只是一種把詩還原到衆所周知的社會背景和一般論述的理解。而且，這種理解並沒觸及到詩歌本身，只是根據廢名作爲文學者的社會性，來從外部對詩歌加以評價。當然，這不能不說全部放過了廢名的詩的本質。

那麼，最後再看一下，在廢名的詩歌中屬於例外的，富於內在的韻律感，卻又不帶思辨性的《雪的原野》吧。

雪的原野

雪的原野，
你是未生的嬰兒，
明月不相識，
明日的朝陽不相識，——
今夜的足迹是野獸麼？
樹影不相識。
雪的原野，
你是未生的嬰兒，——
靈魂是那裏人家的燈麼？
燈火不相識。
雪的原野，
你是未生的嬰兒，

未生的嬰兒，
是宇宙的靈魂，
是雪夜一首詩。

積雪的原野。降雪不斷重新覆蓋原野的表面。此時剛剛生成的雪面，又迅即被新的雪所覆蓋。如此景觀被補捉爲「你是未生的嬰兒」。銀白色世界那不斷落積的新鮮，似乎要隱藏什麼的徐徐降雪，一種看不見的生命感，一種聽不見的鼓動——表現它們的語言，是尚未降生的嬰兒。不是胎兒，也不是已經出生、時時生長、歲歲有加的嬰兒，而是總在出生，不見其長，甚至相返其誕生之前的嬰兒。在把雪原感受爲「未生的嬰兒」的這一瞬間，不正是那驚愕孕育了這首詩嗎？

正像以上所看到的那樣，廢名的詩均是運用了與他的新詩觀相匹合的方法，恰如他說的那樣「是天然的，是偶然的，是整個的不是零星的，不寫而還是詩的」（廢名《〈粧臺〉及其他》）。

那麼，廢名的詩作與他的小說、散文文體有什麼關聯呢。本文簡單地指出了兩者的相關性，同時揭示了兩者的密切性。例如，請大家看一下《橋》裏的一章〈猫〉的描寫：

「王媽，猫在夜裏也會看的，是不是？」
「是的，它到夜裏眼睛格外放得大。」
「幾時我不睡，來看它，——那怕有點嚇人，我看得見它，它看不見我。」

「說錯了，它看得見你，你看不見它。」

「不——」

琴子答不過來了，她本不錯，她的意思是，我們包在黑夜之中，同沒有一樣，而猫獨有眼睛在那裏發亮。

將這段適當的整理一下：

猫到夜裏眼睛格外放得大，
我不睡來看它。
那怕有點嚇人，
我看得見。
它看不見。

難道這不像廢名的詩嗎？就如同成立詩的感興被無形地深埋在《橋》中一般。由此可以理解，卞之琳像讀詩一樣地來讀廢名的小說，絕不是用他的穿鑿附會的讀法來讀廢名的小說。

最後，請大家再看一下《菱蕩》裏的一文：

竹林裏一條小路，城上也窺得見，不當心河邊忽然站了一個人，——陶家村人出來挑水。落山的太陽射不過陶家村的時候（這時遊城的很多），少不了有人攀了城垛子探首望水，但結果城上人望城下人，彷彿不會說水清竹葉綠，——城下人亦望城上。⑪

最後一句「城下人亦望城上」，我看是廢名獨特的表達方式。一般人不會意識到要寫這一句，寫到城上人望城下人就夠了。不過，句末添了這麼一句，就把看的人和被看的人的主客立場倒置過來了，用這種方法來渲染悠閑無聊的情景。主客的倒置，在《街頭》、《猫》裏也可見。這就是廢名詩的主要構思方法之一。

總之，我認爲用這種詩的構思方法來創作小說是廢名艱澀文體的核心之所在。

附註

❶ 周作人，〈懷廢名〉（《藥堂雜文》〔香港勵力出版社〕所收）。
❷ 周作人，〈《棗》和《橋》的序〉（廢名，《橋》〔開明書店，民國二十一年，上海書店影印，一九八六〕所收）。
❸ 廢名，〈《廢名小說選》序〉（《馮文炳選集》〔人民文學出版社，一九八五〕所收）。
❹ 卞之琳，〈《馮文炳選集》序〉（前出《馮文炳選集》所收）。
❺ 〈瞳人〉（前出《橋》所收）。
❻ 楊義，《中國現代小說史第一卷》，人民文學出版社，一九八六。
❼ 〈茶鋪〉（前出《橋》所收）。
❽ 馮文炳，《談新詩》，人民文學出版社，一九八四。
❾ 草川未雨，《中國新詩壇的昨日今日明日》，海音書局，一九二九，上海書店影印，一九八八

五。

❶⑥ 以下引用的廢名的詩都收在前出《馮文炳選集》裏。

⑪ 前出《馮文炳選集》所收。

余光中詩文集的序跋

黃坤堯

一

余光中出了十五册詩集，十一册散文集，此外尚有詩、文及詩文自選集各一册，合共二十九册。這一大批著作有一個共同的特點，就是每一本都必有一篇自序或後記，有時兩種都有，甚至更有代序、新版序等；然而余光中卻從不找人寫序，究竟這有甚麼原因呢？一九八七年，余光中在〈文章與前額並高〉一文中曾經透露了一段他跟梁實秋先生之間的往事：

當時我才二十三歲，十足一個躁進的文藝青年，並不很懂觀象，卻頗熱中獵獅（lion-hunting）。這位文苑之獅，學府之師，被我糾纏不過，答應為我的第一本詩集寫序。序言寫好，原來是一首三段的格律詩，屬於新月風格。不知天高地厚的躁進青年，竟然把詩拿回去，對梁先生抱怨說：「您的詩，似乎沒有針對我的集子而寫。」

假設當日的寫序人是今日的我，大概獅子一聲怒吼，便把狂妄的青年逐出師門去了。但是梁先生眉頭一抬，只淡淡地一笑，徐徐說道：「那就別用得了……書出之後，再跟你寫評吧。」」（《隔水呼渡》頁二六三）

這眞是一段很溫馨感人的文壇掌故，梁實秋的厚重，余光中的躁進，相映成趣。我不知道梁實秋先生後來怎樣處理那首詩，如果此詩尚在，當然希望一讀，看看前輩學人怎樣以詩代序，同時余光中爲甚麼又竟然抱怨不用？一九五二年三月，《舟子的悲歌》出版了，四月，梁實秋立刻寫了一篇書評，刊在《自由中國》六卷八期上，快人快語，平允客觀，對於一個初出道的文藝青年來說，這是一個多麼大的鼓勵啊！其後到洛夫寫〈天狼星論〉時，已是九年後的事了，中間也沒有其他人寫過余光中。梁實秋對余光中影響之大，可想而知。此後余氏很少拒絕青年朋友的要求，似是也受了梁先生精神胸懷的感染。大概由這件事開始，余光中再不找人寫序，可能將來也沒有人能叨這份光采了。

余光中詩、文集的序跋暫得三十九篇，自傳性很強，排起來讀，可以簡單鈎勒出一個作家的成長歷程。

二

在詩集方面，第一册《舟子的悲歌》（一九四八—五二）的後記主要記述了余光中早期的寫作經歷，而推動他寫詩的動力，主要是受了英詩的啓發，舊詩的根底及非律賓華僑詩人杜若〈孤星〉的影響。結尾一段「詩人」頗有自我陶醉的感覺，似是文藝青年的「通病」。

> 我不敢奢望這本小小的册子能有多大的聲音；只要有「靈魂的親戚」，在星光下，在荒漠裏，在月色幽微的海上，偶然聽到了一聲掠空而逝的飛鳥，因而回憶起我的一行詩句，驀然感到一陣無名的震顫，或是永恒的悵惘，那便是詩人莫大的安慰。

第二册書名《藍色的羽毛》（一九五二—五三）出自〈靈感〉一詩。余氏的後記特別強調他所受英詩的影響。

> 我的興趣漸由十九世紀轉入二十世紀：浩司曼（A. F. Housman）、佛洛斯特（R. Frost）、歐文（W. Owen）和女詩人狄瑾蓀（E. Dickinson）、魏里夫人（Elinor Wylie）、米蕾（Edna St. Vincent Millay）等的手指一次又一次地為我揭開了繆司的面紗，讓我窺探到新的美。

此外他又引梁實秋說「目前自由中國的新詩要比中國以往的新詩進步得多」，因而感到十分興奮，預期將會湧現一羣偉大的詩人，媲美盛唐。

第三册《天國的夜市》原名《魔杯》（一九五四—五六），書名出自〈飲一八四二年葡萄酒〉一詩。由於三民書局遲了十二年才出版，余氏的後記比較冷靜，認爲其詩可以「上承新月的風流餘緒」，是受了胡適、葉公超、梁實秋等人的影響。「在重溫昔日浪漫的美夢之餘，不免爲當日的幼稚感到赧顏」。其後原編《跳高者》一册，有預告而未見出版。後來剪稿散失殆盡，風格亦已嫌舊，余氏認爲再沒有多大出版價值了（見《白玉苦瓜》後記）。以上三册可以歸納爲第一期的余光中詩：格律詩階段。

第四册《鐘乳石》（一九五七、四—一九五八、九）由香港中外畫報社出版。余氏的後記認爲這批作品屬於「轉變期，風格的變化很大」。尤其是第二段的行文也開始呈現出余光中的「本色」；他並將新詩改稱爲現代詩，讀者雖少，卻也自負。他並不把讀者放在眼內，有時還教訓讀者，要讀者調整自我的審美趣味。

> 我們寫詩，只是一種存在的證明。「我在。我在這裏。我在這裏生存。」它只是否定夜的一聲吶喊。如果老嫗們的耳朵失去了貞操，我們是非常抱歉的。我們的作品頗為野蠻，頗為桀驁不馴，那些聽慣了神話和童歌的「聽衆」，是無法適應現代詩的氣候的。

第五册《萬聖節》（一九五八—五九）全收愛奧華（Iowa）的作品，兼有序及後記。余光中在序中解釋他的「現代詩」該是泛指富有現代精神的一切作品，而不是狹義的指符合現代主義理論的作品。余氏認爲他的作品深受現代畫的啓示，讀者最好也能從立體派或抽象派的觀點去讀。飛揚跋扈，有指導時代的意義。

> 作者在新大陸時，深受現代畫的啓示，大部份作品乃有「抽象」的趨勢。較之以前的

作品，它們漸漸揚棄了裝飾性（decorativeness）與模倣自然（representation of nature），轉而推出一種高度簡化後的樸素風格。

後記是一篇自傳散文，寫異國的鄉情，刻劃「靈魂多眠」的感覺，不再論詩。

第六冊《五陵少年》（一九六〇—六四）的〈自序〉是一篇很重要的論詩文獻，很多余光中詩的重要概念都在序中呈現出來。首先，余氏認爲集中的作品風格龐雜，展示不同的發展方向。

> 「五陵少年」之中的作品，在內涵上，可以說始於反傳統而終於吸收傳統，在形式上，可以說始於自由詩而終於較有節制的安排。早一點的幾首，像「敬禮，海盜旗！」、「吐魯番」、「五陵少年」、「燧人氏」、「天譴」等，或狂，或怒，或桀野，或淒厲，都有那麼一點獨來獨往的氣概。晚一些的，則漸漸緩和下來，向不同的方向探索。「圓通寺」是一個方向。「香杉棺」是一個方向。「黑雲母」又是一個方向。「圓通寺」應該是一個重要的轉變：那種簡樸的句法和三行體，那種古典的冷靜感，接通了去「蓮的聯想」之曲徑。最後幾首，像「黑雲母」、「史前魚」、「月光光」，已經展示一種漸趨成熟的圓融感。

後來在一九八一年的〈新版序〉中，余氏回顧這批作品時也還覺得虎虎有生氣的，不用自悔少作。其次，余氏討論了詩、文創作時一胎二嬰，一題二奏的現象，這是選擇文類時的必然考慮。余氏用了兩組精彩的比喻來反映心境。

如果決定是用散文，則我將喘一口氣，懷著輕鬆而寬容的心境欣然啓程，知道此行是一種跳傘的下降，順風，且必然著陸。相反地，如果決定用詩，我必定緊張而且恐懼，因為已經抵達喜馬拉雅之麓，舉目莫非排空的雪峰，知道此去空氣愈高愈稀，踏脚之地愈高愈少，美麗與危險成正比例。

此外他又提出自己對風格的要求，宣稱「我是藝術的多妻主義者」，此句後來又成了余光中的「本色」。余氏解釋說：「凡是美，凡是眞正的美，只要曾經美過，便恒是美，不爲另一種美所取代。」自信心一百分，否則何必創作。

有時余光中也很頑皮，跟當代詩人開了一個不小的玩笑。

「第三季」是意外之作：當時我編「藍星詩頁」，準備出一期女詩人專號，安排良久，仍缺一首，便虛擬了這麼一篇，以聶敏的筆名，在蓉子和敻虹之間，秘密地公開出來。聶敏者，匿名也。也許這名字裏隱隱約約地有一個好靈好靈的女孩子，也許那首詩，以一個初扣詩壇之門的女孩子而言，也算寫得不壞了，總之，發表以後，曾令某些有鬍子的詩人蠢蠢不安。夢蝶，介直，周鼎諸漢子對「她」的賞識之中，似乎透出一點非非之想，甚至有人寫「第五季」相和。這也可以算做編輯的一種份外的樂趣了。

開心過後，余光中又很嚴肅的批評當時臺北理論界的現代主義氣候：「理論的負荷壓倒了創作」。他說：「許多詩人，爲了要服現代主義的藥丸，而裝出咳嗽咳得很不輕的樣子，咳久了之後，也就成了習慣了。」余氏建議：「詩人們如果能夠多讀生命，少讀詩，或者多讀詩，少讀理論，或者，讀理論而不迷信理論，那就是創作的幸福了。」值得從事創作及研究理論的朋友三思。

第七册《天狼星》（一九六〇—六三，一九七六）以〈天狼仍嗥光年外〉代後記，主要是交代改寫〈天狼星〉的經驗。經過與洛夫的反覆論戰後，余氏勇於指出〈天狼星〉舊作失敗的原因及新作改寫的原則：

> 是因為主題不够明確，人物不够突出，思路失之模糊，語言失之破碎，總而言之，是因為定力不足而勉强西化的原故。
>
> 「天狼星」舊稿在命題，結構，意象，節奏，語言各方面都有重大的毛病。要脱胎換骨，已經迴天乏術，我所做的，除了某些較大的手術之外，多半是整容的功夫。諸如六十年代初期流行的語法，詞彙，抽象名詞；五四以來因濫用虛字而形成的累贅句法；歐化的文法；不必要的科學字眼；不切題的意象等等，都是刪除或修正的對象。總之這是我對於十五年前自己詩體不落言詮的一次大批判。

此外余氏又透過〈天狼星〉探尋現代詩中長篇作品失敗的原因，主要是中國敍事詩先天不足，後天失調所致。「比興與賦之間，應該如何『酌而用之』，以臻於不躓不浮之境，乃是現代詩人在寫長詩時必須接受的考驗之一。」語重心長，足爲後來者借鑑。以上第四至七册可以歸納爲余光中詩的第二期：西化階段。

第八册《蓮的聯想》（一九六二）版數最多，新舊的序記亦多，共四篇。〈初版後記〉融和古典與現代之間，「蓮」象徵了一種永恒的美。

> 「蓮的聯想」，無論在文白的相互浮雕上，單軌句法和雙軌句法的對比上，工整的分段和不規則的分行之間的變化上，都是二元的手法。在風格上，它的感情甚且是浪漫的，但是卻約束在古典的清遠和均衡之中。也許這是一種矛盾。調和是愉快的，但是矛盾似乎更美更美吧。
>
> 「蓮的聯想」在本質上不是一卷詩集，而是一首詩，一首詩的面面觀，一個andante cantabile的主題的諸多變奏。正如一季盛夏，千蓮萬蓮以至於牽連億萬萬蓮，形而上地，只迴漾一朵蓮的清馨。一是至少，一是至多。蓮而有知，想當同意。

在〈改版自序〉中，余光中透露出他對詩的野心，也是他對「愛情」的偏愛和肯定。

> 「蓮的聯想」最高的願望，是超越時空，超越神，人，物，我的界限。它是愛情的歷史化，神話化，玄學化，蓮化。所謂myth-making原是西方現代文學的一大手法，不過我雅不欲引西方的種種以自壯。相反地，我寧願將「蓮的聯想」塑成一個純東方，純中國的存在。我甚至懷疑：在傳後的可能性上，我近年來的新作能否超過「蓮的聯想」。

在〈夏是永恒——「蓮的聯想」新版序〉中，余光中特別談到文學聯想的眞假問題：「當然是假的，因爲風裏的傳說雨裏的典故無一非假。也當然是眞的，因爲沒有甚麼比蓮的傳說和典故更爲認眞。」其實任何的藝術都是由眞眞假假所調和而成的，過於執著就沒有了美。《蓮的聯想》還有一篇〈蓮戀蓮〉的代序，這是一篇優美典雅感情濃郁的詩化散文，余氏用古詩「江南可采蓮」的意蘊來深化了整册詩卷，蓮揉合了母親和表妹咪咪的形象，「蓮是美，愛，和神的綜合象徵」，也就是有情衆生，所以感人至深。

第九册《敲打樂》（一九六四—六六）收余光中第二次赴美巡迴講學時的作品十九首，後記是一篇很長的自敍散文，寫他的生活和遊歷，「而七百多個日子的記憶，與洛城之霧一起冉冉升起，升起，整個美利堅皆在柔白的紗裏……」。〈新版自序〉是一九八六年的回顧之作，余光中描述當年「文化充軍」的感覺，「政治上的冷落之感，浪子的心情就常在寂寞與激昂之間起伏徘徊」，因而也就鑄就了他的中國意識，一個揮之不去的中國結，終成了余光中詩另一永恒「本色」。此外他又爲受誤解最多的〈敲打樂〉一詩辯護，解釋一些典故，以免有心人繼續曲解。余光中沉痛指出浮詞游語，陳腔濫調不足以保證作者的情操：

> ……愛的表示，有時是「我愛你」，有時是「我不知道」，有時却是「我恨你」、「我氣你」。
>
> 在「敲打樂」一詩裏，作者有感於異國的富强與民主，本國的貧弱與封閉，而在漫遊的背景上發為憂國兼而自傷的狂吟，但是在基本的情操上，却完全和中國認同，合為一體，所以一切國難等於自身受難，一切國恥等於自身蒙恥。

第十册《在冷戰的年代》(一九六六—六九)是在隔岸看文革和越戰的激盪中所產生的作品。新版序說自己當時著重探索「中國是甚麼?」、「我是誰?」這兩個嚴肅的主題。後記很短,但前後兩段話卻值得回味。詩人顯然是在努力的掙扎當中,因而成了他詩風變化的一大轉捩點。

這些詩所紀錄的,都是一個不肯認輸的靈魂,與自己的生命激辯復激辯的聲音。這場激辯,不在巴黎,紐約,也不在洛陽長安,而是在此時此地的中國。唯有真正屬於民族的,才能真正成為國際的。這是我堅持不變的信念。為了堅持這個信念,我曾經喪失了許多昂貴的友情。不過,一個決心遠行的人,原就應該有獨行的準備啊。

第十一册《白玉苦瓜》(一九七〇—七四)有自序和後記。自序洋溢著一顆狂熱的中國心,余光中的詩要承擔整個民族的記憶。然後他爲現代詩指出一條重認傳統的途徑,這是當代詩論中一個很精闢的論點,值得大書特書。

現代詩的三度空間,或許便是縱的歷史感,横的地域感,加上縱横相交而成十字路口的現實感吧。不肯進入民族特有的時空,便泛泛然要「超越時空」,只是一種逃避。以往的現代詩,太像抽象畫了。

末句其實是狠狠地批判《萬聖節》的序，余光中毅然地割捨了萬丈紅塵，進入民族特有的時空。〈白玉苦瓜〉恰好鑄就了一個圓熟的象徵，證明詩怎樣將現實轉化爲藝術再轉化爲永恒的整個歷程，似是夫子自道，期許甚高。

> 故宮博物院珍藏的白玉苦瓜，滑不留指的瑩白玉肌下，隱隱然透現一片淺綠的光澤，是我最喜歡的玉品之一。我當然也歎賞鬼刀神工的翠玉白菜和青玉蓮藕之類，但是以言象徵的含意，仍以白玉苦瓜最富。瓜而曰苦，正象徵生命的現實。神匠當日臨摹的那隻苦瓜，像所有的苦瓜，所有的生命一樣，終必枯朽，但是經過了白玉也就是藝術的轉化，假的苦瓜不僅延續了，也更提昇了真苦瓜的生命。生命的苦瓜成了藝術的正果，這便是詩的意義。短暫而容易受傷的，在一首歌裏，變成恒久而不可侵犯的，這便是詩的勝利。

《白玉苦瓜》的後記曾經提到詩和音樂結合的問題，余光中希望詩也可以配樂譜成了民謠，像歌一樣出唱片，上電視。至於節奏方面，該也是現代詩一個重要的課題，但他只說自己「愛在情緒的高潮和行末用去聲字」，其他語焉不詳，並不深入。

> 節奏感與音調感可能因人而有小異，但是詩人而缺乏一隻敏感的耳朶，是不可思議的。音調之高低，節奏之舒疾，句法之長短，語氣之正反順逆，這些，都是詩人必須常加試驗並且善為把握的。

以上第八至十一册可以歸納爲余光中詩的第三期：探索民族與傳統階段。

第十二册《與永恒拔河》（一九七四—七九）的後記主要是介紹了香港和沙田。他由香港遙望大陸，距離最近，因此憂國懷鄉之作也多。爲免局限在這種狹隘的時空傷痕裏，余光中警惕自己不要濫情，要不斷開拓新的主題。

第十三册《隔水觀音》（一九七九—八一）的後記也是一篇重要的詩論，這標誌了余光中詩已進入了一個新的階段。他先後討論到主題、語言、聲調試驗等多個問題。首先是主題要開創新機，掙扎的痕跡非常清楚。

在主題上，直抒鄉愁國難的作品減少了許多，取代它的，是對於歷史和文化的探索。……我在處理古典題材時，常有一個原則，便是古今對照或古今互證，求其立體，不是新其節奏，便是新其意象，不是異其語言，便是異其觀點，總之，不甘落於平面，更不甘止於古典作品的白話版。

我的作品也有意朝不同的方向探索，包括超文化超地域的層次。集中某些作品，如「魔鏡」、「第幾類接觸？」、「驚蛙」、「秋分」等都歸此類。這類作品全靠本身的觀察、反省、想像，不像古今互證的詩那樣利用聯想、影射、對比等等滾成一個大雪球，但是好處在不受民族傳統的限制，較能打動不同文化背景或是「沒有學問」的讀者。……但是不如乾脆把陶潛忘掉，去追求一首「無字有來歷」的新詩。

其次是語言方面，他嚮往眞正樸素，富而不炫的境界。因此他回顧了現代詩的發展，其中也包括了自我否定的意味。

在語言上，我漸漸不像以前那麼刻意去鍊字鍛句，而趨於任其自然。六十年代的詩追求所謂張力，有時到了緊張而斷的程度；七十年代矯枉過正又往往鬆不成弦，連壞散文都說不上。

最後則是聲調試驗方面，他希望能發展出各種不同的詩體。這在《白玉苦瓜》的後記中曾經討論過，本文是進一步具體的發揮。

六十年代的現代詩刻意經營意象，頗有驚人之句，却少圓融之篇，於是有人說，現代詩的聲調有待鍛鍊。可是十幾年下來，真正在聲調上努力的詩人仍然不多，因此現代詩的節奏，多半失之零碎，草率，含糊，生硬，缺少個性，更少變化。一氣呵成的痛快，一唱三歎的低迴，長句的奔放，短句的頓挫等等，仍有待現代詩人去追求。一般的現象却是漫不經心，不是零亂的發展，便是機械的安排。其實詩的節奏正是詩人的呼吸，直接與生命有關。年輕時我寫了不少分段詩，進入中年之後，不知為何，竟漸漸發展出一種從頭到尾一氣不斷的詩體來，一直到現在這詩體仍是我的一大「基調」。其來源，恐怕一半是中國古典詩中的「古風」，一半是西方古典詩中的「無韻體」(blank verse)。這種合璧詩體，如果得手，在節奏上像滾雪球，迴轉不休，有一種磅礴的累積感，比起輕倩靈逸的分段體來，顯得穩重厚實。當然，如果失手，就會夾纏不清，亂成一團。在「隔水觀音」一集裏，我有意無意間想在此體之外，另求發展，其一是回到分段體去，其二是改營短句：「割盲腸記」便是一例。

第十四册《紫荊賦》（一九八二—八五）以〈十載歸來賦紫荊〉作自序，主要是借花寄喻，抒發離別香港的情懷。「沙田山居日久，紅塵與市聲，和各種政治的噪音，到我門前，都化成一片無心的松濤。在松濤的淨化之下此心一片明徹，不再像四十多歲時那樣自擾於『我是誰』的問題，而漸趨於『松下無人』的悠然自在。」此說足以化解《在冷戰的年代》裏的疑慮，是詩人成熟的象徵，人世更顯得可親可愛了。此序詩意濃郁，感情眞摯，也是一篇散文佳作。此外余光中也曾討論到中年的困境及應變之道，言爲心聲，隱然透露了余光中內心的一個秘密：天涯飄泊，居無恒所，爲的是突破環境，與詩終老。試問這一份對於詩的熱誠與執著，當代誰人能及？

> 一位詩人過了中年，很容易陷入江郎才盡的困境。所謂江郎才盡，或許有兩種情形：一是技窮，一是材盡。技窮，就是技巧一再重複，變不出新法。材盡，就是題材一再重複，翻不出新意。技窮，就是對文字不再敏感。材盡就是對生命不再敏感。改變生活的環境，往往可以開發新的題材。自從去年九月定居西子灣以來，自覺新的題材不斷向我挑戰，要測驗我路遙的馬力。我相信，在西子灣住上三、五年後，南臺灣的風土與景物當可一一入我的詩來，下一本詩集的面貌當與這本「紫荊賦」大有不同，但其中必然仍有我懷念香港的作品。

以上第十二至十四冊可以歸納爲余光中詩的第四期：特有的民族時空階段，也是古風體的試驗階段。

第十五冊《夢與地理》（一九八五—八八）的後記很強調他的南部風味，一心歸命做定了南部人。臺北逐漸變得陌生，中國情結若解未解，詩人的視野又開始伸向世界去了。余光中突破了過去「特有民族的時空」的理論，面向世界，探索文藝創作的間接經驗，追求更廣泛更空闊的不朽意義。

> 媒體日益便利，資訊日益繁多，卽使你坐在家裏，世界也會來敲你房門，所謂地球村，早已不是純理論了。哈雷彗星來時，全世界的眼睛都擧向這天外過客。冬季奧運也不必真去加拿大觀賞，東德選手薇特奔放的舞姿，自然會映上你家的螢光幕。就這麼，我得到〈歡呼哈雷〉、〈墾丁的一夜〉、〈冰上舞者〉、〈冰上卡門〉四首詩。
>
> 在二十一世紀倒數將至的九十年代，一位作家不妨紮根於鄉土，定位於民族，但同時也必須把觸鬚伸向全世界。無論如何，文化的自閉症是患不起的。

此外大陸與臺灣的文化交流，環境污染等問題也開始成爲詩人關注的對象，一切都注入了新時代的色彩。以上第十五冊開創了余光中詩的第五期：超民族時空階段。

此外《余光中詩選》（一九四九—八一）也有一篇長文〈剖出年輪三十三〉代自序，與《隔水觀音》時代的觀點相近。除了回顧過往的創作及選集的標準外，余光中還說到靈感、創作環境、才氣、批評理論等問題。他展望自己的創作說：

一位詩人應該比他的讀者更容易厭倦於固有的題材和形式，才能處處走前一步，領著讀者去探討新的題材和形式。近兩年來，我在題材上有意無意之間跳出了眷顧大陸的鄉愁，在形式上也半自覺地嘗試規則的分段和押韻，有時改用四字以上七字以下的短句來變化節奏。將來，或有一個時期我會試驗淺近的口語，文白之間的舊小說語言，工整的格律，和長篇的敍事詩。

其後余光中筆鋒一轉，馬上又說到「大衆化」的老問題上去，而另外提出了「小衆化」的看法，理論新穎，見解獨到。

在詩的品味上，一個人要能兼顧白居易與李賀，韓愈與李白，才算是通達而平衡。我不像洛夫那麼悲觀，認為詩只能寫給詩人看，也不像「社會派」批評家那麼樂觀，認為詩可以終於「大衆化」。如果我的詩能「小衆化」，我也就很高興了。所謂大衆化，其實只是一個含糊而空洞的理想，不知究竟要「化」到人口的幾分之幾才算成功。……真正的大衆化，應該兼顧時間的因素，所以三十年的大衆化未必就比三百年的小衆化更普及，更深入。我們不能說，美國一些暢銷一時的小說比頗普更為大衆化。

上文概括地流覽了余光中詩集的序跋，共二十四篇，其實也簡單的刻劃了詩人的一生。序跋是一種實用性的文體，主要是自抒胸臆，但到了余光中的手上，卻也變化萬千。余光中詩集的序跋大約可以分爲三類：一是寫得比較簡單的，只是交代一些重要情事；二是重要的論詩文獻，例如〈五陵少年自序〉、〈天狼仍嗥光年外〉、〈白玉苦瓜自序〉、〈隔水觀音後記〉、〈剖出年輪三十三〉諸文，讀者要了解余光中詩和詩觀的發展，這批作品不可輕易放過。三是一些洋溢感性和生活意蘊的抒情小品，例如〈萬聖節後記〉、〈蓮戀蓮〉、〈夏是永恒〉、〈敲打樂後記〉、〈十載歸來賦紫荆〉諸文，更是不可多得的散文佳作。第二、三兩類序跋傾注了作者的才情心力，尤其值得讀者深思。

余光中詩集的序跋很完整清晰地顯示了他的詩路歷程，也是詩人的心靈紀錄。他的喜悅，他的困惑，他的掙扎，他的飛躍，就像走進一條生命的長河裏，不同的片段儘有不同的風光，異彩紛呈，繽紛燦爛。讀這批序跋跟讀作品會有些不同，讀作品會是親切的感觸和擁抱，讀序跋則是秉燭晤對，如話家常，一種靜觀和理解，更重要的是序跋能直接透露出詩人的主觀願望。余光中詩的成就有目共睹，他是藝術的多妻主義者，所以他的路也顯得特別艱辛曲折。他渴求不朽，屢求創新，別人的評論固然嚴苛，可還易於一一化解，但要將自己連根拔起，試問又談何容易呢？余光中的序跋以理論爲主，融記敍、描寫、感覺、性情、思維、想像於一爐，汪洋恣肆，親切動人，絕非抽象乾枯的說理。這是詩的生命，也是詩人的年輪，歲月滄桑，一鱗半爪，雖說是紙上雲烟，然而也就成了中國文化的瑰寶了。

三

余光中散文的結集比詩晚了十一年，其實他的文齡與詩齡不相上下，只是寫得少些。早期余氏對「散文」的觀念並不明確，把介紹和評論的文章都算到裏面去了，所以顯得龐雜累贅。第一册《左手的繆思》（一九五二—六三）的後記介紹本集的內容說：

> 這是我的第一本散文集，裏面收集的是我八年來散文作品的一小部份，間有議論，但大半是抒情的。……這本抒情的散文集，有一半的篇幅為作者心儀的人物塑像。其中有詩人，作家，還有畫家。另一半的篇幅則容納一些介紹現代畫的文字，三篇遊記，和兩篇小品。

余氏的書名暗示散文是他左手的產品，而且是副產品，不過這只是「自謙」，並無軒輊之意。此集的後記開宗明義就確立了余光中散文的典型：他愛詩，所以早期他最希望寫的自然也就是詩化散文了。

> 我們這一代是戰爭的時代；像一朵悲哀的水仙花，我們寄生在鐵絲網上，呼吸令人咳嗽的火藥氣味。上一次的戰爭，燒紅了我的中學時代，在一個大盆地中的江濱。這一次的戰爭，烤熟了我的心靈，使我從一個憂鬱的大一學生變成一個幾乎沒有時間憂鬱的教師，在一個島上的小盆地裏。從指端，我的粉筆灰像一陣濛濛的白雨落下來，落濕了六間大學的講臺。

這是一段多麼洗鍊典雅而又充滿感性的散文，用暗喻的方式傾吐了自己的出身，不讓余氏其他的名篇專美，可能還勝於本集任何一篇一段。其後余氏還提出了新的散文理論，可以跟〈剪掉散文的辮子〉一文參看。他所期望的「現代散文」是：

> 我們的散文有沒有足夠的彈性和密度？我們的散文家們有沒有提煉出至精至純的句法

和與衆迥異的字彙？……我所期待的散文，應該有聲，有色，有光；應該有木簫的甜味，釜形大銅鼓的騷響，有旋轉自如像虹一樣的光譜，而明滅閃爍於字裏行間的，應該有一種奇幻的光。一位出色的散文家，當他的思想與文字相遇，每如撒鹽於燭，會噴出七色的火花。

不過在十六年後的新版序中回顧這一類的作品和理論時，余氏再也不執著於「感性」的標準，而提出了「結構和知性」之美。時空的推移使作者變得成熟。

> 今日的青年散文作家，一開筆便走純感性的路子，變成一種新的風花雪月，忽略了結構和知性，發表了十數篇之後，反來覆去，便難以為繼了。缺乏知性做脊椎的感性，只是一堆現象，很容易落入濫感。

第二册的《掌上雨》（一九五九—六三）原本稱爲「理論性質的散文」，後來新版序改稱爲「論戰文章」。余氏主要是圍繞著文白之爭、現代畫、現代詩這三大主題展開論戰；後者更是針對詩中存在主義與超現實主義而展開的內戰，余氏後記稱「如果他發現繆思受辱蒙塵，則他應該挺身而出，爲他敬愛的女神救難」，表現出一股少年剛猛之氣。

第三册《逍遙遊》（一九六三—六五）的後記稱所作有正規的和遊擊的文藝批評，有自傳性的抒情散文，余氏特別偏愛後者，並希望藉此建立一套獨特的散文理論。

在「逍遙遊」，「鬼雨」一類的作品裏，我倒當真想在中國的文字的風火爐中，煉出一顆丹來。在這一類的作品裏，我嘗試把中國的文字壓縮，搥扁，拉長，磨利，把它拆開又拼攏，折來且疊去，為了試驗它的速度、密度、和彈性。我的理想是要讓中國的文字，在變化各殊的句法中交響成一個大樂隊，而作家的筆應該一揮百應，如交響樂的指揮杖。

第四册《望鄉的牧神》（一九六六—六八）的後記還是籠統介紹詩的批評和自傳性抒情散文這兩類文章，而在探討詩、文關係時順便表現了他對現代詩的一些看法：

現代詩若要充實自己的生命，必須超越「第一人稱的藝術」的狹隘詩觀，向散文，甚至向小說和戲劇收復詩的失土。

第五册《焚鶴人》（一九六八—七一）的後記指出其中兩類文章的特點說：「我的散文，往往是詩的延長；我的論文也往往抒情而多意象。」此外余氏更刻意的要試驗一種新文體，似覺自負。

卷首的六篇創作，「丹佛城」比較落實。「食花的怪客」和「焚鶴人」，是投向小說的兩塊問路石。其餘三篇，散文不像散文，小說不像小說，身份非常可疑。顏元叔先生認為「伐桂的前夕」兩皆不類，甚以為病。其實，不少交配種的水果，未見得就不可口吧。只要可口，管它是芒果還是香蕉？任何文體，皆因新作品的不斷出現和新手法的不斷試驗，而不斷修正其定義，初無一成不變的條文可循。與其要我寫得像散文或是像小說，還不如讓我寫得像—自己。對於做一個 enfant terrible，我是很有興趣的。

第六册《聽聽那冷雨》（一九七一—一九七四）的後記稱由於副刊的需要增多「小品」一類，其他多記雜事。以上第一至六册可以歸納爲余光中散文的第一期：現代散文的試驗階段。

第七册《青青邊愁》（一九七四—七七）的後記〈離臺千日〉縱横臺、港之間，回望故國，感情眞摯，而人生不可知不可解的因素也太多了。

> 昔日的失學青年，變成了今日的大學教授，早生華髮，人生如夢。在過海的渡輪上，凝望著波上千疊的蜃樓水市，這些，常是我反芻的感想。設若廿七年前不曾東渡，留在香港，則中環簇簇的摩天樓上，哪一層寫字樓哪一扇臨海的窗裏，該已消磨了我的半生？設若當時我引頸北望，青山一髮重歸鄉國之茫茫，則反反覆覆熱熱冷冷的大小運動裏，曾吶過怎樣的喊搖過甚麼樣的旗，文革的刼灰裏，我是哪一隻焦了的鳳凰哪一張黑了的臉？設若，設若……彼岸此岸的渡船。

余氏此文甚長，回顧之餘，跟著指出來港的四重挑戰：第一重是粵語的世界，第二重是對立而分歧的政治環境，第三重是不利文藝的重商社會，第四重是轉系改行。最後則泛論各輯作品，並分爲抒情散文、小品雜文、文學批評和書評四類。

第八冊《分水嶺上》（一九七七—八一）的後記指出過去編集的毛病是體例不純，因此須把抒情和評論的文章分開。對於余光中這位名作家來說，覺悟似乎來得遲了一些。

第九冊《記憶像鐵軌一樣長》（一九七八—八五）的自序除了記述港、臺的生活以外，其他多以自己的經驗討論詩文同胎及詩文比較的問題。余光中說：

> 詩的篇幅小，密度大，轉折快，不能太過旁騖細節，散文則較多迴旋的空間。所以同一經驗，欲詳其事，可以用散文，欲傳其情，則宜寫詩。……詩一上了節奏的虎背，就不能隨便轉彎，隨便下來。詩要敘事，只有一個機會，散文就從容多了。

其後余氏又否定過去以詩爲文之誤，同時也不贊成以文爲詩，這是作者又一次的覺悟和修正，「散文不是我的詩餘。散文與詩，是我的雙目，任缺其一，世界就不成立體。正如佛洛斯特所言：雙目合，視乃得(My two eyes make one in sight.)」，這裏余氏表現出很大的道德勇氣，勇於自我批評。

第十冊《憑一張地圖》（一九八一—八八）的後記專論「小品」經驗，他說主要是受了副刊專欄的限制。

> 論篇幅，除少數例外，各篇都在兩千字以內。論筆法，則有的像是雜文，有的像是抒

情文，但謂之雜文，議論不够縱橫，而謂之抒情文，感觸又不够恣肆，大抵點到為止，不外乎小品的格局。……寫一般的作品，筆酣墨飽，可以放。寫專欄，筆精墨簡，却要善收，幾乎才一騁筆就得準備收了。

第十一册《隔水呼渡》（一九八五—八九）專論遊記，余光中稱共寫了二十五篇遊記，近年成長率尤高。他認為旅遊是一種比較文化學，「有心的旅人不但行前要做準備工夫，對旅遊之地有所認識，不但身臨異域要仔細觀察，多留資料，並記日記，而且回家之後，還要利用資料來補走馬看花之不足，好把囫圇的經歷消化成思想。」他勸讀者不要做一個無所用心的觀光客。此外他又分析遊記藝術的三大特點：

一、把握感性。也就是恰如其份地表現感官經驗，令讀者進入情況，享受逼真的所謂「臨場感」。……摹狀大自然的千變萬化，往往需要一點詩才，是强求不得的。

二、蘊含知性。上乘的應將知識與思想配合抒情與敘事，自然而機動地滙入散文的流勢裏去。這就要靠結構的努力了。

三、文中有「我」。有一位活生生的旅人走動在山水或文物之間。這個「我」觀察犀利，知識豐富，想像高超而活力充沛，我們跟隨着他，感如同遊。

以上第七至十一册可以歸納為余光中散文的第二期：現代散文的成熟階段。

此外《余光中散文選》（一九六三—七四）也有一篇短序，說的也是作者早期含糊的散文觀。書中的文章主要是從頭五本散文集(《掌上雨》不計在內)選出來的，分爲三輯，也就代表了抒情散文、雜文小品、學術論文三類。

第一輯是抒情的散文，其中所抒發，往往是生活經驗的移位變形，所謂現實，只起一點醇母的作用。第二輯的性質頗雜，大致說來，是介於想像與論述之間的產品。第三輯進入批評的範圍，和所謂「學術論文」，只沾到一點點邊。其中各篇，或談畫，或說文，或論詩，或評翻譯，仍然很雜。

上文概括地介紹了余光中散文集的序跋，共十四篇，一般都寫得比較短，比較簡單，不像詩集的序跋那麼汪洋恣肆，揮灑自如。其中比較重要的只有〈離臺千日〉、〈記憶像鐵軌一樣長自序〉、〈隔水呼渡自序〉三篇，夾敍夾議，頗能具體刻劃出余氏近年的生活體驗和散文理論。此外《左手的繆思》及《逍遙遊》兩書的後記有部分的文段精雕細琢，追求奇險之境，則是他早期散文風格的具體呈現。

余光中散文集的序跋也很清楚的顯示了作者與詩不同的文路歷程，綜合起來可以歸納爲三個比較重要的概念。其一探討「現代散文」的特質，這在《左手的繆思》及《逍遙遊》的後記中都有說明，此外他也曾在〈剪掉散文的辮子〉一文中正式提出了彈性、密度、質料三個標準，甚至還拿出了很多佳作來印證自己的理論，即使序跋之中也諸多表現。不過余光中近期散文的風格變化很大，變得有點返樸歸眞，他在〈四窟小記〉中說：

二十年前我寫散文，論風格則飛揚跋扈，意氣自雄；論技巧則觸鬚奮張，筆勢縱橫，富於實驗的精神。那時我自信又自豪，幻覺風雷就在掌中，自有一股沛然的動力挾我前進，不可止息。目前那動力已緩了下來，長而緊張快而迴旋的句法轉趨於自然與從容，主觀强烈的自傳性也漸漸淡下來，轉向客觀的敍事。（《憑一張地圖》頁二二六）

這段文字說的雖是文風的變化，其實也有強烈的自我批評意味，這是散文的健康發展。現在還有很多讀者仰慕余氏早期的文風，希望他們也體會余氏改變文風的苦心，知所警惕，知所創造，推陳出新，不要胡亂模倣。

其二是散文次文類的再劃分，在《分水嶺上》以前，他將自己的散文分爲自傳性的抒情散文、文藝批評及小品三項，美文和論文糾纏一起，模糊不清。其後的三本文集則分別以抒情敍事、小品、遊記爲重心，各具特點，風格也比較劃一，不像過去的蕪雜，看來也是合理的安排。其三是詩文分界問題，余光中本來要求散文是「詩的延長」，而論文亦「抒情而多意象」，所以作品也顯得多姿多采。其後余氏漸漸明白到詩文的敍事方式及語言節奏不同，表現的美感各異，因悟「以詩爲文」及「以文爲詩」之非。此外余氏一度想試驗的跨小說散文也沒有再寫下去，這是聰明的抉擇，以後的讀者相信可以少走很多冤枉路了。余光中散文序跋中談的多是創作經驗，且不斷的求新求變，以理性的態度檢討自己的理論和創作，綜合起來也還是饒有趣味的。

日據時代臺灣新文學本土論的建構

游勝冠

一、緒言

在中國新文學運動影響下推動開來的臺灣新文學運動，運動之初，語言形式、理論模式，創作上學習的對象率皆以五四文學爲典範，甚至論述中，因爲一再強調引進中國白話文與祖國新文學運動的目地，是爲了不使臺灣與祖國的文化中斷，而透露出有朝一日復歸祖國的意圖。新文學運動初期，經由「同文」的保持藉以維繫中臺關係的作法，固然非常鮮明，但日據的現實，卻阻礙著臺灣知識份子透過新文學運動與祖國的聯絡。

日據下，臺灣與祖國隔絕，臺灣獨自面對惡質的殖民者，是所有抗日知識份子，不管是右翼的民族運動者，抑或是左翼階級運動者，進行抗日運動時無可逃避的現實。所以儘管新文學運動推動之初，滙流祖國新文學的目標曾經那麼明確、堅決，但是進入一九三〇年代之後，臺灣文學本土化的論調，卻逐漸取代滙流祖國文學的動向，成爲臺灣新文學新的主導力量。臺灣文學的本土化論，可以說是臺灣意識明朗化與抗日的臺灣立場強化之後的產物，臺灣割日三十多年，獨自面對了淪爲日帝殖民地的命運，在與惡質殖民者的對抗中，祖國雖是臺灣抗日份子主要的精神支柱，但孤立無援的抗日份子，對祖國協助臺灣解脫殖民地枷鎖的實質幫助，企求也是異常的殷切。然而從清到民國，自顧不暇的中國政府，不僅從未提供臺灣解放運動任何實質的幫助，國、共分裂之後，更窮於內鬬，在中國大陸推動臺灣解放運動的抗日份子，甚至因此成爲國民黨鎭壓的對象。臺灣抗日知識份子在中國座標尋求臺灣解放的構想被打了回票，受之於祖國的挫折之深可想而知，孤立的臺灣抗日知識份子，只有退守臺灣這個最原始、也是最後的抗日立場。

同時，臺灣反抗運動的左傾化，也是臺灣立場得以強化的主因。民族運動對殖民地臺灣的關注，主要是在臺灣被日本拉離中國的事實，在中國——臺灣——日本三者衝突、矛盾關係的思考中，產生自日帝手中解放臺灣重回祖國懷抱的解放構想，可說是很自然的。相對的，社會主義者對臺灣問題的關注，則集中在臺灣社會內部的階級矛盾，在剝削者日本帝國殖民資本主義與被剝削者臺灣農工大衆兩者的矛盾關係中，與日本對抗的只有臺灣，解放日帝壓迫下的臺灣社會是首要之務，回歸祖國與否的問題，因此暫時被擱置下來。臺灣一島的改良是當務之急，在社會主義思潮擴大影響之後，成爲抗日知識份子的共識，臺灣立場因而得以強化。除了上述這些外緣因素，臺灣社會通行語臺灣話與中國白話文的干格不入，阻礙了中國白話文的推廣；日文的普及，以及透過日文這個認知網絡所帶來源源不斷的日本文學的影響，都使得臺灣新文學運動逐漸疏離中國新文學，在政治、社會運動追求臺灣的自主、獨立的影響下，更興起了建立獨立於中國文學、日本文學之外、自主的本土文學的動向。

本文旨在探討日據時代臺灣文學本土論的理論內容，限於語言能力，本文只能以中文，或已譯成中文的文字爲檢視對象，疏漏之憾，實所難免，本文雖然無法呈現日據時代臺灣文學本土論的完整面貌，但應該有助於對日據時代的臺灣新文學曾進行過本土化運動這個歷史事實的了解及確認。

二、本土論的先聲──臺灣話保存論

語言的問題是殖民地臺灣推行新文學運動最需要優先解決的，語言的使用不僅有實用的考慮，也兼具維護民族文化、標幟民族立場的作用，正如連溫卿在〈語言之社會的性質〉一文所指出的：

> 語言和民族的敵愾心是一樣的，蓋語言的社會性質是：一方面排斥其他民族的語言在世界上的優越地位。另一方面則保護民族的獨立精神，極力保護自己的語言。❶

正因爲語言寄寓著民族精神，臺灣推行白話文學的目地，就有著排斥日本民族與日文在臺灣的優勢地位，而保護自己民族語言，堅持民族獨立的精神意義。漢文教育受到摧殘、固然讓臺灣人感受到民族獨立精神的喪失，臺灣人日常使用的母語臺灣話之備受壓抑，可能更廣泛地折損臺灣人的民族自尊。臺灣人在東京不能使用臺灣話，在臺灣本土臺灣話的使用也受到限制。日本當局對臺灣話的歧視，使得臺灣人努力保存漢文以對抗日本文化入侵之外，一直就有爲臺灣話使用權奮鬪的動向。臺灣新文學運動之初，在中國留學生的主導下引進了五四模式，雖然保持了中國文字形式得以不墜，然而中國白話文始終無法在臺灣有飛躍的進步，並未能善盡普及文化的使命。文化啓蒙主要還是透過臺灣話進行的，臺灣話的重要性也就在啓蒙運動中逐漸被認識，像「我們本島人負有三重的負擔，那就是漢文、臺灣話、日本話的負擔。因此文化的發達就遲慢了，倘若沒有國語、漢文，只有臺灣話，那麼進步就非常的快。」❷的觀點，早就見於白話文推動之初。

另一方面，本土作家的白話文作品中雜有臺語語式、慣用語的現象，也提醒著臺灣作家臺語是臺灣人母語的事實，隨著以臺灣爲中心、爲抗日立場的臺灣意識逐漸清析，維護保存臺語的主張，就進一步發展出將臺灣話書面化的「臺灣話文」建設動向。一九三〇年「鄉土文學與臺灣話文論戰」爆發，臺灣話文正式被提出，可說是臺灣意識明顯化的標幟。黃石輝〈怎麼不提倡鄉土文學〉❸一文雖然引發了「鄉土文學論戰」，但是前此，關於保護存續臺灣話的議論，在突出臺灣話的重要的同時，也觸及臺灣文化的主體性格，可說是日後臺灣話文建設論的先聲。

一九二四年十月，連溫卿在《臺灣民報》連續發表了〈言語之社會的性質〉與〈將來之臺灣話〉❹兩篇文章，前文認爲無論什麼地方，如果有民族問題，必有語言問題，賦予語言作爲民族表徵的重要性。後者以前文的論點批評日帝痲痺人心，以統治國的語言蝕化被統治者語言的政策，認爲語言自日常生活中產生，是表達社會觀念的工具，臺灣話作爲臺灣人的日常語言，當然是臺灣人溝通情意、傳達新知的最好語言工具；並探討臺灣話的機能，主張整理、保存臺灣話，加以改造，光大民族文化。連溫卿的主張是「認識到臺灣社會自主發展的客觀事實，自成一個單元的本質」[5]而提出的，在白話文運動正熱烈展開的當時，他的文章發表後，即有張我軍站在文化歸屬中國的立場，提出「改造臺灣語言，以統一於中國國語」[6]等無視現實環境特殊的敵對意見，連溫卿的意見，在致力於推翻舊文學、樹立白話文地位的當時，就像黃呈聰建設臺灣獨有文化的主張一樣，並未受到應有的重視。

直到一九二九年，連橫復就臺灣話的問題提出意見，臺灣民報連續刊登了他〈整理臺語之頭緒〉與〈臺語整理之責任〉[7]兩篇文章，他批評殖民者歧視臺語的作法，使「臺灣之語日就消滅，民族精神因之萎靡」，對臺灣社會造成了極大的傷害。並指出臺語傳自中國，高尚古雅，是中國白話文所沒有。連氏因爲未把他的工作推廣開來，後續雖然編有《臺灣語典》四卷，提供臺灣話文與鄉土文學建設之用，但影響終究有限。

連溫卿、連橫的論點，雖然只論及臺灣本土語言的重要性，並未進一步將臺灣話與新文學運動勾連起來，對當時的社會發揮出多少影響雖難評定，但他們意見的珍貴之處是告訴我們，在祖國意識主導臺灣新文學運動走向的同時，早有人注意到臺灣社會獨立發展的現實，並進一步提出作爲臺灣本土固有性之一的臺語，而不是中國白話文，作爲相對於殖民者的外來語言亟需維護的民族語言。接續黃呈聰的「文化調合論」，這些觀點斷斷續續地向臺灣人提醒臺灣自有她本土自然、人文環境，以及獨有文化存在的事實和價值。在本土意識興起的一九三〇年代，他們都是臺灣知識份子自覺本土獨特性，重新建構本土文化自我的重要依據。

三、臺灣鄉土文學論戰

一九三〇年黃石輝在《伍人報》發表〈怎樣不提倡臺灣鄉土文學〉❽一文，限於《伍人報》的發行量，文中以臺灣話創作臺灣文學頗具爭議的論點，雖引起一些爭論，但並未擴大。直到一年後，黃石輝、郭秋生又在《臺灣新聞》分別發表〈再談鄉土文學〉❾、〈建設『臺灣話文』一提案〉❿，將前文以臺灣話創作文學的觀點加以擴充，並正式標舉「臺灣話文」之後，才引起大規模以臺灣話文創作臺灣鄉土文學可不可行為中心議題的論戰。臺灣鄉土文學論戰，作為新文學運動邁入全盛期的門檻，其影響自是深遠，在論戰進行的前後，正是臺灣知識份子大量投入文學運動的關鍵時刻，臺灣新文學運動日後的走向，可以說是以「鄉土文學論戰」重整了再出發的腳步。

由黃石輝的出身背景、由《伍人報》推動無產階級文化運動的創刊動機來看，黃石輝建設「鄉土文學」的主張，無疑地是普羅文學運動影響下的產物。普羅文學運動影響臺灣文學最深遠的是「大衆化」的命題，黃石輝將「大衆化」與鄉土文學連結起來說：

> 你是要寫會感動激發大衆的文藝嗎，你是要廣大羣衆心理發生和你同樣的感覺嗎，不是呢，那就沒話說，如果要的，那末，不管你是支配階級的代辯者，還是勞苦羣衆的領導者，你總須以勞苦羣衆為對象去作文藝，便應該起來提倡鄉土文學，應該起來建設鄉土文學。⓫

「大衆化」是當時世界性普羅文學運動的重要主題，所謂「以勞苦大衆爲對象去作文藝」，其實和大陸三十年代的左翼文藝是同一取向，在文學以勞苦大衆爲對象的前提下，自然要以大衆的語言——臺灣話去創作臺灣的文學，才眞正能打入羣衆，影響羣衆。臺灣話是本土固有性的主要部份，追求文藝的大衆化而求助於臺灣話的同時，「本土化」也成爲不能不面對的問題，所以他進一步提出以臺灣話創作臺灣文學的必要性：

> 用臺灣話做文，用臺灣話做詩，用臺灣話做小說，用臺灣話做歌謠，描寫臺灣的事物。⑫

接著他說，臺灣文學作爲臺灣人創作的文學當然要「描寫臺灣的事物」：

> 你是臺灣人，你頭戴臺灣天，脚踏臺灣地，眼睛所看見的是臺灣的狀況，耳朶所聽見的是臺灣的消息，時間所經歷的亦是臺灣的經驗，嘴裏所說的亦是臺灣的語言，所以你那支如「椽」的健筆，生花的彩筆，亦應該去寫臺灣的文學。⑬

黃石輝指出，臺灣既是臺灣人無所逃避的天地，立足於臺灣這塊土地的臺灣作家，就應該創作以臺灣社會、大衆爲中心的文學。黃石輝立論的出發點是「大衆化」，但在以農工大衆爲對象的考慮中，他顯然意識到「大衆化」命題的實踐，光是借重臺灣話這個勞苦大衆所通行的語言是不夠的，還要在題材上寫實、反映臺灣社會現實，親近大衆，方能達成大衆化的目標。所以他不僅批評中國白話文疏離臺灣羣衆的貴族性，也指摘白話文學作品說：「完全以有學識的人們爲對象，其中要找出眞正大衆化的作品，其實反不及舊小說」。面對作品題材意識與大衆疏離的難題，黃石輝提出大衆生存的臺灣社會、現實，認爲臺灣文學的創作，在題材、主題意識方面也該像語言形式一樣貼近大衆，因爲臺灣文學是爲臺灣人而創作：「畢竟我們所寫的是要給我們最親近的人看的，不是要給特別遠方的人看的，所以要用我們最親近的語言事物」[14]，唯有本土化的作品，才能勾起羣衆的興味，使文藝廣爲羣衆接受而「大衆化」，發揮文藝的社會敎化功能。

「本土化」與「大衆化」兩個命題，就在文學語言與題材內容等關注領域的交集之下被結合起來。臺灣作爲各種反抗運動的主體地位，臺灣新文學「爲臺灣而文藝」的原始出發點，在五四熱潮漸退，中國白話文引進臺灣社會，發生水土不服的症狀之後，重新又被提示出來，「用臺灣話描寫臺灣的事」的素樸本土論，就在這種「寫實化、大衆化、親切化」[15]的設想中被突顯出來。

黃文發表之後，立刻招來「中國白話文派」的反對，例如廖毓文有〈給黃石輝先生——鄉土文學的吟味〉，林克夫有〈鄉土文學的檢討——讀黃石輝君的高論〉[16]等論文陸續提出批評。郭秋生隨後發表〈建設「臺灣話文」一提案〉[17]，呼應黃石輝的主張，郭文列舉日文、文言文、中文難以普及於農工大衆的事實，指出既然文化普及遭遇傳播不利的困擾，只有以和臺灣大衆日常語言沒有隔閡的「臺灣話文」先掃除文盲，文化普及才可能達成。朱點人不甘示弱，又發表〈檢一檢「鄉土文學」〉[18]，論點針鋒相對，終引起持著不同立場的雙方論辯鄉土文學與臺灣話文的是與非。

「臺灣話文」的反對者普遍抱著強烈的中國意識，雖然現實上臺灣被日本統治，與中國隔絕，卻認爲以臺灣話創作鄉土文學缺乏普遍性，語言形式與題材內涵的臺灣化，勢必阻難臺灣同中國的文化交流；並延伸張我軍的觀點，認爲不管就民族、就文化、就語言來看，臺灣永遠都是中國的一環，對鄉土文學論者提出「一地方要有一地方的文學，臺灣五州，中國十省別，也要如數的鄉土文學嗎？」[19]的質疑。甚至認爲臺灣話幼稚不雅，不夠資格作爲文學工具，堅持使用中國白話文說：「若能夠把中國白話文來普及於臺灣社會，使大衆也懂得中國話，中國人也能理解臺灣文學豈不是兩全其美，」[20]，所以覺得並無建立臺灣特殊鄉土文化的必要。

贊成者則自臺灣的特殊處境出發，指出日據下殖民地臺灣「是一個別有天地。在政治關係上不能用中國話來支配，在民族性上不能用日本話來支配」[21]的存在，不得不讓人作異乎中國而存在的另一個天地想，提倡臺灣話文、鄉土文學乃是因應特殊時代處境，迫不得已的權宜之計。另外對在臺灣推行中國白話文普及文化的功能也提出質疑，像「現行的新文學，在中國可以說他是大衆的，在臺灣便不能說。」[22]，「中國白話文這個表現形式，在咱們臺灣人竟也是一條驚人的鎖鍊。」[23]等等對中國白話文的批駁，皆針對白話文與臺灣日常語言隔閡不通，使得新文化不能普及到勞苦大衆而發。中國白話文既無法在臺灣達成「文言一致」的目地，自然像文言文、日文成了知識份子專屬的貴族語言，疏離了羣衆，以漢字爲文字形式，用臺灣話創造臺灣話文的主張當然應運而生。文化啓蒙時期民族文化滅絕的危機感，並未因爲中國白話文的推行而得到改善，臺灣人將最通行的語言書面化，當然是追求「言文一致」、普及新文化，以維護民族文化的捷徑。

由反對意見將立論的根據放在保持和中國的共同性這一點來看，其祖國意識是鮮明、強烈的，而「一地方要有一地方的文學，臺灣五州，中國十省別，也要如數的鄉土文學嗎」的說法，則是全然不顧臺灣並不屬於中國的政治現實，將臺灣視為中國的一部份來立說。贊同者以為臺灣與中國在各不相干的歷史航道中發展，兩岸存在著迥然不同的社會條件，強調：「中國白話文拿到臺灣社會已經不是白話文」㉔所顯現中臺異質的事實是必須要面對解決。這種以臺灣現實為本位，不應因與祖國民族文化的關係深遠，而不務實際地去遷就中國，以利臺灣新文學「接近大衆，給大衆娛樂和安慰」的論調，則全然是現實主義臺灣意識的表現。敵對雙方的意識形態、立場雖不相同，但反日本文化的態度卻是一致的，前者是張我軍「靠積極合流在中國的共同語的形成，要來抵抗逐漸浸透的日本語」觀點的延伸，後者則從現實處境中看到滙流中國共同語形成的虛幻不實際，轉而向臺灣本土尋求抗日資源的作法。臺灣本位立場的「鄉土文學」、「臺灣文學」的提出，象徵著日據下臺灣社會中國——臺灣雙重的意識結構的分裂，臺灣被凸顯出來作為主導力量，對五四影響下的臺灣新文學運動進行再革命。

不久，臺灣話有音無字的現象所衍生的新字問題，就成為臺灣話文派內部的論爭，繼續著臺灣話文論戰的熱潮。標音表達的臺灣話文，一開始即出於時代特殊環境的需要，但漢字終究是形義文字，雖然臺灣話文已將臺灣話書面化，儘量接近民衆使用的語言，但仍需要透過形符才能達意，文字再怎麼逼近語言，終究還是文字㉕。在當時識字大衆微乎其微的臺灣社會，要以文字達成大衆化的目標，簡直是癡人夢話，從新文化的啓蒙運動以迄文藝大衆化的推動，莫不想普及文化，喚起民衆的自覺，但在教育未能普及的現實中，「大衆依然是大衆，文藝依然是文藝」㉖的自嘲，恐怕是中國白話文派和臺灣話文派都不可避免的困局。

儘管如此，臺灣話文的提出，還是有標明本土主體性的意義。新文學運動後期日文成爲主要的表達形式，新一代的日文作家儘管使用日文創作，但並不因此喪失本土立場，臺灣話文因此也逐漸喪失其標示本土文學的作用，但在本土論發展之初，他仍舊是本土論的主要特徵。臺灣話文與鄉土文學論戰提高了社會上一般人對自己文學與語言關心，論戰告一段落之後，如何建立臺灣自己的語言、文學成爲普受文學界關注的主題。新文學運動初期，被五四文學、西方思潮等外來質素淹沒，因而潛藏不彰的本土文化自我也逐漸浮現出來。儘管歧見仍然存在，新文學確實自臺灣話文與民間文學的整理研究，開始了文學本土自我的重新建構。

鄉土文學論戰之後，臺灣本土固有文化傳統雖然得到強調，但是對作品創新求變的要求，對外國文學思潮的引介並未曾中斷，論戰後臺灣新文學就在傳統與新變，本土與外來兩兩相應的互動、互補結構中發展。鄉土文學論戰中，本土論者一面提出以臺灣話文創作「鄉土文學」，一面突出臺灣本土的存在，要求作家創作反映臺灣現實的「臺灣的文學」，可以說是文學本土自我覺醒後，臺灣新文學運動重新邁出的第一步，這一步只是簡單地突出臺灣話和臺灣本土的主體地位，但卻爲日後臺灣新文學開拓了兩條殊途同歸的主要發展路線，一是以臺灣話文爲語言形式的鄉土文學，二是以臺灣定位，發展自主的臺灣文學等兩路線，兩者因爲視點共同集中在「臺灣」，在臺灣立場的聯絡下，將臺灣新文學共同推向本土化的道路上。

四、第三文學論

黃石輝的鄉土文學論提出之後，得到臺灣文學界熱烈的回響，一九三二年《南音》創刊，提供了鄉土文學與臺灣話文實踐的園地，《南音》的創刊因此便有「把民族契機從『中國』之大，反過來捉臺灣之大」㉗的意味。在〈「大衆文藝」待望〉一文中，《南音》的主要成員葉榮鐘就表現出「捉臺灣之大」的傾向，他認爲像三國演義這些中文的大衆文藝，成於中國人之手，並不適合臺灣的大衆，所以待望「以臺灣的風土人情、歷史、時代作背景的有趣而且有益的」、「臺灣自身的大衆文藝」的產生㉘。葉榮鐘以臺灣特殊性爲重的觀點，在後續「第三文學」的主張中得到進一步的發展，相對於自大衆化命題衍生而來、階級立場鮮明的「鄉土文學論」，第三文學則可以說是純以本土特性立說的「臺灣文學論」。

葉榮鐘的「第三文學」論，視臺灣爲一受中國文化影響，卻獨立發展的個體，顯然他也和黃呈聰一樣，看到臺灣與中國長期以來的文化差異。然而經過鄉土文學論戰的洗禮，當葉榮鐘再突出臺灣文化的特殊性，顯然比黃呈聰更強烈地賦予臺灣固有性自足的意義。第三文學是立足於臺灣「全集團的特性」之上的文學，什麼是「全集團特性」呢，葉榮鐘說：

> 一個社會的集團，因人種、歷史、風土、人情應形成一種共同的特性，這樣的特性是超越階級的存在。所以臺灣人在做階級份子以前，應先具有一種做臺灣人應有的特性。㉙

圖像。葉榮鐘認爲臺灣作爲一個社會集團是有其共通的特性，所謂第三文學，就是在階級色彩濃厚的貴族文學與普羅文學之外，以這個社會共性爲本，「立腳在這全集團去描寫現在的臺灣人全體共通的生活、感情、要求、和解放的」本土文學。從臺灣的特殊文化與社會境遇兩個面向，葉榮鐘規定了「臺灣全集團性」的意涵。臺灣的特殊文化是在中國文化與日本文化交互的影響下，從臺灣的特殊環境養成的，他引用新生會的宣言說：

各國所謂特有的文化，是從各國特有的境遇……山川、氣候、人情、風俗……所發生的。……那麼我們臺灣既說是相繼了一份漢民族四千年的文化的遺產，培養於臺灣特殊的境遇之下，兼受日本文化的洗禮。自然相信我們臺灣必定也有我們臺灣特殊的文化。㉚

他進一步解釋社會境遇說：

我們所過的特殊的政治、經濟、社會諸生活和所受的教育與教化等等莫不是足以形成我們特殊的社會狀態，構成我們的社會意識的。㉛

臺灣的全集團性是由本土特殊文化和臺灣現實處境構成的，這個臺灣全集團的特性，亦即臺灣在自己特殊的自然、社會條件與歷史經驗中發展出的特性，以此爲根據的「第三文學」，其實也就是「腳立臺灣的大地，頭頂臺灣的蒼空，不事模仿，不赴流行，非由臺灣人的血和肉創作出來不可」[32]的臺灣文學，臺灣文學因此就是以臺灣的文化、社會爲發展根據，反映臺灣經驗，描述臺灣人生活悲歡憂喜的文學。

黃石輝突出臺灣的存在作爲新文學立足點時，其實也是站在無產階級的立場，對知識份子偏離臺灣現實的「貴族文學」所作的修正。而當葉榮鐘強調全集團的特性是「超越階級以外的存在」，將臺灣看作一個整體，由此提出因異民族對立而產生的「臺灣全集團」，不僅剝除了黃石輝鄉土文學論強烈的階級色彩，也是「把鄉土文學攝入一島主義性布爾喬亞民族主義體制內的形態」的發展，可以說是民族主義者退守「臺灣立場」，專注於臺灣一島幸福之增進的意識產生後，在新文學運動的反映。和鄉土文學中臺灣話文派一樣，第三文學論呈現著強烈的臺灣意識，也同樣是以臺灣特殊性建構的本土論。但相對於左翼鄉土文學強烈的階級立場，偏向反映資本帝國主義壓迫下農工階級困窘的生活，呈現出辛辣的戰鬭意識，右翼的，一島改良主義的第三文學，則減少激進的色彩，透露著統合不同意識形態的調合論色彩。

臺灣在她的特殊環境中產生特殊文化的說法並不陌生，在黃呈聰建設臺灣獨有文化的主張中早已涉及，黃呈聰突出本土固有文化作爲臺灣建設獨有文化根據時，主要是爲對抗日本而提出的。可是，當葉榮鐘再提出臺灣社會、文化的特殊性作爲本土文學發展的根據，意識上已經有了轉變，第三文學的提出，當然也有新文學運動一貫抗衡日本文化同化的意義，但因爲是在鄉土文學論戰影響下提出，並刻意強調日本文化對臺灣的影響，葉榮鐘梳理的臺灣特殊文化，便有與中國文化劃清界限，賦予第三文學自主性的意味了。因此，根據臺灣全集團特殊性而主張的第三文學，自然與中國白話文派強調中國與臺灣的關係，主張滙流中國文學的方向背道而馳，正如若林正丈所提示的：「相對於中國白話文正面強調與中國白話文的聯絡，將『中國』加上括號，同時突出『臺灣』個體的存在」㉝的第三文學，就是要提倡「與『臺灣話文』相對應的『臺灣民族文學』」㉞。

葉榮鐘從臺灣一體的視角提出的是具有普遍性的本土文學觀，相較於臺灣當時從其他解放意識所衍生的文學觀，是最符合臺灣當時社會環境的論調。就突出臺灣本土文化與時代社會環境對臺灣文學內涵、風格的影響而言，因爲成長於臺灣這塊土地、活動於臺灣這個社會的人們，無可逃避地就籠罩在「臺灣」的影響之下，所以可說是爲臺灣文學歸納了不因時代變遷而磨滅的理論根據。就描寫臺灣人全體共通經驗而言，提出的是臺灣文學反映社會現實與人民生活的現實主義創作方向。葉榮鐘提示的臺灣本土文學成立的必要條件，顯然擺脫了階級意識可能造成的侷限，這些論點不僅可以作日據時代新文學運動中不同文學主張的共同理論根據，在戰後的臺灣，也對不同意識型態的臺灣文學觀起著正本清源的作用。第三文學可說是概括性強的「臺灣文學」論，與階級意識強烈的鄉土文學論是日據下文學本土論的兩種典型，日後的本土論就在兩者的交互影響下發展，隨著立論者站立的立場，而呈現出不同比重的融合。

五、臺灣本土源流的整理與傳承

臺灣建立自己文學的動向，在臺灣傳統文學的整理與再評價的工作中也得到反映。鄉土文學論戰中，民間的、口傳的文學因其廣爲民衆所接受的表現形式與強烈鄉土色彩，在「大衆化」的實踐中受到注目，日後更在「本土化」命題的關注下，作爲臺灣文學獨特性的根源與新文學的傳統源流而得到整理、繼承。鄉土文學論戰進行的同時，《臺灣新民報》就發出支持鄉土文學的社論，強調整理臺灣舊文學的重要說：

文學是沒有國界，當然不應該有古今中外之分，但是一地方有一地方的特色，這裏就有地方的文學存在。我們的祖先移居斯土也已經有三百年了，在此滄桑變化中，許多臺灣文學家們所表現的臺灣，真是我們唯一的寶貝。他們的作品，歷來散漫不整，非常可惜，為保持臺灣地方文學的特色和臺灣文化的向上計，我們望文學家出來整理我們荒蕪的園地，和創造未來的遠景。㉟

從「許多臺灣文學家所表現的臺灣，眞是我們唯一的寶貝」所流露出的是對臺灣一島的鍾愛，因此表現了臺灣特質的作品，也就成爲亟待重新評估與梳理的民族文化遺產。整理這些臺灣舊文學的目地，正是爲新文學回溯本土文學的淵源，提供新文學開拓新境之用。葉榮鐘既以本土文化標示臺灣的特性，對於這個臺灣特性，也提出整理舊文學以發掘臺灣「鄉土色」的主張：

然則我們的前輩的使命是什麼，「整理過去的文藝」，過去是未來的鑑鏡啊，他們若能够將他們豐富的經驗作手段，忠實地去追尋過去文藝的來路，……譬如搜集我們臺灣開闢以來之詩，這却不必問其成自臺灣人或外省人之手，只求它是寫出臺灣的鄉土

色……人情，風土，名勝……其次就是搜羅史實，這也不問它野史口碑，苟能傳達一些古人的事跡，或是歷史上的事實就夠了。㊱

這種承接臺灣本土文學傳統的使命感，是鄉土文學論戰以後才有的，論戰後，既然確認臺灣文學爲一獨立發展個體，重新在臺灣自己的文學傳統尋找新文學的生命源流，不僅是當務之急，對臺灣本土文學的發展來說，意義更是非比尋常，同時也最能凸顯臺灣人建立臺灣獨立、自主文學的意向。那些在文化啓蒙時期被視爲封建落伍的本土傳統文化，現在卻只要寫出「臺灣的鄉土色」，就被認爲應該重新得到評價。自西方、五四向臺灣本土作了典範的轉移之後，「本土性」已然成爲臺灣文學新的準繩。

整理本土文化與臺灣歷史的提出，象徵在抗日運動的激盪下，臺灣人的臺灣意識已經深化的一層，有了歷史、文化的義涵，臺灣不再只是提供吃、穿的物質存在，同時也提供歷史、故實，提供民間傳說等鄉土文學的歷史文化實體。臺灣意識因爲被加入了歷史文化的義涵，因此產生自臺灣「發掘鄉土與民族的文化遺產，從而創造出新的臺灣文學，文化」㊲的文化意識形態。因此，知識份子不再強調漢民族意識，而懷著「漢文的種子既然要斷絕，我數千年的固有的文化，自然亦就無從研究了。」的憂心㊳。

因爲受到「文藝大衆化」時代命題的制約，臺灣歷史、文化遺產的整理、再評價工作顯得有點侷促，只在口傳民間文學的整理研究方面較有成就。《南音》停刊前，是臺灣話文實踐與鄉土文學整理發表的園地。作爲「民間文學再評價的先驅」的南音停刊後，由東京留學生創辦的「臺灣藝術研究會」及其會刊《福爾摩莎》的發行，繼承了鄉土文學整理的工作，以鄉土傳說、歌謠的整理作爲立會及會刊發刊的兩大目標之一。而臺灣民間文學實際的研究，我們也可以看到吳坤煌在《福爾摩莎》發表〈論臺灣的鄉土文學〉，《臺灣文藝》則有劉捷〈民間文學的整理及其方法論〉、蘇維熊的〈臺灣民謠與自然〉等等，《第一線》作過「民間文學的專輯」[39]，一九三七年更有李獻章經過多年的搜羅，出版了《臺灣民間文學集》。鄉土文學論戰後，臺灣本土民間文學的研究與整理，可說蔚爲風氣。

「對風土現象進行學理的把捉，從而直接理解風土現象的本質，可以指導我們對自己族類的特殊性產生存在性的認識」，正如洪耀勳在〈風土文化觀——以臺灣風土爲基礎〉[40]，想從對臺灣因其地緣、自然因素而產生的特殊風土，觀照、把握臺灣人這個族類的特殊性一樣，這些對臺灣鄉土文學研究和整理，努力地爲臺灣新文學，從臺灣民族文化遺產中找尋臺灣文化的自我，以供新文學再出發的根據。這些從臺灣本土的心靈結晶對臺灣人的「藝術觀、哲學觀、人生觀、宇宙觀」的開發，則全然是將他們當作臺灣本土文學的傳統源流，加以整理、研究，乃至傳承。

對於在現實處境中已擺脫中國意識羈絆，獨立站出來迎對自己殖民命運的臺灣社會而言，意義自是深遠，因爲臺灣不再只是因爲「現在」的現實環境與中國隔絕，不得不在自己的航道自求「未來」的發展而已，而是從「過去」，就歷史文化這個面向而言，臺灣早就與中國發展出各自不同的文化面貌，而理所當然地應該在現在與未來追求本土文學的自主發展。臺灣與中國異質的特殊風貌，也許只是中國文化傳統籠罩下的臺灣鄉土色彩，但在以臺灣爲一獨立個體的構想中，卻完完全全是臺灣自己的傳統，本土論就以這被賦予全新意義的臺灣鄉土文化傳統作爲立論的基礎。

六、文學運動中持續浮現的本土論

黃石輝本土化的觀點既有鮮明的階級立場，在左翼文藝運動對「大衆化」主題的實踐中，也得到最多的支持。一九三二年，實際上屬於「日本普羅列塔亞文化同盟」的臺灣藝術研究協會成立於東京，其會刊《福爾摩莎》的發刊辭中，就明白揭示整理本土民間文學，創作「臺灣人的文藝」的決心：

> 同人於滋會合，自立為先驅者，消極的則把向來微弱的文藝作品，以及現於民間膾炙的歌謠，傳説等鄉土藝術加以整理研究；積極的則以在上述特殊氣氛中所落地生根的我們全副精神，吐露從心坎裏湧出來的思想及感情，決心創作真正臺灣人的文藝。重複一句，我們於此是要新創作「臺灣人的文藝」。㊶

這裏所謂的「臺灣人的文藝」，亦卽符合本土狀況，反映臺灣人心聲的自主、獨立文學。臺灣作家建立臺灣自主文學的觀點，在中日左翼作家合組的「臺灣文藝作家協會」也可看到。平山勳在〈「臺灣文藝作家協會」的歷史〉一文中，批判日本絕對支配的社會意識形態，並且突出臺灣的主體性說：

> 這些社會意識形態（日本支配意識），當要解決有關臺灣所有的問題時，這竟經常成為忘

記臺灣本身應負起主體的角色的原因。在地理上、在政治上、在經濟上、在社會上、在歷史上、或人情風俗習慣等的各點，臺灣是具有臺灣獨有環境，所以它的文化也應該從這些臺灣獨有的環境中產生出來。不然喋喋不休地談論臺灣文化是沒有意義的。從無產階級的觀點，提起臺灣的文化問題時，雖然常說是在日本的統治下，傳統上是受有大陸的影響，可是切不要沒却應在這具有特殊的環境中所產生的特異性裏，建設臺灣文化。㊷

「臺灣文藝作家協會」的活動時間雖然短，彰響也有限，但從平山勳的敍述中，我們看到臺灣作爲臺灣各種人文活動所應扮演的主體地位被淸楚地標舉出來。同時，從這裏也可以看出左翼的無產階級文化運動，普羅文學運動，雖然帶有強烈的階級立場，並未呑沒臺灣本土意識，可見左翼文藝運動倡導的大衆化路線，其實也是以臺灣獨有文學做爲該會所要達成的目標。

一九三四年賴明弘、張深切因爲政治、社會反抗運動消沉，與起組織一個文藝團體來代替政治活動的構想，發起全島文藝大會，想經由這次大會促成南北作家的大團結。全島文藝大會的召開得到臺灣作家熱烈的迴響，會中並決議成立「臺灣文藝聯盟」，發行《臺灣文藝》雜誌，造成了文藝陣營反日的統一戰線。一九三五年文聯的領導者張深切連續發表了〈對臺灣新文學路線的一提案〉及其〈續篇〉㊸兩篇文章，張深切的意見雖不能說就是文聯的共同取向，但應該也相去不遠。在當時紛然雜遝、令人無所適從的新文學路線中，他顯然想提出一個客觀且能涵蓋臺灣整體特性統一的文學路線，他說：

> 臺灣固自有臺灣特殊的氣候、風土、生產、經濟、政治、民情、風俗、歷史等，我們要把這些事情，深切的以科學的方法，研究分析出來……察其所生、審其所成、識其所形、知其所動……正確地把握於思想，靈活底表現於文字，不為先入為主的思想所束縛，不為什麼不純的目地偏坦，只為了徹底「真、實」而努力盡心，只為了審判善惡而鑽研工作。這樣作去，臺灣文學自然在於沒有路線之間，而會築出一有正確的路線。
>
> 總而言之，我所要主張的，是臺灣文學不要築在於既成的任何路線之上，要築在臺灣的一切「真、實」「以科學分析」的路線之上，不即不離，跟臺灣的社會情勢進展而進展，跟歷史的演進而演進，就是。[44]

張深切所提議的新文學路線顯然是本土化的路線，他有著和葉榮鐘一樣統合不同文學意識、文學路線的企圖，他主張以科學方法分析臺灣本土的特質，作爲臺灣文學發展的根據，認爲既定的路線是不需要的，文學只要緊貼臺灣的社會現實發展，便能使「臺灣文學」名實相符。張深切以「臺灣的本土現實環境爲本位，確立臺灣文學的特殊性」[45]的提案，在文學運動後期，爲統合後的文藝界指出臺灣文學本土化的統一路線。

與張深切以臺灣本土現實環境爲本位，確立臺灣文學特殊性的本土化路線一樣，王詩琅在〈一個試評——以「臺灣新文學」爲中心〉一文中，也再次確立臺灣文學應以臺灣現實爲本位的立場。面對當時文壇所提出的殖民地文學、文學大衆化、歷史小說等等多得令人目不暇及、無所適從的衆多文學提案，他指出說，不管什麼路線都應該以臺灣的特殊性與現實處境爲問題的立足點：

但是我們都知道，臺灣是世界的一隅，所以它的文化生活一面是和世界共通的。然一面却有它的特殊狀態和傳統。在這社會裏的人，不論是誰，都逃不過它的影響。所以我們切實底要求的，是正確地認識把握在繁雜的臺灣之特殊情勢下發展著的社會現象和它的歷史性及適合這現實的理論。所以我們不要忘記，公式的理論不是什麼地方都可以適用的。㊻

本土論所一再強調的，臺灣文學應根據本土特性、社會現實，表現本土特質反映社會的觀點，在新文學運動的後期，從張深切、王詩琅的立論中，都被強調作新文學創作與理論建構的基礎。本土化的動向在《臺灣新文學》、《臺灣文學》等本土文學雜誌上，也以「鄉土色」與「臺灣文學」等議題持續的關注。

另一方面，本土論主張文學紮根臺灣本土、反映社會現實、表現臺灣人生活經驗的動向，落實到殖民地的臺灣，所表現出來必然是反映臺灣民衆遭受殖民統治、壓迫的痛苦的文學，所以不是寫實的文學、不足以反映處境的窘迫。這種反帝反殖民的現實主義創作方向，就在文學團體與文藝刊物紛紛成立後，隨著新文學運動蓬勃發展的腳步挺進，成爲不同文學路線中的共同創作趨勢。在「臺灣文藝協會」、「臺灣文藝聯盟」，這些統合了左右翼文藝陣營的組織，率皆散發出強烈的左翼文藝色彩，貫徹了文藝參與社會、改造社會的使命。而楊逵主辦的《臺灣新文學》，楊文環創辦的《臺灣文學》也莫不迫近臺灣的現實，反映臺灣人在帝國主義強權下的痛苦掙扎。現實主義這個自啓蒙運動以來即受到重視的創作路線，在殖民地臺灣困窘處境一直未獲改善的現實支持下，成爲各種文學意識，不同創作路線的共通取向，慣穿了整個日據時代的臺灣新文學運動史，不僅使得本土論反映本土現實生活的主張得到發展的助力，也成爲日據時代臺灣新文學最主要的特徵。

從上文所陳述的本土論中，我們可以看到，儘管祖國意識曾經主導臺灣新文學的走向與定位，受外來思潮與反殖民運動深刻影響的臺灣新文學，也曾經興起過各色的文學路線，但本土化的呼聲始終如一，未曾間斷地提醒著臺灣作家本土特殊性的存在，這正如王詩琅所揭示的：臺灣的「特殊狀態與傳統」，是生活在「這社會的人，不論是誰都逃不過它的影響」的。本土論所把握的是文學與社會互動的定律，臺灣新文學的創作，即使是抱著中國文學意識的民族主義者的創作，都一致反映著臺灣的社會現實，而不自覺地表現著臺灣本土的色彩。

七、本土論的理論特徵

在日據的特殊處境中，在本來是中國領土和中國同文同種的臺灣所興起的文學本土論，是以中國的影響否定因政權的歸屬而淪爲日本文學附庸的可能，以日本的影響斬斷因爲種族文化的關係，而不務實際強將臺灣文學定位爲中國文學支流的動向。在中日交互影響的矛盾縫隙中，臺灣本土被突出作爲臺灣文學的主體，在臺灣文學的產生取決臺灣特殊的各種條件的推論下，臺灣文學樹立了她自主發展的必然性，呈現了如下幾點理論特徵：

㈠臺灣與中國分離的特殊處境是臺灣文學本土論產生的主因：臺灣政治上本歸屬中國，又與中國同文同種，在臺灣這地方發展的文學固然有其因本土特殊條件所產生的地方色彩，但這種特殊性本來是可以歸納在中國文學的整體性之中，沒有特別強調與突出的必要。然而日據下的臺灣，既處於與祖國分離的狀態，政治上又歸屬日本，外在現實當然不允許將臺灣文學作等於中國文學的推想。日本影響下的臺灣，因爲中、臺雙方的社會文化無以交流融合，臺灣又在日本統治下加速現代化的腳步，發展出不同於中國的社會、文化條件，從而產生自有淵源的臺灣文學，從本土論者眼中看來，中國文學的全體性，當然不再能涵納不再只是中國大傳統中小傳統的臺灣文學。臺灣文學作爲臺灣社會的產物，它的發展不可避免地要受到臺灣各種自然、社會、文化等因素的制約，當日據的事實使得可變的因素都產生變化之後，相對於當時正在海峽對岸反映中國社會問題，與臺灣文學平行發展的中國文學，臺灣文學當然發展出自我的特殊風貌，而將自己自從中國文學傳統分離開來。

㈡因臺灣的特殊性，臺灣文學立論了本土文學的獨特性與發展的自主性：臺灣的特殊性主要是日據所造成的，但爲了自中國傳統中別出臺灣本土傳統，本土論者也非常強調本土自然、社會因素所帶給臺灣的影響。綜上所述，臺灣的特殊性建立在：1.臺灣特殊的自然條件——在葉榮鐘「第三文學」的論述中，我們可以看到本土論提出臺灣自然因素，如山川、氣候對臺灣獨特文化形成的影響。2.臺灣特殊的社會結構——不管是日據前主要在中國影響下的移民社會，或是日據後受日宰制的殖民社會，臺灣的社會都與中國大陸或日本不同，社會的成份、結構迥異，文學自然也有不同風貌的呈現。3.臺灣的固有文化——所謂臺灣的固有文化，主要是承受中國傳統文化的影響，因臺灣的自然、社會條件所造成的，但本土論者對臺灣自然、社會特殊性的強調，事實上已上溯到日據前，黃呈聰、葉榮鐘的論述中，咸認爲臺灣從她獨特的自然、社會環境，日據前實已發展出不同於中國傳統的臺灣固有文化。臺灣旣有固有文化爲基礎，接受日本文化、西方文化刺激生成的臺灣新文化，當然不會因爲沒有「根」而喪失本土自我，自會發展出富有臺灣特質的本土文學。

本土論者以臺灣本土自然的、社會的、文化的條件構築了臺灣的特殊性，進而立論臺灣特殊性制約下，臺灣文學發展的獨特性與自主性。因此，自成一格的臺灣文學，當然是日本文學不能以政權上的歸屬，同時也是中國文學不能以種族文化上的深厚淵源，就能涵納、支配臺灣文學的。在臺灣特殊性的獲得釐清之後，「臺灣」作爲臺灣社會各種人文活動的主體性因此得以確定，臺灣文學由此也得到自主發展的生命。

㈢臺灣文學是以臺灣爲中心、關懷本土、流露臺灣社會文化的特質、表現本土（鄉土）色彩、懷抱著臺灣意識所創作的自主文學：文學本土化的主張是伴隨臺灣社會內部臺灣意識的明朗而產生的，臺灣意識可以說是本土文學的靈魂。因爲臺灣意識的覺醒，臺灣島內的知識份子，才能進一步拋開祖國意識沉重的包袱，確立臺灣本位的立場，正視臺灣與祖國異質的事實，重新以自足、獨立的本土文化傳統定位一直被視爲中國支脈的臺灣社會、文化，提供本土論立論的基礎。臺灣意識作用下產生的本土論，當然要求作家站在臺灣立場，關懷臺灣社會，反映臺灣人的共通經驗，創作富有臺灣社會、文化特質以及本土色彩的臺灣民族文學。

同時，本土論雖不否認中國對他的影響，但也以特殊歷史經驗形成的特殊性，排除了與祖國社會、文化的主從關係，也因此，以臺灣本土爲中心創作出來的臺灣文學，是不能以中國文學的全體性來涵蓋其特殊性的。日據時代抱著臺灣意識創作以臺灣爲中心的新文學，是具有自主性的本土文學，和持著中國立場、用中國白話文創作中國文學，視臺灣文學爲中國文學支流的中國白話文派，同樣建築在臺灣社會現實之上，不同點就在中國立場或臺灣立場的不同。

㈣臺灣文學是反映社會、批判現實的寫實主義文學：在臺灣意識作用下產生的文學本土論，日據下既是反外來文化的殖民，在與祖國阻隔不通的現實中，也是對等於中國意識、中國文學而提出的。作爲臺灣抗日運動一環的新文學運動，本就秉負政治、社會改革的任務，本土論自然不能不受到政治、社會運動影響，更何況論者多歷經政治、社會反抗運動的洗禮，本土論的提出，強調本土文學要積極參與社會，發揮文學的社會功能，自是必然的趨勢。所以，由右翼民族運動份子所提出的，主張反映臺灣社會狀況與全體臺灣人的共通生活，比較起來是消極的臺灣文學論，在表現本土性、反映社會現實、人民生活等方面，與左翼文藝運動的動向相聯絡。而受社會主義思潮影響，由左傾知識份子所提出的本土論，則有以文學爲社會革命工具，要求文學批判社會、同情勞苦大衆，廓清社會一切不義不公的激越傾向。在反抗運動的影響下，本土論者所青睞的不管是反映的、抑或批判的寫實主義文學，則一概強調本土文學要與臺灣社會緊密結合，發揮文學的社會功能。

日據時代的臺灣文學本土論，因爲臺灣的特殊歷史經驗，因應臺灣與祖國分離的特殊處境，提出了臺灣文學的自主性、民族性、社會性等命題。但受制於反殖民解放運動的急迫性與現實性，對臺灣本土文化特質與民族特性的開發，雖也有民間文學的整理研究，或如洪耀勳等學院知識份子對臺灣風土、文化特質的分析、歸納，但戰爭終究來得太快了，扼殺了對臺灣民族文化特質的開發。所以「社會」、「文化」、「自然」等等構成臺灣民族性的概念，也僅止於概念的提出而已。臺灣新文學始終只能在與祖國分離的臺灣現實環境的影響下，表現臺灣本土的色彩，在反映殖民社會與臺灣大衆生活的創作中，實踐了本土文學反映社會的需求，傳達臺灣人在異族統治下求生存、維護生命尊嚴的掙扎與徨惑。

在臺灣發展的文學，因爲反映了日據下臺灣人共通的經驗，本就該以「臺灣」來稱呼、定位本土文學，但一方面臺灣向來一直籠罩在中國的影響下，一方面爲脫離日帝強勢殖民文化的威脅與支配，臺灣也向祖國尋求助力，特殊的歷史因緣雖然促使臺灣社會在祖國意識之外衍生了臺灣意識，臺灣文學本土化的主張還是一再受到中國文學論的挑戰。所以本來是自然的，不必大費周章釐清的文學意識，卻在懷抱臺灣文學之前，先得費去大幅的臺灣新文學運動史，理清臺灣的獨特性、說明「臺灣文學」的合理性。日據下促成本土論發展的各種條件，在戰後的不同時空中，以不同的樣貌存在著，所以強調臺灣不同於中國，臺灣自有其特質的文學本土化建設動向就一直延續到戰後去。

八、結語

日據時代臺灣新文學二十多年的發展，在外來文學的影響與本土作家努力下，不管是理論的建設，抑或創作上都獲至一定的成績。七〇年代鄉土文學論戰爆發後，日據時代的臺灣新文學被當作鄉土文學的源流整個被繼承下來。他們在前輩作家的作品中找尋臺灣文學的精神意涵，他們也在前人的議論中歸納臺灣文學所應走的路線。臺灣新文學本身就是在不同意識型態交錯影響下產生的，後人往往在日據時代的新文學，就其需要尋找與自己認知相同、相應的文學主張，爲日據下的臺灣新文學作下自以爲是的定位。這些對日據時期新文學的不同詮釋，在矛頭統一對準於西化文學與官方文學時，衝突並不大。等到現實主義的鄉土文學路線逐漸得到認同之後，這些分歧的見解，具現於葉石濤與陳映眞關於臺灣文學的發展有否自主性，以及後來統、獨意識形態糾葛的論爭之中。

臺灣新文學定位的爭議在鄉土文學論戰中已經發生過，戰後臺灣雖然回歸祖國，但因爲海峽兩岸政權的對峙，臺灣依然無法和中國實體交流，這個問題就一直爭議迄今，未能得到共識。回到臺灣新文學的發展歷史來看，臺灣新文學的確是在五四文學影響下產生，在一九三〇年代對二〇年代新文學運動的反省當中，所謂「臺灣新文學的發生，不消說，是在中國文學革命的影響下萌芽」[47]早成爲文學界的共識。滙流中國文學，作爲中國文學一支的想法，也得到祖國意識強烈者的支持，成爲貫穿日據時代的主要文學意識之一。同樣的，臺灣意識在日據的特殊處境中也逐漸滋長，在中國文學、日本文學之間，建立臺灣自己的文學的主張，成爲一九三〇年代以後臺灣新文學運動的主要走向。歷史現象的紛雜，本來就不是單一概念就可以概括的。抱持某種定見，自歷史中找到足以證明己見的證據，就要以部份事實涵蓋歷史的全貌，無視敵對意見存在的客觀性，只是徒然暴露自己思想的獨霸而已，歷史事實並不因此而有所改變。

五四文學影響下的臺灣文學採用了中文的語言形式，產生了滙流中國文學的動向是歷史的事實。但臺灣新文學在臺灣現實的制約下長成，日據下臺灣與中國並不存在完全相同的社會條件，所同者當然能發展出共通的精神內涵，譬如同受帝國主義壓迫的處境，就使得兩地的文學都具有鮮明的反帝反殖民色彩。所異者，不但提供一個和中國不同的社會環境給臺灣新文學雕塑自己的風貌，也鋪設了本土論孳長的溫床。其實臺灣的社會現實才是臺灣文學精神的根源，中國的影響在日本殖民政權刻意的阻擾下，對臺灣的作用其實已經微乎其微，中國留學生主導引進的五四理論模式，雖推動過臺灣新文學運動起步，但五四的影響不能源源而來，所謂滙流中國文學，也只能在意識上堅持罷了。所謂臺灣文學的「五四精神」，是作爲抗日運動形式之一的臺灣新文學運動，在實際的反帝反殖民行動之中所鍛煉出來的。隨著臺灣社會變遷而變遷的臺灣文學，縱使沒有本土論的興起，刻意提醒臺灣作家臺灣本土的固有性、與中國分離的現實，並提出建立臺灣自主文學的動向，日據下臺灣與中國近半個世紀的分離中，臺灣自然也發展出不同於中國大陸的臺灣文學。

附註

❶ 連溫卿，〈語言之社會性質〉，《臺灣民報》二卷十九號，一九四二年十月一日。

❷ 王受祿的演講題目爲「外國情事」，乃一九二四年八月夏季講習會所講。見《臺灣社會運動史》頁二七六。《臺灣社會運動史》，王詩琅譯，稻香出版社一九八八年初版。

❸ 黃石輝，〈怎麼不提倡鄉土文學〉，《伍人報》九—十一期。

❹ 連溫卿，〈將來之臺灣話〉，《臺灣民報》二卷二十—二十一號，一九二四年十月十一日—二十一日。

❺ 胡民祥，〈臺灣新文學運動時期「臺灣話」文學化發展的探討〉，《臺灣文學入門文選》，胡民祥編，頁七五，前衛出版社，一九八九年十月十五日，初版第一刷。

❻ 張我軍,〈新文學運動的意義〉,《臺灣民報》六十七號,一九二五年八月二十八日。

❼ 連橫,〈整理臺語之頭續〉,《臺灣民報》二八八號,一九二九年十一月二十四日,〈臺語整理之責任〉,《臺灣民報》二八九號十二月一日。

❽ 見注❸。

❾ 黃石輝,〈再談鄉土文學〉,《臺灣新聞》,一九三一年七月二十四日。

❿ 郭秋生,〈建設臺灣話文一提案〉,《臺灣新民報》三七九—三八○號,一九三一年八月二十九日。

⓫ 同注❸。

⓬ 同上。

⓭ 同上。

⓮ 以上引文同上。

⓯ 陳芳明,〈先人之血,土地之花——日據時期臺灣左翼文學的背景〉,收於《先人之血,土地之花——臺灣文學研究論文精選集》,臺灣文學研究會編,前衞出版社,一九八九年八月二十日,臺灣版第一刷。

⓰ 廖毓文,〈鄉土文學的吟味〉,《昭和新報》,一九三一年八月一日。林克夫,〈鄉土文學的檢討〉,《臺灣新民報》三七七號,一九三一年八月十五日。

⓱ 郭秋生,〈建設臺灣話文一提案〉,《臺灣新民報》三七九、三八○號,一九三一年八月二十九日、九月七日。

⓲ 朱點人,〈檢一檢「鄉土文學」〉,《昭和新報》,一九三一年八月二十九日。

⓳ 廖毓文,〈鄉土文學的吟味〉,同注⓰,轉引自松永正義,〈關於鄉土文學論爭〉一文,《臺灣學術研究會誌》第四期,頁七九,一九八九年十二月二十五日。

⑳ 林克夫，同注⑯。

㉑ 黃石輝，〈我的幾句答辯〉，《昭和新報》，一九三一年八月十五、二十二、二十七日。

㉒ 黃石輝語，見〈怎麼不提倡鄉土文學〉，同注③。

㉓ 郭秋生，〈再聽阮一回呼聲〉，《南音》一卷九、十合刊，頁三六，一九三二年七月。

㉔ 負人，〈臺灣話文雜駁〉，《南音》創刊號，頁一一。

㉕ 陳美妃，〈臺灣白話文之文字理論與實踐——一九二四至一九三七〉，》臺灣史研究論文集》，頁一九七，臺灣史蹟研究中心，一九八八年十二月。

㉖ 林克夫，〈清算過去的錯誤——建立大衆化的根本問題〉，《臺灣文藝》二卷一號，頁一九，一九三四年十二月十八日。

㉗ 松永正義，〈臺灣文學的歷史與個性〉，葉石濤譯，收錄於葉石濤論文集《沒有土地哪有文學》，遠景出版事業公司，一九八五年六月初版。

㉘ 葉榮鐘〈大衆文藝待望〉，《南音》一卷二號，一九三二年一月十七日，卷頭語。

㉙ 葉榮鐘〈第三文學提倡〉，《南音》一卷八號，一九三二年五月二十五日，卷頭語。

㉚ 同上。

㉛ 同上。

㉜ 同上。

㉝ 同上。

㉞ 若林正丈，〈臺灣抗日運動中的「中國座標」與「臺灣座標」〉，《當代》十七期，頁四〇—五一，一九八七年九月一日。

㉟ 臺灣新民報社論，《臺灣新民報》，一九三一年八月一日。

㊱ 〈葉榮鐘，前輩的使命〉，《南音》一卷三號，卷頭語，一九三二年二月一日。

㊲ 塚本照和，同注④。引文是塚本照和在〈對日本統治期臺灣文學管見〉一文，對第一線「臺灣民間文學特輯」所作的評語。

㊳ 蔡鐵生，〈祝臺灣民報創刊〉，《臺灣民報》一號，一八二四年四月十五日。

㊴ 吳坤煌，〈論臺灣鄉土文學〉，《福爾摩莎》二期，一九三三年十二月三十日。劉捷，〈民間文學的整理及方法〉，《臺灣文藝》七月號，頁一一六—一二四，一九三三年七月。穌維熊，〈臺灣民謠與自然〉，《臺灣文藝》二卷一號，頁八四—九四，一九三四年十二月十八日。第一線的「民間文學專輯」收錄作家將口述形式的民間傳說寫定成文字的作品，專輯中並有黃得時的〈民間故事的認識〉爲序，與林克夫的〈傳說的取材及其描寫的諸問題〉的論文，《第一線》只發行這一期就與它的前身《先發部隊》一樣壽終正寢，一九三五年一月六日。

㊵ 洪耀勳，〈風土文化觀：以臺灣風土爲基礎〉，《臺灣時報》，一九三六年六月，頁二〇—二七、七月，頁一六—二八。轉引自廖仁義，〈臺灣哲學的歷史構造〉，《當代》二十八期，頁二五—二六，一九八八年八月十五日。

㊶ 譯文見《臺灣社會運動史》，同注①，頁一〇六。

㊷ 同上，頁五三〇—五三一。

㊸ 張深切，〈對臺灣新文學的路線的一提案〉，《臺灣文藝》二卷二號，一九三五年二月一日。〈續篇〉，《臺灣文藝》二卷四號，頁九四—九九，一九三五年三月五日。

㊹ 同上。

㊺ 陳芳明，同注⑮，頁二八八。

㊻ 王詩琅，〈一個試評——以「臺灣新文學」爲中心〉，《臺灣新文學》一卷四號，一九三六年五月四日。

㊼ 芥舟，〈臺灣新文學的出路〉，《先發部隊》卷頭語，一九三四年七月十五日。

日據時代的臺灣小說

——關於皇民文學

星名宏修
(HOSHINA Hironobu)

一、序——對大陸、臺灣的研究的疑問

從學生時代起，我就對日據時代的臺灣文學抱有興趣，大學畢業論文和碩士論文，分別是以楊逵和皇民化運動時期的文學作爲研究題目的。在寫論文的時候，我也流覽過大陸、臺灣的先行研究，但感到疑問的地方很多。

所謂疑問，概括地說有兩個。其一是對原文的漠不關心，其二是評價作品的標準問題。

日據時代的臺灣，日語被定爲「國語」，多數臺灣作家使用日語進行創作。他們通過支配國的語言，對支配進行抵抗，有時也迫不得已地屈從於這種支配。臺灣「光復」後，這樣創作的日語作品被「翻譯」成中文。其集大成者，是七十年代末在臺灣出版發行的全五卷《日據下臺灣新文學》、全十二卷《光復前臺灣文學全集》。另一方面，在大陸的臺灣文學研究，從七九年開始，把臺灣文學是「中國文學的不可分割的一環」作爲大前提，因而日據

時代的抵抗文學受到高度評價。我在畢業論文論述到的楊逵就是代表性的「抗日」作家。但是，大陸研究者研究楊逵，不是依據日據時代的原始資料，而是把戰後被「翻譯」的東西作爲原文加以使用。而且，這種「翻譯」不是嚴格意義上的「翻譯」。楊逵值「翻譯」之際，以「作家的權利」補充進大量殖民地時代不能寫作的內容❶。楊逵所說的「作家的權利」本身，當然是無可非議的。但是，研究者依據這一「修改」過的原文，去評價日據時代的楊逵的「抵抗」，卻是無法令人信服的。我並非要說楊逵不是抵抗者什麼的。即便是爲了正確評價他的抵抗，這樣的研究也只會落得適得其反的結果。迄今爲止在大陸發行的文學史，或者楊逵研究，多數是依據「修改」過的原文❷，這也會關連到作品評價的準確性的問題。

在碩士論文把皇民化運動時期的文學作爲研究題目時候，我又面臨了另一個有關作品評價的問題。簡言之，就是讓人覺得想要用中國文學的「抗日」的標準，來衡量臺灣的「抗日」❸。「作爲中國文學的不可分割的一環的臺灣文學」這一命題仍被作爲前提。依據「修改」過的原文，特定的作家（例如楊逵）的「抵抗」被越拉越高，其反面就是對「皇民文學」進行全面的否定。很難說這對殖民地狀況的嚴重性，以及「抵抗」的複雜性給予了充分的注意。

在這個報告裏，我想就皇民文學談談個人的部分想法。限於文章篇幅，沒有詳細展開作品論的餘地。但我打算對「皇民文學」的全面否定論提出異議。

二、關於陳火泉的《道》

在大陸，皇民文學作爲「奴化文學」❹被全面否定，即使在臺灣，作爲「盲點」❺對其研究也被視爲禁忌而受人諱避。近幾年來，張恆豪❻王昭文❼等少壯研究者似在開始逐漸接近皇民文學，但是還沒有通過各個作品分析寫出來的皇民文學論。

當然，在臺灣視爲禁忌——以「再來挖掘瘡疤似乎並不『厚道』」❽爲代表——可以充分理解。但是，作爲屬於曾是加害者民族的我來說，想進一步探索「皇民作家」之所以寫出那樣作品的內在邏輯。至少不能像大陸的研究者那樣，以「在日本殖民當局的威迫利誘之下，有極少數民族立場不堅定或失掉民族氣節的人，寫出歌頌民族敵人的作品」❾之類的結論就算了結。

我論述皇民文學的時候，想要重視的是一個一個具體作品的分析。這種堅實的作品論在大陸還根本沒被人寫過，而在臺灣如前所述的那種禁忌，使之成了某種阻礙。我想，這是一項僅就資料而言也伴隨着衆多困難的作業，但是，隨着這樣的作品論的累積，甚至連每個「皇民作家」的屈從、時而微弱的「抵抗」也能夠讀出來。

陳火泉的作品《道》，發表在一九四三年七月的《文藝臺灣》第六卷第三號上。主人公「他」盡管受到周圍的日本人的各種各樣的歧視（「本島人は〇〇でない」——本島人不是人啊！❿），還是邁向「皇民之路」，終於志願當上志願兵。這部作品在發表的當時，受到濱田準雄、西川滿的激賞，被看作代表性的皇民文學。但是，到了戰後，將《道》作爲「抗議文學」而加以再評價的看法，在臺灣被重新提出⓫。當然，將其視爲「皇民文學」而予以嚴厲評價的看法也依然存在。例如，大陸的研究者包恆新在《臺灣現代文學簡述》裏，就斷定「《道》就是一篇帶有媚日傾向的作品」⓬。

以前，我在分析這篇作品的時候⓭，使用過「『一視同仁』的雙重結構」這一概念。也就是說，日本人一方面堅持對臺灣人的岐視，一方面把「一視同仁」這一體現同化、皇民化政策的口號，作爲爲確保把戰爭貫徹到底所必需的「人力資源」，將他們「亞日本人化」的邏輯而加以強制實施⑭。但是，臺灣人從作爲壓迫民族的岐視裏掙脫出來的這一邏輯出發，要求和日本人對等、平等，將「一視同仁」反其意而用之。當然，作爲擺脫岐視的邏輯的「一視同仁」，是不會被殖民地政權所接受的。但是，「一視同仁」看上去能夠包含他們臺灣人的這個邏輯，卻也是個事實。正是這一點，能夠讓相當數量的臺灣人聚攏在「一視同仁」論之下。

陳火泉的《道》作爲「皇民文學」受到日本人高度的評價在於，如前所述的主人公「他」，不管各種各樣的岐視，向「皇民之路」邁進這一點⑮。但是實際又是怎樣的呢？臺灣人的「他」難道不正因爲受到日本人的岐視，而不得不把希望寄托在「皇民之路」=「一視同仁」上的嗎？哪怕「皇民之路」只意味着作爲志願兵成爲天皇「大君之御盾」，去「愉快而英勇地死」！

我認爲陳火泉的意圖在於肯定性地提示不顧岐視向「皇民之路」邁進的主人公。在這個意義上，濱田、西川的評價沒有錯。但是，《道》超越作者的意圖，暴露出被「一視同仁」的美名所掩蓋的岐視，成爲一部反映不得不選擇「皇民化」的臺灣人的苦澀心情的作品。作者意圖和作品效果的分岐，使本來的「皇民文學」，也可以作爲「抗議文學」來談，給《道》賦予了具有雙重意義的性格。

而且，不應忘記的是，對陳火泉來講，「皇民之路」是作爲整個臺灣人的救濟問題而加以把握的。如果按照中國的抗日文學的標準來衡量，它也許的確可以算作「民族立場不堅定或失掉民族氣節」。但是，在陳火泉看來，卻是擺脫日本人的岐視，解放臺灣人的「皇民化」，這種「倒錯的民族意識」⑯，有必要在下面與周金波的對比基礎上加以指出。

三、關於周金波的評價

一九四三年八月，周金波作爲臺灣代被參加了在東京召開的第二次大東亞文學者大會。會議第二天，周金波以「建立皇民文學」爲題做了發言。會議情況在日本文學報國會機關報《文學報國》上有詳細報導。他因處女作《水癌》（《文藝臺灣》一九四一年三月）和相繼問世的《志願兵》（《文藝臺灣》一九四一年九月）而被看作是臺灣皇民文學的最具代表性的作家。因此，戰後周金波及其作品遭到全面否定。雖然有要將陳火泉的《道》、王昶雄的《奔流》作爲「抗議文學」加以評價的看法，但對「皇民作家」周金波的看法卻非常嚴厲。關於皇民文學寫過比較多文章的葉石濤也就周金波的《志願兵》指出，「這是一篇『皇民文學』，但是在『決戰下』的臺灣文學裏卻是唯一的一篇不折不扣的皇民文學」⑰。

我也並不想否定周金波的《水癌》、《志願兵》是「不折不扣的皇民文學」。但是，我的分析力量不是放在把這些作品作爲「皇民文學」而隨意斬殺，而且放在追究讓周金波寫出這樣作品的內在邏輯上。進行這一作業時，我想先分析《水癌》和《志願兵》這兩篇作品，然後研究《志願兵》以後的他的作品。

(一)《水癌》·《志願兵》

讀批判周金波的文章時，我注意到，被分析的只是處女作「水癌」和代表作《志願兵》

而對其他作品則根本沒有觸及。

的確，表現在這兩部作品中的「皇民文學」的傾向令人吃驚。《水癌》的主人公「他」，讓「庶民階級」的「無教養的女人」代表臺灣的固有事物，解脫以自己作爲「領導階級」一員的「皇民鍊成運動」的必然性。從這一視角，根本無法讀出直面「皇民化」的臺灣人感受到的不安和苦惱。編輯《光復前臺灣文學全集》的羊子喬在某座談會上這樣講過：

> 有些作品皇民化意味太濃，反映了日本帝國主義要來改革臺灣人的積病，有些作家於作品中，流露了站在日本人的角度，處處以「心醫」的態度來從事醫治臺灣人的民族意識，這些作品我們站在中國人的民族大義的立場上，便把它割捨了。⑱

羊子喬沒有特指作者、作品名，但卻是對周金波的《水癌》意有所指的發言。到了代表作《志願兵》，周金波把對「皇民化」的熱忱，甚成主張成「神靈附體」，對寫血書志願當志願兵的主人公作了肯定的描寫。葉石濤這樣講到：

> 《志願兵》描寫臺灣青年高進六改姓名為高峰進六，血書志願為「志願兵」的經過。證實了日本人的奴化政策，在一部分無知的青年中奏效的寫實。⑲

再補充一點的話，以上的兩部作品是在皇民化運動還未走上正軌的「大東亞戰爭」爆發以前寫成的。雖然臺灣文藝家協會被要求改組等（一九四一年二月）、文學被要求遵循「國策」，周金波的作品在當時的文學狀態下也還是突出的。

《志願兵》獲第一屆文藝臺灣獎（一九四二年六月），周金波被期待爲皇民文學的代表性作家。一九四三年八月，作爲臺灣代表被推選出席第二屆大東亞文學者大會，也是因爲是《志願兵》的作者。

這些的確可以稱得上是「不折不扣的皇民文學」。但是，周金波並不是沒有任何心理糾葛就寫出這樣的作品的。從在《水癌》和《志願兵》之間寫成的題爲《灣生和灣製》（《文藝臺灣》一九四一年六月）的雜文裏，可以窺見他對日本人的微妙的意識。

周金波無法不潛在地意識到橫在「內地人」和「本島人」之間的「『彼我の地位（？）』の差」。這種意識正因爲是「潛在的」，所以在他的內面被深深地固定下來，讓周金波「卑屈」。周金波爲什麼要意識到「『彼我的地位（？）』之差」那無非是在「一視同仁」這一冠冕堂皇的名目之下的「內地人」對於「本島人」的差別與蔑視。

在研究陳火泉的《道》的時候，我使用過「『一視同仁』的雙重結構」這一概念。在那裏可以看出，爲了從日本人的岐視中脫出，有了反用支配者的意識形態「一視同仁」的想法。周金波也基本上適用於這個概念。只是陳火泉和周金波之間的不同點在於，相對於前者把「皇民化」作爲「本島人」全體的救濟問題來把握，對於後者來說，「皇民化」到底是周金波個人的問題。因爲，陳火泉在衆多的「本島人」中間與「內地人」對峙，而周金波卻作爲被「內地人」包圍的少數「本島人」無可奈何地卑屈和內疚（周金波在小學畢業後去「內地」住過九年。在東京居住時寫了處女作《水癌》）。周金波對於身爲「本島人」這一事實的內疚，是作爲民族的恥辱（STIGMA）[20]而加以感受的。而另一方面，對生活在「本島人」中間的陳火泉來講，來自「內地人」的歧視，卽便是日常的，也是和「卑屈」、內疚的感受無緣的。周金波的「本島人」與其說是救濟的對象，不如說是當作被擺脫的對象（被《水癌》所描寫的「庶民階級」的「無教養的女人」所象徵）而加以意識的。他想以成爲優越於「內地人」的皇民，以實現個人對這種恥辱（STIGMA）的擺脫。

其結果，在作品水平上，陳火泉的《道》因爲固執於「庶民階級」的「慟哭」㉑（但正因爲這一種固執，成爲陳火泉走到「皇民之路」的發條），作爲「抗議文學」的閱讀也成爲可能。而周金波的作品，由於脫落了在皇民化當中苦悶的「庶民階級」的形象，並且突出了成爲「皇民」的「神靈附體的」信念，從而完成了「不折不扣的皇民文學」。但是，對周金波來說，「皇民化」的動機既然從民族的恥辱（STIGMA）當中解放＝從歧視當中脫出，那麼，這一目的不被實現的話，「完全能夠成爲日本人的信念」㉒就不得不被動搖。下面探討《志願兵》以後的周金波的作品。

㈡《志願兵》以後的作品

就我所看到的，《志願兵》以後，周金波發表了《〈尺子〉的誕生》（《文藝臺灣》一九四二年一月）、《狂慕者的信》（《文藝臺灣》一九四二年九月）、《氣候和信仰和宿疚》（《臺灣時報》一九四三年一月）、《鄉愁》（《文藝臺灣》一九四三年四月）、《助敎》（《臺灣時報》一九四四年九月）等小說。這些作品是在皇民化運動被特別強化的「大東亞戰爭」時期寫成的。此外，還寫過若干雜文、「辻小說」，在此略而不記。

我在讀這些作品（「總督府情報科委託作品」的《助敎》除外）時發現，無法窺見被《水癌》、《志願兵》所描寫的那種對「皇民化」的樂觀態度。

例如，在《〈尺子的誕生〉》裏，以無法不意識到來自小學校兒童（「內地人」的世界）的視線以及難以塡補的和他們之間的距離的公學校的學生爲主人公。還有在《鄉愁》裏，描寫從東京歸來的主人公，不被臺灣社會所接受，陷入了孤立的境地。在作品的最後，是主人公要回旅館而迷路的場面——「實在是漫長黑暗的道路，是迷途」——這不正表現了周金波自己的走投無路和一籌莫展嗎？

其他作品《狂慕者的信》、《氣候和信仰和宿疢》，也描寫了和初期明快的「皇民文學」的作品相當不同的主人公形象。

這樣的變化，怎麼加以說明才好呢。我的想法是，周金波由於置身於實際上是殖民地的臺灣，就不得不拋棄對「一視同仁」、皇民化運動的幻想。前面也已提到過的，周金波上的是「內地人」占大多數的小學校，畢業後不久卽去「內地」。他被「內地人」所包圍，從而感到作爲「本島人」的民族恥辱（STIGMA）。和參加「志願兵」的張明貴一樣，周金波從東京對臺灣的皇民化運動寄與期望。企圖以成爲「皇民」來擺脫恥辱（STIGMA）。在東京旅居時寫的《水癌》及歸臺後不久的作品《志願兵》，都鮮明地表達了「完全能夠成爲日本人的信念」。

但是，一九四一年春，闊別九年歸臺的周金波被推到了現實的殖民地社會，明顯化的「彼我的地位(?)」之差面前。發現靠「皇民化」也無法拭去「本島人」的這一恥辱(STIGMA)的周金波，同時意識到和周圍的「本島人」也異質的自己，但是，對於已經以《水癌》、《志願兵》選擇了「皇民之路」的周金波來講，是不能考慮放棄那條「路」的。雖然對「皇民化」抱有疑念，也不得不對此孤注一擲。因爲，放棄「皇民之路」就意味着要安於作爲「本島人」的「卑屈」，——放棄擺脫恥辱（STIGMA）。還因爲要使是「領導階級」的自己與被「無教養的女人」所象徵的「庶民階級」同一化。周金波的「摸索」㉓便從這裏開始。

盡管周金波「摸索」，一籌莫展，周圍的日本人卻仍把他作爲《志願兵》的作者而繼續期待。在第二屆大東亞文學者大會上作爲臺灣代表被推選也是作爲《志願兵》的作者。

戰後，周金波和他的作品以「不折不扣的皇民文學」而被完全否定。但是，在「大東亞戰爭」的最高潮階段、皇民化運動逐步強化當中，所表現的與初期作品明顯不同的周金波特有的曲折的思緒，還不曾被研究過。

附註

❶王麗華《關於楊逵回憶錄筆記》（《楊逵的文學生涯》，臺灣·前衛出版社，一九八八年九月）。再有，將楊逵的代表作《送報伕》的各種原文的異同進行比較的勞作有塚本照和《通過臺灣作家的眼睛所看到的日本在臺灣的統治——以小說〈送報伕〉爲題材》（中村孝志篇《日本的南方干預和臺灣》，天理教道友社，一九八八年二月）。

❷僅舉一例。由遼寧大學出版社出版的《現代臺灣文學史》（一九八七年十二月）摘自第五章「楊逵」：

《田園小景》寫成於一九三七年八月，中譯稿改名爲《模範村》，於一九三七年十一月發表在臺灣的《文季》上，繼而被連載於美國的《華僑日報》。

……他（主人公阮新民——引用者注）關心臺灣鄉親的疾苦，同樣關心祖國、民族和大陸同胞的命運，最終離家出走投入全國同胞抗日救國鬪爭的洪流。走後，派人給陳文治老師和村裏的青年們送來一箱書，有《三民主義》、《中國革命史》、《土地與自由》、《團結就是力量》等。……因而，阮新民不但是一位反帝反封建的革命者，一位胸懷中華民族大家庭的愛國者，而且又是一個認同和回歸祖國的典型形象，在三十年代臺灣新文學史上，是一系列認同和回歸祖國形象的先驅。

《田園小景》是一九三六年六月在《臺灣新文學》發表的作品。只有前半部，後半部被禁止登載。送《三民主義》、《中國革命史》等書的場面，在《臺灣新文學》上沒有被描寫過，不是在殖民地統治下能夠寫的內容。不過執筆者使用戰後的原文，卻得出「在三〇年代……先驅」這樣的評價。

❸ 陳芳明「是撰寫臺灣文學史的時候了」（《鞭傷之島》，臺灣・自立晚報系文化出版部，一九八九年七月）。

他們（中國的研究者——引用者注）特別強調「思鄉」的作品，也著重作品中的「抗日」與中國的「抗日」的相通性。……他們更偏愛把臺灣文學解釋成為「中國文學的支流」，甚至「一國兩制」的論點，「和平統一」的語言，都可以成為文學批評的術語。

❹ 《臺灣港澳與海外華文文學辭典》（中國山西教育出版社，一九九〇年六月）的「皇民文學」的項目。

❺ 鍾肇政《日據時期臺灣文學的盲點——對「皇民文學」的一個考察》（臺灣・聯合報，一九七九年六月一日）。

❻ 張恆豪《超越民族情緒 重回文學本位》（臺灣《文星》No. 九十九，一九八六年九月）。

❼ 王昭文《臺灣戰時的文學社團——「文藝臺灣」與「臺灣文藝」》（臺灣《臺灣風物》，第四〇卷第四期，一九九〇年十二月）。

❽ 葉石濤《〈文藝臺灣〉及其周圍》（《文學回憶錄》，臺灣・遠景出版事業公司，一九八三年

四月）。

❾ 注❷《現代臺灣文學史》據第八章《戰爭期臺灣新文學》。

❿ 陳火泉《被壓迫靈魂的昇華》（《抗戰時期文學回憶錄》，臺灣・文訊月刊雜誌社，一九八七年七月）。

據寫於一九八三年的這篇回憶，《道》是陳火泉將實際體驗作品化的。原文「本島人は〇〇ではない」，在回憶中寫爲「本島人不是人啊！」。

⓫ 參照塚本照和《介紹：陳火泉的〈道〉》（《臺灣文學研究會會報》第二號，一九八二年十二月）。

⓬ 包恆新《臺灣現代文學簡述》（中國上海社會科學院出版社，一九八八年三月）。

⓭ 拙稿《〈大東亞共榮圈〉的臺灣作家——〈皇民文學〉的面貌・陳火泉》（《野草》第四十六號，一九九〇年八月）。

⓮ 在理解皇民運動的本質上，陸軍省兵備課編《伴隨大東亞戰爭的我國人的國力的探討》（復刻版，十五年戰爭極秘資料集①，不二出版一九八七年七月）可做參考。

⓯ 參照例如大澤貞吉《感淚的一作》，這是由臺灣出版文化株式會社作爲「皇民叢書」的一冊單行本化的《道》（一九四三年十二月）的序文。

⓰ 參照宮田節子《〈內鮮一體〉的結構》（《朝鮮民衆と「皇民化政策」》未來社，一九八五年七月）。

⓱ 葉石濤《臺灣作家與大東亞文學者大會》（《走向臺灣文學》，臺灣・自立晚報社文化出版部，一九九〇年三月）。

⓲ 一九七九年八月十一日《民衆時報》副刊召開《光復前臺灣文學座談會》時的發言。據說記錄在九月一、二日《民衆日報》副刊被登載。我再引用自王曉波《把抵抗深藏在底層》（臺灣

《文星》No. 一〇一，一九八六年十一月）。王曉波的文章具有對注六的張恆豪的論文進行反論的性格。

⑲ 葉石濤《四〇年代的臺灣日文文學》（《臺灣文學的非情》，臺灣・派色文化出版社，一九九〇年一月）。

⑳ 社會心理學用語。據歐文・戈夫曼，是「不被社會給予完全接受資格者的心理狀態」，其中也包括「人種、民族、集團等集團性的恥感（STIGMA）」。據歐文・戈夫曼《恥辱（STIGMA）的社會學》（せりか書房一九八七年七月 Erving Goffman「Stiguma: Notes on the Management of Spoiled Identity」Prentice Hall, Inc., 1963）。

㉑ 窪川鶴次郎《臺灣文學半年》（《臺灣公論》一九四四年三月號）。

㉒ 周金波《志願兵》的登場人物之一・高進六的話。

㉓ 西川滿《文藝時評》（《文藝臺灣》一九四三年六月）西川說「周金波還在摸索。說是摸索，因爲是爲了專注於既定方向的摸索，所以不必有任何擔心」。所謂「既定方向」就是「皇民之路」。但是，必須說周金波的困惑的深刻性超出了西川滿的樂觀。

臺灣新世代詩學批判

游　喚

一、前言：媒體宰制所帶來的詩學假相

出版，出版，再出版，發表發表再發表。新世代詩場之假相來自媒體的爭奪。關係好，又想表現，當然，也要他有能力表現，一本一本，一篇一篇的言說擺出來。訂下一條自然而成的鐵律：詩學就是這些，這些當代最頂尖最前衛的代表論述。詩場可見的一面如此，叫你由不得選擇，只有接受，沒有拒絕，因爲一種負面的抵制或者反理論之理論，只能在喝下午茶，或者詩友偶然的聚會中，近乎歇斯底里的表演一番痛責怒罵而已。這種「反」的言說只供小衆流傳，只存在於偏離的，非主流的、地下的、次級性的。沒有人肯長篇大論，或者偉構宏篇施予「反論」之駁難，因爲他知道這種駁難如果書寫成文字，其結果是只能滿足於自己憤怒的「書寫慾望」罷了。根本不能傳播流通。因爲，媒體當道之主流一方，必然阻止、排斥、拒絕反當道的言說。反論反言說與反媒體之行爲不幸自已也毀滅於媒體。其命運結果

是：這種說法舊了，不流行，不發表，不出版，不印刷。因之惡性循環，更助漲了流行理論的風氣。封死反論與非當道的一切言說，至此，言說寄附於媒體生產一批詩學而呈現出詩學假相。具有否定、抵制，問難性質的現代詩論戰，本來是臺灣現代詩一向淵源有自的良性傳統，可惜就要斷香火了。論戰因害怕媒體而燃不起來，再加上整個臺灣文化環境的分派化、多元化、複雜化，現代詩沒有市場、賣點，就演變成詩學的單音宰制，這是八十年代新世代詩學的第一明顯現象。此現象跟新世代創作現象大爲不同，新世代的創作落實於多元多樣，有很多優秀詩人各自寫着不一樣的詩，展現不一樣的風格。不若新世代詩學偏向某一方面理論，集中某一路線批評。簡單說明，例如後現代詩寫法只是新世代詩人中的一支，新世代尚有許多非後現代詩的表現。可是新世代詩學與批評比較多後現代詩學解讀，儼然可看出其居於主流的地位。可以這麼說：新世代詩學有主流發展傾向，新世代創作則是小衆分流的現象。

然則，什麼是新世代詩學？這一命題的重心在新世代的範限，新世代之內寫出的詩評，發表的詩想，即謂之新世代詩學。然而，新世代在以前我曾寫過的新世代詩人論一文中的定義，跟其它的幾種說法就不同❶。我現在本著那個說法，再簡約地，把新世代從二方面加以定限，一是詩評家年齡層的時間，訂在一九六〇前後。另外由臺灣現代詩學發展史的時間，也訂在八十年代，這樣大約即是新世代詩人的同類定限。（游喚一九九〇，頁二二九）也即是說，新世代做爲某一個階段性在詩學上的意義，乃是相對性對照另一階性時間，所謂新也即是在此意義的新，此層次下的新，純粹只是時間問題。另外一種所謂新，當然還包括詩學本身內在理路與方法上的新，此層次下的新意謂學識的，辯證意義上的新，二者綜合即新世代詩學。

二、哲學傾向的詩學

隨着解嚴以後，過去一元思考模式附着於泛政治化的體制，至今已面臨瓦解崩潰。由美國引入的批評理論，自新批評以後，呈現濃厚的歐洲思想啓發。許多歐洲思想大師的學說跟著進來。現象學再度流行，以往五六十年代也曾流行過，不過那時主要從現象反省衍生的存在主義去思考。這回則與致勃勃地回歸現象直覺本身去探索，討論意向性意識問題，然後再擴及到自海德格以降的現象學詮釋學。這二度流行的現象學由於跟歐洲後期解構思想在臺灣意外地混流，結合成一種新的思考，伸展到文學領域，新世代詩學已看到像路況寫的批評，廣泛採用現象學本質思考應用到詩本質的探討。指出新世代詩人陳克華有以概念寫詩，淪落爲表象思維之弊，沉痛地指出詩的神秘性已失落，不過是變成一連串由科學與藝術對立之後所形成的一套談論模式，這個模式本身已形成一個「匿名傳統」的作者，隨時指導詩人進行概念演繹，藉意象來說明那些概念，因之詩已然失去神秘蠱惑的魅力。（路況，一九八七，頁四—五）詩被疏離了。這類批評指出問題核心，不可謂不尖銳，無奈其整個對詩的本質之論述，以及詩與非詩之間的辯證，完全宗於西方理論，販售著片段、剪接，混合的「有機體」論述。其批評詞彙與理論觀念，套一句劉再復對當前文學理論在中國之世紀末掙扎，可以說正是：「在文學理論層次中，則發現我們仍然活在一套具有借貸性質的概念系統之中，仍然沒有擺脫偷竊的嫌疑。」（劉再復，一九九〇，頁一三四）換句話說，理論經過轉化、創新，包含反省修正，乃至本土傾向，由之而綜合的主體性思考相當薄弱。

相對於方唐與路況的詩學在主體性思考上的薄弱，我們看到另一位新世代詩評的反省意識，強調人類問題的深刻探討，有眼光超越技巧的規限，認識到詩之不可湊泊，以及技巧本身無窮的開展性。在批評意識上，黃智溶有如此的自覺，他注意到詩主題與當代人類的相干性，勇於做出主體性聯想，有自己的閱讀興味。當他評完羊令野兩首詩，分別是〈屋頂之樹〉與〈燈柱〉後，寫出如下的感應結論：

> 我們不難發現，詩人有感於「屋頂之樹」「燈柱」的悲哀，而聯想到自己的悲哀，而筆者有意無意之間，將它的象徵性擴充到全體人類的悲哀，這一點我必須先坦承，這是我目前的思想體系，也是探討的主題——當代人類的隔離意識，這種現象不祇存在於自然與人類、人類與文明、文明與自然之間，也存在於人與人之間，甚至存在於一個人的過去與現在之間，一如這兩首詩中的樹與人。
>
> （黃智溶，一九八一，頁一二四）

這裏所謂的筆者之擴充性，是在作者意圖試探下，溶合閱讀當下時間性情境做出的相干反應，也就是敢於做這種「作者用一致之思，讀者各以其情而自得」的賞鑑，我們才得到閱讀上有感的、智慧的、美的享受。一旦能進入美的享受，詩學的方向，才有可能跳過技巧的層次，說出第一流的作品在其原創、粗糙、與沒有一定面貌的個性，認爲詩是在追尋。（黃智溶，一九八二，頁四二）詩顯然非概念與理路的形象化替代。在新世代詩評家中，黃智溶特別能意識到詩的「別材」詩的「未定性」特質，並且，很能將它放入傳統詩學的回饋中，提示中國傳統詩學中的「詩禪學」與「神韻說」一脈的詩想，其豐富之內涵，「有待現代詩的作者去重新探索」（黃智溶，一九八九，頁一六六）由之可預期「開創具有現代感的神韻詩」。❷這個意見，不能輕率地用民粹主義自我陶醉去看它。而應該擺在新世代詩學整體性表現出的西化言談之下，給予「反制」與「自覺」的批評地位。

然而太過強調主題意識，可能會有化約或者預設之虞。主題如果是創作之前的指導，造成另一位新世代詩評家所指責的「觀念詩」歧途，那是跟路況所駁斥的「表象思維」概念化，有著類似的浮淺之病。幸好，黃智溶側重在閱讀反應上的主題，而非創作意識上的主題。

在創作意識上有關主題反省，是新世代詩評家孫維民詩評的主要內容。他也肯定詩的神秘、複雜、曖昧等等特質，反對概念化的「觀念詩」，所謂的觀念，意指作者藉著詩作，目的在於表達或者宣揚某種看法或觀念，可能是道德的、政治的、或社會的，或任何一方面的。（孫維民，一九九〇A，頁五）可以擴充這個含意，像爲了表達某種後現代概念，有意識地在技巧上之套用，也是一種觀念詩的作法。這樣就把詩當作某種預設概念的替代物，或象徵物，枯燥空洞，未能拓展深入表相，更嚴重的是無法喚起鮮明內在的經驗。（同前，頁七）我以爲詩至此不再是探索表象，反而淪爲表象的隔離，詩不是活在表象存在生活中，詩變成遊戲跟宣言了。孫維民在否定觀念詩以後，轉而重新發展「抒情傳統」詩學，詩要把超然於時間之外的基本情感寫出來。這所謂的基本情感，並不受外在環境的改變而改變，詩不隨波逐流。（孫維民，一九九〇B，頁一〇四）這種詩學，使到孫維民的批評絕少跟後現代論述有關，後現代做爲一種外在環境，即使正在天翻地動，孫維民的考慮，依然在於人的內在之

「偉大而基本的情感」。由於這種接近詩本質的關鍵性看法，引伸到詩語言的重視，孫維民特別看重語言要有語言自身的目的，語言是工具，也是目的，不要把語言看成只是藉意象寄存的含意，詩評不要偏向對語言蘊含意義的說明，因爲這樣還是跳不出詩只是哲學內含的格局，語言還有其它藝術本身的特質，孫維民特別指出像風格獨特性與音樂性。（孫維民，一九九○C，頁三六）這個意見，清楚地標幟著孫維民詩學中的反後現代傾向。後來在一九九一年寫的《詩語錄》，他再次強調這種傾向，說：詩不是觀念，意象不是意義。（孫維民，一九九一A，頁四一）基於此，閱讀詩的愉悅感，乃是詩本身在「意象、聲音、氛圍，一切無法以其它型態重現的」（同前），如果再向前追討這樣的閱讀如何完成？就構成孫維民獨特的一種閱讀批判，配合他對詩本質的界定，要讀出如此有生命的詩味，就非靠讀者的「想像力」，否則難以奏效。想像訴諸於讀者，而抒情責之於作者，兩者又互動而整合爲孫維民強調的「抒情傳統」，包括恢復中國抒情傳統（如詩序所云情動於中而形於言與《文心雕龍》所云情以物遷，辭以情發），重新宣揚西方自華滋華斯與愛倫坡和米爾所主張的自然感情，（孫維民，一九九一B，頁四十）總的看，孫維民代表新世代詩學中的「新古典浪漫」主義者。

我以爲就當代詩場上因後現代主流導致詩情的貧乏，人文的低落，與乎原創性的疲乏而言，適度地重新賦予抒情傳統新意義與新精神，不失爲當代濁濁混混詩場中的一股清流，起到人性的昇揚，人文生機的再興作用。只是吾人亦不免擔心主情與主知兩者失衡，除了詩語言與形式的問題，其它若干「非詩」因素的影響交會，是否絕對跟「純詩」無關？

在非詩因素方面較用心的另一位新世代詩評家，可以林燿德做代表。他是表現新世代詩學最有具體成就者，目前已有四本專集論文出版。早期的《一九四九以後》與《不安海域》專門針對三十位新世代詩人做批評，由於其批評手法多樣，批評知識博雜，很難給他一個明確的歸類，不過早期的這二本專集，對每位受評詩人做了生平資料與創作資料的整理，因之兼具有「評傳」「序跋」「提要」的功能。對新世代詩作的檢索非常方便，這種詩評方法也是一種形式，值得參考。大約要到晚近林燿德專注於都市文學的研究，延伸到都市詩的考察，才比較明顯地看到他詩學的深邃之一面。（參林燿德一九九〇）這一面是理論的西方移植與理論套用檢證的一貫性。跟他早期二本著作大多表現在對技巧與形式的分析，形成了臺灣新世代詩學中兩大特徵：卽理論焦慮與技巧主義。不過，林燿德的詩評手法還要再加上對作品總歸納性的結論，對個別單篇詩的散文化釋義，以及對某一個詩人之系統性分期發展描述。他大量地強化理論，運用術語，作精密分析，並參照西方後期結構主義以後的觀念，特別是文本理論與解構理論，要到他編輯《新世代詩人大系》負責在入選詩人作品中的十位寫下詩評時，才凸顯他個人詩學的溶合功力。簡言之，是一種博雜加上前衞色彩的新論，其潛藏的問題，跟下一位新世代詩學的搖旗者孟樊所遭遇的類似，可一併論證，以引導出本文要把任何批評任何理論看成一種有目的的言說。而言說有其宰制、偏執、盲點、嗜好、與意識型態的種種複雜糾結。

宣言是言說，文學是言說，詩學更尤其是言說中的言說。理論做爲言說性質來考察，圓照可證。

三、言說與理論

所謂言說，不從語言學之立即交談去想，而從文化理論來看，傅柯指出言說非關主流次流，言說沒有穩定性，言說是權力與知識的高度運作，言說的特質表現出多元化傾向。（傅柯一九八○，頁一○○）言說是某種觀點的堅持，也是對某種策略的反制。新世代詩學中主情與主知，意義與本質的對立思考，即是策略的主觀選擇。即便在同一類似策略中，傅柯指出言說照樣可能出現矛盾對立。（同前，頁一○二）因爲，人是由言說來定義自己，以引起對自身總體的審視，這是人之異於其他生類所在。（傅柯一九八六，頁四七）引伸之，把理論與批評就其策略性質當作一種言說，也唯有藉著觀點對立，反策略，來證明言說者自身無可替代的獨斷性地位，言說至此已成爲一項力量。穿戴知識與理論的絢麗外衣，言說至此首先定義言說者，而不是言說者對言說的觸探。至此境地，言說有一套自身爲求一致性，一家說法的表面「統一性」。史馬特在分析傅柯的言說理論之後，曾給予言說建立有效性的步驟加以規格化，一步一步導向理論主題的認同與堅持。（史馬特一九八五，頁三九）最後，言說之規則與關係的成形，並非來自言說本身的一種思想發現或者意識的自覺，而是「預設」的介入干擾。詩的表象思維如此，觀念詩的概念化如此，一切後現代理論的移植、搬弄、套用，也即是如此僵斃之「預設」。

何德教授將言說理論運用到文學理論，對文學史上某種文類的階段性發達，某時期風格與思潮的宰制，以及敍述與社會背景關係做了詳細的檢證。（何德一九九○）最後歸結到言說做為一種解讀，是學科訓練，學科有學科之閱讀程式，而閱讀本身即是一種學科。學科之有不足，猶之理論也有盲點。這正是底下要探討的新世代詩學之根本癥結與困境。❸

四、理論的焦慮

新世代詩場一個明顯現象是理論導向。靠理論解詩評詩，以為必如此才算像樣的評論。基於此一要求，新世代一位詩評家孟樊指出目前臺灣的詩評大半還是停留在中國傳統詩詞的印象式批評和英美式的新批評。意思是還很舊，還在原地踏步。何以見得？孟樊說：「七十年代末陸續進來的一些新理論，包括新馬克斯主義、結構主義、解構學、現象學、符號學、讀者反應理論、詮釋學，批判理論，依賴理論、韋伯學……」（孟樊，一九八八、頁五）點點點，言下之意是說底下還有很多，不一而足。這一段評述，充分暴露了兩種詩學心態：其一是認定詩學具有新舊更替的進化論史觀，以為凡新者即代表進步，只要是進步，即判定為好。本來麼，文變染乎世情，興廢繫乎時序，文學現象代代而變，與之相應的披文之法自然地會隨之機緣調整，所謂作品與解讀之互動，原是順理成章，自然不過之事。然而設此論者，宜有先決認識，即作品與解讀之互為左右關係，也即是說解讀策略與抽象理論有一不可推翻的根源之途，必要溯自作品現象本身的實際歸納與演繹，而不是強植入完全不相干的文化模子下另一種理論的套用。說明白點，吾人承認相對於舊詩學的「新」理論，有所謂的解構，有所謂的讀者反應等等。但此所謂「新」，寧可當成是變，是演進的事實，把它做為一種詩學現象的「描述」言說，暫時存觀，切切不可執意它是「規範」性的判定，凡非合此者卽不好或不進步。也就是說現象與本質要有所分際，描述與規範要妥善辯證。進步論只提供生物適者生存的競爭，像達爾文透過鸞鳥生態的觀察，是以生物「生存」的原則去思考，而訂出適者生存的規範結果。但是卽使能生存，也僅僅是生存的這一事實之繼續，不卽表示生存事實的「好」或「佳」。試想，鳳鳥不至，碧梧棲老鳳凰枝，丹頂立鶴之丹頂鶴，如今皆已不適，（假如眞有鳳鳥的話）肯定絕種，但不害其在文化與人心中的地位，就評價而言，人人幾乎必貴鳳鶴丹頂而輕鸞鳥。可見，現象與實質宜有所分，生物學如此，詩學也可類推。因之孟樊對當代詩場的評述，明顯地混淆了現象與規範的兩層次，太過偏執地迷於新理論，導致新舊之間以現象爲準而不考慮實際內容的錯誤判定。這是進化論詩學的盲點。而這種進化論詩學其做爲進化推展之動力，來自移植文化與移植理論，此特別反映在臺灣普遍長久以來的文化環境。

五、移轉理論的歧義性

臺灣文化氣氛籠罩着理論至上主義，任何文化人無不感同身受，現代詩學尤其如此。過去現代主義時期，吾人已看到詩場搬移各種現代主義分支派別進行試驗，打著理論之旗幟，標榜「高深」的理論特質，表現出「權威」與「宰制」「獨斷」的蠻硬作風，而這種挾理論以自重的作風在詩場內部本身也各自有立場，有解釋，有各自形成的一套詮釋系統，並因此而集結成那個系統共同體之下的「詮釋團體」，由此詮釋團體分別作出各種對現代主義的不同「解釋」與「評價」。可以說，現代主義移植到臺灣現代詩場來，是經過「誤讀」「轉化」

「修正」與「霸佔爲己有」的解釋歷程，才交織而成的現代主義，因此，現代主義在臺灣有不同版本，有西洋原版，有臺灣翻版，有內湖詩派版，有「現代文學雜誌」之臺大版，也有「文季」版，文季版之下又有陳映眞版與尉天驄版兩個次文版。另外，有正宗的學院版，還有偏離的江湖版。對於現代主義接受的態度，對現代主義的贊成或反對，高評價或低評價諸問題，都要取決於各個版本與各個詮釋團體的決定與判斷如何。總結地看，現代主義有其歧義性。這無非證明理論做爲移植文化來看，要保持「原版」，是不可能的。反過來講，一種理論之可行可驗，一種理論之可貴處，也正是在於理論可以給詮釋者充分廣泛地轉化、引伸，本土應用，最後完成創造性解釋，與批判性吸收。這一種態度是對應理論的關鍵。拿當代詩場來看，臺灣正流行的「後現代」理論，目前在詩場也開始有歧義性的瞭解，由此瞭解更出現不同的評價。有一種瞭解比較從理論與實際解讀兩方面進行「描述」與現象分析，不大做評價，更別提有轉化之企圖。直言之，可叫做理論之套用。譬如孟樊寫的一系列論述與實際批評文章。這類論述有一共同手法，卽術語的普遍套用與理論的具體化運作。拿詩作品以驗證理論，合者取之，不合者棄之，少有主體評價，卽使有，也悉以合不合理論格式要求做判準，其合者，卽以達不達理論之完美再設一標準。因此，不能說他沒有判準評價，但這裏的問題是，他整個理論知識是西方某幾家，未必卽有涵蓋性或普遍性，某幾家之說又何以特別受到重視，乃是一大懸案，這就出現非某幾家的其它可能又如何呢？且舉另一位前行代詩人向明對後現代討論的援引爲例，明顯地可見向明也有自己取捨的某幾家，他引用杜明的看法，認爲後現代思想有兩方面，一是重視自我反省和重建的「白色哲學」，二是重視人與天地調和的「綠色哲學」。並且結論說兩者都是強調天人和諧關係和人自由自主的哲學思想。

根據這項結論，向明批判後現代到了臺灣，爲什麼就被誤認，就顯得這麼無力。（向明，一九八九，頁二十）先不論其質疑對錯如何，至少向明版的後現代有另一種解釋。其評價則更是積極而肯定，後來也引起一位詩評家賀少陽的回應，直接將白與綠對比爲中國的天人合一思想。結論說「人天合一的一元詩是徹底的綠與白的美」。（賀少陽，一九九一，頁五一）試想，從向明版與賀少陽版的後現代理論出發，以理論意識爲掛帥，落實於實際後現代創作，所呈現的作品風貌，肯定大不同於孟樊版的作品。即便拿來做詮釋，其詮釋進路與詮釋結果也必然不同於孟樊版的詮釋意義。這點事實，說明了理論之移植必然有歧義現象，理論之瞭解內容如此，理論之運用更是如此，則理論之不可恃，或者，理論之「暫時性與權宜性」這點起碼認識之必要，終至理論之可能無效之預期，再再反證了理論之做爲批評，做爲閱讀策略的霸佔獨斷歪風。

相對於抱持理論宰制獨斷作風的反制，吾人當重新建立共識：即任何理論皆有其偏執性一致性，皆有其自圓其說的片面之弊。你持一理論，我必欲攻之，則「欲加之罪何患無詞」，理論因此只是相對關係而非絕對位置。理論不可能再成爲正典，流行理論與沒落理論不是主要次要之問題，而是選擇與策略之考慮。基於此認識，來看新世代詩學的後現代熱潮，吾人就不必太恐慌，太受制於媒體當道霸權之影響。而改變對應態度，將它視作一種說法罷了，很多說法中的一種說法，用西方當前流行的詞彙，接近「言說」這個術語的涵義，用中國現有的語詞，則類似「成一家之言」的用心，也近乎「蔽於一曲，闇於一道」的講法。

六、理論的盲點

再說理論套用還有個盲點，容易「假相集中」，把任何問題現象歸結到同一個論述之下，形成箭垛式論談，猶如射箭一般，萬箭集於同一靶心，便以爲天下再沒有另一目標，或者刻意不以彼目標爲目標。這就形成論述上又一個盲點。此盲點之所以產生，關係到批評家個人理論學識修養程度，關係理論策略選擇的立場與偏好，更關係到批評家整體思考與意識型態。這些總合成批評做爲一種言談的某種固定程式。程式是比較機械的反應，比較形式化的運作，並非有生命有感受的理想批評，批評要照顧某種主體性領悟，解讀更須勇於打開心靈。吾人可把知識性與感性綜合起來，暫名之曰：知識詮別與性靈感受，這是總體批評的理想境界。當然，距離實際運作，差異與歧義必然存在。

新世代詩學表現在知識詮別上，成績可觀者，可推孟樊與林燿德爲範例。不過，我們可在孟樊去年年底發表的一篇《從醜的詩學到冷的詩學》文章裏看到由知識詮別參酌性靈感受的傾向，這是很可注意的詩學轉機，由此而開展另一條批評取向的可能，而實際上，吾人也的確看到有一種較注重正文直接反應，所帶給主體者豐富意義之辯證的解讀，早已出現過，只因爲這種文章寫得不多，寫的人又較少透過媒體展示。結果是這種文章相對地遭忽略漠視了。

先談孟樊這篇文章，可看出爲了保持他一系列後現代詩學論述的一致性，在這篇論冷與醜的詩學中，其論述立場也是後現代視景。認爲過去現代主義如果表現出熾熱的藝術，想要在詩中表達不滿現狀的改革的理想，因此而有「醜的美學」之慾望，跟寫實主義那種火辣辣赤裸裸的批判與否定，其實方式雖不同，但都可稱作熱的主體。相對於此兩種方式，孟樊以爲一種類似精神分裂人格的主體寫照，喪失作品本身意義的世紀末詩學，卽冷詩，在當今詩壇起着革命的作用。（孟樊，一九九〇，頁七）這裏，標示「冷」與「熱」兩種印象式風格領受，就是含有統攝性的總體感受，使到理論檢證之餘，仍舊保留了主體閱讀的心領神會。當然，在那篇文章中「冷」這個詞彙拿來形容詩學，並不是孟樊首創，據他引述詹明信的說法，知道這又是美國後現代批評家的看法，被孟樊擇取來論述臺灣詩場。另外，在探討「醜」爲何能做爲一種美學時，孟樊所根據的是馬克斯學派大家阿多諾，是帶有批判味的法蘭克福學派論述策略，這跟詹明信一向有「意識型態」論述之在理論格式上正好合乎「一致性」的要求。一致性達到了，但是顧此失彼，也正好應驗了前面所提理論可能因目的性集中而導致的偏執盲點。其實，有關「醜」的美學，在西方絕對有另一種相對於馬克斯方式的論述。本世紀二十年代初已出現一種繪畫思潮上強烈的巔覆質疑思考。後來無故中斷，到了七十年代，住在柏林的一批藝術家，專門針對傳統美的標準加以審判，出現一派叫「醜惡寫實主義」，以一幅《三個裸體女人》爲例，形體壯碩，大腿粗，脖子粗，怒目帶仇的眼神，誇張而不含蓄的裸露表情，怎麼看都不具有聖教繪畫中仕女的優雅美，也沒有巴洛克時期女人肖像的絢麗，可是靜靜欣賞，凝想，卻自有一種「天下皆知美之爲美，斯不美矣」的反省領悟。這正是由「反面」的表現，潛藏一種否定與批判，因而帶起負負得正的辯證美學。

就文學本身的人文思考之自由特質來看，浪漫主義時期，也早有像布雷克這樣的詩人，努力嚐試過天眞／經驗，美／醜，田園／反田園等等類似二元關係的糾葛，溶合，以及內在存在自身矛盾的現象。顯然，布雷克是要把醜惡做爲一種抗爭，與顛覆正統意識型態的作用，此刻，代表美的宰制意識型態被戲謔嘲笑，被顛倒反置，因之醜惡在此被付與抗爭的作用，企圖釋放被壓抑的慾望。（黃逸民，一九九一，頁一五五）把握住醜何以爲美之提出是在於「反面」思考與批判顛覆性質，就可以旁推到後期結構的「解構」傾向，整個後現代不正是迷漫着一股濃厚的顛覆解構策略嗎？而這層用心原可以在文學史詩學本身找到許多類似的聲音。如再舉濟慈爲例，大約與布雷克同時期的浪漫詩人，在一八一七年寫給兄弟的一封短箋中，也已提出詩學上的「反面能力」一詞，指出有一種專門針對現實與理性，在背後探索潛在的一種神秘與未定性因子，企圖做非理性的質疑，這就是某種詩人特別具備的一種創作能力。（亞當，一九七一，頁四七四）濟慈在這裏說是一種能力，其實易以今人觀念，即是詩學上的一種表現策略，或自正文閱讀的一種方法與反應。這樣有了濟慈與布雷克之參照，再來回顧「冷」與「醜」的詩學之淵源，便更加能夠清楚新世代詩學對應於中行代與前行代所表現出來的不安，所想要完成的抵制與批判目的。而不必偏執性地將新世代冷詩學一例要放入後現代框框，以完收論述者一致性格式之要求，造成理論的盲點。

面對新世代詩學如此乖張知識化之傾向，以及移植心態，失落主體領悟之被動詮釋，詩場是到反省的時刻了，反省之後，務必落實於具體作法，徹底改革主流思潮，並且提出反面論述以資制衡，以豐富詩場的多元聲音，展示互爲辯證的自覺詩想，擴大詩場天地。

首先，做爲根本性心態上批評意識的自覺要回歸詩本質自身的思考。這種思考宜避免先驗的預設的理論印證，而要自詩本質所寄存的作品之神秘性，自此神秘之無限可能上，具體地在語言與境界兩方面做出深刻的探索。當此思考之進行中，理論頓然不相干，不介入，偶爾之乘隙干擾，亦應保持高度的反面能力之自省。總結此心態大綱，可暫名之日：反理論反評價自覺詩思。唯有如此，才能與當代詩本質有相干性。不必再畏懼本質了。以往，由存在主義者喊出存在先於本質的觀念，如今不宜再盲目崇信了。喊出存在先於本質口號，基本上是累積着長期戰爭毀滅意識與科技夢魘而來的思考，那是震攝於變動不居之危難，周流不息之現象，對生命發出的強烈而又極端的呼喊。所有偏執地導向另一種極端，是「視而不見」的假性逃避，在彼情況下，環境對應關係之臨機選擇，以一種偏執狂的強加解釋，藉着行動，宣洩了存在者的自由意識，暫時消解了存在者生存的焦慮。所以，存在者不敢思考本質「人是什麼」之本質性問題乃淪落「舊」的，「失效」的理論。試問，如果不能思考本質，又如何爲「我是誰」找到定位。新世代詩學不探索當代詩本質的當代相干性，而一心一意朝背反的方向思考，以理論爲前導，其偏離中心愈來愈遠乃是必然結果。

七、批評的轉機

不過，孟樊這篇文章在理論套用之餘，特別提出一個冷字，這個冷字確切定義據他說是冷靜與理智，或者包括感情的內斂，內斂久了，就可能導致冷漠。（孟樊，一九九〇，頁七）一個冷字，具有如此相關連鎖，曖昧模糊的意義，不就說明了這裏的冷字不再是字典辭書上所規範的字義，而實在是經由閱讀以後作品與讀者互動所產生的主體默會，任何一個有感有效的閱讀，必然會引生這種默會之意。這也說明意義的「未定性」與「多義性」，正是閱讀興味所在，亦是詩作品之特質。我以爲把這方向再往前推，拓展這一層次的閱讀，一種轉機即可能成形。而這一層次的運用，特別容易在解析一首詩時看出來。

稍早，孟樊也寫過一篇《辯解些什麼》單獨賞析裴元領的一首《綠色的辯解者》，裏面除了一貫的術語應用與理論套用之外， 已稍稍觸及主體性的意義領受。 並且， 認識到詩之特質在隱含的曖昧性意義，也強調了讀者閱讀的眼界須與作品正文的眼界溝通瞭解的互動關係。這正是詮釋學大師伽達瑪的「視景交溶」之說。於是吾人看到解析者帶着「否定」「磋商」「質疑」「再認同」等閱讀過程中變化複雜的行爲。裴元領原詩如下：

他拿起綠色奇異筆塗滿鏡子以否定自己於是一個分不清嘴臉的綠頭人上街聲稱世界不過是一團奇異的綠色互相踐踏但是一列火車只是壓過這團綠色於是綠色的汁液迅速流過五六十條街道填滿水溝淹沒地下道於是這整座城市嗡嗡地響著世界不過是一團奇異的綠色但是這片綠色的海洋不斷淹沒世界的每個角落每個窗口只是不斷漲高於是他驚恐地將頭撞向一面塗滿綠色奇異筆的鏡子全是綠色的碎片和一張綠色的臉趴在綠色的房間

孟樊對這首詩先從技巧形式分析，分別定位該詩屬「描述詩」這一類型，說明該詩敘述方法用「意識流」，本我與它我有敘述者與面具之辯證關係。再提示該詩在手法上可能受魔幻寫實的影響，再強調該詩語言敘述方式用「反覆迴增」，以造成字句形式在機械化中保有變化，使到形式或本身反覆，但意義迴增。以上這一大段技巧性分析佔去全文三分之二，等於說，技巧上的發現，符合術語的要求，構成解析者的「讀者眼界」，在此，正文的眼界實際上並未被分析出來，解析者的用心，主要在檢證術語與技巧，再把這種檢證擺入一個先前預設高理論格式下。可謂是技巧主義者，理論至上者，吾人不禁要問正文的視景何在？又，閱讀者之領受及其意義視景又何在呢？當孟樊既已引述馬奎斯《百年孤寂》一書中某一片段描寫鮮血之流的文字，來作爲《綠色之流》一詩可能的影響時，其着眼點不在意義，而是兩者類似魔幻寫實的技巧，就可知解讀者根本用心所在了。問題是，僅僅要以這一手法類似的現象，無非再證明又一個「互爲文本」的術語之効用，則閱讀尚有何趣味可言？

幸好，在孟樊這篇文章的最後一小段文字，透露了某些訊息。讓我們看到解讀者某些主體性的訊息。有可能把讀者的視景介入，帶着辯證質疑的意識在詩行字句間尋幽訪勝，在意象叢林中，尋找替代與隱喻，由此而建立自己的一致性領受。孟樊這一段說：

> 詩讀到這裏，我們不禁要問：「他」拿起綠色奇異筆塗滿鏡中的自己，就能「否定自己」嗎？卽使這個世界如他的幻想所想，全被綠色之流掩蓋就能完全將自己否定嗎？但他否定自己是否背地裏真正否定的是這個世界？不過綠色象徵的是希望、創生，詩人或「他」為什麼偏要選擇綠而不選擇黑呢？這是不是有反諷（irony）的味道？難道他內心在抗議著些什麼？……詩中留下的這些「空白」（blanks），只好委屈讀者主動一一為它們填滿。（孟樊，一九八八，頁一七）

這一段文字如果是開始閱讀時就已做了準備，那麼，結果的空白不必由解讀者預解，任何介入者都有權利本着主體性領受自己經過辯證以後的「一致性」自足完成的意義。別忘了，作品與讀者互動間的過程，基本上，否定，質疑是最主要的行爲，空白隨時存在於時間上的片段位置，也存在於觀念上的正反否定。因之，閱讀做爲一樁事件，絕對須要一種遊移性的觀點，以提供意義思考的可能。這其中，技巧策略與閱讀策略也還是透過遊移觀點去思索，可能再可能，否定再否定，反覆反覆，最後，會在某一段時期求得暫時的一致性解悟。待時空移錯，可能又要面臨新的解悟，這正是解讀者主要任務。解讀之可貴，在「描述」每一次解讀之過程及其領悟意義。而不是一套技巧性之分析，因爲解讀者要知道，所謂技巧性原也不是一成不變，而是要跟意義內容形式緊密綜合起來的一致性統合。技巧絕對要面臨再詮釋再發現之可能。當然，基本上點明某些文類內在制約的技巧與術語加以規範解讀權限，或者以之做爲評價上之權宜標準卻是有必要的。問題是，就算你發現某作家之技巧合於標準了，甚至大費周章地指出來了，或者臚列很多「英雄所見略同」的類似技巧，這種說明不把它當作閱讀與味之一，而只是套用，檢證，那又有何意義呢？對人文自由思考又有何啓發反省呢？對文學之做爲一種人生省悟，或者詩功用之興觀羣怨又有何助呢？對人文生機的觸動感會因之而引致生命意義的普遍性思考又有何作用[4]？

底下吾人試引兩例，以方便比較觀摹一種理想閱讀解析的方式，從其中看出技巧與意義結合，技巧做爲閱讀發現的一種閱讀愉悅，一種意義感發。一篇是駱以軍寫的《飄移在小城街道裏的囈語》，解析楊澤《一九七六紀事1》，另一篇則引大陸學者吳調公在《古典文論與審美鑑賞》一書的後記中自述閱讀鄭板橋一首七律的過程。

首先在《一九七六紀事1》的前段文字是說：

這次我們的悵惘確已成形，瑪麗安
無人的長長的沙灘，天空
窗外，一縷斷煙遠方。
這是一九七六的初春，瑪麗安
世界還很年輕，我們
我們為什麼枯坐在此？

（你偏頭靠坐房間的暗角，長髮垂落，後來我發覺你已疲倦睡去）

這段敍述，是獨白？是傾訴？是對話？是旁知描寫，套用敍述學技巧分析，這裏不但有「敍述者」，有「化身」，其實還可再援引「隱身作者」「實際作者」「隱身讀者」「頑笑讀者」……等等，宗於精密技巧分析者，大可套用各家敍述學的敍述「術語」，按照華理斯・馬丁在《晚近敍述學》一書的歸類，卽有「作家」「隱藏作者」「遊戲作者」「遊戲敍述者」「隱身讀者」「頑笑讀者」「權威讀者」之分。（馬丁，一九八六，頁一五四）卽以敍述型式分，也有六種之別。（同前，頁一三五）這一套理論敍述學足供技巧主義者對《一九七六紀事》這一段中我們，瑪麗安，你，我所指涉意涵的分析。可是這樣的敍述分析如果僅僅止於這種技巧之發現，以及點示，其實不夠的，緣於讀者在閱讀進行中技巧已隨在閱讀，因之技巧也卽隨機性地附麗於閱讀意識中，而不證自明的。駱以軍有如下的評賞：

於是第一段末以括弧控制、時空模糊的氛圍效果（「你偏頭靠坐房間的暗角，長髮垂落，後來我發覺你已疲倦睡去」），在此段卸去括弧，成為全詩時空架構一個清楚的依據座標。不但否定了腹間一段情節與時空的真實性（「離開」、「回來」、「老去」，一切不過是詩人「幾分前的臆想」罷了），且藉著場景的拉回（回想首段營造的慵懶睡思、昏沈的靡無氣氛），將中段逐漸擠壓銳亢的不安情緒鈍化：怵然心驚的恐懼、光與黑暗的傾軋（一九七六記事四）、遺棄或被遺棄之間角色的難以取決。詩人內裏無限龐巨的營建和崩毀全在短短幾分內完成，而瑪麗安仍不變睡姿、安謐祥和地睡著。原先一場詩人對自己和瑪麗安的堅持或背叛，全在「我」（楊澤及被導引的讀者）俯身無限憐愛地望著瑪麗安沈睡姿容的瞬間，成了庸人自擾的徒勞；委曲錯綜的告白，也成為飄移在小城街道的紛絮囈語。詩人精微的心靈變遷全消蝕在瑪麗安「美麗的、無政府主義者的肉體」，這時，虛無主義的頹渙氣氛已達到極點：「瑪麗安，我忽然心痛願意／自己是把最親愛你的梳子……」（駱以軍，一九九〇，頁二一六—二一七）

在這一段分析中，括弧這個技巧被綜合化了，許多的延伸演繹之意涵隨機性地隨主體者揭開來，此刻，種種如此這般之說，解析者雖然處處推給「詩人如何如何」的代名詞歸屬，然而也即是「我如何如何」的主體性領受。順此推展，解析者才敢越過「意圖謬誤」或者「感動謬誤」而做出如下的豐富判讀，駱以軍說：

瑪麗安不但是楊澤內裏詩化人格的分身投影，且這個陰性分身，在重疊融化於詩人較龐大而架構並不十分清晰的思維領域時，常會內縮凝擠成一個集詩人反智性、情緒化，甚至與整個富使命性質（歷史或文化的反省）的詩進化相抗拒的化身。這樣的一個陰性化身的風情（沈睡的女體、面孔模糊的影像、母體的乳香、逐漸頹老的氣息），是否正是楊澤對中國情懷的反芻姿勢和告白？瑪麗安一邊扮演著安靜的傾聽者，使詩人以仿若私語的方式，「無意」被讀者竊聽而逼讀者先被設定為「瑪麗安」的同情者；一邊又游離遠去，成為一個楊澤和讀者同樣不可捉摸、無法找到恰當姿態去愛戀的遙遠圖像。末段的「瑪麗安，我忽然心痛願意／自己是把最親愛你的梳子」於此時，除了詩本質的虛無情緒外，是否誠如詩人（記事四）的宣告：「瑪麗安，你知道嗎？我已不想站在對的一邊／我只想站在愛的一邊……」在面對著錯綜矛盾的種種歷史色鏡干擾下，詩人痛苦於相當於成人儀式的「歷史真實」之洗禮。

（駱以軍，一九九〇，頁二七—二八）

在這一段統合性的解讀過程中，吾人看到解讀者如何用著遊離觀點做出參考，辯證，尋找敘事者，角色，讀者的指涉，時時帶著否定質疑，最後再從否定出發，創生另一種主體自決的「一致性」感受。這個一致性完成取決於各種不同解讀策略的綜合判解，是理論與技巧無法證成的，關係到讀者的能力、經驗、傳統、背景，與無以取代的個別性。即使深受意識型態主宰的也有不同的「一致性」解讀。下面吳調公的解讀鄭板橋一首七律，即是一例。他自述偶然在故鄉焦山華嚴閣看到鄭板橋的碑拓，畫的是雨竹，上面題了一首七絕，吳調公一讀之下，即以爲這是一首人民性，藝術性極強的代表作，這首詩如下：

> 衙齋臥聽瀟瀟雨，疑是民間疾苦聲
> 些小吾曹州縣吏，一枝一葉總關情

試看吳調公的解讀是這樣寫的：他先不斷閱讀，從鄭板橋其人其詩其畫綜合地欣賞瞭解，放到自己目前所處的境況，正值民國三十七年冬抗戰軍興之時，於是聯想到八方風雨，大澤龍蛇，自己的故鄉已經淪陷，百感交集，自己也仿原作之韻填了一闋《浪淘沙》，他說：

> 在那一個特定時代，觸目寒禽衰草，沿著荒涼小巷，耳邊傳來一陣幽咽的錫簫聲，想起大地瘡痍，鄭板橋畫中的筆墨淋漓的雨竹，更引起人們對現實苦難的關情；而他的骨肉蒼生的懷抱之高，也更引起我的景仰。不僅景仰，我更在當時引為我業餘最大愛好的中國畫的創作和畫論研究中，對他的以造物為師的「掀天揭地」的嶔奇磊落的藝術風格，開始進行探索。這以後，我又把他的畫論和詩、文論聯繫起來，於是我懂得他之所以提倡「活」和「神」的道理了。緬懷著千秋悵望之情，我悠悠地走進了四十年前的華嚴閣，耳畔捲起濤聲，凝注著那幅永遠鐫刻在我頭腦裏的《雨竹》，從竹的孤高瘦勁的風度，領悟到板橋的為人和畫論二者相吻合之處：由竹的處境想像到人民疾苦，從而使竹與人渾然一體，無法與有法渾然一體，這確乎是深得其「活」。不僅寫出雨竹之受風雨憑陵，更寫出在「些小縣吏」眼中的雨竹所深涵的悲劇命運；不僅寫出竹的「一枝一葉」，更寫出作為「親民」之官的縣吏平時熟覩和為之深切痛心的「民間疾苦」的林林總總，也恰和竹的「一枝一葉」一般，百憂勞心，拳拳意切。這確乎

是深得其「神」。回頭一想，我對鄭板橋的了解，以至從一幅《雨竹》所得到的啓發，較之過去，可以說深入一層了。（吳調公，一九八七，頁四七九）

以上這種解讀，吾人看到技巧的分析是跟閱讀者的經驗，當下時空之領受，以及某種「人民至上」的意識型態結合起來，再旁推作者其它畫論，詩文的關係，綜合成「一致性」的主體領受。雖然其中有些太執泥的意識型態，但至少這也是一種介入，閱讀之無可避免的干擾。而這樣具有主體性介入的閱讀大有別於理論套用，也不致迷於術語技巧，我以爲批評是要綜合閱讀過程之現象，自由之抒發，輔以賞鑑，資以學識，綜合而成的完形批評，才叫詩學。這種詩學其特色在閱讀性的強化，在主體解悟的深入，在反應感受的默會淋漓。吾人可總名之曰：主體性詩學，讓我們回歸主體思考，佔有主體地位，爲人文心靈做出活絡豐富的探索。

附　註

❶ 目前可見的新世代含意，多半就時間上說，如羅青、林燿德、孟樊，跟我所訂的時間也不同。最新出版的《新世代詩人大系》在時間上寬限很大，頗待思量。我本文的新世代，大抵與游喚一九九〇那篇文章一樣，只是一指詩作品，一指詩批評。

❷ 黃智溶的詩評，是新世代中少見的肯定傳統詩學可能給予現代啓示的一位自覺意識批評者。除了上引幾篇文章，另外可參黃智溶一九八一、一九八九，近年黃智溶主要以「隔離意識」爲主要討論內容，針對現代詩的這種主題在多方面的表現。

❸ 把任何理論評價當成一種言說，這是晚近由傅柯提出的概念，而廣泛地被應用於文學理論與文學批評，言說在此領域內帶有批判性質，使到殖民地文化對歐美文化有強烈的認同危機，這方面問題最近在蟻布思一九九一，頁六有深入的討論。早先言說在語言學上特別指當場交談，是相當主體性，當場有個你與我，馬上可以修正，時式也多半用現在完成式。（參巴笛克，頁五九）傅柯將之發揮到文化批評，形成後期結構主義的主要論點。意指任何言說交談，皆有自我證成之色彩，由之而演生出某種既成想法，會一再主宰他的論點與偏見。這就形成某一階段歷史時期共同的語言，以及由此語言建構成的社會背景與意識型態。根據如此的初步瞭解，新世代詩學的「後現代言說」，也具有「言說」的偏見，使到同樣詩人的解析評價，出現截然不同的意見。例如方唐在《在前衛的列車之後》一文中評林燿德詩集《銀碗盛雪》在形式技巧上的後現代設計，幾乎全盤否定，並指出在現代主義時期早有先例。（參方唐，一九八七，頁七）這與孟樊對林燿德這種技巧的看法與評價顯然不同。（參孟樊，一九九〇）

❹ 專主技巧，創造術語，做出寫作規範的說法，最後極端，會誤導技巧成爲文學觀念。中西兩方面都有過熟知的歷史。參劉若愚一九八一，頁二〇七，對這點有比較討論。技巧分析太過，正如劉氏所言有可駁斥。在清代中期桐城派講詩文技巧，到了末流成爲評點的方式引致反感，即是顯例。如果再引孟樊專門分析技巧的評文，則分別見於《超前衛的聲音》（孟樊，一九八八，頁一三〇），此文悉援引自西方的後現代觀念術語套用夏宇的詩。另一文見於《臺灣後現代詩的理論與實際》（孟樊，一九九〇，頁一四五），此文擴大範圍，討論八十年代中期以降幾位新世代詩人的後現代「技巧」。這種技巧術語，經過西方後現代文學的試驗創作，由批評家或學者歸納爲後現代基本手法，在一九八五年ICA文件中，米契爾·紐曼特別把它列出來有七種，分別是：超前衛，作者之死，託喻，霸佔與不可思議，無目的之拼貼，相擬，與諧擬等。我們發現孟樊用來分析夏宇詩所用的術語也就是這些爲主要。（參李莎·阿皮格尼斯，一

九八六，頁三八—四九）吾人須瞭解，就相對於「舊」現代主義或寫實主義之技巧而言，後現代詩這種在技巧上的創新，可看作是文學前進史上的一種肯定評價。但吾人更須清楚，寫實主義與現代主義不可以僅僅當作技巧去規範，否則太偏枯貧乏了。同樣，後現代詩的瞭解也不能即以技巧看待。技巧與術語最後終將是被收入術語辭典等工具書，僅供基礎性技術面的初步奠基而已。過去霍爾曼，與佛萊所編的術語辭典未收「相擬」、「無目的撞擊」，普林斯頓詩學辭典也未收。即以超前衞思潮來看，凡塔納思潮大辭典也沒有談。不過，放心，新出晚出的工具書必會補入，如克里斯・巴笛克一九九〇編出的《牛津文學術語》就有「無目的撞擊」這一條目。試想，作品解讀與文學批評如果只是這些工具書的覆查，又有何用？

引用參考書目

孫維民，一九九一A，〈詩語錄〉，刊於《藍星詩刊》二十八號，頁四一。臺北：藍星詩刊雜誌社。

孫維民，一九九一B，〈小論抒情傳統〉，刊於《藍星詩刊》二十六號，頁三八—四一。臺北：藍星詩刊雜誌社。

孫維民，一九九一C，〈語言和意義〉，刊於《藍星詩刊》二十七號，頁四八—四九。臺北：藍星詩刊雜誌社。

孫維民，一九九〇A，〈意義和藝術〉，刊於《藍星詩刊》二十四號，頁三四—三六。臺北：藍星詩刊雜誌社。

孫維民，一九九〇B，〈爲抒情詩抒情〉，刊於《藍星詩刊》二十三號，頁一〇二—一〇四。臺北：藍星詩刊雜誌社。

孫維民，一九九〇C，〈觀念詩：現代詩的一條歧途〉，刊於《藍星詩刊》二十二號，頁五—七。臺北：藍星詩刊雜誌社。

黃逸民，一九九一A，《布雷克的「醜惡」美學》，在淡江大學召開第三屆「文學與美學」研討會議宣讀論文集，頁一三五—一五八。臺北：淡江大學中國文學研究所。

賀少陽，一九九一B，〈詩的綠與白——談西方後現代文學與中華人天合一的「二元詩美」〉，刊於《藍星詩刊》復刊第二十六號，頁四七—五一。臺北：藍星詩刊雜誌社。

蟻布思·艾爾路，一九九一，〈批判西方理論的可靠盟友與不可靠盟友〉，楊明蒼譯，刊於《中外文學》二十卷二期，頁四—一七。臺北：中外文學月刊社。

游　喚，一九九〇，〈幽人意識與自然懷鄉〉，收入孟樊，林燿德合編《世紀末偏航》論文集，頁二二九－二六七。臺北：時報文化出版企業有限公司。

劉再復，一九九〇，〈告別諸神——中國當代文學理論世紀末的掙扎〉，刊於《二十一世紀》，頁一二六－一三四。香港：香港中文大學中國文化研究所。

駱以軍，一九九〇，〈飄移在小城街道裏的囈語〉，刊於《現代詩》復刊第十五期。臺北：現代詩季刊社。

何德・羅伯特，一九九〇，《文學做爲一種言說》。巴爾的摩：約翰霍普金斯大學出版社。

林燿德，一九九〇，〈八十年代臺灣都市文學〉，收入孟樊、林燿德合編《世紀末偏航》論文集。臺北：時報文化出版企業有限公司。

林燿德，一九九〇，《新世代詩人大系》。臺北：書林書店。

林燿德，一九八八，《不安海域》。臺北：師大書苑有限公司。

林燿德，一九八六，《一九四九以後》。臺北：爾雅出版社有限公司。

黃智溶，一九九〇，〈指揮文字演奏音樂〉，刊於《文訊月刊》，十二期，頁一六三－一六六。臺北：文訊月刊雜誌社。

黃智溶，一九八九，〈評吃西瓜的方法〉，刊於《文訊月刊》第十期，頁一〇一－一〇四。臺北：文訊月刊雜誌社。

黃智溶，一九八二，〈從攀月桂的孩子一詩中，論香港人的隔離心態與主題意識的重要性〉，刊於《香港詩風》一一二期，頁四〇－四四。香港：詩風雜誌社。

黃智溶，一九八二，〈從屋頂之樹與燈柱兩首詩中論羊令野的隔離意識〉，刊於《文藝月刊》，頁一七一－一二四。臺北：文藝月刊雜誌社。

黃智溶，一九八二，〈從兩首鄉愁詩中，論隔離意識的內容與形式〉，刊於《香港詩風》一一〇期，頁二六－三〇。香港：詩風雜誌社。

巴笛克・克里斯，一九九〇，《牛津文學術語》。紐約：牛津大學出版社。

孟樊，一九九〇，〈從醜的詩學到冷的詩學〉，刊於《現代詩》復刊第十六期，頁三—七。臺北：現代詩季刊社。

孟樊，一九九〇，〈臺灣後現代詩的理論與實踐〉，收入孟樊，林燿德編《世紀末偏航——八〇年代臺灣文學論》論文集，頁一四五—二二〇。臺北：時報文化出版企業有限公司。

孟樊，一九八八，〈後現代之後：瀕臨死亡的現代詩壇〉，刊於《現代詩》復刊第十三期，頁三—六。臺北：現代詩季刊社。

孟樊，一九八八，〈超前衛的聲音〉，刊於《臺北評論》第四期，頁一三〇—一四五。臺北：臺北評論雜誌社。

孟樊，一九八八，〈辯解些什麼〉，刊於《現代詩》復刊第十三期，頁一五—一六。臺北：現代詩季刊社。

向明，一九八九，〈現代詩壇的困境〉，刊於《藍星詩刊》復刊第二十號，頁一八—二〇。臺北：藍星詩刊雜誌社。

方唐，一九八七，〈在前衛的列車之後——評「銀碗盛雪」〉，刊於《現代詩》復刊十一期，頁七—八。臺北：現代詩季刊社。

路況，一九八七，〈表象世界的思維者〉，刊於《現代詩》復刊第十一期，頁二—六。臺北：現代詩季刊社。

吳調公，一九八七，《古典文論與審美鑑賞》。濟南：齊魯書社。

普列明格・艾利克，一九八六，《普林斯頓詩學手册》。普林斯頓：普林斯頓大學出版社。

阿皮格尼斯・李莎，一九八六，《後現代主義ICA文件四號》。倫敦：當代藝術中心。

馬丁・華理斯，一九八六，《晚近敍事學》。綺色佳：康乃爾大學出版社。

史馬特·伯利，一九八五，《傅柯》。紐約：曼遜出版公司。
劉若愚，一九八一，《中國文學理論》，杜國清譯。臺北：聯經出版事業公司。
傅柯·米契爾，一九八〇，《性史第一集》，何萊·羅伯特英譯。紐約：藍頓出版公司。
傅柯·米契爾，一九八六，《自我之審視——性史第三集》，何萊·羅伯特英譯。紐約：藍頓出版公司。
亞當·海哲拉，一九七一，《柏拉圖以降的文學理論與批評》。紐約：哈克布萊絲，周昧諾契出版公司。

臺灣文學研究在日本

下村作次郎
(Shimomura Sakujirou)

一、文學史上的臺灣文學的地位

首先，爲了理解臺灣文學曾在中國文學史上佔有什麼樣的地位，我列出了到現在爲止出版的文學史以及辭典。請參看資料〔I〕。這些書是由(a)臺灣出版，(b)大陸出版，以及(c)日本出版三個地方蒐集來的。

〔資料I〕（按年月順序排列）

(a) **臺灣出版**

尹雪曼總編纂《中華民國文藝史》，一九七五、六，正中書局
（這本書裏附有〈臺灣光復前的文藝概況〉的一文）

陳少廷著《臺灣新文學運動史》，一九七八、三，聯經出版

葉石濤著《臺灣文學史綱》，一九八七、二，文學界雜誌社
彭瑞金著《臺灣新文學運動四十年》一九九一、三，自立晚報

(b) **大陸出版**

封祖盛著《臺灣小說主要流派初探》，一九八三、一〇，福建人民出版社
黃重添、庄明萱、闕豐齡編著《臺灣新文學概觀》（上），一九八六、七，鷺江出版社
王晉民著《臺灣當代文學》，一九八六、九，廣西人民出版社
白少帆、王玉斌、張恆春、武治純主編《現代臺灣文學史》，一九八七、一二，遼寧大學
包恆新著《臺灣現代文學簡述》，一九八八、三，上海社會科學出版社
張毓茂主編《二十世紀中國兩岸文學史》，一九八八、八，遼寧大學出版社
徐迺翔主編《臺灣新文學辭典》，一九八九、一〇，四川人民出版社
陳遼主編《臺灣港澳與海外華文文學事典》，一九九〇、六，山西教育出版社

(c) **日本出版**

《ラルース（Larousse）世界文學事典》，一九八三、六，角川書店
（松永正義〈臺灣の（的）文學〉。與膳宏、丸山昇編《中國文學史》中的一章）
丸山昇、伊藤虎丸、新村徹編《中國現代文學事典》，一九八五、九，東京堂
（松永正義〈臺灣文學〉）
〔參考：〈日據時期〉島田謹二〈臺灣の（的）文學的過現未〉（《臺灣文學集》

一九四二、八，大阪屋號書店）」在日本可以說是幾乎都沒有像臺灣、大陸那樣的比較完整的臺灣文學史。只有這裏列出的兩部書裏頭的極其簡單的記述而已。

另外還有在此必須要補充的兩本書，一本是尾崎秀樹寫的『舊植民地文學的研究』（一九七一・六），另外一本是留日學者王育德寫的『臺灣海峽』（一九八三・一），可是這兩本書不能說有系統的文學史。前者的重點在九一八到日本敗戰的十五年戰爭時代的臺灣文學後者以個人作家爲中心而記述。

二、在日本臺灣文學的研究現況

從一九四五年日本敗戰以後到現在，關於臺灣文學的研究到底怎樣進行而發展呢？我首先把已發表的論文蒐集作了文獻目錄。請參看文末資料〔Ⅱ〕。這個目錄的排列方法是按年月順序排列。

這個目錄雖然是追溯前人的研究業績，但是還有須要加以考慮的一些問題。就是說，戰後到現在還沒經過半個世紀，時間很短。而且這個目錄只不過蒐集了在主要學術刊物以及報章雜誌發表過的論文文章，所以我認爲除了這個目錄之外尚有遺漏的學者和研究業績，譬如說大學畢業論文，碩士論文（注①）以及口頭報告等等，恐怕還有很多。

所以先要在此請大家理解這點，以下將簡單地追溯在戰後日本有關臺灣文學的研究歷程。

我認爲戰後大略可以劃五個時期。

第一期：戰後—五十年代(西曆，以下同)，在這個時期，值得提出的是留日學者王育德發表的「五四文學革命波及臺灣的影響」(一九五九・十)。這篇論文是在『日本中國學會報』上發表的。除了這篇論文以外，一直到現在都還沒有其他學者在這個「日本中國學會」上發表過論文。

第二期：六十年代，有一位文學評論家尾崎秀樹的研究活動最引起注意。他把剛才已經講過的專書『舊植民地文學的研究』在一九七一年出版。這本書，今年六月又再版，並把書名改爲『近代文學的傷痕　舊植民地文學論』。在這再版上的「後記」裏，他提到他們(竹內好、平野謙、橋川文三、安田武、石田雄、內川芳美、尾崎秀樹)從一九六〇年三月到該年年底以「戰爭下的文學」這個題目做了一個共同研究。後來，他把當時的成果在『文學』及『日本文學』等雜誌上發表問世。該書基本上是收錄這些論文的。

第三期：首先應該提起的是吳濁流的三本書。請看資料〔Ⅲ〕。從一九七二年到七三年在東京出版了『黎明前的臺灣』『泥濘』『亞細亞的孤兒』的日文版。我想這些書可能當時銷路不太好。可是從目錄上可以看到，包括尾崎秀樹、留日學者王育德、還有同樣留日學者戴國煇等五六個知識分子，他們曾經寫過關於這些書的解說、評論或書評。

此外，這個時候，年青一輩的研究者開始研究臺灣。他們發表了對於日據時代在臺灣所發行的『臺灣大衆時報』『文藝臺灣』『臺灣時報』的研究。他們是若林正丈、河原功、松永正義三人。

以上回顧了這段研究史之後，我發現到，雖然在這三個時期，日本和中華民國之間仍有邦交，可是一九七二年兩國斷交以前幾乎都沒有對於在那個時代活躍的臺灣作家的研究。我所知道的只是在一九七一年三月新開高明教授發表的「關於瓊瑤的作品」一篇文章而已。這個現象可以說是當時日本中國文學界把注意力全部集中在中國大陸的結果吧。

第四期：七十年代後期到八十年代初出現了幾個新的現象。

一、在東京成立了以戴國煇爲首的「臺灣現代史研究會」。該會在一九七八年四月發行『臺灣現代史研究』創刊號，以後到一九八八年十月一共發行了六號。但是，後來就停刊了據說該會的前身是「後藤新平研究會」。剛才所提到的三位年青學者都是該會的主要會員。數年前解散之後，他們各自追求自己的研究題目並繼續進行研究工作。

以東京爲主的這些年青世代，一方面撰寫學術論文，一方面出版臺灣現代小說的翻譯書，目前出版了三本『臺灣現代小說選』。（請參照資料〔Ⅲ〕）而且每本翻譯書都附有鏗鏘有力的「解說」。當時，這些翻譯書以及「解說」在日本的中國文學界引起了相當大的反響。❷

二、這個時期，天理大學教授塚本照和開始發表有關臺灣文學的一些論文。在此從研究史的觀點，值得一提的是塚本照和一九八四年以臺灣文學研究爲題取得日本文部省科學研究補助費。在當時以有關臺灣的研究能取得日本文部省的科學研究補助費是一件相當困難的事情。

在同一個時期，專攻臺灣文學的學者張良澤到日本來赴教。張良澤在日本發表的第一篇文章是一九七九年十一月五日在朝日新聞上登載的「苦悶的臺灣文學」。

這個時期，在關西地方想要瞭解臺灣文學的一羣年青人慢慢出現了。他們原先是以中國近現代文學研究爲主，所組成的研究會叫做「咿啞之會」，這個會所發行的刊物叫『咿啞』，在一九八〇年四月出版了〈臺灣文學專集Ⅰ〉。內容卽是以這兩位教授的兩篇學術論文爲中心。該會於一九八九年七月又出了〈臺灣文學專集Ⅱ〉。內容比專集Ⅰ更廣濶更深刻。

三、在關西成立了以塚本照和爲代表的「臺灣文學研究會」。該會在一九八二年六月出版了『臺灣文學研究會會報』創刊號，目前出到第十五號。創刊號上登載一篇以「臺灣文學研究會創立辭」爲題的文章。裏面談到當時研究臺灣文學的困境。這個會報的特色是重視可靠的文獻以及發掘第一手資料。中島利郎寫的「誰寫了『悼魯迅』？」（第二號）以及塚本照和撰的「關於楊逵『新聞配達夫』（『送報伕』）的版本」第三・四合刊號都曾經在臺灣翻譯過。此外還有張良澤的「在美國臺灣文學研究的現況」（第八・九合刊號）、鍾肇政的「關於臺灣文學——談起『譯腦的體驗』」（第十號）等重要論文。

四、一九七九年有兩本臺灣作家的翻譯書。一本是描寫日本觀光客的黃春明所寫的『莎喲娜拉・再見』。另外一本是描繪中國文化大革命的陳若曦所寫的『耿爾，在北京』。這兩本書擁有廣大的讀者羣。並且日本學者也由此知道了一部分臺灣現代作家的面貌。

五、在中國大陸出版的雜誌上一九七九年第一次開始登載臺灣小說。第一篇小說是在『上海文學』三月號上轉載的聶華苓的「愛國獎券」。後來，我想各位也都知道，在大陸陸續出版了許多臺灣小說。從時間上看來，大陸和日本的研究差不多是在同一個時期開始的。可是剛才我所講的日本學者、留日學者的研究與大陸學者的研究之間，彼此並沒有什麼連繫。如果有的話，那也是一九七九年十二月出版『臺灣小說選』以後的事情。

六、一九八二年年底，楊逵先生隔五十年訪日。這件事，從臺灣文學研究史看來，是一件值得一提的事情。當時在東京開了座談會，那時的記錄以「臺灣作家的七十七年」爲題，在『文藝』雜誌上發表過。此後，臺灣作家跟日本學者的交流就越來越多了。

七、一九八三年左右，神戸大學山田敬三教授極力地開始進行臺灣文學研究。後來在臺灣政治大學開了座談會，當時的記錄刊載在『中國研究月報』（一九八四年六月）上。

以上，所講的主要是在日本剛開始研究臺灣文學時期的情況。

當然，另外還有很多應該要提的研究。也有後來成立的多種研究會。譬如說，臺灣史研究會、臺灣學術研究會、臺灣學會、還有今年六月才剛成立的天理臺灣研究會等。

另外還有兩位學者的研究不能不提。一位是東吳大學研究所日本古典文學的專家蜂矢宣朗教授。這位教授主要的研究對象是日據時代的日本作家。他從很早就開始了這一方面的研究，今年五月出了一本『南方憧憬——佐藤春夫和中村地平』。我認爲如果我們想要眞正的探討臺灣的文學史，就不能忽視日據時代的日本作家。這也是在臺灣文學史上的一個很大的問題。❸

另外一位是吉備國際大學的岡崎郁子女史。她的研究重點在臺灣現代作家的文學。這五六年來她致力於整理發表訪問現代臺灣作家的記錄文章。並且進行翻譯工作，今年一月出版了劉大任原著『浮遊羣落』。

〔Ⅲ〕 關於翻譯方面只限於作爲單行本發行的（包括臺灣作家用日文寫的書），請參照資料

〔資料Ⅲ〕（按年月順序排列）

吳濁流著《アジアの孤兒》（亞細亞的孤兒），一九五六、四，一二三書房
吳濁流著《歪められた島》（胡志明），一九五七、六，ひろば書房
吳濁流著《夜明け前の臺灣》（黎明前的臺灣），一九七二、六，社會思想社
吳濁流著《泥濘に生きる》（泥濘），一九七二、一一，社會思想社
吳濁流著《アジアの孤兒》（亞細亞的孤兒），一九七三、四，新人物往來社
陳紀瀅著、藤晴光譯《荻村の人びと》（荻村傳），一九七四、一〇，新國民出版社
張文環著《地に這うもの》（滾地郎），一九七五、九，現代文化出版社
陳若曦著、竹內實譯《北京のひとり者》（耿爾，在北京），一九七九、二，朝日新聞社
黃春明著、田中宏、福田桂二譯《さよなら・再見》（莎喲娜拉・再見），一九七九、九，めこん社
曾心儀著、松永正義譯《彩鳳の夢　臺灣現代小說選Ⅰ》（彩鳳的心願），一九八四、二，研文社
李雙澤著、松永正義譯《終戰の賠償　臺灣現代小說選Ⅱ》（終戰的賠償），一九八四、七，研文社
瓊瑤著、田宮順譯《夢語り六章　瓊瑤作品集Ⅱ》（六個夢），一九八四、一一，現代出版

瓊瑤著、しばたまこと (Shibata Makoto) 譯《銀狐　瓊瑤作品集Ⅱ》(白狐)，一九八四、一一，現代出版

瓊瑤著、北川ふう (Fu) 譯《窗の外　瓊瑤作品集Ⅱ》(窗外)，一九八四、一一，現代出版

鄭清文著、中村ふじゑ (Fujie) 譯《三本足の馬　臺灣現代小說選Ⅲ》(三腳馬)，一九八五、四，研文社

賴懶雲著、陳逸雄編譯《臺灣抗日小說選》，一九八八、一二，研文社

白先勇著、中村ふじゑ(Fujie)譯《最後の貴族》(謫仙記)一九九〇、九，德間書店

劉大任著、岡崎郁子譯《デイゴ燃ゆ》(浮遊群落)，一九九一、一，研文社

三毛著、妹尾加代譯《サハラ物語》(撒哈拉的故事)一九九一、三，筑摩書房

白先勇、張系國等著、山口守監修《バナナボート》(香蕉船)，一九九一、八，JIC出版局

從上述內容，再做進一步的整理的話，我認為在日本對於臺灣文學的關心所在，可以舉以下幾方面的特點。

一、站在日本敗戰後，從臺灣回到日本去的人的立場來研究的。
二、站在正視歷史或反省過去殖民地統治的立場來研究的。
三、站在對臺灣文學空白（沙漠）論抱持懷疑的立場來研究的。
四、站在對日本學界的中國現代文學研究所持的偏見感到懷疑的立場而開始研究的。
五、由於對臺灣現代文學感到新鮮、驚訝或感受到臺灣文學本身的豐富性而開始研究。

六、經由戰後實地的訪問，而對臺灣文學研究產生興趣的。

以上所提到的都是日本人的研究立場。除了這些日本學者的立場以外，還有已經提到的留日學者或留學生的研究立場。

自然，研究上的立場或觀點個個都不一樣。可是到了八十年代以後，像以上所看到的，臺灣文學的研究成了日本學界的一股新潮流，同時也在文學研究方面獲得了一定的地位。

不論如何，雖然日本對於臺灣文學的關心程度還不是很高，可是在臺灣，臺灣文學的活動和創作活動越來越活躍，今後可以想見臺灣文學一定會更受到日本的海外文學研究者的注目。

❶ 碩士論文在日本研究所一般沒有成書而出版的習慣。我所知道的，但沒有記錄正式的論文題目有三篇：神戶外國語大學研究所黃惠瑾所寫的「賴和研究」、筑波大學研究所羅成純所寫的「龍瑛宗研究」、立命館大學研究所星名宏修所寫的「皇民化時期臺灣文學的研究」。

❷ 一九八六年八月在名流出版社出版了這三本書。裏面附有葉石濤所撰的「《臺灣現代小說選》序」。在本文裏頭，我將要講的事情，大部分在這篇「序」裏已經寫過。請參照。

❸ 譬如：一九八九年在大陸出版的『臺灣新文學辭典』幾乎沒有提到有關臺灣文學研究的日本作家。

本文承黃智慧女史修改中文，謹此誌謝。

（一九九一年八月十五日記）

〔資料Ⅱ〕

戰後日本有關臺灣文學研究文獻目錄（稿）

著者	論文名	發行所、揭載誌	發表年月
中村哲	臺灣の賴和氏（《知識階級の政治的立場》收）	小石川書房	四八、一（未見）
（無署名）	臺灣の文學界	中華日報	四八、七、二一（未見）
中村哲	忘れられぬ雜誌〈民俗臺灣〉の發行	法政大學新聞	五八、一一、一五
王育德	文學革命の臺灣に及ぼせる影響	日本中國學會報一一	五九、一〇
翁傑	（書評）在臺外省人の流浪哀史　王藍著《藍與黑》	臺灣青年三	六〇、八
尾崎秀樹	植民地の傷痕	思想の科學	六一、三
尾崎秀樹	大東亞文學者大會について	文學	六一、五

尾崎秀樹	臺灣文學についての覺え書——臺灣人作家の三つの作品——	日本文學	六一、一〇
尾崎秀樹	決戰下の臺灣文學——植民地の文學—	文學	六一、一二～六二、四
中村哲	臺灣人作家の回想（上）（下）	新日本文學	六二、八～九
今里禎	臺灣の文藝界——南宮博批判と主な作家たち	柿の會月報二三	六二、一〇
今里禎	續、臺灣の文藝界——鍾理和とその作品(1)(2)	柿の會月報二六，二七	六三、二～三
尾崎秀樹	《近代文學の傷痕》目次：大東亞文學者大會について／大東亞共同宣言と二つの作品／決戰下の臺灣文學／臺灣文學についての覺え書／植民地の傷痕／大東亞文學者大會關係文獻一覽／あとがき／橋川文三〈尾崎秀樹のユダ〉	勁草書房	六三、二
王育德	(書評)同情と理解の隔たり　尾崎秀樹《近代文學の傷痕》	臺灣青年二八	六三、三
翁傑	〈偏安〉映畫の標本—〈薇薇的週記〉	臺灣青年三〇	六三、五

を見て

王榕青　（臺灣文學）鍾氏の作品について　農民文學三六　六四、九

王錦江　日本統治時代の臺灣新文學について——それは異民族統治離脫を企求する精神的支柱であった　今日之中國二‖九　六四、九（未見）

尾崎秀樹　戰時下の文化統制と文學報國會の動き　國文學　六五、六

許勢常安　丘逢甲の詩について——その時事に關する詩　漢文學會會報二四　六五、六

高明音　臺灣の兒童文學(一)〜(七)　臺灣二‖？〜三‖六　六八、？〜六九、六

尾崎秀樹　植民地文學の傷痕　思想　六九、四

尾崎秀樹　霧社事件と文學　思想　七〇、二

新開高明　瓊瑤の作品について——臺灣文藝界の一斷面　防衛大學紀要二二　七一、三

猿渡新作　臺灣研究の現狀　現代史資料月報（みすず書房《臺灣(一)》付錄）　七一、三

中田喜勝　臺灣の新聞用語の歐化文體について——林語堂の發言とその反論——　九州中國學會報一七　七一、五

尾崎秀樹　《舊植民地文學の研究》　勁草書房　七一、六

目次：植民地文學の傷痕—序説ふうな覚え書／大東亞文學者大會について1.戰時下の文化統制と文學報國會の動き2.～4.／大東亞共同宣言と二つの作品—〈女の一生〉と〈惜別〉／〈満洲國〉における文學の種種相—ある傳説の時代／決戰下の臺灣文學／霧社事件と文學／臺灣文學についての覚え書—臺灣人作家の三つの作品—／國語政策の明暗／臺灣史ノート　能久の死詠沂園　孫文と臺灣　南菜園と棲霞伯一通の抗議文　乃木希典と黑井なお〈蒼〉の上映禁止　歷史—三代の血痕／朴春日〈近代日本文學における朝鮮像〉について／〈外地引揚派〉の發言／遲すぎた發言—あとがきにかえて—／大東亞文學者大會文獻一覽

坂口　子　楊逵と葉陶のこと—ある夫妻の戰中、　アジア六＝一〇　七一、一〇

中村哲　戰後―臺灣知識人の抵抗　現代史資料月報（みすず書房《臺灣(二)》付錄）　七一、一二

戴國煇　〈臺灣民報〉のこと　龍溪一　七二、二

尾崎秀樹　臺灣出身作家の文學的抵抗―楊逵のこと―　中國一〇二　七二、五

戴國煇　郁達夫訪臺の周邊　中國一〇二　七二、五

尾崎秀樹　吳濁流の文學（《夜明け前の臺灣―植民地からの告發―》吳濁流著）　社會思想社　七二、六

戴國煇　植民地統治と人間破壞―《夜明け前の臺灣》（《境界人の獨白　アジアの中から》龍溪書舍、一九七六年八月收錄）　中央公論　七二、九

周惠美（談）　花と暮らす作家・楊逵　中國一〇九　七二、一一

瀧川勉　（解說）植民地統治下の臺灣民衆の諸相（《泥濘に生きる――苦惱する臺灣の民》吳濁流著）　社會思想社　七二、一一

蜂矢宣朗　〈霧社〉覺書―佐藤春夫と臺灣―　天理大學學報八五　七三、三

戴國煇　（解說）植民地體制と〈知識人〉——呉濁流の世界（呉濁流著《アジアの孤兒——日本統治下の臺灣》收錄）　新人物往來社　七三、五
（戴國煇著《日本人とアジア》新人物往來社一九七三年十月及び《臺灣と臺灣人——アイデンティティを求めて》研文出版一九七九年十一月收錄）

村川秀夫　《臺灣》——呉濁流《夜明け前の臺灣》《泥濘に生きる》を讀んで——　アジア經濟旬報九〇四　七三、七

清水登　（書評）呉濁流著《アジアの孤兒——日本統治下の臺灣》　龍溪七　七三、九

劉明電　愛國主義と中國の詩人——陸游と謝溪秋（臺灣出身）の詩風　日中四〇　七四、四（未見）

王育德　臺灣人の身分をかくさねばならぬことについて——呉濁流評その一　臺灣青年一六七　七四、九

王育德　蔣政權下の呻吟——呉濁流評その二　臺灣青年一六八　七四、一〇

王育德　觀念的中國人と實質的臺灣人のあいだ——呉濁流評その三　臺灣青年一六九　七四、一一

河原功　佐藤春夫《殖民地の旅》をめぐって　成蹊國文八　七四、一二

若林正丈　中國雜誌解題《臺灣大衆時報》　アジア經濟資料月報一七＝一　七五、一
河原功　中國雜誌解題《文藝臺灣》　アジア經濟資料月報一七＝二　七五、二
向山寛夫　郁達夫の臺灣における講演「支那文學について」　國學院雜誌七六　七五、四
王育德　臺灣版の《大地》——張文環著《地に這うもの》　臺灣青年一八二　七五、一二
島田謹二　外地圏文學の實相（《日本における外國文學——比較文學研究——》下卷收）　朝日新聞社　七六、二
蜂矢宣朗　文藝作品に描かれた霧社事件　山邊道二〇　七六、三
松永正義　中國雜誌解題《臺灣時報》について　アジア經濟資料月報一八　七六、五
島田謹二　自傳抄、この道あの道（一〇）臺灣の〈日本人文學〉　讀賣新聞夕刊　七八、二、八
塚本照和　日本統治期の〈臺灣文學〉のこと　大學時報（日本私立大學連盟）一三九　七八、二
河原功　楊逵——その文學的活動——　臺灣近現代史研　七八、四

やなくにご う港、臺文學簡介　究一　咿啞一〇　七八、六

田中宏　臺灣における新しい文化潮流—〈鄉土文學〉の誕生—　朝日アジアレビユー三五　七八、九

塚本照和　小説に描かれた日本と日本人——楊逵《新聞配達夫》を通して　毎日新聞社《別册一億人の昭和史　日本植民地史三　臺灣》　七八、一〇

塚本照和　臺灣の作家のみた日本と日本人　第二回文化摩擦シンポジウム報告レジユメ特定研究〈東アジア及び東南アジア地域における文化摩擦の研究〉　七八、一二

河原功　臺灣新文學運動の展開——日本統治下臺灣における文學活動①　成蹊論叢一七　七八、十二

竹內實	陳若曦論	アジアクオータリー一〇＝四	七八、十二
王育德	戰後臺灣文學略說	明治大學敎養論集（人文科學）一二六	七九、三
塚本照和	「臺灣文學」に關するノート㈠——龍瑛宗の『パパイヤのある街』——	天理大學學報一一九	七九、三
塚本照和	日本統治期の臺灣における文學資料調查	東アジア及び東南アジア地域における文化摩擦の研究（昭和五二、五三年度）	七九、七
張文環	雜誌『臺灣文學』の誕生	臺灣近現代史研究二	七九、八
池田敏雄	張文環〈『臺灣文學』の誕生〉後記	臺灣近現代史研究二	七九、八
竹內實	歷史の重みに耐えた聲を傳える《臺灣現代詩集》	週刊讀書人一二九四	七九、八、二十
（無署名）	日本の統治時代に取り組む臺灣文壇	朝日新聞	七九、八、二七

田中宏　黄春明著《さよなら・再見》譯者「あとがき」　めこん　七九、九

（無署名）　水準高い臺灣の現代詩　朝日新聞　七九、九、二九

（無署名）　黄春明著《さよなら・再見》日本人には苦い讀後感　朝日新聞　七九、十、二八

（無署名）　臺灣文學の現狀　毎日新聞夕刊　七九、十、三一

張良澤　苦惱の臺灣文學　朝日新聞　七九、十一、五

（無署名）　新鮮で質高い臺灣の現代詩　毎日新聞夕刊　七九、十一、十七

（無署名）　（海外文化）臺灣文學の傳統發掘へ努力續く　朝日新聞　七九、十二、十七

張良澤　戰前の臺灣に於ける日本文學——西川滿を例として　アンドロメダ一二五　八〇、一

張良澤編　西川滿編輯發行の雜誌（戰前の部）　アンドロメダ一二五　八〇、一

張良澤編　西川滿著作圖錄（戰前の部）　アンドロメダ一二五　八〇、一

葉石濤　三十年目の尺牘　アンドロメダ一二五　八〇、一

近藤正己　西川文學を蒐集　アンドロメダ一二五　八〇、一

舟虫　(文學・文化ジャーナル)臺灣における日本文學に新たな光　朝日ジャーナル二二‖七　八〇、二

西倉一　抬頭する臺灣の鄉土文學――中國文學の新潮流　月刊中國五　八〇、二

下村作次郎　(簡介)臺灣の文學――一九七九年度出版の書籍を通して　咿啞彙報二　八〇、三

張良澤　戰後の臺灣文壇―臺灣文學の史的考察　咿啞十三　八〇、四

塚本照和　日本統治期臺灣における文學管見　咿啞十三　八〇、四

下村作次郎　(臺灣小說再錄)呂赫若の〈風水〉解說　咿啞十三　八〇、四

中島利郎　呂赫若〈風水〉について　咿啞十三　八〇、四

(無署名)　張良澤氏簡介／張良澤氏編著目錄　咿啞十三　八〇、四

(無署名)　臺灣の文學事情を特集するにあたつて　咿啞十三　八〇、四

塚本照和　(余滴)臺灣における新たな文學の動きから目下考えていること　天理大學廣報六五　八〇、六

田中宏　臺灣文學のいま　第三文明　八〇、六

王育德　陳若曦の彷徨は何を教えるか(上)(中)　臺灣青年二四一　八〇、十一～

	(下)	〜二四三	八一、一
村田茂	文革を描く——宗璞の文學と陳若曦の文學	東亞一六一	八〇、十一
河原功	中村地平・その作品と周邊	成蹊國文十四	八〇、十二
新妻佳珠子	日本の植民地時代の臺灣文學ノート一——楊逵の「新聞配達夫」について	目白近文學二	八〇、十二
陳正醍	臺灣における鄉土文學論戰(一九七七〜一九七八)	臺灣近現代史研究三	八一、一
龍瑛宗	《文藝臺灣》と《臺灣文藝》	臺灣近現代史研究三	八一、一
池田敏雄	《文藝臺灣》のほろ苦さ——龍瑛宗氏のことなど——	臺灣近現代史研究三	八一、一
小野四平	臺灣の作家・楊逵氏のこと	朝日新聞夕刊	八一、二、六
松永正義	近代文學形成の構圖——政治小說の位置をめぐつて	東洋文化六一	八一、三
河原功	日本文學に現われた霧社事件(戴國煇編著《臺灣霧社蜂起事件研究と資料》收)	社會思想社	八一、六
高島俊男	臺灣の作品を續々と紹介—白先勇〈永	日中出版	八一、六

遠の尹雪艶》など（《聲無き處に驚雷を聞く「文化大革命」後の中國文學》收）

小野四平	姜貴氏の文學について——臺灣文壇に關する一つの報告として——	ASIAN BEAT 十三	八一、九
松井やより	（ひと）黄春明	朝日新聞（大阪）	八一、十二、十一
塚本照和	臺灣文學年表（試稿）—舊日本植民地時代（一八九五～一九四五）—	南方文化八	八一、十一
下村作次郎	（臺北通信）ある詩人の感動から——臺灣現代小說漫評	咿啞十四	八一、十二
黄春明、井上ひさし、三留理男	アジアの小說に書かれた日本人像を讀んでみたまえ	週刊ポスト	八二、一、十五
王育德	鄉土文學と政治——王拓と楊青矗を中心に——	明治大學敎養論集一五二	八二、二
蜂矢宣朗	「旅びと」覺書——佐藤春夫と臺灣、續稿——	香椎潟二七	八二、三
塚本照和（	臺灣文學研究會設立の辭	臺灣文學研究會	八二、六

代表）　會報一

美船清　大陸からみた港臺文學について　臺灣文學研究會會報一　八二、六

中島利郎　中國大陸發行雜誌所載臺灣小說作品、作家資料目錄稿、（續）　臺灣文學研究會會報一～三－四　八二、六～八三、十一

新妻佳珠子　呂赫若「牛車」について——日本の植民地時代の臺灣文學ノート二——　目白近代文學三　八二、六

阿川修三　《資料紹介》『臺灣日日新報』所載章炳麟論文について　漢文學會會報四十　八二、六

澤井律之　『咿啞』第十三號を讀んで（注：臺灣の文學事情特集）　咿啞彙報三　八二、七

難波由香　於梨華『交換』の提出した問題　野草三十　八二、八

王詩琅自述　下村作次郎編　王詩琅回顧——文學的側面を中心として——　南方文化九　八二、十一

尾崎秀樹　雜誌の歷史（二六）文學評論　雜誌ニュース二六　八二、十二

中島利郎　雜誌『臺灣新文學』中の魯迅の追悼文について　臺灣文學研究會會報二　八二、十二

下村作次郎　王詩琅の小説について　臺灣文學研究會會報二　八二、十二

塚本照和　紹介：陳火泉の『道』　臺灣文學研究會會報二　八二、十二

張良澤　臺灣文學關係雜誌介紹(1)『臺灣文藝』付『臺灣文藝』各種文學獎入選者及び作品一覽表　臺灣文學研究會會報二　八二、十二

王育德　『臺灣海峽』　日中出版　八三、一
目次：第一章　恐怖と希望のはざまで——王拓と楊青矗を中心に…／第二章　祖國「回歸」は何をもたらしたか——陳若曦の彷徨…／第三章　臺灣人の身分をかくさねばならぬか——吳濁流の場合…／補論　日本統治下の苦闘——言葉と文學／臺灣文學年表／あとがき

楊逵、（聞き手）內村剛介、戴國煇　臺灣作家の七十七年——五十年ぶりの來日を機に語る　文藝　八三、一

尾崎秀樹	池田敏雄夫人黄氏鳳姿のこと	讀書人一四六五	八三、一？
阿賴耶順宏	「根なし草」の悲しみ——アメリカの中國女流作家たち	竹內實、村田茂編『ひとびとの墓碑銘』霞山會	八三、二
村田茂	文革を描く——宗璞の文學と陳若曦の文學	竹內實、村田茂編『ひとびとの墓碑銘』霞山會	八三、二王
齋藤道彥	拓文學札記	中央大學論集四	八三、三
（無署名）	（讀者來信）塚本照和「日本統治期臺灣における文學管見」を讀んで（《咿啞》十三）	咿啞彙報四	八三、三
張良澤	讀《臺陽詩話》劄記	筑波中國文化論叢	八三、三
下村作次郎	臺灣の文化事情——文學の側面から——	海外布敎傳道部報二一八	八三、四
山田敬三	臺灣文學の一斷面——一九七〇年代を中心に——	現代中國五七	八三、六
松永正義	臺灣の文學（與膳宏、丸山昇編『中國文學史』中の一節）	『ラルース世界文學事典』角川	八三、六

書店

新妻佳珠子　龍瑛宗「パパイヤのある街」について
――日本の植民地時代の臺灣文學ノート三　目白近代文學四　八三、十

塚本照和　楊逵作『新聞配達夫』（『送報伕』）のテキストのこと　臺灣文學研究會會報三、四　八三、十一

山根伸一　鱒の夢見るもの――李喬の「寒夜三部曲」　臺灣文學研究會會報三、四　八三、十一

張良澤　臺灣文學關係雜誌紹介⑵《臺灣文藝》（革新號第一期〜第二六期）付革新《臺灣文藝》各種文學獎入選者及び作品一覽表　臺灣文學研究會會報三、四　八三、十一

松永正義　大陸が注目する臺灣の「鄉土文學派」中央人民放送局對臺灣放送部編《臺灣中青年作家小說集》　季刊鄔其山二　八三、十二

山田敬三　王拓という作家―臺灣當代文學管見―（《伊地智善繼、ほ本春彥兩教授退官記念中國語學文學論集》收）　東方書店　八四、一

松永正義　（解說）臺灣文學の歷史と個性（《彩　研文出版　八四、二

鳳の夢──臺灣現代小說選Ⅰ》收）

塚本照和　日本の臺灣統治と「寺廟神の昇天──臺灣寺廟整理覺書──」の紹介（上）～（下の二）　海外布教傳道部報二二八～二三一　八四、二～五

井口晃　（動向）臺灣の雜誌が王安憶の作品を掲載　東方四七　八四、二

下村作次郎　（地域と文化）臺灣における日本文學の翻譯　センター通信十二　八四、三

齋藤道彥　王拓文學札記（續）　中央大學論集五　八四、三

刈間文俊　（海外ブックマップ、臺灣）鄉土文學の興隆　朝日新聞　八四、三、十九

井口晃　（文藝短信）邦譯《彩鳳の夢─臺灣現代小說選》から　中國語二九一　八四、四

山田敬三　書評　松永正義がか譯《彩鳳の夢─臺灣現代小說選Ⅰ》（研文出版刊）　中國研究月報　八四、四

山田敬三　大陸とは違つた緊張感　大學院生、一線作家らとシンポ──臺灣の文學をたずねて　神戶新聞　八四、四、九

山田敬三　世界文學の新潮流⑷～⒁　臺灣、香港①　讀賣新聞夕刊　八四、四、十～

	～④		四、十三
小野四平	（紹介）洪醒夫——その人と文學——	臺灣文學研究會會報五、六	八四、四
井川直子	呂赫若の作品について——附「呂赫若作品年譜」及び「參考文獻」	臺灣文學研究會會報五、六	八四、四
中島利郎編	（資料）「呂赫若」記事	臺灣文學研究會會報五、六	八四、四
下村作次郎編	戰後日本における臺灣文學研究關連資料目錄稿	臺灣文學研究會會報五、六	八四、四
中島利郎編	中國大陸發行雜誌所載臺灣小說作品、作家資料目錄稿（續、補三～四）	臺灣文學研究會會報五、六～七	
（無署名）	インタビュー北原政吉氏——臺灣の詩壇を語る	西北雨二	八四、五
（無署名）	屆けられた詩人たちの聲	西北雨二	八四、五
（無署名）	中國で活發化する臺灣文學への研究	朝日新聞夕刊	八四、六、十一
山田敬三	（論評）忘れられた作家羣像——臺灣現代文學素描	中國研究月報四三六	八四、六
松浦恒雄	（論評）日本統治期の老作家たち	中國研究月報四三六	八四、六

澤井律之　（紀行）鍾理和記念館を訪れて　中國研究月報　四三六　八四、六

原田保子　買春ツアーと文化交流の谷間――臺灣文學研究の旅を終えて――　中國研究月報　四三六　八四、六

大野鮎子　プロフィール、南部の作家　中國研究月報　四三六　八四、六

（無署名）〈臺灣文學研究〉七等生――ペンネームの由來／政治大學、現代文學資料室／名誉回復された賴和／臺灣現代文學の教材／アメリカでの臺灣文學　中國研究月報　四三六　八四、六

上里賢一　現實を直視する文學――黄春明《さよなら、再見》の背景　新沖繩文學六十　八四、六

（無署名）臺灣現代小說選Ⅰ《採鳳の夢》　新沖繩文學六十　八四、六

木山英雄　目な離せぬ島の强かな文學空間――《終戰の賠償》――臺灣現代小說選Ⅱ――　鄔其山四　八四、六

（無署名）インタビュー――林文月　臺灣の文學狀況――中國文學史のエポックを畫す發展　國際經濟臨時增刊（中華民國〔臺灣〕特集）二五五　八四、七

松永正義　〈解説〉八〇年代の臺灣文學　『終戰の賠償―臺灣現代小説選Ⅱ』研文出版　八四、七

松永正義　中國文學全體の未來における一つの可能性をみる――臺灣文學の現在（陳映真の場合）　凱風一〇、十一　八四、七

中島利郎　「南島文藝欄」を探す　臺灣文學研究會會報七　八四、七

山根伸一　異端者たちの世界――白先勇《孽子》　臺灣文學研究會報七　八四、七

山田敬三　洛中歡談――陳映真夫妻を圍んで――（一九八三年十二月十六日於京都）　臺灣文學研究會會報七　八四、七

下村作次郎　資料にみるアイオワ大學I、W、P（インターナショナル、ライティング、プログラム）　臺灣文學研究會會報七　八四　七

（無署名）　インタビュー林文月　臺灣の文學狀況――中國文學史のエポックを畫す發展　國際經濟臨時增刊（中華民國〈臺灣〉特集）　八四、七

秋吉久紀夫　臺灣の孤魂の詩人楊華――一九三〇年　九州大學文學論　八四、八

代の中國文學の一齣 輯

井口晃 (文藝短信)李喬の短編小説〈告密者〉 中國語二九六 八四、九

陳正醍 臺灣における「中國意識」と「臺灣意識」——最近の文學、思想界での論爭を中心に—— 中國研究月報四三九 八四、九

木山英雄 (書評)目が離せぬ島の强かう文學空間《終戰の賠償—臺灣現代小説選Ⅱ》 季刊鄔其山五 八四、九

塚本照和 日本統治期の「臺灣文學」のこと(但し、一九七八年二月『大學時報』よりの轉載) 杏仁五 八四、九

下村作次郎 林海音主編『純文學』所載の「中國近代作家と作品」の紹介 杏仁五 八四、九

井川直子 楊青矗の「低等人」と「上等人」 杏仁五 八四、九

(無署名) 臺灣查禁刊物『美麗島』總目錄(第一卷第一期〜第一卷第四期)(影印)(『Formosa』: The Magazine of Taiwans Democratic Movement) 咿啞彙報七 八四、九

張良澤 戰後臺灣文學の歩み(講演記錄) 咿啞彙報七 八四、九

井口晃 (文藝短信)革歌と吳錦發の作品二つ 中國語二九七 八四、十

井口晃	（動向）厦門で第二次臺灣香港文學討論會	東方四三	八四、十
山田敬三	（論壇）臺灣文學の政治性と「文化交流」	中國語二九八	八四、十一
井口晃	李昂の中篇小説《殺夫》	東方四四	八四、十一
井口晃	（動向）大陸で臺灣、香港文學專門誌を創刊	東方四四	八四、十一
北岡正子	佐藤愛子『スニヨンの一生〈臺灣高砂義勇隊中村輝夫の悲劇〉（文藝春秋）』	關西大學通信	八四、十一
張良澤	臺灣文學の近況——『寒夜三部曲』を中心として	中國研究月報四四二	八四、十二
下村作次郎	〈書評〉松永正義ほか譯《終戰の賠償——臺灣現代小説選Ⅱ》（研文出版）	中國研究月報四四二	八四、十二
下村作次郎	茅盾の《大鼻子的故事》——臺灣發行楊逵譯『（中日文對照中國文藝叢書）大鼻子的故事』を中心として	咿啞十八、十九	八四、十二
（語り手）楊逵（聞き手）戴國煇一	臺灣老社會運動家の思い出と展望——日本、臺灣、中國大陸をあぐる光	臺灣近現代史研究五	八四、十二

若林正文
王育德　「坊やの人形」に拍手　高い水準を行く臺灣人の映畫　臺灣青年　八四、十二

喜安幸夫　心に生き續ける臺灣華麗島の中の西川文學　ASIAN BEAT 5＝12　八四、十二

張良澤　アメリカにおける臺灣文學研究の現狀　臺灣文學研究會會報八、九　八四、十二

塚本照和（記錄）　鍾肇政氏「鍾理和紀念館」について語る　臺灣文學研究會會報八、九　八四、十二

山根伸一　作家の個性――黃春明と王拓の場合　臺灣文學研究會會報八、九　八四、十二

（無署名）　（資料一則）大阪朝日新聞「南島文藝欄」――龍瑛宗の短編小說「夕影」　臺灣文學研究會會報八、九　八四、十二

下村作次郎編　戰後日本における臺灣文學研究關連資料目錄（續、補）　臺灣文學研究會會報八、九　八四、十二

中島利郎編　中國大陸發行雜誌所載臺灣小說作品、作家資料目錄稿（續、補五）　臺灣文學研究會會報八、九　八四、十二

塚本照和　「『新聞配達夫』（『送報伕』）のテキストのこと」正誤表　臺灣文學研究會會報八、九　八四、十二

井口晃　（論評）文學界からみる臺灣——『臺灣現代小說選』の紹介を兼ねて　日中經濟協會會報一三七　八五、一

（無署名）　臺灣の現代小說中國で映畫化へ　日本經濟新聞　八五、一、十七

（無署名）　中華民國「臺灣映畫祭」の作品紹介（上）（下）　中華週報一二一七—一二一八　—二、十八

井口晃　（動向）東京、大阪で「臺灣映畫祭」　東方四十八　八五、三

今里禎　「五・四」文學運動の臺灣への影響と鍾理和文學　天理大學學報一四四　八五、三

井川直子　呂赫若の「財子壽」について　＊啞彙報八　八八五、三

若林正丈　臺灣抗日ナショナリズムの問題狀況、再考　東大教養學部紀要十七　八五、三

若林正丈　〈解說〉語られはじめた現代史の沃野　『三本足の馬——臺灣現代小說選　八五、四

松永正義　リアリズムの位置　けんぶん2　八五、四

（無署名）　（書評）三本足の馬　東京新聞　八五、五、十

鍾肇政　臺灣文學について——『譯腦』の體驗から　臺灣文學研究會會報十　八五、七

林瑞明　一八九四年夏。臺灣文學界の現況を語る　臺灣文學研究會會報十　八五、七

野間信幸　張文環の『地に這ら者』淺析　臺灣文學研究會會報十　八五、七

柯旗化　追悼・楊逵先生　臺灣文學研究會會報十　八五、七

鈴木明　臺灣人の心を捉えた「搭錯車」のテーマ（『臺灣、香港、韓國……響け！アジアの鼓動』）　PHP研究所　八五、七

近藤直子　張系國のSF小説集《星雲組曲》　中國語三〇七　八五、七

安宇植　松永正義他編『三本足の馬――臺灣現代小説選Ⅲ』　中國研究月報　八五、八

松永正義　臺灣文學（『中國現代文學事典』）　東京堂出版　八五、九

岡崎郁子　現實の臺灣文學――陳映真――　橫濱商大論集十九＝一　八五、九

山田敬三　戰後臺灣文學史に關るす基礎的研究　科學研究費補助金研究成果報告書　八五、九

若林正丈　臺灣の現代史と文學の沃野――陳映真、李喬、鄭清文――（『海峽　臺灣政治への視座』）　研文出版　八五、十

井口晃	(動向)『文季』、臺灣文學の現狀を衝く	東方五十六	八五、十一
中國文藝研究會、咿啞之會共編	『中國近現代文學研究ガイド(第一版)』	中國文藝研究會、咿啞之會發行	八五、十二
下村作次郎	臺灣新臺灣の一斷面——一九四〇年發禁、李獻璋編『臺灣小說選』から	咿啞二十一、二十二	八五、十二
河原功	抵抗の臺灣作家楊逵	東方五十八	八六、一
葉寄民	臺灣文壇	中國當代文學研究會會報三	八六、二
塚本照和(代表)	舊日本植民地時期臺灣における文學の總合的研究	科學研究費補助金研究成果報告書	八六、三
松永正義	文學 一、臺灣文學の範圍 二、臺灣文學の歷史 三、ナショナリズムと言語の問題(『もっと知りたい臺灣』)	弘文堂	八六、五
葉寄民	臺灣新詩的萌芽和發展——日治時代30年代詩壇的鳥瞰	臺灣學術研究會誌一	八六、八
松永正義	文學から見た八〇年代の臺灣『いまア	三省堂選書	八六、九

	ジアを考えるⅣ』		
河原功	大鹿卓「野蠻人」をめぐって	成蹊論集二十五	八六、十二
岡崎郁子	臺灣鄉土文學の香	津田塾大學紀要十九	八八、七
中島利郎	臺灣文壇にすける魯迅の影響（覚え書き）	臺灣文學研究會會報十一、十二	
中島利郎	張我軍著作目錄（稿）	臺灣文學研究會會報十一、十二	八七、三
中島利郎（	中國大陸發行雜誌所載臺灣小說作品、作家資料目錄稿（續、補六）	臺灣文學研究會會報十一、十二	
柯旗化	〔寄稿〕臺灣ペンクラブの結成	臺灣文學研究會會報十一、十二	八七、三
（無署名）	臺灣文壇消息	臺灣文學研究會會報十一、十二	
山田敬三	臺灣海峽の兩岸	中國語三三〇	八七、六
相浦杲	海峽兩岸の中國文學の交叉と日本	咿啞二十三	八七、九
下村作次郎	臺灣文化（臺灣文化協進會出版）目錄稿	天理大學學報一五五	八七、九
葉寄民	臺灣文壇——詩壇・現代詩論爭	中國當代文學研	八七、九

究會會報四

葉寄民　不死的野草——臺灣新文學的奶母賴和　臺灣學術研究會誌二　八七、十一

張良澤　徐坤泉（阿Q之弟）作品目錄　臺灣學術研究會誌二　八七、十一

岡崎郁子　臺灣作家の考える「文學」——訪問インタビュー　未名六　八七、十二

塚本照和　臺灣人作家の目を通してみた日本の臺灣統治——小說『新聞配達夫』を題材として——（『日本の南方關與と臺灣』）　天理教道友社　八八、二

劉孝春　『新聞配達夫』の主題について　名古屋大學人文科學研究十七　八八、三

葉寄民　臺灣文學——鄉土文學論爭　中國當代文學研究會會報五　八八、七

臺灣近現代研究會　戰後日本における臺灣近現代史研究文獻目錄（Ⅱ）　臺灣近現代史研究六　八八、十

澤井律之　臺灣作家鍾理和の民族意識　未名七　八八、十二

河原功編　臺灣社會運動史〈人名索引〉　成蹊論叢二十七　八八、十二

陳逸雄　まえがき（『臺灣抗日小說選』）　研文出版　八八、十二
秋吉久紀夫　陳千武の詩「詩鴿」のなかの『死』――ひとりの元臺灣特別志願兵の足跡――　九州大學文學論輯三十四　八八、十二
國分直一　〔講演記錄〕『民俗臺灣』とその運動をめぐって　臺灣文學研究會會報十三、十四　八八、十二
中下正治　林海音「城南舊事」考（附：グラビア『城南舊事』）　臺灣文學研究會會報十三、十四　八八、十二
下村作次郎　（資料）「中日文對照　中國文藝叢書」　臺灣文學研究會會報十三、十四　八八、十二
葉寄民　張我軍及其詩集《亂都之戀》――日治時代文學道上的清道夫　臺灣學術研究會誌三　八八、十二
吳錦發　八十年代的臺灣文學　臺灣學術研究會誌三　八八、十二
松永正義　臺灣――ある「現實主義」作家の壯絕な自殺　別册寶島八十八　八九、二
塚本照和（代表）　臺灣新文學の歷史的研究　科學研究費補助金成果報告書　八九、三
秋吉久紀夫　陳千武の文學への出發期（「近世より現代に至る來日中國文學者、思想家た　科學研究費補助金成果報告書　八九、三

ちの日本文化受容に關する總合的研究
」）
山田敬三　第四屆臺港：海外華文文學學術討論會　中文研究會會報　八九、四
のこと　一
山田敬三　陳映真（一九三七）　中文研究會會報　八九、五
澤井律之　鍾理和關係資料目錄（未定稿）　中文研究會會報　八九、五
田村志津枝　『スクリーンの向うに見える臺灣――　田畑書店　八九、五
臺灣ニユーシネマ試論』
塚本照和　「益壯會」とその人々　咿啞二十四、二　八九、七
十五
龍瑛宗　幾山河越えて　咿啞二十四、二　八九、七
十五
鍾肇政（中　臺灣文學試論　咿啞二十四、二　八九、七
島利郎譯）　十五
中島利郎　張我軍について――その略歷と著作　咿啞二十四、二　八九、七
十五
葉石濤　植民地時代の楊逵――その日本經驗と　咿啞二十四、二　八九、七
影響　十五
張恒豪（野　突きすすむ溪流――陳虛谷先生とその　咿啞二十四、二　八九、七

間信幸譯）	新詩	十五	
許達然（下村作次郎譯）	捕虜の島——陳千武著『獵女犯』の主題について	咿啞二十四、二十五	八九、七
下村作次郎	戰後初期臺灣文藝界の概観——一九四五年から四九年	咿啞二十四、二十五	八九、七
夢花（中島利郎譯）	陳若曦その人——陳若曦散文初探〈附錄：陳若曦在國內（大陸）發表作品目錄〉	咿啞二十四、二十五	八九、七
夢花（中島利郎譯）	陳若曦經歷及び創作年表	咿啞二十四、二十五	八九、七
（無署名）	（資料紹介）呂赫若の戰後の小說	咿啞二十四、二十五	八九、七
潘旭瀾（王彬彬）	〔寄稿〕第四回臺灣ホンコン及び海外華文文學學術討論會での結びの言葉	咿啞二十四、二十五	八九、七
張良澤	臺灣本土文學の發展	筑波大學言語文化論集二十九	八九、八
陳正醍	張系國『不朽者』試論——六十年代世代の「中國意識」との關連で——	茨木大學人文學部紀要二十二	八九
陳正醍	白先勇『孽子』と「中國」	猫頭鷹七	八九、十二

葉寄民　愛與匕首——論許達然詩集「違章建築」　臺灣學術研究會誌四　八九、十二

楊夫青　臺灣文學與西方現代主義文藝思潮（例會發表綱要）　臺灣學術研究會誌四　八九、十二

許極燉　漢字表記臺灣語的歷史考察　臺灣學術研究會誌四　八九、十二

松永正義　（關於鄉土文學論爭（一九三〇〜三二）葉寄民譯）　臺灣學術研究會誌四　八九、十二

山田敬三　陳映真——苦悩する臺灣の知識人（『岩波講座現代中國第五巻　文學藝術の新潮流』）　岩波書店　九〇、一

蜂矢宣朗　「旅びと」覚書——佐藤春夫と臺灣、續稿（『續　灣生の記』）　私家版　九〇、一

岡崎郁子　臺灣文學の新テーマ——訪問インタビューⅡ——　吉備國際大學開學記念論文集　九〇

黃英哲　張深切略年譜　中國文藝研究會會報一〇〇　九〇、三

池田鳳姿　『民俗臺灣』創刊の背景（『沖繩文化研究』十六）　法政大學沖繩文化研究所　九〇、三

國分直一　中村哲先生と『民俗臺灣』の運動（『沖繩文化研究』十六）　法政大學沖繩文化研究所　九〇、三

莫素微　日本統治期臺灣左翼文學運動之考察——東京「臺灣藝術研究會」之組織及發展——　臺灣史研究八　九〇、三

池上貞子　臺灣で見る張愛玲研究のことなど　東方一〇九　九〇、四

莫素微　東京「臺灣藝術研究會」及『フオルモサ』　千里山文學論集四三　九〇、四

黃英哲　張深切略年譜二稿　臺灣文學研究會會報十五　九〇、六

下村作次郎　〔報告〕臺灣文學研究會筑波國際會議（附：グラビア）　臺灣文學研究會會報十五　九〇、六

今里禎　國際會議の體驗——筑波大會に参加して　臺灣文學研究會會報十五　九〇、六

筧文生　神田喜一郎先生と郁達夫　中國文藝研究會會報一〇四　九〇、六

松永正義　文學　臺灣文學の時代區分／臺灣文學の特質／歷史の問題／臺灣文學は中國文學か／リアリズムの傳統（『臺灣百　大修館書店　九〇、七

科』）

田村志津枝　映畫　臺灣ニューシネマの誕生／身近な素材、寫實的な描寫／文藝作品の映畫化／意欲的な若手監督／社會に向けられた目／國際的に注目されだしたこ監督／臺灣ニューシネマの摸索／自由化の反映／タブーを越えた『悲情城市』（『臺灣百科』）　大修館書店　九〇、七

田村志津枝　侯孝賢作品のなかの本省人と外省人――『悲情城市』をめぐって　OPaS Library　九〇、八

星名宏修　「大東亜共榮圈」の臺灣作家――「皇民文學」のかたち・陳火泉　野草四十六　九〇、八

黄英哲　張深切における政治と文學　野草四十六　九〇、八

河田悌一　萬花筒的中國⑧　毎日夕刊　九〇、八、十五

野島孝一　中國映畫「最後の貴族」の謝晋監督　毎日夕刊　九〇、八、十五

藤井省三　〈臺灣〉八〇年代の外面的華やかさを批判　北海道新聞　九〇、八、三十一

謝晋（中村ふじゑ譯）　小説『最後の貴族』について（『最後の貴族』）　徳間書店　九〇、九

山田敬三　臺灣海峽兩岸の學術交流　中文研究會會報十　九〇、十

秋山登　スリー・ドラゴン　中國、香港、臺灣映畫の旅一〜五　朝日新聞夕刊　九〇、十、二十—十一、六

岡崎郁子　〈解説〉劉大任とその時代（『デイゴ燃ゆ　臺灣現代小説選別卷』）　研文出版　九一、一

金文京　「臺灣文學は中國が抱えるもう一つの中國文學なのだ」　別册寶島一二七　九一、二

藤井省三　美麗島の愛と性——女流作家李昂（『中國文學この百年』）　新潮選書　九一、二

藤井省三　「大東亞共榮圈」の後日譚——李雙澤　新潮選書　九一、二

代田智明　〈書評〉劉大任『デイゴ燃ゆ』　週刊讀書人　九一、三、二〇

内村　美子　至福の映像——侯孝賢の映畫　グリオー　九一、四

侯孝賢（聞き手、解説　宇田川幸洋）　臺灣映畫界の星・侯孝賢に聞く　中華文明の蘇生をめざして　文學界四十五＝六　九一、五

蜂矢宣朗　『南方憧憬——佐藤春夫と中村地平』目次：第一章　佐藤春夫と臺灣／第二章　中村地平と臺灣／第三章　南方憧　鴻儒堂　九一、五

慓——春夫と地平——

尾崎秀樹　『近代文學の傷痕　舊植民地文學論』　岩波同時代ライブラリー　九一、六
（一九七一年六月勁草書房刊『舊植民地文學の研究』的重版。但附有一九九一年五月記「あとがき（後記）」）

野間信幸　張糸國ほか著《バナナボート》譯者「解說」　JICC出版局　九一、八

〔參考文獻〕

臺灣近現代史研究會目錄作成班編『戰後日本における臺灣近現代史研究文獻目錄』（『臺灣近現代史研究』第三號、龍溪書舍、一九八一年一月

臺灣近現代史研究會目錄作成班編『戰後日本における臺灣近現代史研究文獻目錄（Ⅱ）』『臺灣近現代史研究』第六號、綠蔭書房、一九八八年十月

阿部幸夫、佐佐木郁子編『現代、當代日本における中國文學研究文獻目錄』第一集、一九八一年十月，第二集、一九八三年九月、邊鼓社

「中國文藝研究會會報』一九七四年五月一日創刊——一九九〇年三月三十日一一三號

關於戰前部分，飯田吉郎編『現代中國文學研究文獻目錄——增補版——（一九〇八—一九四五）』（一九九一年二月，汲古書院），可以參考。

（一九九一年七月十一日）

臺灣的現代散文研究

鄭明娳

臺灣的散文創作量一直不亞於小說，但是有關散文的研究，四十年來一直都遠不如小說、詩。追究其原因，一則是現代散文在世界文壇一直缺少重要文類的地位，一則國內學院教育中，也一直沒有散文的專業課程及研究者，散文研究風氣不彰實爲必然。綜觀四十年來大致可得而言者如下：

一、缺乏長期體系性研究計劃與成果

臺灣的散文批評專書遲至六〇年代才出現❶，一九六六年五月季薇出版《散文研究》、一九六九年九月梅遜出版《散文欣賞》一集。一九七〇年邱燮友、方祖燊合著《散文結構》。季薇在一九六九、一九七五年先後又出版《散文點線面》、《散文的藝術》二書。他們可說是臺灣早期散文研究的開拓者。數十年來，幾乎所有的批評或理論，都是由創作者提出❷，而編選散文選集、評審散文獎也大部分由創作者擔任，近二十年來臺灣學術界對當代文學的關切集中於詩和小說，對現代散文實是非常冷漠，因而呈現當代文學研究中的空白領域❸。

季薇是臺灣第一位用數十年精力投注在散文創作及理論的作家❹。他的三本書都是用後設散文❺來傳達理論，顯然承續早年蔣伯潛《章與句》❻等的撰寫方式：試圖用軟性的散文語言來傳達理論，其傳達的對象則設定在初入門的讀者。諸如此類，已先天註定其理論無意深入亦缺乏周沿企圖。其他曾經撰寫散文批評或理論者率皆散兵游勇，幾全爲作家、學者偶然提筆撰文，有些人斷斷續續寫了一些短篇見解，僅僅止於表達作者片斷看法，有些雖然見識精闢，很有機會成一家之言，但僅是偶一爲之，旋卽輟筆，其見解未曾循序漸進，逐步發展爲一套完整的系統理論。例如齊邦媛、何寄澎等學院中人，幾十年來對於散文批評止於偶一爲之。又如梅遜的《散文欣賞》一、二集分別在一九六九、一九七〇年出版，雖然形式上是專書，但僅以導讀方式解讀十八篇散文。從這些實際批評中，可以看出他是有能力爲散文建立理論的人，可惜在此二書出版後，沒有後續工作，雖然他曾經發表一些眞知灼見，尙不能卓然成家。

四十年來，幾乎所有曾經寫過散文理論的學者作家，都對散文理論提出一些建設性的見解之後，又放棄後續工作、或者把精力放在其他文類上，臺灣散文研究的貧血症，最基本的根源在於評論者未能貫徹其治學興趣。上述梅遜在實際批評中舉出散文中的譬喻、象徵、設色、氣氛、意象、風格等諸多項目，都缺乏進一步的詮釋。又如余光中在七〇年代發表的散文理論就非平少，八〇年代則不寫散文的專論文章，僅在爲文集寫序時順道提示而已，究竟不能把他的創作思想及理論周全說清。而楊牧的情形亦然，大多在他編選散文集的序言中透露一、二玄機而已。

二、以創作指標或個人品味建立的文論

創作者出面談散文理論，大部分以個人的創作觀爲理論範疇的核心，大抵不能以宏觀的角度兼顧各種風格、流派及諸種技巧、形式。梅遜、季薇即是。余光中、楊牧雖然都在學院中教書，但仍然以個人創作指標或閱讀品味做爲批評理論的主導傾向，比較二人的散文觀就可理解。

余光中偏重散文的形式論，早在一九六三年就已發表兩篇談散文技巧的文章[7]，他許多重要觀點持續至今仍然保持下來。以余氏的理論建構出來的理想散文範型，其特色是：鮮明、動感、立體、富感覺性。他主張要創新字彙、靈活轉換詞性、設計新穎句型、注意節奏聲律、運用嶄新筆法、整合中外古今語言。諸如此類，其關注點顯然在文章的形式。

楊牧的散文觀和余光中在關鍵處有許多不同；他發表的散文論著雖然不多，但在編選散文選集時撰寫的序言經常靈光乍現。就論述的重點而言，楊牧重內塑，余光中重外塑，各有千秋。面對散文，楊牧注重作者的風格、思想與情懷，這並不表示他忽視散文的藝術性，他也認爲散文語言可多方吸收營養，創製生動有效的新字彙、新語法乃至吸納小說、詩、戲劇所慣於處理的體裁。但是在細節上，二者並不同，例如他也主張鍊字鍛句，但是，其目標乃是文學的準確性——能表現作者的風格，其極致乃是「清潔簡單的文字」，而不像余光中所喜的濃烈繁縟的文字。因而，爲他所推崇宗法的作家如：周作人、豐子愷、朱自清、許地山，都屬風格沖淡直率者。同理，對於散文的色彩聲律、結構章法，兩人都有主觀的創作觀

念，絕不相類。

余光中的散文理論不僅以技巧爲主，而且和其創作實踐互爲表裏，重視在語言修辭的詩化層次。不論撰文論辯或實際批評，他都把言談焦點集中在鍛字鍊句及聲音、形式造成的感覺。對於敍述整體的建立以及創作主體的精神面則非余光中技巧論的主要思慮所繫。

楊牧在選文時同樣明顯表現個人的偏嗜。他特別著意在散文中尋找風格篤定、關懷普遍的主題。同時，他是一位強烈的內容反矯情、形式反造作的編選者與評論者。因此，會呈現個人的偏嗜：

我讀琦君的散文，積有至少二十年的豐富經驗，一向對於她所特有獨具的深厚人情感到無限仰慕……這些年來我曾自許，不斷追蹤文學類型發展的脈絡軌跡，於每種文類中特別把握三五位作家，密切注意他們的文學和時代變化的關係，隨時觀察他們和新起作家之間的異同。

表面上平淡明朗的文體，竟能含涵嚴密深廣的文學理想，小品散文家的功力修養，於此一端是最值得野心勃勃的詩人和小說家借鏡學習的了。❽

此段文字很能說明楊牧站在大局的立場宏觀現代散文的發展，同時，他也充份表現個人的嗜好品味。

余、楊二人偏嗜的風格不同，其建立的文論觀自然相異，大體而言，余光中以詩法論散文，楊牧以主體精神和史的源流論散文。余光中喜歡散文充滿聲、色、味、音響等創新意象之美，偏於感官上濃烈的口味；楊牧則喜歡散文內容上的蘊藉淡雅。前者重「形」而後者重「神」。余氏喜歡文字大力雕琢，推崇鬼斧神功、驚人眼魄的製作。楊牧則反對踰越尺寸的藻飾，在他看來，一位作家鍛字鍊句的功夫下在最多的地方是刪芟枝葉，去蕪存菁，「往往是爲了減少詞藻美的壓力，追求清潔準確的文體」❾。余、楊二人的立足點基本就不同，就像作家對自我的訴求，余氏重才氣，楊氏重情懷。是以，我們甚至可以說：不同風格的創作者就建構出不同的散文觀，且大致以一己延伸而出的觀念爲思考模式的核心。❿

張秀亞是創作者中曾經明確提出嶄新散文觀念的一位，在一九七八年的〈創造散文的新風格〉⓫一文中，她指出「新的散文」的特色，並將之歸納爲五點：

1. 意識流結構：時間與空間、幻想與現實的流動錯綜性。在描寫方面，不只是按時間順序排列起來的貫串的事件，而更注重生活橫斷面的圖繪，心靈上深度的掘發，不只是叙述，不只是鋪陳，而更注重分剖再分剖。

2. 詩法運用：筆法曲折紆迴，內容的暗示性加強，朦朧度加深，文字更呈窅緲之緻，而逐漸與詩接近。……喜用象徵、想像、聯想、意象以及隱喩，因而極富於「言在此而意在彼」的味道，企圖重現人們內心中上演的啞劇映射出行爲後面的眞實，生活的精髓，並表現出比現實事物更完全、更微妙、更根本的現實。

3. 塑造新語彙：新的散文作家，皆致力於新的詞彙之創造……推蔵它、鍛鍊它、伸展它，並試驗其韌性、張力、以及負荷、涵容的能力，並將一些字彙重新加以安排、組合，使它閃耀出新的光輝，有了新的生機。

4. 知性取向：新散文在內容上含蘊著作者對生命、對一切最正確的解釋，表現他們確切的宇宙觀，健康的人生觀，固不以圖繪物象的表面爲滿足。新散文含有感情的因素，也含有「智性」的因素。

5. 感思閱讀法：對紆曲深邃的新散文，不僅用眼睛讀，更應利用想像力來捕捉閃爍於字裏行間的微光，以期發現其中含蘊的眞理，心靈的呼聲，全民族的合唱。

張秀亞之可貴，乃在她是臺灣第一代的創作者，創作觀如此恢宏，已極難能可貴，且她不是以理論建設爲職志，她所提出的散文理論，毋寧說是自己從創作中領悟出來的結論。大致上，張秀亞的理論仍偏向技巧論；她提出散文當向小說、詩等文類中汲取營養，小說中的意識流手法，詩的象徵筆法等，比余光中還明白地指出詩法對散文的功用。至於她認爲知性取向可建立作者的世界觀、宇宙觀，則是更具前瞻性的視野。

不過，張秀亞的理論弱點在於：她把第一人稱觀點的敘述方式等同於意識流，則小視了意識流手法所能觸及的廣闊意識領域。另外，她強調正確的、健康的觀念，發抒全民族的合唱云云，呈現出意識形態的包袱仍然馱在背上，同時感思的印象式閱讀法，亦顯示她批評觀中較爲陳舊的部分。

三、理論與實際批評間產生差距

理論與實際批評間產生差距的情形，在許多理論家身上都可以看見，但是，作者的努力當是儘量使二者間越來越合而爲一。就散文創作者組織出來的理論而言，容易形成作者自己的創作信念，較容易關照不周全。同時還常與自己的創作或者實際批評產生差距。

差距的存在確屬必然，任何一個評論家或創作者皆不可能分毫不差、屢試不爽地實踐「道文合一」的理想境界，但是如果理論與實踐的差距，嚴重到相背而馳的情勢，便是一種不得不予以指出的問題。揆其原因，該是創作者提出來的可能是想當然的「理想」，在實際批評時，又落入「直感」之中。

以梅遜而言，他一再反對作者「在詞藻及句法上用功夫」、「雕詞鏤句」等，他抱持朱自清「語文合一」的看法，謂「散文就是說話」，所以他批評余光中散文時就嫌其「太文」。評余光中散文開頭時他說：

> 散文是一種最自由的文體，山川河岳，鷄毛蒜皮你想到什麼，就寫什麼；愛怎麼寫，就怎麼寫。在結構上，它不像小說與戲劇要求的嚴格，也不像詩歌那樣需要鍊字琢句。它好似藍天上的一朵行雲，舒卷自如，又好似山谷中的一泓流水，奔瀉無礙。不過，話雖如此，一篇優美的散文，却也自有它的法度：行其所當行，止其所不得不止。這就全看作者的才情和他的文學修養了。⑫

就文意而言，這一小段正呈現梅遜似是而非的矛盾。文字造詣如蘇東坡「能行於所當行」者究竟不多，理論家指示作者「想到什麼就寫什麼」只會造成嚴重誤導。事實上，梅遜其他的實際批評往往又非常講究鍛字鍊句、章法結構，可是在理論上，他卻反覆表明自己爲一位反技巧論者；他的批評方法也因而顯出游離閃爍、駁雜無序的狀態。

另一種現象是：談理論時注重技巧，在實際批評中又幾乎不談技巧。大抵而言，經營理論時，作者都立足於宏觀與微觀兼備的角度，而當實際批評時，很容易流於個人習慣性的感興書寫。前敍楊牧提及各種散文技巧，在落實於實際批評中又時常被捨棄。楊牧在〈周作人論〉⑬中說：

> 我重閱周作人浩瀚的著作，以誠意對之，覺得他通過不朽的文字技巧，所竭力提倡闡揚的文章主題，幾乎都是開明向上的；他的思想朗亮進步，尊重傳統而不為迷信所拘泥，他追求中國民族社會的現代化，心思敏銳但極少暴躁的痕跡，他更有一種敦厚沉靜的哲學思想，透過簡潔的文字閃爍光輝。我的結論是，周作人之塑造近代散文，初不僅止於他的文字風格和章法結構，更見於他對健康的題材之追求和闡發，劍及履及，證明現在文字的無限功能。所謂文質炳煥，豈不就是這個意思？

楊牧數度撰文品談周作人，盛讚他文質炳煥，可是在論文中則絕少討論其細部技巧。以〈周作人論〉而言，楊牧特別強調周氏的風格，其次是主題關懷；對其他肯定的作家如豐子愷，也特別強調其「風格篤定，關懷普遍」，如〈留學生朱湘〉一文對朱氏的情書全傾力在夫妻之愛。楊牧「三讀」許地山實是透過散文在讀許氏的「人」，他讀徐志摩，又極強調徐氏「有無窮的關懷」、「極端強烈的時代感」⑭。

四、常見的散文批評方式

戰後臺灣批評、討論散文的散篇文章並不少，大部分屬於作家陳述自己的散文文學觀念，作者似無意建構理論。另有一部分實際批評則大多篇章簡短，很容易流於讀後感言的濫談。大體上可以從下列幾種方式審視：

(一) 論理思維

現代散文一向缺少專人注意，因而少數以研究專書型態出版的著作就成為很珍貴的資料。若論寫作態度之認眞，我們相信很少人像周錦一樣，數十年全力投注在現代文學史及散文研究上。不過，周氏的等身著作之成果[15]，和當代學術的期待視界尙有一段距離。

任何文類的評論者首先建設具體的文學觀，實為審視作品的充分必要條件，文類的認定、作品的優劣容或有見仁見智的差異，但爭議必然站在同一條文學認知的軸線上才有交談的可能。周氏對朱自清〈匆匆〉的評論適為著例，他一再肯定〈匆匆〉是詩——是「有著散文味的詩」而絕非散文。至於周氏如何證明它是詩而非散文呢？首先把〈匆匆〉第一段加以分行羅列，然後斷言：

> 不論從文字，從意境，乃至於聲音，畢竟是詩，這就是朱自清以散文筆緻，所寫成輕巧柔美的詩篇。

接著周氏又舉出朱自清的長詩〈毀滅〉，指其也分段不分行，可見「朱自清對於詩，重實質不重外形。」其結論是：

從任何角度來看，〈匆匆〉是詩。

㈠在情韻方面，深深地含蘊著，讀了之後有回味的餘地，可以體會出作者不是在說教，而是發抒著心底的感情；

㈡在句法方面，大量使用排比的句子，要求著氣勢和力量，不論詞句是否上口，却考慮著形成迫促；

㈢在聲音方面，更要藉聲音助長文勢，如第一句中連續三個韻尾的「了」，把握著聲音的特殊效果。

由於這些，〈匆匆〉是詩；儘管朱自清給它注入了散文的質素，却仍舊是詩，而且擴大了詩。⑯

以上周氏的詮釋，並沒有針對詩與散文兩種文類的差異性進行比較；詩的文字、意境與聲音究竟和散文有何不同？完全未做解釋。同時，〈匆匆〉既然可以分行成爲詩的形式，爲何朱自清不分開呢？周氏舉出的三點說明，與其說是詩的特質，毋寧說更趨近於散文的特質。如果眞如周氏所言〈匆匆〉是詩，那麼他應該淸晰地舉出〈匆匆〉的詩質部分以說服讀者，而不能未加辯證、卽強行解說該「詩」具有「散文素質」以自行倒戈。

評論者在安置〈匆匆〉的文類歸屬之前，應先分辨「散文形式的詩」與「具有詩質的散文」二者間的異同；「散文形式的詩」是用散文文體寫作的詩——卽其文體不具備具體的詩之形式，並使用趨近於生活的語言，表面看是散文語言，實質上，其語言的表層意義與其所指涉的文義有相當距離。換言之，詩具有廣大言外之意的空間，句與句之間形成跳接狀態，讀者能互相銜接，解求文意是藉由意象綴合而成的意義鎖鍊。至於「具有詩質的散文」是用詩的文體寫作的散文，其語言的表層意義與其所指涉意旨仍是貼合的。它的詩質成分例如加強節奏感、旋律感、大量使用巧喻等都是爲精緻的修辭服務，在語言上則以詩化的意象豐富了散文中的描寫及敍述，文字顯得極爲精緻。

如果藉由以上概念予以審視，〈匆匆〉本質上是以抒情的方式來進行感時傷逝的議論，它大量巧用譬喻、排比、疊句，具有強烈的節奏感及音樂性，但是，它的字義與文義基本上是密切貼合的，仍應屬於散文。

文學批評工作者進行評論的先決條件是對文類認識清礎，採取的批評策略和方法儘管可以老舊，但是批評者本身總要在自己的邏輯中運作思維才行，周錦解釋朱自清〈匆匆〉就有概念模糊、言談混亂之弊。如果能夠建構一己的文學觀，避免思維方式隨興而發，以閱讀態度認眞如周氏，其對作品正文的評價論定，當不致令人讀來常有驚心之感⑰。

更形嚴重的研究專書如周麗麗的《中國現代散文的發展》，不僅餖飣成篇，遺誤連頁，且經常出現一些無法理解的思考方式與結論⑱。

(二) 美學詮釋

自新文學運動以來，爲散文定義、詮釋的人很多，但多半採取抽象的、概括式的美學觀念。到目前爲止，尚不足以完全掌握散文的美學特色進而步入深層研究。例如所有論者皆同意散文要「美」，至於美的定義如何，梁實秋〈論散文〉⑲中說：

散文……最高的理想也不過是「簡單」二字而已。簡單就是經過選擇删芟以後的完美狀態。

散文的美，美在適當。不肯割愛的人，在文章的大體上是要失敗的。

梁氏所說的「簡單」與「適當」，並非散文此一文類的特色，而是所有文類都應該注意的原則，並無補於散文的定義之周沿。

又如方祖燊《散文的創作鑑賞與批評》⑳第二章第二節說：

許多作家認為「美」是現代散文的第一要件。民國十二年十月，朱自清作了一篇〈槳聲燈影裏的秦淮河〉，記敍他和俞平伯夜泛秦淮河的事。他在這篇文章裏，無論記人記事，寫景寫物，抒情論理，都是用非常美麗的文辭來寫的。描寫他泛舟秦淮河上時，所見到種種事物，大小船隻、橋樑、人家、秦淮河的夜景與燈影，所聽見的妓樓畫舫送來的笛韻歌聲，以及他的種種感受，心裏所生種種情思與議論，無不用非常美麗的文字來描寫、敍述、發揮。你讀過這篇文章，你就會同意我所說的。周作人稱美它是「白話美術文的模範」，這也就是現代散文作家心目中所追求的文學性散文的範式。

接著又引周作人〈美文〉㉑文字來印證上說：

外國文學裏有一種所謂論文，其中大約可以分作兩類；一批評的，是學術性的。二記述的，是藝術性的，又稱作「美文」。這裏邊又可以分出敘事與抒情，但也很多兩者夾雜的。這種美文似乎在英語國民裏最為發達。如中國所熟知的愛迭生、蘭姆、歐文、霍桑諸人都做有很好的美文；近時高爾斯威西、吉欣、契斯透頓也是美文好手。讀好的論文，如讀散文詩，因為他實在是詩與散文中間的橋。中國古文裏的序、記與說等，也可以說是美文的一類。

方氏詮釋散文之美完全著落在「用非常美麗的文字來描寫、敍述、發揮。」換言之，即以文字修辭層次為準據。其次引用周作人文字來證明散文重點在「美」，又與周氏原意不同。蓋周氏所指的美文為英國式的小品論文（Essay），即一般人所忽視的知性散文，其範圍亦甚廣泛，是一種介於詩和散文之間的「論文」體裁，周氏論此種散文美的要點是「眞實簡明」，並無意於文字修辭。觀諸周氏衡文一向重視思想思維及精神風骨，而非華辭麗藻。此處引用周氏文字勢必使作者意圖詮釋的客體更加模糊。

季薇詮釋散文美包括：

意境的美，辭藻的美，結構的美，和情操的美。㉒

王文漪談散文的美則涵蓋文字的美，韻味的美，節奏的美，意境的美：

> 一篇散文，如果言有盡，意無窮，使人回味不盡，就有够味的美，而讀起來順口，就有節奏的美……散文的意境，散文是非常注重意境的，意境越高，散文的藝術價值越高。而意境却祇能意會不能言傳。㉓

作家喜歡強調散文要美，然而對於所謂美之爲何物，常是籠統帶過，未能深入詮釋，衡文析理。事實上，論者本身多半對美學沒有具體的專精認識，憑靠的是經驗法則；尤其言人人殊，甚至在同一論述中卽產生矛盾。

(三) 印象式批評

印象主義的批評原是十九世紀法郎士（Anatole France，1844-1924）與拉美特爾（Jules Lemaitre 1853-1914）等人所提出。法郎士的名言是：「一切眞正的批評家都只是敍述他的靈魂在傑作中的冒險經過」，他們排斥推理的哲學系統，相信自己的感覺更爲眞確，他們的文學批評是「維持著親切談話的語氣與閒遊緩步的態度」，拉美特爾認爲批評家的批評中也有他個人的個性存在，批評實際上也是一種創造。這種理論很容易遭人誤解，以爲批評其實再簡單不過：只要把看了文章的感覺表達出來就是批評。實則，印象主義批評家們本身的文學素養都很高，法郎士不僅是位文學家同時也是博覽羣籍，精研古典的學者，研究過物理、天文、地質、人類學等科學。印象主義批評家在批評時，表達出來的是閱讀印象的「結果」，實則其間還有分析、比較、判斷等工程僅在內心運作。印象主義的批評固然可以書寫評者的主觀看法，但是，其基本條件是要具有通識達體的學理基礎。

現代散文的「印象式批評」跟印象主義批評本質不同，它大率以「感覺」爲主，「介紹」爲其次，「批評」爲末。分析其常用角度如下：

1.介紹作者：

此一項目包括介紹作者的生平、個性、嗜好、評者與被評者認識的經過、評者讀此文（或書）的際遇等等。張雪茵的《散文寫作與欣賞》[24]爲典型之作，該書評介以作者結識的作家之作品爲主。其評介文章開始大抵先介紹作者與被評者結識的經過，讀其文章的因緣，或被評者的生平介紹，結尾提示作者目前的工作及行蹤等。

郭明福《琳瑯書滿目》[25]在評介一本書之前很喜歡用大量篇幅來介紹評者與被評的書結文字緣的經過。例如評《旅美小簡》共有一千五百字，但作者花了五百七十字篇幅敍述初讀陳之藩散文的情形、十餘年後有幸再讀及對陳氏的感佩等等。這些都是在評介正文之外的工作。更形極端的是評《北窗下》全篇都在簡介評者與該書的接觸因緣等，讀至尾段，我們發現「我將《北窗下》置於案頭」，原來評者終篇未曾開卷爲正文作一評介。這部分似乎連「介紹作者」都不算了。

2.介紹內容：

前敍如郭明福的批評若觸及正文的部分，則大多在介紹其內容主旨，此類評介法相當普遍，中間夾以大量引文，再附以數語感性的推介之辭。許多散文選集附有編者按語，其立意原是評介該篇散文，實際上大部分都在介紹選文的內容，甚至有些誤讀的「詮釋」[26]。還有爲介紹文章內容因而大談原作中提及的人或物者，例如由《琳瑯書滿目》中評《師友文章》一書，作者談及書中所敍之夏濟安時也想及夏濟安與《文學雜誌》的因緣等等。諸如此類的評介文章，大抵上是評者以主觀的喜好帶領讀者共享他個人的讀書經驗與閱讀品味。這類假象的印象式批評充斥在書評市場之中，也形成了「評論無用論」的社會觀感。

3. 聯想作用：

跟前敍介紹作者等隨感式的評介文章不同的是，此種評文形式工整，論點以輻射狀環繞正文的外圍相關部分。其手法大多是針對正文的邊際實施聯想，使得文章看起來豐富飽滿。像簡宗梧評析朱自清〈荷塘月色〉等文章卽是㉗。

簡氏評朱自清〈荷塘月色〉，首段言王粲撰〈登樓賦〉、東坡撰〈赤壁賦〉等文使地因文而聞名，〈荷塘月色〉也使清華園名聞遐邇。次段言朱自清忠厚拘謹文如其人，接著依照文章段落依序解析。結論回到朱文「腴厚從平淡出來」。在這篇四平八穩的評論中，作者基本上是靠聯想來連結思維：除了前敍第一段，其次是文中再引用的余光中評朱自清的文章——亦是經聯想而鑲嵌進來。再如文中提出的評者見解：〈荷〉文創作動機與寫法都是承〈登樓賦〉而來、其荷花與女性意象則聯想到〈洛神賦〉、其譬喻修辭格則是得自〈洛神賦〉的啓示。同樣的評論模式見諸另一篇評徐志摩〈翡冷翠山居閒話〉：徐志摩此文「完全表達了陶淵明〈歸田園居〉的情懷、其華麗的文筆及駢排的字句則來自六朝習尙」等等。而徐志摩三疊句的後句拉長「這種排比方式，是當今某些作家所慣用，由此也就可知徐志摩文章的魅力和影響力。」

以上二文的聯想，都有線索可尋：例如同是以「地」爲主要描寫對象的文章而產生聯想結，朱自清、徐志摩在文壇都有幾近蓋棺論定的文格及人格——因而「有忠厚拘謹文如其人」等說，但同時也聯想到反對者余光中的文章——所以我們稱之爲鑲嵌，因爲該文在本篇中被擺放的地位時正時反。至於評文的「聯想」實際上應屬於「影響」的研究，此處所以不曰影響而說聯想，是因爲還沒有構成影響的條件。蓋並未提出稍爲有力的證據證明〈荷〉文創作動機與〈登樓賦〉相同、〈翡〉文情懷跟〈歸〉文相同，如果缺乏證據，則僅能止於評者的聯想，而不是正文互相影響。其次有關古今作品修辭部分的影響，由於排比、類疊、譬喩等是不論文言、白話中任何文類都必然會出現的基本修辭格，這些修辭格在作家運作時，僅有多寡優劣的不同，而很少出現本質上的差異。所以，如果僅根據採用此三種辭格來論斷作品的「影響」，則任何作品間都可牽扯上關係。文學的影響研究最需要提出證據，徐志摩的三疊句後拉長(如果這也算一種獨家發明的特色)影響了後來那位作家、那些作品，實應提出證據，其影響及魅力才具說服力。如果僅止於聯想，那麼它在文學批評中較難觸及正文的研究。

(四) 闡發主旨

研究主旨原是主題學的範疇。不過散文的評論大部分限縮在狹義的主題解析及闡發上。換言之，大部分側重散文主題訴求的批評者都傾力於闡發文章的主旨，乃至專注於辯證主旨本身的倫理性，在他人文章中追索評論者本身非常個人化的道德尺度，並未眞正進入作品深層的意識領域。例如張雪茵評琦君散文時說：

> 由此我們更可見作者的思想純正，人生觀積極，而富蓬勃的朝氣。它帶給讀者的是風花雪月的閒適情緻以外，實有著無限前程的新希望。

評姚葳時說：

這該是本文的主題，雖然祇是作者偶有所見，偶然所感，但她告訴你金錢不能買到歡樂，金錢更代替不了愛心。這就是透過文藝，和細膩的筆觸，指導人生，闡揚哲理。㉘

這一類看法，將文學納入倫理框架中，使得文學成爲道德工具，而且爲了符合社會表面的庸俗化、形式化道德尺度，不惜刻意忽略了文學內在的秩序，而以作品中浮面的啓示性言談做爲價值判斷的標準。最後的結果是「主旨」呑蝕了「作品」。

㈤ 修辭解析

散文單篇的實際批評中，較具成就者，在於散文的章法結構、修辭技巧。大致上仍圍繞著修辭辭格的範疇。許家鶯的《綠園賞文》㉙是典型而有成效的著作。該書賞析八篇散文，並不拘泥在單一的角度下手，有的就全篇章法結構分析，有的就取材佈局伏筆下手，有些談象徵、氣氛、追溯作者的意識思想等，最多的則是做修辭格的分析。而後大部分散文批評文章都是從修辭學著筆。

不過這類型的解析，嚴格說是「以散文作品做爲修辭學的實證」，而非散文批評，因爲修辭學本身只是一種可針對任何文字結構進行框架套用的形式裁奪；除非這一型態的論者能夠發展出眞正集聚焦點於散文形式特質的「散文修辭學」，否則對於散文的發展並無法提供具體的建樹。

五、結語

文學批評原是後設於創作的工作，近十餘年來現代散文的定義和內涵不斷在擴充之中，部分作者把現代詩的意象及象徵系統容納入散文創作構成的領域，使唯美的散文開拓嶄新的靈視空間，而鄉土散文納入小說的敍述性則又加入厚實的氣蘊。散文研究的心態實不能保守不動，在今天，筆者認爲散文研究者應該涉及不同文類的理論以及保有宏觀的文化史、文學史襟懷。當他要進入散文研究之刻，應先掌握文學史與文化發展的整體形勢，並了解不同文類的差異性及相容性，才有可能做出有效的評鑑。

就當代散文理論的發展前景而言，全國各文學院中文系所應鼓勵教授及研究生參與現代散文的研究工作，散文的理論建構也要突破舊式自由心證的批評理論，或者傳統詩詞及評點派的印象批評法。新世紀的人生觀與世界觀應該在新世紀的文學批評理論中具體地予以實證。是以，如何建構屬於廿世紀末、乃至廿一世紀的散文理論，正是一門值得臺灣文學界人士深思的課題。

面對新世紀，如果我們仍然襲用舊的文學觀來回顧、檢討散文，實在缺乏意義。臺灣當代文學的當務之急是要建立新的批評方法論——屬於整合式的，而非單軌、孤立的方法論。廿世紀前葉，強調的仍是一元文化，廿世紀末則進入多元社會中，已經不能用某一種特定的，諸如政令宣導或者評者個人的道德觀來束縛多元化的創作趨勢。評論者必須從文體的意識領域和形式營造配合著周邊性的全方位研究來發現作者的世界觀及思想，而不是僅僅借著作者的傳記資料來羅織結論。在我們檢討陳說的同時，也應反省過去僵化的文學史觀點，改變以編年堆砌史料、或以政治動態來分期的文學史觀，讓文學回歸於文學。

附註

❶《中國近二十年文史哲論文分類索引》中收一九四八至六十八年之論文目錄，其中五十年代僅有三篇泛談三位作家散文的讀後感文。其未列入之篇目參見陳信元〈臺灣地區現代散文研究概論〉，《文訊》月刊三二期，一九八七年十月。

❷所謂創作者，是指作者的寫作重點傾向於創作，或者作者有心兩面兼顧，但是，仍然擺脫不了創作者的諸種特色，而較傾向於扮演創作者。例如齊邦媛、何寄澎、黃慶萱爲較純粹的評論者，李豐楙雖然也創作，但論文中仍然保持評論者的特色。楊牧、余光中、游喚等人雖具學院身份，其評論中仍具有創作者的特色。又如周錦雖不曾創作，長期從事研究，其「論文」風格則充滿創作者的感性成份。

❸戲劇亦受到冷落，但在創作方面非常薄弱，質量皆無法和其他文類相較；而散文就量的觀點來看，一直是臺灣半世紀以來數量最大的創作文類，故其受到忽視的問題便較戲劇更爲明顯。

❹見《散文的藝術》第四頁，學生書局，一九七五年再版。

❺後設散文卽是以散文的方式來論述散文。

❻《章與句》，世界書局，一九四〇年出版。

❼見一九六三年五月《文星》六八期〈剪掉散文的辮子〉、一九六三年出版的《左手的繆思》後記。

❽見〈留予他年說夢痕〉，《文學的源流》，洪範書店，一九八四年版。

⑨ 以上見楊牧〈文章的虛實〉，《交流道》一八五頁。

⑩ 有關余光中的散文理論請參見拙作〈余光中論〉，《現代散文縱橫論》，大安出版社，一九八六年版。

⑪ 見《人生小景》，水芙蓉出版社，一九八一年版。

⑫ 見《散文欣賞》一集，大江出版社，一九六九年版。

⑬ 該文原爲《周作人文選》之「代序」，收入《文學的源流》中。

⑭ 以上參見同注⑬引書及《文學知識》，洪範書店，一九七九年版，《許地山散文選》編後，洪範書店，一九八五年版，《徐志摩詩選》導讀，洪範書店，一九八七年版。

⑮ 周錦已出版研究現代文學的專書有：《中國新文學史》、《朱自清作品評述》、《朱自清研究》、《圍城研究》、《論呼蘭河傳》等書。

⑯ 見《朱自清作品評述》十七頁。

⑰ 周氏編撰三巨册《中國現代文學作品書名大辭典》，對所收錄的專書大部分附有周氏的批評，可參見。

⑱ 《中國現代散文的發展》，成文出版社，一九八〇年初版。其難以理解的文學觀念處處可見，例如該書第一章第三節說：

我們從中國現代文學過去的作家和作品考察，可以發現幾種特別的現象，對於現在這個問題的探討很有幫助。

——小說作家不一定都能寫散文，最少不一定都能寫出有水準的散文；

——有水準的小說作家，幾乎都能寫出好的散文來；

——詩人幾乎都能寫散文，但不一定寫得好，甚至弄得很怪；

——有成就的詩人，一定可以寫出清新可愛的好散文；

——散文寫得很好的作家，雖然不一定寫小說，寫出的作品必然有很高水準；
——散文極有成就的作家如果寫詩，一定可以創造出不下於散文的成就來；
——小說作家很少寫詩，詩人也很少寫小說，就算加以嘗試，結果也不會很好。

由這些情形，比較起來，散文應該有著更為重要的地位。（八頁）

以上的思維方式及推理程序，在在顯現出作者對文學缺乏基本常識及基本理推能力。

⑲ 見《中國現代散文理論》三三頁，廣西人民出版社，一九八四年版。

⑳ 見《散文的創作鑑賞與批評》十七頁，國立編譯館，一九八三年出版。

㉑ 方氏引文與周作人諸種文集中所收〈美文〉文字稍有出入，此處以《周作人早期散文選》（上海文藝出版社，一九八四年版）為本。

㉒ 見《散文的藝術》十六頁。

㉓ 見王文漪〈漫談散文〉，《耕雲的手》，金文圖書公司，一九八一年版。

㉔ 《散文寫作與欣賞》，臺灣學生書局，一九七七年初版。

㉕ 《琳瑯書滿目》，爾雅出版社，一九八五年版。

㉖ 例如《七十七年散文選》（九歌出版公司，一九八八年版）在選文林燿德〈地圖思考〉後附加的〈編者註〉，全文如下：

〈地圖思考〉以充滿科幻、寓意，呈現了散文世界的另一片天空。作者憑藉著心中的中國地圖，告訴我們心中的中國。同時展現出這麼詭譎多變、如幻的歷史意識來。

〈我們從文中看出作者一點小小的動機，〈地圖思考〉很可能是政府開放探親後呈現洶湧返鄉探親人潮所激發出來的一個省思吧。

然而做為一個現代社會知識分子和文藝工作者，燿德要「回大陸探臨時醃製的七等親」，心中卻有著中國和臺灣的交纏。而最後燿德流露出一個屬於中國的情感，是一個圓圓的沈重句點，令人無盡思考。

上文至少有五點值得斟酌：1.〈地圖思考〉採用的是「魔幻寫實」，而非「科幻」。2.採親潮只是全文第七段所涉及的一個小單元，不是全文主調。3.作者並未流露出「屬於中國的情感」，而是呈現「什麼是『中國』的疑惑」。4.編者認為作者要「回大陸探臨時醃製的七等親」，其「心中卻有著中國和臺灣的交纏」，並未自正文中印證，只是臆測作者內心未寫出的看法。5.全篇評文不見針對正文的閱讀存在。

㉗ 簡宗梧〈江山亦要文人捧——評朱自清散文「荷塘月色」〉，《師友月刊》，一九八六年一月。〈大珠小珠落玉盤——評徐志摩的「翡冷翠山居閒話」〉，《師友月刊》，一九八六年十月。

㉘ 見同註㉔五五、六七頁。

㉙ 《綠園賞文》，弘道文化公司，一九七一年版。

臺灣地區的晚清小說研究

(一九六八—一九九一)

林明德

一、前言

晚清，大概指一八四〇到一九一一，七十二年之間，而晚清小說的蓬勃發展，卻在一九〇二到一九一一，十年之內。至於作品包括短、中、長篇，約八十種，成績不可不謂斐然了。

晚清小說，在中國文學史上，是新舊的分際，傳統與現代的關鍵。基本上，它是前五四的本土文學運動之一環，唯有正視、研究，並且把它納入傳統小說與五四新小說之間，我們才能清楚中國現代小說的歷史眞相。

一九二二年，胡適的〈五十年來中國之文學〉初論李伯元、吳沃堯與劉鶚的「白話小說」；一九三〇年，魯迅的《中國小說史略》首先爲晚清小說——清末之譴責小說定位❶；一九五五年，阿英的《晚清小說史》正式揭開晚清小說研究的序幕❷。從此，晚清小說，成了國際漢學研究的新焦點。

三十多年來，晚清小說研究，蔚爲風氣，學者概括歐美日韓與海峽兩岸，研究則外緣內在並行，成果乃專著散論輩出。就中國文學研究而言，此種現象，毋寧是得天獨厚的。不過，在臺灣，晚清小說研究的環境，是幽而顯、點而線，進程堪稱曲曲折折了。其中因素繁複，或政治禁忌或風氣未開或文獻欠缺或資訊隔絕，不一而足。然而，學術趨勢如潮流，是擋不住的，晚清小說研究終於拓展了無限的學術空間；一九六八到一九九一年，七十餘種的專著與散論，例證了臺灣晚清小說研究的盎然生機與豐碩成果。

因此，對臺灣的晚清小說研究，作進程與內涵的觀察與分析，以爲未來精進的指向，恐怕有其必要。

二、進程的分析

㈠ 兩個階段

根據文獻資料顯示，臺灣的晚清小說研究，從一九六八年到現在（一九九一），共二十四年，大概可以分爲兩個階段，卽：

1. 一九六八—一九八三，約十六年，是獨自摸索的開發期，專著散論二十多種。由於當時正值戒嚴，學術不自由，思想禁忌多，尤其是晚清的相關研究往往是敏感的課題。加上文獻資訊的欠缺，學者莫不獨自摸索，全心投入墾荒的行列。

顯然，一九六八年，夏志清〈老殘遊記新論〉與成宜濟《孽海花研究》是開路之作。這之後，王爾敏《晚清政治思想史論》（一九六九年）、張朋園《梁啓超與清季革命》（一九六九年）、張玉法《清季的立憲團體》（一九七一年）等人甘冒大不韙，游走禁忌領域，探索晚清政治、思想的歷史面相，也間接替晚清小說研究鋪路。

一九七五年，夏志清〈中國新小說的提倡者——嚴復與梁啓超〉，爲晚清小說研究豎起新的里程碑，一九七六年張宏庸〈中國諷刺小說的特質與類型〉提供小說觀念的思考空間。特別是林瑞明《晚清譴責小說的歷史意義》（一九七七年），是獨自收集相關作品又蒙海外師友影印惠寫資料，才完成的❸，他探討四大譴責小說的主題，並闡明其所負載的歷史意義，同時企圖觀察出一些史料所沒有的「眞實」。由於它的學術質性厚實，因此，公認爲碩士論文的範例。同時還有鍾越娜的《晚清譴責小說中的官吏造型》與陳幸蕙的《二十年目睹之怪現狀研究》，前者針對三本主要譴責小說（官場現形記、二十年目睹之怪現狀，與老殘遊記，孽海花除外），探討晚清官吏的造型，屬於人物論；後者透過外緣析述（作者生平與小說素材）與內在研究（故事類型、思想與人物，以及寫作技巧），再給予客觀的評價，不失平實。

其他的專著，不外是晚清的政治、思想與教育上的研究，例如：張念平《清末的師範教育》、王惠姬《清末民初的女子留學教育》、楊肅獻《晚清的反變法思想（一八九一—一九〇〇）——近代中國保守主義的一個分析》等，固然是歷史學者的觀點，其實都可視爲小說深層研究的參考。

值得注意的是，一九六九年，小野川秀美《晚清政治思想研究》❹，在外緣上提供許多極具價值的問題與見解；一九七七年，由樽本照雄主編《清末小說研究》正式發行，爲晚清小說研究的資訊與視野，提供不少的智慧；一九八〇年，加拿大多倫多大學出版的"The Chinese Nouel at the Turn of the Century"一書，呈示晚清小說研究的新角度，並提昇晚清小說的學術性格。這些專著或散論一直給臺灣的學者不少的啓迪。

大致上說來，這個階段的專著散論之研究，歷史觀點佔多數，當然，這是因爲作者大都來自史學界的關係。

2.一九八四—一九九一，前後八年，是資訊活絡的成長期，專著散論輩出，約五十種之多。其契機大概來自四方面：一是、一九八四年廣雅《晚清小說大系》三十七册的出版，爲晚清小說研究奠定更好的基礎；二是、一九八四年政治大學中文系所主辦的「晚清小說討論會」，使晚清小說研究正式走進學界，十一篇論文的提出，雖不足以窺其全貌，但因爲規模阿英的論點，所以，還不致於偏離晚清小說的問題面，特別是透過學者專家與校際的合作，共襄盛舉，其推動學風之功能，值得肯定。三是，一九八五年，由聯合文學舉辦的「晚清小說研究專題座談會」，多角度的探討與獨特的觀點，曾引起讀者與社會大衆的注目。四是，一九八八年，林明德編的《晚清小說研究》共收論文二十篇，包括總論與分論，作者涵蓋國內外，當代研究晚清小說的路向與重要成績，於此可見一斑。但是，融會日本學派與歐美學派於一編，不無「他山之石，可以爲錯」之意。

五十多種的專著散論，充分說明這一階段研究的厚實。❺

這期間，除了林滿紅《清末社會流行吸食鴉片研究——供給面之分析（一七七三—一九〇六）》與王華昌《晚清小說與晚清政治運動（一八九五—一九一一）》於歷史探索之外，其他幾乎屬於小說的研究，學者也幾乎來自中文學界。質言之，這時期的研究觀點已由前階段的史學轉到文學，作者都屬於中文學者與碩士，同時出現三篇博士論文；至於散論方面，也漸漸關注晚清小說與晚清社會的互動關係。

至於研究範疇，則更爲充實、周延，在小說研究（外緣、內在）之外，也出現小說理論的專著，例如康來新《晚清小說理論研究》與邱茂生《晚清小說理論發展試論》等。

(二) 三種類型

一九六八—一九九一，臺灣的晚清小說研究七十餘種，就形式而言，可分爲專著與散論，依性質來說，不外外緣研究、內在研究，與小說理論研究三種類型。

先談第一類型：外緣研究。包括晚清的政治、思想、教育、社會等問題的探討，材料固然不離晚清小說，但觀點多爲政治學、歷史學與社會學，因此，自成一種學術風貌。例如：張玉法《清季革命團體》（一九七五年）、張朋園《立憲派與革命派》（一九八三年）、張灝等編《近代中國思想人物論——晚清思想》（一九八〇）、王婷婷《清末女子教育思想》（一九八一），陳萬雄〈從近代思想史看孽海花的意義〉（一九七五）、王爾敏〈中國近代知識普及運動與通俗文學之興起〉，其間出之心若心孤詣，不乏獨到的見解，既詮釋了問題眞相，也提供小說深層研究的訊息。

倘若就文學研究的觀點來看，那麼，林瑞明《晚清譴責小說的歷史意義》（一九七七）與王華昌《晚清小說與晚清政治運動（一八九五—一九一一）》（一九八七），可說是值得肯定的專著，前者從譴責小說中挖掘歷史意義，後者由晚清小說搜羅出一些史料中所掩飾的「眞實」，以豐富的材料，寬廣的視野，來解釋晚清政治運動。事實證明，他們的理念與表現，是相當成功的；爲晚清小說的外緣研究提供可行的途徑。

次談第二種類型：內在研究。包括專著與專題（主題）的研究。前者，如晚清四大譴責小說、《文明小史》等；後者，如商界、女權、迷信、華工、立憲、以及文學思想之研究。

晚清小說大約將近八十種，包括短、中、長篇，其中自不乏佳作，然而，二十多年來，臺灣學者的研究，卻集中於四大譴責小說與《文明小史》等五種，玆歸納並分析於下：

1.孽海花三篇，卽：成宜濟《孽海花研究》（一九六八）、陳萬雄〈從近代思想看孽海花的意義〉（一九七五）、與賴芳伶〈論孽海花的小說藝術與社會意識〉（一九八二）。

2.老殘遊記八篇，卽：夏志清〈老殘遊記新論〉（一九六八）、李歐梵〈心路歷程上的三本書〉（一九七五）、淡島成高〈劉鶚研究〉（一九八五）、李基承《老殘遊記研究》（一九八六）、王瑞雪《劉鶚及其老殘遊記》（一九八六）、王德威《從劉鶚到王禎和》（一九八六）、方哲桓《老殘遊記析論》（一九八七）、與趙孝萱〈論老殘遊記的敍述觀點〉（一九九一）。

3.文明小史五篇，卽：江漢〈談文明小史的媚外奇觀〉（一九七八）、周宰嬉《文明小史研究》（一九八五）、倪台英《文明小史探論》（一九八七）、周明華《李伯元小說、報刊研究》（一九九一）、與符馨心《李伯元及其文明小史》（一九九一）。

4.二十年目睹之怪現狀二篇，卽：陳幸蕙《二十年目睹之怪現狀研究》（一九七七）與〈二十年目睹之怪現狀的評價〉（一九八四）。

5.四大譴責小說五篇，卽：林瑞明《晚清譴責小說的歷史意義》（一九七七）、鍾越娜《晚清譴責小說中的官吏造型》（一九七七）、吳淳邦《晚清諷刺小說的人物研究》（一九八三）與〉晚清四大小說中的對比技巧〉（一九八四）以及〈晚清四大小說的諷刺對象〉（一九八四）。

從上述現象，似乎可以解讀出下列訊息：一、臺灣的晚清小說研究仍然受到魯迅譴責小說的定位之影響；二、顯示文獻、資料上的欠缺處境；三、學術空間局限與論文依傍心理。

然而，瑕不掩瑜，當中有些專著散論卻也釋放著相當卓絕的識照，例如：賴芳伶的散論，從小說藝術與社會意識的觀來探討《孽海花》，發現作者以嘲諷的方式呈示一個時代動盪中的知識分子的震驚、苦悶、同情和自勉，具有文學社會學的特色；夏志清對《老殘遊記》的散論，由藝術成就和政治意義入手，蹊徑自闢，超越了胡適之「考證」的藩籬。接著，李歐梵所謂的《老殘遊記》至少有三個層次——老殘的山水之遊、社會之遊、心靈之遊，因這三層次山水、人物、與思想的交流，顯示出《老殘遊記》的重大意義；其洞見力令人耳目爲之一新。夏、李二人以比較文學的修養與觀念，投入此一研究行列，不僅激盪臺灣學界，同時引起反思，從往後的專著散論可以印證此一影響的痕跡。

大概有見於上述學術現象的局限，於是一種深刻主題，宏觀綜論的專題研究，應運而生，而且逐漸形成風氣，賴芳伶的系列散論、林慧君《晚清小說中所反映的中國商業界》，以及李瑞騰《晚清文學思想之研究》就是例子。

最後談小說理論研究。

在梁啓超的文學觀念裏，小說創作與小說理論是二元倚伏，相輔相成的[6]，換句話說，小說概括創作與理論。這種觀念不僅影響當代，馴致後來的小說界。

有關晚清小說理論，雖然早已受到阿英、魏紹昌等人的注意與整理，不過，有系統的研究，並不多見。在臺灣，夏志清〈中國新小說的提倡者：嚴復與梁啓超〉與張宏庸〈中國諷刺小說的特質與類型〉兩篇散論，雖屬開創，但論域仍然有限。比較周延、系統的歸納與演繹，則有待康來新《晚清小說理論研究》與邱茂生《晚清小說理論發展試論》與拙著《梁啓超與晚清文學運動》三種專著。康書運用晚清小說評評資料，包括評點、序跋、筆記、專論、叢話與譯介，進行系統的研究，對晚清小說理論源變傳承，有翔實的論述；邱著兒就晚清小說的時空，全面而澈底的翻檢晚清小說理論的每一個片斷，依各家理論的精華，縱橫聯絡，以建立系統的晚清小說理論。

三、結　論

從中國小說史上看，晚清小說大概有三條主脈，一是繼承《儒林外史》諷刺小說的路線，發展成爲譴責小說和黑幕小說；二是繼承《金瓶梅》、《紅樓夢》路線，但是層次不高，而流爲狹邪小說與鴛鴦蝴蝶派；三是由於西潮湧入，促成譯介小說的盛況。

一九五五年，阿英的《晚清小說史》揭開研究的序幕，並開示十二類型，以爲研究的路向❼。一九六八—一九九〇，臺灣的晚清小說研究，幾乎不出他的規模。隨著學術領域的拓展，對晚清的充分同情與諒解，我們認爲，這是超越的時候，也是精進的關鍵。那麼，從政治理念、文化思想、商界現象、兩性問題等層面來思考、探索，以建立晚清小說之社會意識與人間羣相的問題面，也許是這篇鳥瞰的主與意義吧。

然而，作爲一種較具體、積極的建議是：

㈠開設晚清文學專題之課程，經營研究環境。

㈡調適微觀與宏觀的方法，以深入、綜論問題。

㈢問題設計，要避免重複；解讀詮釋要同情諒解，別出心裁。

㈣科際整合的運用，除了政治、思想、歷史、社會、教育的研究外，應注入文化、學術、民俗與心理等視野，以挖掘晚清小說的深層訊息。

這也算是個人的一些呼籲；附錄專著散論目錄供參考：那是二十多年來晚清小說研究在臺灣的成績單。

一、專著

書名	作者	指導教授	地點	時間
1. 孽海花研究	成宜濟	王夢鷗	政大中文碩士	一九六八
2. 晚清政治思想史論	王爾敏		學生書局	一九六九
3. 梁啓超與清季革命	張朋園		中央研究院近代史研究所	一九六九
4. 清季的立憲團體	張玉法		中央研究院近代史研究所	一九七一
5. 清季的革命團體	張玉法		中央研究院近代史研究所	一九七五

6. 清代女權思想的萌芽與發展	林勝利	呂士明	東海歷史碩士	一九七六
7. 晚清譴責小說的歷史意義	林瑞明	楊雲萍 李守孔	臺大歷史碩士	一九七七
8. 二十年目睹之怪現狀研究	陳幸蕙	張　健	臺大中文碩士	一九七七
9. 晚清譴責小說中的官吏造型	鍾越娜	葉慶炳	東海中文碩士	一九七七
10. 中國近代思想理論	王爾敏		華世書局	一九七八
11. 清末（一九〇〇—一九一一）民意趨向初探	王震邦	宋　晞	文化史學碩士	一九七八
12. 清末的師範教育	張念平	李守孔	臺大歷史碩士	一九七九
13. 庚子拳亂後（一九〇一—一九一一）清廷教育政策研究	林清芬	宋　晞	文化史學碩士	一九七九
14. 近代中國思想人物論——晚清思想	張　灝等著		時報出版公司	一九八〇
15. 近代中國思想人物論——社會主義	蕭公權等著		時報出版公司	一九八〇
16. 清末民初的女子留學教育	王惠姬	張玉法	政大歷史碩士	一九八〇
17. 清末的女子教育	廖秀眞	李守孔	臺大歷史碩士	一九八〇
18. 晚清的反變法思想（一八九一—一九〇〇）——近代中國保守主義的一個分析	楊肅獻	李守孔	臺大歷史碩士	一九八〇
19. 清末女子教育思想	王婷婷	李雲漢	文化史學碩士	一九八一
20. 晚清革命文學	張玉法編		新知雜誌社	一九八一
21. 中國政治思想史	蕭公權		聯經出版	一九八二

22. 立憲派與革命派	張朋園	中央研究院近代史研究所	一九八三
23. 晚清諷刺小說的人物研究	吳淳邦　葉慶炳	輔大中文碩士	一九八三
24. 晚清小說專號	國立政治大學中文系所主編	文史哲出版	一九八四
25. 晚清小說專輯	聯合文學一卷六期		一九八五
26. 文明小史研究	周宰嬉　張健	臺大中文碩士	一九八五
27. 清末社會流行吸食鴉片研究——供給面之分析（一七七三—一九〇六）	林滿紅　李國祁	臺大歷史博士	一九八五
28. 劉鶚研究	淡島成高　金榮華	文化中文碩士	一九八五
29. 林琴南及其翻譯小說研究	沈乃慧　吳宏一	臺大中文碩士	一九八五
30. 老殘遊記研究	李基承　鄭明娳	東海中文碩士	一九八六
31. 劉鶚及其老殘遊記	王瑞雪　吳宏一	東吳中文碩士	一九八六
32. 晚清小說理論研究	康來新	大安出版社	一九八六
33. 從劉鶚到王禎和	王德威	時報出版公司	一九八六
34. 老殘遊記析論	方哲桓　葉慶炳	臺大中文碩士	一九八七
35. 晚清古典戲劇的歷史意義	陳芳　曾永義	臺大中文碩士	一九八七
36. 晚清小說與晚清政治運動（一八九五—一九一一）	王華昌　張玉法	政大歷史碩士	一九八七

37. 晚清小說理論發展試論	邱茂生	洪順隆	文化中文碩士	一九八七
38. 文明小史探論	倪台英		文津出版社	一九八七
39. 晚清文學思想之研究	李瑞騰	黃永武	文化中文博士	一九八八
40. 晚清小說研究	林明德編		聯經出版	一九八八
41. 清代長篇諷刺小說研究	吳淳邦	葉慶炳	臺大中文博士	一九八八
42. 梁啓超與晚清文學運動	林明德	王夢鷗	政大中文博士	一九八九
43. 晚清小說中所反映的中國商業界	林慧君	尉天驄	政大中文碩士	一九八九
44. 李伯元小說、報刊研究	周明華	王三慶	文化中文碩士	一九九一
45. 李伯元及其文明小史	符馨心	林明德	輔大中文碩士	一九九一
46. 張恨水研究	魏美玲	王三慶	文化中文碩士	一九九一

二、散論

篇名	作者	發表地點	時間
1. 老殘遊記新論	夏志清	收入《文學的前途》純文學出版社	一九六八
2. 中國新小說的提倡者：嚴復與梁啓超	夏志清著 張漢良譯	幼獅月刊四二卷四期	一九七五
3. 心路歷程上的三本書	李歐梵	收入《西潮的彼岸》時報出版公司	一九七五

4. 從近代思想史看孽海花的意義	陳萬雄	收入《文人小說與中國文化》勁草出版社	一九七五
5. 鴉片戰爭前後中國社會與小說的轉變	尉天驄	中華文化復興月刊九卷六期	一九七六
6. 中國諷刺小說的特質與類型	張宏庸	中外文學五卷七期	一九七六
7. 買辦在近代中國的崛起和殞落	蔡　朋	仙人掌雜誌一卷二期	一九七七
8. 談文明小史的媚外奇觀	江　漢	仙人掌雜誌二卷六期	一九七八
9. 論孽海花的小說藝術與社會意識	賴芳伶	古典文學四	一九八二
10. 中國近代知識普及運動與通俗文學之興起	王爾敏	中華民國初期歷史研討會論文集	一九八四
11. 晚清四大小說中的對比技巧	吳淳邦	中外文學一三卷七期	一九八四
12. 晚清的歷史動向及其與小說發展的關係	張玉法	漢學論文集第三集晚清小說討論會專號	一九八四
13. 晚清小說與研識分子的救國運動	高　陽	漢學論文集第三集晚清小說討論會專號	一九八四
14. 晚清四大小說的諷刺對象	吳淳邦	漢學論文集第三集晚清小說討論會專號	一九八四
15. 晚清西洋文學之譯介	何　欣	漢學論文集第三集晚清小說討論會專號	一九八四
16. 晚清社會與晚清小說	尉天驄	漢學論文集第三集晚清小說討論會專號	一九八四

17. 二十年目睹之怪現狀的評價	陳幸惠	漢學論文集第三集晚清小說討論會專號	一九八四
18. 論晚清的華土小說	賴芳伶	漢學論文集第三集晚清小說討論會專號	一九八四
19. 清末民初的舊派言情小說	李健祥	漢學論文集第三集晚清小說討論會專號	一九八四
20. 清末小說的研究在日本	魏仲佑	漢學論文集第三集晚清小說討論會專號	一九八四
21. 論晚清的立憲小說	林明德	漢學論文集第三集晚清小說討論會專號	一九八四
22. 清末民初的戲曲新風尙	林鋒雄	漢學論文集第三集晚清小說討論會專號	一九八四
23. 梁啓超與晚清小說運動	林明德	中外文學一四卷一期	一九八五
24. 晚清商界小說的實質意義與價值	賴芳伶	幼獅學誌一九卷二期	一九八六
25. 中國諷刺小說的諷刺技巧與特點	吳淳邦	中外文學一六卷六期	一九八七
26. 晚清女權小說的淵源及其影響	賴芳伶	中興大學文史學報一九期	一九八九
27. 晚清迷信與反迷信小說	賴芳伶	中外文學一九卷一〇期	一九九一
28. 論老殘遊記的敍述觀點	趙孝萱	古典文學第二屆研究生論文發表會	一九九一
29. 梁啓超的小說美學建構	林明德	淡江大學第二屆文學與美學研討會	一九九一
30. 梁啓超與晚清小說界革命	林明德	輔仁學誌文學院之部二〇期	一九九一
31. 梁啓超的戲劇理論與實踐	林明德	輔仁國文學報七期	一九九一

附注

❶ 見《中國小說史略》第二十八篇清末之譴責小說。從二十年代初到三十年代初期，魯迅精益求精，反覆作了修訂，此據〈題記〉。

❷ 按，阿英《晚清小說史》初版十四章，一七九三年由上海商務印書館出版；此據一九五五年改訂版。

❸ 作者曾在〈緒論〉說：「緣由晚清通俗小說大量流行時，臺灣在日本佔領之下，極少作品、雜誌流傳到此地；民國三十八（一九四九）年政府遷臺，文化機構亦絕少帶來這類小說與研究論文，凡此皆是先天性的限制。作者雖極力收集相關的作品，復蒙海外師友影印惠寫資料，一時仍猶未能從大量通行作品中，充分比較印證，每每僅能借助於筆記小說，掌故文章以及少數研究論文，加以申論。」這是林瑞明的親身經驗，也映襯當時的學術環境。

❹ 此書在一九八二年，由林明德、黃福慶合譯，時報出版公司出版。

❺ 見附錄一、專著；二、散論。

❻ 見拙著《梁啓超與晚清文學運動》第四章小說界革命。

❼ 按，卽：一、反映晚清社會，二、反映庚子事變，三、反映華工生活，四、反映工商戰爭與反買辦階級，五、反映立憲運動，六、反映種族革命運動，七、反映婦女解放問題，八、反映迷信，九、反映官僚生活，十、反映排滿意識，十一、吳語小說，十二、翻譯小說。

附錄：

〈臺灣、香港、日本三地學者學術交流〉行程表

八月十九日（週一）

一九：〇〇～　新聞局晚宴

八月二十日（週二）

九：〇〇～一八：〇〇　會議

一九：〇〇～　聯合報副刊晚宴

八月二十一日（週三）

九：〇〇～一八：〇〇　會議

一九：〇〇～　中國時報副刊晚宴

八月二十二日（週四）

九：〇〇～一二：〇〇　會議

一二：〇〇～　午餐（師大餐廳）

一四：〇〇～一六：〇〇　文藝茶會（文苑）

一八：〇〇～ 文化工作會晚宴

八月二十三日（週五）

一〇：〇〇～一一：三〇 臺大圖書館

一二：〇〇～一三：三〇 午餐

一四：〇〇～一六：〇〇 中研院文哲所

一八：〇〇～ 淡江大學中文系晚宴

附錄：〈二十世紀中國文學〉研討會議程表

主辦：中國古典文學研究會　國立臺灣師範大學
協辦：日本中國文藝研究會　香港中文大學中文系
時間：一九九一年八月二十～二十二日
地點：臺北市和平東路一段一六二號　師大教育學院大樓國際會議廳

◎八月二十日（週二）

時間	場次	主持人	主講及論文題目	評論員
09:00～09:30	開幕	李瑞騰	貴賓致詞	
9:30～12:00	第一場	王熙元	太田進：淪陷期上海的文學——特別是關於陶晶孫 樽本照雄：《繡像小說》編者討論 蔣英豪：成也蕭何，敗也蕭何——論吳趼人《恨海》與梁啓超的小說觀	王聿均 王三慶 李瑞騰

12:00～13:30	午餐、休息			
13:30～15:10	第二場	傅錫壬	龔鵬程：「二十世紀中國文學」概念之解析 阪口直樹：「戰國派」雷海宗和雜誌《當代評論》	顏崑陽 秦賢次
15:10～15:30	休息			
15:30～18:00	第三場	太田進	星名宏修：日據時代的臺灣小說——關於皇民文學 下村作次郎：臺灣文學研究在日本 游喚：臺灣新世代詩學批判	林瑞明 呂興昌 蕭蕭

◎八月二十一日（週三）

09:00～10:40	第四場	齊益壽	陳永明：王國維的「境界」說 黃耀堃：王國維詞論中的緣起說	柯慶明 林玫儀
10:40～10:50	休息			
10:50～12:30	第五場	蔡信發	王晉光：胡漢民和陳寶琛模仿王安石詩之得失 黃坤堯：余光中詩文集的序跋	陳文華 李豐楙

12:30～14:00	午餐、休息			
14:00～16:30	第六場	簡宗梧	張素貞：沈從文小說中的黑暗面 黎活仁：錢鍾書《上帝的夢》的分析 馬森：中國現代舞臺上的悲劇典範 ——論曹禺的《雷雨》	彭小妍 蔡源煌 賈亦棣
16:30～16:40	休息			
16:40～18:30	第七場	陳萬益	松浦恒雄：關於廢名的詩 盧瑋鑾：蕭紅《呼蘭河傳》的另一種讀法	瘂弦 呂正惠

◎八月二十二日（週四）

09:00～11:30	第八場	陳永明	林明德：臺灣地區的晚清小說研究 鄭明娳：臺灣的散文研究 游勝冠：日據時代臺灣新文學本土論的建構	康來新 何寄澎 向陽
11:30～12:00	閉幕	邱燮友	梁校長尚勇致閉幕詞	

附錄：與會有關人員簡介

■主席團名單（出場序）

李瑞騰／國立中央大學中文系副教授、中國古典文學研究會理事長。

王熙元／國立臺灣師範大學文學院院長、中國古典文學研究會理事會顧問。

傅錫壬／淡江大學文學院院長、中國古典文學研究會理事。

太田進／日本同念社大學教授、中國文藝研究會代表人。

齊益壽／國立臺灣大學中文系主任、中研所所長。

蔡信發／國立中央大學文學院院長、中國古典文學研究會常務理事。

簡宗梧／國立政治大學中文系主任、中研所所長、中國古典文學研究會理事。

陳萬益／國立清華大學文學研究所所長、中國古典文學研究會理事。

陳永明／香港中文大學中文系講師，本次香港團團長。

邱燮友／國立臺灣師範大學國文系主任、國研所所長、中國古典文學研究會監事會顧問

評論員名單（出場序）

王聿均／曾任中央研究院近史所所長。
王三慶／中國文化大學中文系教授。
顏崑陽／國立中央大學中文研究所副教授
秦賢次／現代文學史科專家。
林瑞明／國立成功大學歷史系副教授。
呂興昌／國立清華大學文學研究所教授。
蕭　蕭／輔仁大學中文系講師。
柯慶明／國立臺灣大學中文系教授。
林玫儀／中央研究院文哲所研究員。
陳文華／國立臺灣師範大學國文系副教授。
李豐楙／國立政治大學中文系教授。
彭小妍／中央研究院文哲所副研究員。
蔡源煌／國立臺灣大學外文系教授。
呂正惠／國立清華大學中語系主任。
瘂　弦／聯合報副總編輯、副刊組主任。
賈亦棣／戲劇研究者。

康來新／國立中央大學中文系副教授

何寄澎／國立臺灣大學中文系副教授。

向陽／自立早報總主筆、自立周報總編輯。

■主講者名單

日本學者

太田進（OTA Susumu, 1930-），同志社大學教授

□研究範圍：中國近現代文學、中國近現代詩

□中國文藝研究會代表人

□最近發表的論著：

1.〈魯迅が長征を祝賀した書信〉（〈魯迅祝賀長征的信〉），《野草》四十五號，一九九〇年二月

2.〈陶晶孫と周作人に關する資料〉（〈陶晶孫與周作人〉），《野草》四十四號，一九八九年八月

阪口直樹（SAKAGUCHI Naoki, 1942-），同志社大學教授

□研究範圍：中國現代當代文學、抗日時期文學

□中國文藝研究會事務局長

□最近發表的論著：

1.〈中國現代文學史再評價の試み〉（〈關於重寫中國現代文學史〉），《野草》四十七號，一九九一年二月

2.〈二つの「救國」宣言をめぐって〈關於兩國「救國」宣言〉），《野草》四十七號，一九九一年二月

3.〈中國抗戰時期文學と「民族」〉（中國抗戰時期文學與「民族」〉，《同志社外國文學與研究》五十八號，一九九〇年一二月

樽本照雄（TARUMOTO Teruo, 1949-），大阪經濟大學教授

□研究範圍：清末小說

□《清末小說》主編，《野草》編委

□最近發表的論著：

1.〈「老殘遊記」批判とは何か〉（〈關於「老殘遊記」的批判〉），《野草》四十七號，一九九一年二月

2.〈清末民初における定期刊物の時空〉（〈清末民初定期刊物的時空〉），《清末小說》十二號，一九八九年二月

3.〈XX叟という人物〉（〈關於XX叟〉），《清末小說》十二號，一九八九年二月

下村作次郎（Shimomura Sakujirou, 1949-），天理大學助教授

□研究範圍：中國現代文學、臺灣現代文學

□臺灣文學研究會事務局長

□最近發表的論著：

1.〈臺灣的作家——關於賴和的《豐收》〉，《天理大學學報》第一四八輯，一九八六年三月

2.〈關於魯迅的《中國小說史略》——從盧隱和郭希汾的同名書談起〉，《咿啞特刊》，一九八七年三月十日

3.〈戰後初期臺灣文藝界的概觀〉，《咿啞》第二十四、二十五合刊，一九八九年七月一日

松浦恒雄（MATSURA Tsuneo, 1957-），大阪市立大學專任講師

□研究範圍：中國現代文學、中國現代戲劇

□《野草》編委

□最近發表的論著：

1.〈抗戰のための作劇術〉（〈抗戰劇的寫作〉），《十五年戰爭と文學》（東方書店，一九九一年二月）

2.〈何立偉の「詩化」小說について〉（〈關於何立偉的「詩化」小說〉），《人文研究》四二卷九分册，一九九〇年

星名宏修（HOSHINA Hironobu, 1963-），立命館大學研究院

□研究範圍：日據時期的臺灣文學

□最近發表的論著：

1.〈「大東亞共榮圈」の臺灣作家〉（〈「大東亞榮圈」的臺灣作家〉），《野草》

四十三號，一九九〇年八月

日本學者列席會議另有：

1.筧　文生：立命館大學教授，中國古典文學專業

2.松村　昂：京都府立大學教授，中國古典文學專業

3.中島利郎：岐阜教育大學助教授，中國現代文學、臺灣文學專業

4.黃　英哲：立命館大學研究院，東洋史專業

5.野村鮎子：立命館大學研究院，中國古典文學專業

香港學者

陳永明，一九三九年生，廣東人。香港新亞書院畢業、美國耶魯大學碩士、威斯康辛大學博士。現任香港中文大學中文系講師。講授《論語》、先秦諸子、文學概論、現代文學、中國文學史等科。研究範圍包括：先秦諸子、陶潛詩、現代文學理論等。

蔣英豪，一九四七年生，福建廈門人。香港中文大學文學士、哲學碩士、美國洛杉磯加州大學哲學博士。現任香港中文大學中文系講師。講授近代文藝思潮、韻文、專家詩文（黃遵憲）、中國文學史專題等科。研究範圍爲晚清文學。著有《王國維文學批評》。有關晚清文學研究論文有〈悲劇英雄聶士成——讀黃遵憲聶將軍歌〉〈胭脂井上斷腸花——晚清詩人眼中的珍妃〉、〈康梁與魯兩生〉、〈飲冰室詩話與黃遵憲梁啓超的文學因緣〉、〈劍腥緣與林舒及晚清社會〉、〈庚子國變彈詞析論〉、〈論黃遵憲人境廬詩

草的注釋》等。

盧瑋鑾，一九三九年生，廣東番禺人。筆名：小思、明川。香港中文大學學士。香港大學中文系哲學碩士、羅富國師範學院教育文憑。曾任京都大學人文科學研究所研究員（一九七三），一九九〇年聘爲香港嶺南學院『現代中國文學研究中心』名譽研究員。現爲香港中文大學中文系講師。研究範圍包括：香港文學史、現代中國文學、現代散文等。著有《豐子愷漫畫選繹》、《七好文集》（合著）、《路上談》、《香港文縱——內地作家南來及其文化活動》等十二種。另編有：《緣緣堂集外遺文》、《香港的憂鬱——文人筆下的香港（一九二五——一九四一）》、《茅盾香港文輯》、《許地山卷》。

王晉江，一九五〇年生，福建泉州人。香港中文大學中文系學士、碩士、哲學博士，香港大學教育學院教育文憑及教育碩士。曾任香港葛亮洪師範學院中文系講師，現爲香港中文大學中文系講師。研究範圍包括：中學語文教育、六朝文學歷史、唐宋及晚清詩文。著有：《文鏡秘府論探源》、《王安石書目附瑣探》、《普通話教學法》（合著）等。

黃坤堯，廣東中山人，一九五〇年出生於澳門，並於澳門完成中學教育。一九七二年國立臺灣師範大學國文學系畢業。一九七九年獲香港中文大學哲學碩士學位，一九八七年得哲學博士學位。主要研究唐五代詞、《經典釋文》及音韻訓詁等。現任教於香港中文大學中文系。創作方面以散文、新詩、書評及古典詩詞爲主。著有《舟人旅歌》（散文集）、《溫庭筠》（傳記及評論）、《清懷集》（詩、散文、書評合集）、《新校索引經典釋文》（合著）、《清懷詩詞稿》（古典詩詞集）等書。

黃耀堃，一九五三年生，廣東中山人。香港中文大學文學士，其後獲日本政府獎金赴日深造，獲京都大學碩士及博士。曾爲香港中文大學中國文化研究所研究助理，現爲香港中文大學中文系講師。研究範圍包括：音韻學、語法教學、楚辭和近代文學。主要論文包括：〈試釋神珙有弄圖的「五音」〉、〈日本雅樂的「辭聲」與中國清商樂的「辭聲」考異〉、〈日本古藉中我國語文學資料簡介（1）韻目資料〉、〈以中學教語法系統提要作爲「實用語法」的教材所遇到的問題〉。

黎活仁，一九五〇年生。香港中文大學文學士，得到日本文部省獎學金赴日留學，獲京都大學碩士（博士課程中退），其後獲香港大學中文系博士。現爲香港大學中文系講師。曾得日本學術振興會基金（Japan Foundation Fel-lowship）的贊助，作爲京都大學的「訪問學者」（一九八三—八四）重訪京都研究中日比較思潮。教學和研究範圍包括：中國代現當代文藝思潮及文藝理論、《文心雕龍》、中國文學的時空觀、美學等。曾任《抖擻》雙月刊、《魯迅誕生一百周年紀念專號》、《茅盾研究專號》特約編輯。一九八四—八六年間，曾主編學術刊物《五四文學研究情報》。

臺灣學者

龔鵬程，一九五六年生，江西吉安人，國立臺灣師範大學國文研究所博士，曾任淡江大學文學院院長，現任行政院大陸委員會文教處處長。著有《小年遊》、《歷史中的一盞燈》、《文學散步》、《江西詩社宗派研究》、《文學與美學》、《文學批評的視野》

《時代邊緣之聲》等。

游　喚，本名游志誠，一九五六年生，福建彰州人，東吳大學中文研究所博士，現任靜宜女子大學中文系副教授，著有《游喚詩稿》、《周易之文學觀》、《古典與現代的探索》、《文選學新探索》等。

張素貞，臺灣新竹人，國立臺灣師範大學國研所碩士，現任師大國文系教授，著有《細讀現代小說》、《韓非子難篇研究》等書。

馬　森，生於山東齊河，國立臺灣師範大學國研所碩士，加拿大英屬哥倫比亞大學社會學博士，現任國立成功大學中文系教授。著有小說《生活在瓶中》、《孤絕》、《海鷗》、《夜遊》、《巴黎的故事》；戲劇集《馬森獨幕劇集》；評論《馬森戲劇論集》、《東西看》、《電影・中國・夢》、《當代戲劇》、《中國現化戲劇的兩度西潮》等。

林明德，一九四六年生，臺灣高雄人，輔仁大學中研所碩士，政治大學文學博士，現任輔大中文系教授，著有《金元文學家小傳》、《唐詩的境界》、《中國傳統文學探索》、《文學批評指向》等，編有《晚清小說研究》。

鄭明娳，一九五〇年生，湖北武漢人，國立臺灣師範大學文學博士，現任師大國文系教授，著有《葫蘆再見》、《現代散文欣賞》、《現代散文縱橫論》、《現代散文類型論》、《現代散文構成論》、《儒林外史研究》、《西遊記探源》等。

游勝冠，民國五十年九月三日，臺灣雲林人。私立東吳大學中文研究所碩士。著有《臺灣文學本土論的興起與發展》。

國立中央圖書館出版品預行編目資料

二十世紀中國文學／中國古典文學研究會主編，--初版，
--臺北市：臺灣學生，民81
面；　公分，--（中國文學研究叢書）
ISBN 957-15-0293-6（精裝），--ISBN 957-15-0294-4（平裝）

1. 中國文學-歷史-現代（1900-　）-論文，講詞等

820.908　　80004000

二十世紀中國文學（全一冊）

主編者：中國古典文學研究會
出版者：臺灣學生書局
發行人：丁文治
發行所：臺灣學生書局
臺北市和平東路一段一九八號
郵政劃撥帳號〇〇〇二四六六八號
電話：三六三四一五六
FAX：三六三六三三四
本書局登記證字號：行政院新聞局局版臺業字第一一〇〇號
印刷所：淵明印刷廠
地址：永和市成功路一段43巷五號
電話：九二八七一四五
香港總經銷：藝文圖書公司
地址：九龍偉業街99號連順大廈五字樓及七字樓
電話：七九五九五九五

定價　精裝新臺幣三九〇元
　　　平裝新臺幣三三〇元

中華民國八十一年元月初版

82023

ISBN 957-15-0293-6（精裝）
ISBN 957-15-0294-4（平裝）

㉕五四文學與文化變遷	中國古典文學研究會主編
㉖南宋詩人論	胡明著
㉗唐詩的傳承——明代復古詩論研究	陳國球著
㉘中外比較文學研究 第一冊	李達三 劉介民 主編
㉙文學與社會	中國古典文學研究會主編
㉚中國現代文學新貌	陳炳良編
㉛中國古典文學研究在蘇聯	俄・李福清著 田大畏譯
㉜李商隱詩箋釋方法論	顏崑陽著
㉝中國古代文體學	褚斌杰著
㉞韓柳文新探	胡楚生著
㉟唐代社會與元白文學集團關係之研究	馬銘浩著
㊱文轍（二冊）	饒宗頤著
㊲二十世紀中國文學	中國古典文學研究會主編

中國文學研究叢刊

①詩經比較研究與欣賞	裴普賢 著
②中國古典文學論叢	薛順雄 著
③詩經名著評介	趙制陽 著
④詩經評釋	朱守亮 著
⑤中國文學論著譯叢	王秋桂 著
⑥宋南渡詞人	黃文吉 著
⑦范成大研究	張劍霞 著
⑧文學批評論集	張　健 著
⑨詞曲選注	王熙元等編著
⑩敦煌兒童文學	雷僑雲 著
⑪清代詩學初探	吳宏一 著
⑫陶謝詩之比較	沈振奇 著
⑬文氣論研究	朱榮智 著
⑭詩史本色與妙悟	龔鵬程 著
⑮明代傳奇之劇場及其藝術	王安祈 著
⑯漢魏六朝賦家論略	何沛雄 著
⑰古典文學散論	王熙元 著
⑱晚清古典戲劇的歷史意義	陳　芳 著
⑲趙甌北研究	王建生 著
⑳中國兒童文學研究	雷僑雲 著
㉑中國文學的本源	王更生 著
㉒中國文學的世界	前野直彬 著 龔霓馨 譯
㉓唐末五代散文研究	呂武志 著
㉔元白新樂府研究	廖美雲 著